Harry Potter™

i WIĘZIEŃ AZKABANU

JOANNE K. ROWLING

Harry Potter

i WIĘZIEŃ AZKABANU

Ilustrowała
MARY GRANDPRÉ

Tłumaczył
ANDRZEJ POLKOWSKI

MEDIA RODZINA

Tytuł oryginału
HARRY POTTER AND THE PRISONER OF AZKABAN

Opracowanie polskiej wersji okładki
Jacek Pietrzyński

wydanie poprawione i przejrzane przez Autorkę

ISBN 83-7278-014-5

Harbor Point, Sp. z o.o.
Media Rodzina
ul. Pasieka 24, 61-657 Poznań
tel. (61) 827-08-50, fax 820-34-11
www.mediarodzina.com.pl

Łamanie komputerowe
perfekt, ul. Grodziska 11, 60-363 Poznań
tel. 867-12-67, fax 867-26-43
dtp@perfekt.pl

Druk i oprawa
Poznańskie Zakłady Graficzne S.A.
ul. Wawrzyniaka 39, 60-502 Poznań

Dla Jill Prewett i Aine Kiely,
matek chrzestnych swinga

ROZDZIAŁ PIERWSZY

Sowia poczta

Harry Potter był chłopcem niezwykłym. Wystarczy powiedzieć, że ze wszystkich pór roku najbardziej nienawidził letnich wakacji, a można też dodać, że naprawdę chciał odrobić wszystkie prace domowe zadane na lato, ale musiał się tym zajmować w tajemnicy, kiedy wszyscy już spali. No i był czarodziejem.

Dochodziła północ, a Harry leżał na brzuchu w swoim łóżku, pod kocami naciągniętymi na głowę jak namiot, z latarką w ręku i wielką, oprawioną w skórę księgą (*Historia magii* Bathildy Bagshot) opartą o poduszkę. W drugiej ręce trzymał swoje orle pióro, którego koniuszkiem wodził po tekście, szukając czegoś, co pomogłoby mu w napisaniu rozprawki na temat: „Palenie czarownic w XIV wieku było całkowicie bezsensowne”.

Pióro zatrzymało się na początku akapitu, który wzbudził jego zainteresowanie. Poprawił okulary, które opadły mu na koniec nosa, zbliżył latarkę do księgi i przeczytał:

*Ludzie niemagiczni (znani bardziej jako mugole)
lękali się magii szczególnie w czasach średniowiecznych, prawdopodobnie dlatego, że niewiele o niej
wiedzieli i nie potrafili rozpoznawać jej przeja-
wów. Od czasu do czasu udawało im się schwytać
prawdziwą czarownicę lub czarodzieja, ale nie
mieli pojęcia, że palenie ich na stosie jest zupełnie
bezsensowne. Ofiary rzucały proste zaklęcie zmro-
żenia płomieni i udawały, że wrzeszczą z bólu,
podczas gdy w rzeczywistości odczuwały przyjemne
łaskotanie. Na przykład Czarownica Wendelina,
zwana również Dziwożoną, tak polubiła te ła-
skotki, że przybierała coraz to nowe postacie, aby
dać się schwytać i spalić. Udało się jej tego dokonać
aż czterdzieści siedem razy.*

Harry chwycił pióro w zęby i sięgnął pod poduszkę, gdzie
miał schowany kałamarz i zwój pergaminu. Powoli i bardzo
ostrożnie otworzył butelkę, zanurzył w niej pióro i zaczął
pisać, przerywając raz po raz i nasłuchując, bo wiedział, że
gdyby ktoś z rodziny Dursleyów, idąc do łazienki, usłyszał
skrzypienie pióra, groziłoby mu zamknięcie w komórce pod
schodami na całą resztę lata.

Harry nie znosił letnich wakacji właśnie z powodu Dursleyów, mieszkających przy Privet Drive pod numerem
czwartym. Wuj Vernon, ciotka Petunia i ich syn Dudley
byli jedynymi żyjącymi krewnymi Harry'ego. Byli mugolami, a do magii mieli stosunek bardzo średniowieczny.
W domu Dursleyów nigdy się nie wspominało o nieżyją-
cych rodzicach Harry'ego, którzy byli czarodziejami. Ciotka
Petunia i wuj Vernon od lat mieli nadzieję, że wybiją Harry'emu magię z głowy, pomiatając nim i karcąc bezlitośnie

za byle co. Jak dotąd, nie przynosiło to spodziewanego rezultatu, co wywoływało w nich furię. Dwa ostatnie lata Harry spędził w Hogwarcie, Szkole Magii i Czarodziejstwa, wracając na Privet Drive tylko na letnie wakacje, podczas których Dursleyowie żyli w ciągłym strachu, że ktoś z sąsiadów dowie się, jakiego dziwoląga mają pod swoim dachem. Dlatego na początku wakacji zamknęli w komórce pod schodami jego księgi zaklęć, różdżkę, kociołek i miotłę i zabronili mu rozmawiać z sąsiadami.

Brak dostępu do ksiąg zaklęć był prawdziwym utrapieniem dla Harry'ego, ponieważ uczniowie Hogwartu musieli podczas wakacji odrobić sporo prac domowych. Tym razem miał, między innymi, napisać paskudnie trudne wypracowanie na temat eliksirów powodujących kurczenie się ludzi i zwierząt, a dobrze wiedział, że gdyby zjawił się w Hogwarcie bez tego wypracowania, sprawiłby wielką przyjemność profesorowi Snape'owi, nauczycielowi eliksirów. Tak się bowiem złożyło, że profesor Snape nie znosił Harry'ego i z najwyższą ochotą skorzystałby z każdej okazji, by go ukarać miesięcznym szlabanem. Harry postanowił więc wziąć się do pracy już w pierwszym tygodniu wakacji. Kiedy pewnego dnia wuj Vernon, ciotka Petunia i Dudley wyszli z domu, by podziwiać nowy służbowy samochód wuja Vernona (a robili to bardzo głośno, żeby wszyscy w sąsiedztwie zwrócili uwagę), Harry zszedł po cichu na dół, wyłamał zamek w drzwiach komórki pod schodami, porwał kilka książek i ukrył je w swojej sypialni. Teraz mógł już studiować magię po nocach. Musiał tylko uważać, żeby nie poplamić pościeli atramentem, ponieważ wówczas wszystko by się wydało.

Ostatnio bardzo mu zależało na unikaniu awantur, bo ciotka i wuj byli na niego wyjątkowo wściekli, ponieważ w tydzień po przyjeździe na wakacje zatelefonował do niego przyjaciel — a był nim, rzecz jasna, kolega ze Szkoły Magii i Czarodziejstwa.

Ron Weasley, jeden z najlepszych przyjaciół Harry'ego, pochodził z rodziny czarodziejów. Oznaczało to, że znał się dobrze na wielu sprawach, o których Harry nie miał zielonego pojęcia, ale jeszcze nigdy w życiu nie korzystał z telefonu. Na nieszczęście trafił na wuja Vernona.

— Vernon Dursley przy telefonie.

Harry, który akurat był w pokoju, zdrętwiał, kiedy usłyszał głos Rona.

— HALO! HALO! CZY PAN MNIE SŁYSZY?... CHCĘ... ROZMAWIAĆ... Z... HARRYM... POTTEREM!

Ron wrzeszczał tak głośno, że wuj Vernon aż podskoczył i oddalił słuchawkę od ucha, wpatrując się w nią z mieszaniną złości i strachu.

— KTO MÓWI?! — ryknął w stronę mikrofonu. — KIM PAN JEST?

— RON... WEASLEY! — krzyknął Ron, jakby wuj Vernon stał na drugim końcu boiska do piłki nożnej. — JESTEM... PRZYJACIELEM... HARRY'EGO... ZE... SZKOŁY...

Małe oczka wuja Vernona błyskawicznie przeniosły się na Harry'ego, któremu nogi wrosły w podłogę.

— TUTAJ NIE MA ŻADNEGO HARRY'EGO POTTERA! — ryknął, teraz trzymając słuchawkę na odległość wyciągniętej ręki, jakby się bał, że wybuchnie. — NIE MAM POJĘCIA, O JAKIEJ SZKOLE PAN MÓWI! PROSZĘ WIĘCEJ NIE DZWONIĆ! PROSZĘ TRZYMAĆ SIĘ Z DALA OD MOJEJ RODZINY!

I cisnął słuchawkę na aparat telefoniczny, jakby się pozbywał jadowitego pająka.

Awantura, która potem wybuchła, należała do najgorszych, jakie miały miejsce w tym domu, a było ich już wiele. — JAK ŚMIESZ PODAWAĆ NASZ NUMER TYPOM TAKIM JAK... JAK TY! — wrzasnął wuj Vernon, opryskując Harry'ego śliną.

Ron najwidoczniej zrozumiał, że wpędził Harry'ego w kłopoty, bo już więcej nie zadzwonił. Nie było też żadnych wiadomości od Hermiony Granger, która również należała do grona jego najlepszych przyjaciół w Hogwarcie. Harry podejrzewał, że to Ron ją ostrzegł, żeby nie dzwoniła, a szkoda, ponieważ rodzice Hermiony, najinteligentniejszej czarownicy w klasie Harry'ego, byli mugolami, więc musiała dobrze wiedzieć, jak się korzysta z telefonu, no i miała dość rozsądku, by na wstępie nie palnąć, że też jest uczennicą Hogwartu.

Tak więc Harry nie miał żadnej wiadomości od swych przyjaciół czarodziejów przez pięć długich tygodni i to lato zapowiadało się prawie równie podle, jak poprzednie. Tylko jedno można było zapisać na plus: po uroczystym przyrzeczeniu, że nie będzie używał swojej sowy Hedwigi do wysyłania listów do któregokolwiek ze swoich przyjaciół, pozwolono mu ją wypuszczać z domu w nocy. Wuj Vernon uległ jego prośbom, bo harmider, jaki wyprawiała Hedwiga, kiedy była zamknięta w klatce przez całą dobę, był nie do zniesienia.

Harry skończył pisać o czarownicy Wendelinie i przez chwilę nasłuchiwał. Ciszę nocy przerywało tylko odległe chrapanie jego wyjątkowo tłustego kuzyna, Dudleya. „Musi być już późno", pomyślał, czując piasek pod powiekami. „Skończę wypracowanie jutro w nocy..."

Zakręcił kałamarz, wyjął spod łóżka starą poszewkę, włożył do niej latarkę, *Historię magii*, swoje wypracowanie, pióro i kałamarz, wstał z łóżka i ukrył zawiniątko pod obluzowaną deską podłogi. Potem wyprostował się i przeciągnął, zerkając na budzik stojący na nocnej szafce.

Była pierwsza w nocy. Harry poczuł dziwny skurcz w żołądku. Dopiero teraz zdał sobie sprawę z tego, że od godziny ma już trzynaście lat.

Jedną z niezwykłych cech Harry'ego było i to, że nigdy nie wyczekiwał z utęsknieniem swoich urodzin. Jeszcze ani razu nie dostał od nikogo kartki z życzeniami urodzinowymi. Od dwóch lat Dursleyowie całkowicie ignorowali jego urodziny i trudno było przypuszczać, że tym razem będzie inaczej.

Obok dużej, pustej klatki Hedwigi przeszedł przez ciemny pokój do otwartego okna. Oparł się o parapet, czując chłodny powiew na twarzy, tak miły po duszeniu się pod kocem. Hedwigi nie było już od dwóch nocy. Harry nie martwił się o nią — już nie raz znikała na tak długo — miał jednak nadzieję, że wkrótce powróci. Była jedyną żywą istotą w tym domu, która nie wzdrygała się na jego widok.

Choć w ciągu ubiegłego roku Harry podrósł o parę cali, nadal był dość niski i chudy jak na swój wiek. Nie zmieniły się jego kruczoczarne włosy — zawsze okropnie rozczochrane, bez względu na to, co z nimi robił. Sponad okularów połyskiwały jasnozielone oczy, a na czole prześwitywała przez włosy cienka blizna w kształcie błyskawicy.

Harry Potter był niezwykłym chłopcem, a owa blizna była jego najbardziej osobliwą cechą. Nie była ona, jak mu wmawiali przez dziesięć lat Dursleyowie, pozostałością po wypadku samochodowym, w którym mieli zginąć jego rodzice, ponieważ Lily i James Potterowie wcale nie zginęli w wypadku. Zostali zamordowani, a ich zabójcą był najpotężniejszy od stu lat czarnoksiężnik, Lord Voldemort.

Harry'emu udało się wyjść z tej potyczki jedynie z ową blizną na czole; mordercze zaklęcie Voldemorta odbiło się od niego, godząc w tego, który je rzucił. Voldemort umknął, ledwo żywy, pozbawiony swej mocy...

Harry spotkał się jednak z nim ponownie w Hogwarcie. Teraz, stojąc w ciemnym oknie, wspomniał ich ostatnie starcie i musiał przyznać, że miał wielkie szczęście, skoro udało mu się dożyć tych trzynastych urodzin.

Przebiegał spojrzeniem gwiaździste niebo, wypatrując Hedwigi, która w każdej chwili mogła przyfrunąć z martwą myszą w dziobie, żądna pochwały. A kiedy tak patrzył ponad dachami domów, dopiero po kilku sekundach uświadomił sobie, że zobaczył coś dziwnego.

Na tle złotego księżyca czerniało coś wielkiego i koślawego. To coś powiększało się szybko i leciało wyraźnie w jego stronę. Zamarł bez ruchu, obserwując, jak dziwny kształt szybuje coraz niżej i niżej. Przez ułamek sekundy zawahał się, z ręką na klamce, czy nie zatrzasnąć okna, ale zanim zdążył to zrobić, dziwaczny kształt był już nad jedną z latarni oświetlających Privet Drive i Harry zdał sobie w końcu sprawę, co to jest, więc szybko odskoczył w bok.

Przez okno wleciały trzy sowy, przy czym dwie podtrzymywały trzecią, która sprawiała wrażenie nieprzytomnej. Wylądowały z cichym plaśnięciem na łóżku Harry'ego, a środkowa sowa, wielka i szara, przewróciła się na grzbiet i legła bez ruchu. Do jej nóżek przywiązana była spora paczka.

Harry natychmiast rozpoznał tego ptaka — był to sędziwy puchacz Errol, należący do rodziny Weasleyów. Podbiegł do łóżka, odwiązał sznurek, którym przymocowana była paczka, i zaniósł Errola do klatki Hedwigi. Ptak otworzył jedno mętne oko, zagruchał słabo w podzięce i zanurzył dziób w miseczce z wodą.

Harry zajął się pozostałymi ptakami. W jednym z nich, wielkiej sowie śnieżnej, rozpoznał swoją Hedwigę. Ona również przydźwigała pakunek i sprawiała wrażenie bardzo z siebie zadowolonej. Kiedy odwiązał paczkę, dziobnęła go przyjacielsko, po czym pofrunęła do swojej klatki, sadowiąc się obok Errola.

Trzeciej sowy, o pięknym brązowym upierzeniu, Harry nigdy przedtem nie widział, ale od razu poznał, skąd przyleciała, bo prócz trzeciej paczki przyniosła list z godłem Hogwartu. Kiedy uwolnił ją od listu i paczki, nastroszyła z godnością pióra, zamachała skrzydłami i natychmiast wyleciała z powrotem przez otwarte okno.

Harry usiadł na łóżku, sięgnął po paczkę, którą przyniósł Errol, i rozerwał brązowy papier. Wewnątrz była jego pierwsza w życiu kartka urodzinowa i prezent owinięty złotą folią. Kiedy otwierał kopertę, ręce lekko mu drżały. Na łóżko wypadł list i wycinek z gazety.

Już na pierwszy rzut oka można było poznać, że wycinek pochodzi z „Proroka Codziennego", gazety czarodziejów, bo ludzie na czarno-białej fotografii poruszali się. Harry podniósł wycinek, wygładził go i przeczytał:

PRACOWNIK MINISTERSTWA MAGII ZGARNIA NAJWYŻSZĄ WYGRANĄ

Artur Weasley, kierownik Urzędu Niewłaściwego Użycia Produktów Mugoli w Ministerstwie Magii, zgarnął najwyższą wygraną w dorocznej loterii „Proroka Codziennego".

Zachwycony pan Weasley powiedział naszemu reporterowi: „Za te pieniądze pojedziemy do Egiptu, gdzie nasz najstarszy syn, Bill, pracuje dla banku Gringotta jako łamacz uroków".

Rodzina Weasleyów spędzi w Egipcie cały miesiąc. Wrócą na początek nowego roku szkolnego w Hogwarcie, gdzie uczy się pięcioro dzieci Weasleyów.

Harry rzucił okiem na ruchome zdjęcie i uśmiechnął się szeroko, kiedy zobaczył wszystkich dziewięcioro Weasleyów na tle wielkiej piramidy, wymachujących do niego rękami. Pulchna pani Weasley, wysoki, łysiejący pan Weasley, sześciu synów i córka — wszyscy (choć na czarno-białym zdjęciu nie było tego widać) o płomiennorudych włosach. W samym środku stał Ron, wysoki i szczupły, ze swoim szczurem Parszywkiem na ramieniu, obejmując młodszą siostrzyczkę, Ginny.

Nikt chyba nie zasługiwał bardziej na wygranie stosu złotych monet od Weasleyów, którzy byli wspaniałymi ludźmi, a przy tym bardzo ubogimi. Harry podniósł list od Rona i rozwinął go.

Drogi Harry,

Wszystkiego najlepszego z okazji urodzin!

Harry, naprawdę bardzo mi przykro z powodu tego telefonu. Mam nadzieję, że nie oberwałeś za to od twoich mugoli. Rozmawiałem z ojcem, powiedział, że nie powinienem tak wrzeszczeć.

Tu, w Egipcie, jest fantastycznie. Bill oprowadza nas po tych wszystkich starożytnych grobowcach, nie masz pojęcia, jakie zaklęcia ich strzegą! Mama nie pozwoliła Ginny wejść do ostatniego. Było tam mnóstwo zmutowanych szkieletów mugoli, którzy włamali się do środka i którym powyrastały dodatkowe głowy i różne inne świństwa.

Nie mogłem uwierzyć, że mój tata wygrał w loterii „Proroka". Siedemset galeonów! Większość poszła na ten wyjazd, ale trochę zostało i rodzice mają mi kupić nową różdżkę.

Harry aż za dobrze pamiętał moment, w którym połamała się stara różdżka Rona. Zdarzyło się to wtedy, kiedy obaj polecieli do Hogwartu samochodem, który przy lądowaniu trafił w drzewo rosnące pośrodku szkolnych błoni.

Wracamy na tydzień przed początkiem semestru. Pojedziemy do Londynu, żeby kupić nowe książki, no i nową różdżkę dla mnie. Może udałoby się nam tam spotkać?
Nie daj się stłamsić tym mugolom!
Postaraj się być w Londynie.

Ron

PS Percy został naczelnym prefektem. W zeszłym tygodniu dostał list.

Harry ponownie zerknął na zdjęcie w gazecie. Percy, który rozpoczynał siódmy, ostatni rok nauki w Hogwarcie, puszył się na nim wyjątkowo. Przypiął sobie odznakę naczelnego prefekta do fezu, tkwiącego mu zawadiacko na głowie, na schludnie zaczesanych włosach. W rogowych okularach odbijało się egipskie słońce.

Teraz Harry rozwinął prezent. Wewnątrz było coś, co przypominało miniaturowego szklanego bąka do zabawy, i jeszcze jedna karteczka od Rona.

Harry, to jest kieszonkowy fałszoskop — wykrywacz podstępów. Kiedy w pobliżu znajduje się ktoś niegodny zaufania, wykrywacz podobno błyska i wiruje. Bill mówi, że to tandeta dla turystów, bo wczoraj bąk zaczął ni stąd,

*ni zowąd błyskać podczas kolacji. Nie wiedział jednak, że
Fred i George wrzucili mu kilka żuków do zupy.*

Cześć

Ron

Harry odłożył fałszoskop na nocną szafkę. Szklany bąk
sam ustawił się pionowo na spiczastym końcu i tkwił tak
nieruchomo, odbijając fosforyzujące wskazówki budzika.
Przez chwilę Harry przyglądał mu się z zachwytem, a potem
wziął do ręki paczkę przyniesioną przez Hedwigę.

Wewnątrz był również owinięty w kolorowy papier prezent, kartka urodzinowa i list, tym razem od Hermiony.

Drogi Harry,

*Ron napisał mi o swojej rozmowie telefonicznej z wujem
Vernonem. Mam nadzieję, że jakoś z tego wybrnąłeś.*

*Jestem teraz na wakacjach we Francji i zupełnie nie
wiedziałam, jak ci to wysłać — co by było, gdyby to otworzyli na cle? — ale nagle pojawiła się Hedwiga! Chyba
chciała się upewnić, że tym razem dostaniesz coś od kogoś na
urodziny. Kupiłam ci prezent poprzez sowią pocztę wysyłko-
wą; znalazłam takie ogłoszenie w „Proroku Codziennym"
(kazałam go sobie tutaj przysyłać, żeby wiedzieć, co się dzieje
w czarodziejskim świecie). Widziałeś zdjęcie Rona i jego
rodziny na tle piramidy? Było w zeszłym tygodniu. Założę
się, że mnóstwo się tam nauczy. Aż mnie zazdrość bierze —
ci starożytni czarodzieje egipscy byli naprawdę super.*

*Tutaj też natrafiłam na ślady dawnych czarownic i cza-
rodziejów. Musiałam napisać na nowo moje wypracowanie
z historii magii, żeby wykorzystać te informacje. Mam
nadzieję, że nie jest za długie — dwa zwoje pergaminu
więcej, niż życzył sobie profesor Binns.*

Ron pisze, że będzie w Londynie w ostatnim tygodniu wakacji. A ty? Myślisz, że twoja ciotka i wuj by cię puścili? Tak bym chciała, żeby ci się udało wyrwać. Jeśli nie, zobaczymy się 1 września w ekspresie do Hogwartu!

Pozdrowienia od

Hermiony

PS Ron pisze, że Percy został prefektem naczelnym. Założę się, że Percy jest w siódmym niebie, czego chyba nie można powiedzieć o Ronie.

Harry zachichotał, odłożył list od Hermiony i wziął do ręki prezent. Był bardzo ciężki. Znając Hermionę, podejrzewał, że to jakaś wielka księga wyjątkowo trudnych zaklęć — ale się mylił. Serce mu zabiło mocno, kiedy rozerwał papier i ujrzał błyszczący neseser z czarnej skóry, ze srebrnym napisem: „Podręczny zestaw miotlarski".

— Uau! Hermiono! — szepnął Harry, otwierając neseser, aby zajrzeć do środka.

Był tam wielki słój wybornej pasty Fleetwooda do polerowania rączki miotły, para lśniących, srebrnych klipsów do spinania gałązek, maleńki mosiężny kompas z uchwytem do rączki, bardzo użyteczny podczas długich lotów, a także *Poradnik samodzielnej konserwacji mioteł.*

Prócz przyjaciół Harry'emu najbardziej brakowało quidditcha, najpopularniejszej dyscypliny sportowej w magicznym świecie — bardzo niebezpiecznej i bardzo podniecającej, w którą grało się na latających miotłach. Harry był świetnym graczem: został najmłodszym w ostatnim stuleciu członkiem reprezentacji jednego z domów Hogwartu. Jednym z jego największych skarbów była miotła wyścigowa Nimbus Dwa Tysiące.

Odłożył skórzany neseser i sięgnął po ostatnią paczkę. Od razu rozpoznał koślawe pismo na brązowym papierze: to paczka od Hagrida, gajowego Hogwartu. Rozdarł papier i zobaczył coś zielonego i skórzanego, ale zanim zdołał rozerwać całe opakowanie, paczka zadrżała dziwnie, a wewnątrz coś głośno kłapnęło — jakby miało szczęki.

Harry zamarł. Wiedział, że Hagrid nie przysłałby mu świadomie niczego niebezpiecznego, ale wiedział też, że Hagrid ma zupełnie inne pojęcie o tym, co jest niebezpieczne, od większości normalnych ludzi. Znany był z tego, że przyjaźnił się z olbrzymimi pająkami, kupował groźne trójgłowe psy od ludzi spotkanych przypadkowo w pubie, a raz przemycił do swojej chatki jajo smoka, co było sprzeczne z prawami obowiązującymi w świecie czarodziejów.

Palec mu nieco drżał, kiedy szturchnął paczkę. Znowu coś głośno kłapnęło. Sięgnął po lampę stojącą na szafce nocnej, chwycił ją mocno i uniósł nad głową, gotów uderzyć. Potem złapał za resztę brązowego papieru i pociągnął.

Z opakowania wypadła... książka. Harry zdążył tylko zauważyć ładną zieloną okładkę i złoty napis: *Potworna księga potworów*, gdy książka podskoczyła i zaczęła pełznąć po łóżku jak dziwaczny krab.

— Uoooo... — mruknął Harry.

Książka zsunęła się z łóżka, spadła z trzaskiem na podłogę i popełzła po niej szybko. Harry ruszył za nią ukradkiem, aż schowała się w ciemnym kącie pod biurkiem. Mając nadzieję, że Dursleyowie nadal mocno śpią, Harry osunął się na kolana i sięgnął pod biurko, żeby ją wyciągnąć.

— Auuu!

Książka chapnęła go w rękę, po czym przemknęła obok niego, wciąż kłapiąc okładkami. Harry okręcił się w miejscu, skoczył i przygwoździł ją do podłogi. W sąsiednim pokoju wuj Vernon zachrapał głośno przez sen.

Hedwiga i Errol obserwowali z zainteresowaniem, jak Harry ściska w ramionach wyrywającą się książkę, biegnie z nią do komody, wyciąga skórzany pasek i zaciska go mocno wokół książki. *Księga potworów* zadygotała wściekle, ale nie mogła już podskakiwać i kłapać okładkami, więc Harry cisnął ją na łóżko i sięgnął po kartkę od Hagrida.

Kochany Harry,
Dużo szczęścia w dniu urodzin!
Tak myślę że może będzie ci to pasować
w przyszłym roku. Więcej tu nie powim. Powim ci
jak się zobaczymy. Mam nadzieję że mugole
traktują cię jak należy.
Wszystkiego najlepszego
Hagrid

Przekonanie Hagrida, że gryząca książka może mu „pasować", wydało się Harry'emu złowieszcze, ale położył jego kartkę obok listów Rona i Hermiony, uśmiechając się jeszcze szerzej. Został już tylko list z Hogwartu.

Był nieco grubszy niż zwykle. Otworzył kopertę, wyjął pierwszy pergamin i przeczytał:

Szanowny Panie Potter,
pragnę przypomnieć, że nowy rok szkolny rozpoczyna się 1 września. Ekspres do Hogwartu odjeżdża z dworca King's Cross, z peronu dziewięć i trzy czwarte, o godzinie jedenastej.
Uczniowie trzeciej klasy mogą w określone soboty i niedziele odwiedzać wioskę Hogsmeade. Proszę przekazać rodzicom lub opiekunowi do podpisania dołączone pozwolenie.

Załączam listę książek niezbędnych w nowym roku szkolnym.

Z wyrazami szacunku

Profesor M. McGonagall

zastępca dyrektora

Harry wyciągnął formularz pozwolenia i przyjrzał mu się, tym razem już bez uśmiechu. Byłoby cudownie wybrać się do Hogsmeade; wiedział, że to wioska całkowicie zamieszkana przez czarodziejów, a jeszcze nigdy w niej nie był. Ale jak tu przekonać wuja Vernona lub ciotkę Petunię, żeby podpisali formularz?

Spojrzał na budzik. Była druga w nocy.

Uznawszy, że będzie się o to martwił rano, wrócił do łóżka i przekreślił kolejny dzień na karcie, na której odliczał dni dzielące go od powrotu do Hogwartu. Potem zdjął okulary, położył się i jeszcze raz zerknął na swoje trzy kartki urodzinowe.

Harry Potter był niezwykłym chłopcem, ale w tym momencie czuł się jak każdy normalny człowiek — po raz pierwszy w życiu cieszył się, że ma urodziny.

ROZDZIAŁ DRUGI

Wielki błąd ciotki Marge

Kiedy następnego ranka Harry zszedł na śniadanie, zastał już całą trójkę Dursleyów siedzącą przy kuchennym stole. Gapili się w nowiutki telewizor, który kupili na powitanie Dudleya, kiedy przyjechał na letnie wakacje. Dudley uskarżał się zawsze, że musi wciąż biegać od lodówki w kuchni do telewizora w salonie. Teraz większość czasu spędzał w kuchni, utkwiwszy swoje prosiakowate oczka w ekranie telewizora, podczas gdy jego pięć podbródków trzęsło się miarowo od nieustannego przeżuwania różnego rodzaju smakołyków.

Harry usiadł między Dudleyem i wujem Vernonem, potężnym krzepkim mężczyzną o bardzo krótkiej szyi i krzaczastych wąsach. Dursleyowie nie tylko nie złożyli mu życzeń urodzinowych, ale nie dali po sobie poznać, że w ogóle zauważyli jego przyjście. Harry był jednak do tego przyzwyczajony. Wziął sobie kawałek tostu i spojrzał na spikera w telewizorze, przekazującego właśnie wiadomość o jakimś zbiegłym więźniu.

— ...ostrzega się wszystkich, że Black jest uzbrojony

i nadzwyczaj niebezpieczny. A oto specjalny numer telefonu, pod który należy natychmiast zadzwonić, jeśli państwo gdzieś zauważą Blacka...

— Nie musisz nam mówić, że to łotr spod ciemnej gwiazdy! — warknął wuj Vernon, spoglądając znad gazety na zdjęcie więźnia. — Wystarczy tylko spojrzeć na tego nieroba i łachmytę! A te jego włosy!

I spojrzał z odrazą na Harry'ego, którego rozczochrane włosy zawsze doprowadzały go do białej gorączki. W porównaniu z facetem ze zdjęcia, którego wychudzoną twarz otaczała plątanina włosów, sięgających mu aż do pasa, Harry poczuł się, jakby dopiero co wyszedł od fryzjera.

Pojawił się znowu spiker.

— Ministerstwo Rolnictwa i Rybołówstwa oznajmia, że...

— Chwileczkę! — szczeknął wuj Vernon, mierząc spikera wściekłym spojrzeniem. — Nie powiedziałeś, skąd ten debil uciekł! I to ma być rzetelna informacja? Ten szaleniec może właśnie w tej chwili przechodzić naszą ulicą!

Ciotka Petunia, która była koścista i miała końską twarz, odwróciła się szybko i wyjrzała przez okno. Harry dobrze wiedział, że ciotka Petunia marzy o tym, aby być tą osobą, która zadzwoni pod numer specjalny. Była jedną z najbardziej wścibskich kobiet na świecie i większość życia spędzała na śledzeniu swoich nudnych jak flaki z olejem, praworządnych sąsiadów.

— Kiedy oni się nauczą — rzekł wuj Vernon, waląc w stół swoją wielką, purpurową pięścią — że takich typów trzeba od razu wieszać?

— Masz świętą rację — przyznała ciotka Petunia, nadal zerkając do ogródka sąsiadów.

Wuj Vernon wypił resztkę herbaty, spojrzał na zegarek i stwierdził:

— No, Petunio, za minutę muszę wyjść. Pociąg Marge przyjeżdża o dziesiątej.

Harry, którego myśli błądziły wokół podręcznego zestawu miotlarskiego, spoczywającego w jego sypialni na pierwszym piętrze, został gwałtownie sprowadzony z powrotem na ziemię.

— Ciocia Marge? — wybełkotał. — On... to ona do nas przyjeżdża?

Ciotka Marge była siostrą wuja Vernona. Choć nie łączyło jej żadne pokrewieństwo z Harrym (którego matka była siostrą ciotki Petunii), zmuszano go, by mówił do niej „ciociu". Mieszkała na wsi, w domu z wielkim ogrodem, gdzie hodowała buldogi. Rzadko bywała na Privet Drive, ponieważ nie mogła znieść rozstania ze swoimi ukochanymi i drogocennymi psami, ale każde jej odwiedziny zapadały Harry'emu głęboko w pamięć.

Podczas przyjęcia z okazji piątych urodzin Dudleya ciotka Marge łapała Harry'ego zakrzywionym końcem laski za nogi, aby mu udaremnić wygranie z Dudleyem w komórki do wynajęcia. Parę lat później przybyła na Boże Narodzenie, przywożąc skomputeryzowanego robota dla Dudleya, a Harry'ego obdarzając łaskawie paczką sucharków dla psów. Podczas jej ostatnich odwiedzin, rok przed tym, jak dostał pierwszy list z Hogwartu, Harry niechcący nadepnął na łapę jej ulubionego psa. Bestia pognała do ogrodu za Harrym, który ratował się ucieczką na drzewo, a ciotka Marge nie odwołała psa aż do północy. Na wspomnienie tego wydarzenia Dudley zawsze zaśmiewał się do łez.

— Marge będzie u nas przez tydzień — warknął wuj Vernon. — A skoro już jesteśmy przy tym temacie — wycelował groźnie palec w Harry'ego — musimy ustalić kilka spraw, zanim pojadę po nią na dworzec.

Dudley zachichotał i przestał się gapić w telewizor. Przyglądanie się, jak wuj Vernon znęca się nad Harrym, należało do jego ulubionych rozrywek.

— Po pierwsze — zagrzmiał wuj Vernon — będziesz się do ciotki Marge odzywał cywilizowanym językiem.

— Dobrze, wuju — powiedział Harry — ale pod warunkiem, że ona będzie się tak samo odzywała do mnie.

— Po drugie — ciągnął wuj Vernon, jakby nie dosłyszał odpowiedzi Harry'ego — Marge nie wie nic o twojej *nienormalności*, więc nie życzę sobie żadnych... żadnych dziwactw podczas jej pobytu. Masz się zachowywać jak należy, zrozumiano?

— Jeśli tylko ona będzie się tak zachowywać — wycedził Harry przez zaciśnięte zęby.

— Po trzecie — ciągnął wuj Vernon, łypiąc groźnie na Harry'ego swoimi małymi świńskimi oczkami — powiedzieliśmy Marge, że jesteś w Ośrodku Wychowawczym Świętego Brutusa dla Młodocianych Recydywistów.

— Co?! — krzyknął Harry.

— I masz się trzymać tej wersji, jeśli nie chcesz mieć poważnych kłopotów — warknął wuj Vernon.

Harry siedział, blady i wściekły, wpatrując się w wuja Vernona i nie wierząc własnym uszom. Ciotka Marge przyjeżdża na tydzień — to był najgorszy z prezentów urodzinowych, jaki kiedykolwiek dostał od Dursleyów, włączając w to parę starych skarpetek wuja Vernona.

— No, Petunio — powiedział wuj Vernon, podnosząc się z trudem — jadę na dworzec. Chcesz się ze mną przejechać, Dudziaczku?

— Nie — odpowiedział Dudley, którego uwagę ponownie pochłonął telewizor.

— Dudzio musi się wystroić dla swojej ciotuni — powiedziała ciotka Petunia, gładząc jego jasną, szczeciniastą czuprynę. — Mamusia kupiła mu śliczną nową muszkę.

Wuj Vernon poklepał Dudleya po tłustym ramieniu.

— No to na razie.

I opuścił kuchnię.

Harry'emu, który siedział pogrążony w czymś w rodzaju transu, przyszedł nagle do głowy pewien pomysł. Zostawił nie dojedzony tost, zerwał się na równe nogi i pobiegł za wujem Vernonem do frontowych drzwi.

Wuj Vernon naciągał już kurtkę.

— Ciebie nie zabieram — warknął, kiedy zobaczył Harry'ego.

— Ani mi to w głowie — odpowiedział chłodno Harry. — Chciałbym tylko o coś zapytać.

Wuj Vernon spojrzał na niego podejrzliwie.

— Na trzecim roku w Hog... w mojej szkole możemy czasami pojechać do takiej wioski...

— No to co? — warknął wuj Vernon, zdejmując kluczyki od samochodu z haczyka przy drzwiach.

— Muszę mieć podpis opiekuna na pozwoleniu — wypalił Harry.

— A niby dlaczego miałbym ci to podpisać?

— No bo — zaczął Harry, starannie dobierając słowa — będzie mi dość trudno przez cały czas udawać przed ciotką Marge, że jestem w tym Świętym Jakmutam...

— W Ośrodku Wychowawczym Świętego Brutusa dla Młodocianych Recydywistów! — ryknął wuj Vernon, a Harry ucieszył się, bo w tym wrzasku wyraźnie usłyszał nutę paniki.

— No właśnie — powiedział Harry, patrząc spokojnie w wielką, purpurową twarz wuja Vernona. — Tyle do zapamiętania. No i musiałoby to brzmieć przekonująco, prawda? A jeśli coś mi się niechcący wypsnie?

— TO CI TE BZDURY WYBIJĘ Z GŁOWY! — ryknął wuj Vernon, podchodząc do Harry'ego z podniesioną ręką.

Ale Harry trzymał się dzielnie.

— Wybicie mi tych bzdur z głowy nie sprawi, że ciotka Marge zapomni o tym, co jej mogę niechcący powiedzieć — rzekł ponuro.

Wuj Vernon zatrzymał się, ale rękę miał wciąż podniesioną. Jego twarz przybrała teraz barwę ciemnego fioletu.

— Ale jeśli wuj podpisze mi to pozwolenie — dodał szybko Harry — to przysięgam, że nie zapomnę, w jakiej szkole mam być i będę się zachowywał jak mug... jak normalny człowiek i w ogóle.

Harry był pewny, że wuj Vernon złapał przynętę, choć zęby miał nadal obnażone, a żyła na skroni pulsowała mu groźnie.

— Dobra — warknął w końcu. — Podczas całego pobytu Marge będę ci się uważnie przyglądał. Jeśli się zachowasz przyzwoicie i nie bąkniesz, do jakiej szkoły naprawdę chodzisz, podpiszę ci ten głupi formularz.

Odwrócił się, otworzył drzwi, wyszedł i zatrzasnął je za sobą z taką siłą, że wyleciała jedna z szybek nad drzwiami.

Harry nie wrócił do kuchni. Poszedł na górę do swojej sypialni. Jeśli ma się zachowywać jak prawdziwy mugol, powinien zacząć od razu. Powoli i z ponurą miną zebrał wszystkie prezenty i kartki urodzinowe i schował je razem ze swoim wypracowaniem pod obluzowaną deską podłogi. Potem podszedł do klatki Hedwigi. Errol sprawiał wrażenie, jakby odzyskał siły; on i Hedwiga spali sobie smacznie, ukrywszy łebki pod skrzydłami. Harry westchnął i zaczął szturchać oba ptaki.

— Hedwigo — powiedział smętnie — musisz się stąd wynieść na tydzień. Leć z Errolem. Ron się tobą zaopiekuje. Napiszę mu parę słów wyjaśnienia. I nie patrz na mnie tak.

— Wielkie, bursztynowe oczy Hedwigi pełne były wyrzutu. — To nie moja wina. To jedyny sposób, żebym mógł zwiedzić Hogsmeade z Ronem i Hermioną.

Dziesięć miniut później Errol i Hedwiga (z liścikiem do Rona przywiązanym do nóżki) wylecieli przez okno i wkrótce zniknęli Harry'emu z oczu, a on, czując się bardzo nieszczęśliwy, schował pustą klatkę do szafy.

Nie dane mu jednak było długo dumać nad swoim losem. W chwilę później usłyszał wrzask ciotki Petunii, która wołała go, by zszedł na dół i przygotował się na powitanie gościa.

— Zrób coś z tymi włosami! — warknęła, kiedy zszedł do przedpokoju.

Harry nie widział najmniejszego sensu w przygładzaniu włosów. Wiedział, że ciotka Marge uwielbia go krytykować, więc im nie porządniej wygląda, tym większą sprawi jej uciechę.

Zaraz potem rozległ się cichy chrzęst żwiru, kiedy wuj Vernon wjeżdżał tyłem na podjazd, a po chwili trzaskanie drzwiami samochodowymi i kroki na ścieżce.

— Otwórz drzwi! — syknęła ciotka Petunia.

Harry, czując wielką kulę lodu w żołądku, otworzył drzwi.

Na progu stała ciotka Marge. Była bardzo podobna do wuja Vernona: wielka, tęga, z purpurową twarzą, miała nawet wąsy, choć nie tak krzaczaste jak on. W ręku trzymała olbrzymią walizę, a pod pachą starego i ponurego buldoga.

— Gdzie jest mój Dudziaczek?! — ryknęła. — Gdzie jest moje pimpi-bimpi?

Pojawił się Dudley, kołysząc tłustym zadkiem jak kaczka. Jasne włosy miał gładko przylizane, a spod kilku podbródków ledwo było widać muszkę. Ciotka Marge cisnęła walizę prosto w brzuch Harry'ego, pozbawiając go tchu, objęła Dudleya jedną ręką i cmoknęła głośno w policzek.

Harry dobrze wiedział, że Dudley godzi się na te uściski i całusy tylko dlatego, że spodziewa się dobrej zapłaty. I rzeczywiście, gdy go puściła, ściskał już w dłoni dwudziestofuntowy banknot.

— Petunio! — krzyknęła ciotka Marge, mijając Harry'ego, jak gdyby był wieszakiem na kapelusze.

I pocałowała ciotkę Petunię, a raczej walnęła swoją wielką szczęką w jej kościsty policzek.

Teraz wszedł wuj Vernon. Zamykając drzwi, uśmiechał się dobrodusznie.

— Marge, herbatki, co? — zapytał. — A co dla Majcherka?

— Majcher napije się trochę herbatki z mojego spodeczka — odpowiedziała ciotka Marge i wszyscy ruszyli do kuchni, pozostawiając Harry'ego z walizką w przedpokoju. Harry nie miał jednak do nich żalu; dobry był każdy powód, by być z dala od ciotki Marge, więc zaczął bardzo powoli wciągać walizę po schodach.

Kiedy wrócił do kuchni, ciotka Marge dostała już herbatę i kawałek strucli, a Majcher chłeptał głośno w kącie. Ciotka Petunia zerkała od czasu do czasu na plamy herbaty i śliny, których ciągle przybywało na jej lśniącej zawsze podłodze. Nienawidziła zwierząt.

— Kto się opiekuje psami, Marge? — zapytał wuj Vernon.

— Och, namówiłam pułkownika Fubstera. Jest na eme-
ryturze, więc dobrze mu zrobi, jak będzie miał jakieś zajęcie.
Ale nie miałam serca zostawić biednego Majcherka. Usycha
z tęsknoty, gdy go opuszczam.

Kiedy Harry usiadł, Majcher natychmiast zaczął warczeć.
To zwróciło wreszcie uwagę ciotki Marge na Harry'ego.

— A, to ty! — szczeknęła. — Więc wciąż tu jesteś?

— Tak — przyznał Harry.

— Nie mów takim niewdzięcznym tonem — warknęła ciotka Marge. — Powinieneś być wdzięczny Vernonowi
i Petunii za to, że cię tu trzymają. Ja bym tego nie zrobiła.
Gdyby cię podrzucono na *mój* próg, oddałabym cię natychmiast do sierocińca.

Harry już chciał odpowiedzieć, że wolałby mieszkać
w sierocińcu niż w domu Dursleyów, ale w porę przypomniał
sobie o formularzu pozwolenia na odwiedzenie Hogsmeade,
więc ugryzł się w język i zmusił do krzywego uśmiechu.

— Nie chichocz pod nosem, jak do ciebie mówię! —
zagrzmiała ciotka Marge. — Widzę, że wcale się nie po-
prawiłeś od czasu, jak tu byłam ostatnio. Miałam nadzieję,
że w szkole nauczą cię dobrych manier. — Łyknęła głośno
herbaty, otarła wąsy i zapytała: — Gdzie go umieściłeś,
Vernon?

— W Świętym Brutusie — odpowiedział szybko wuj
Vernon. — To renomowany ośrodek wychowawczy spe-
cjalizujący się w beznadziejnych przypadkach.

— Rozumiem. Czy używają tam rózgi, chłopcze?

— Eee...

Wuj Vernon energicznie pokiwał głową za plecami ciotki Marge.

— Tak — powiedział Harry, a pamiętając, że ma się
zachowywać jak należy, dodał: — Bez przerwy.

— To wspaniale — ucieszyła się ciotka Marge. — Nie mogę słuchać tych wszystkich mędrków wygadujących bzdury o szkodliwości bicia. W dziewięćdziesięciu dziewięciu przypadkach na sto dobre lanie daje zbawienne skutki. A ciebie często biją?

— O, tak — odpowiedział Harry. — Nieustannie.

— Nie podoba mi się jednak twój ton, chłopcze. Jeśli tak beztrosko mówisz o biciu, to znaczy, że nie biją cię dostatecznie mocno. Petunio, na twoim miejscu napisałabym do nich. Dałabym im jasno do zrozumienia, że w przypadku tego chłopca pochwalam porządne lanie.

Być może wuj Vernon zaczął się obawiać, że Harry zapomni o ich umowie; w każdym razie nagle zmienił temat.

— Słuchałaś porannych wiadomości, Marge? Co myślisz o tym zbiegłym więźniu?

Ciotka Marge bardzo szybko poczuła się jak u siebie w domu, a Harry'emu zaczęło się wydawać, że zanim przyjechała, jego życie pod numerem czwartym było prawdziwą sielanką. Wuj Vernon i ciotka Petunia zwykle dawali mu do zrozumienia, żeby trzymał się od nich z daleka, co Harry skwapliwie wykorzystywał. Natomiast ciotka Marge chciała go wciąż mieć na oku, żeby móc wygłaszać krytyczne uwagi na temat jego wychowania. Uwielbiała porównywać go z Dudleyem, a prawdziwą rozkosz sprawiało jej kupowanie Dudleyowi drogich prezentów, przy czym wręczając je, spoglądała nie na Dudleya, a na Harry'ego, jakby tylko czekała, aż zapyta, dlaczego on nic nie dostaje. Lubiła też rozwodzić się nad przyczynami, które sprawiły, że Harry jest tak żałosną osobą.

— Nie powinieneś obwiniać siebie za to, że ten chłopak

wyrósł na coś takiego, Vernonie — oświadczyła przy lunchu trzeciego dnia. — Jeśli coś gnije od wewnątrz, nic na to nie poradzisz.

Harry starał się skupić na jedzeniu, ale ręce mu zadrżały, a policzki poróżowiały ze złości. Pamiętaj o formularzu, powtarzał sobie w duchu. Myśl o Hogsmeade. Nic nie mów. Nie daj się wyprowadzić z równowagi...

Ciotka Marge sięgnęła po kieliszek z winem.

— To jedna z podstawowych reguł wychowania — powiedziała. — U psów widać to bardzo wyraźnie. Jak z suką jest coś nie tak, to i szczeniaki będą do niczego...

W tym momencie kieliszek, który trzymała w ręku, roztrzaskał się z wielkim hukiem. Kawałki szkła poleciały we wszystkie strony, a ciotka Marge zaczęła pluć i mrugać powiekami; po jej wielkiej twarzy spływały strużki krwi.

— Marge! — wrzasnęła histerycznie ciotka Petunia. — Marge, nic ci nie jest?

— Nie martw się — warknęła ciotka Marge, ocierając twarz serwetką. — Musiałam za mocno ścisnąć. Kiedyś zrobiłam to samo przy pułkowniku Fubsterze. Nie przejmuj się, Petunio, ja mam naprawdę krzepę...

Ale ciotka Petunia i wuj Vernon wpatrywali się podejrzliwie w Harry'ego, więc postanowił zrezygnować z deseru i jak najszybciej odejść od stołu.

Wyszedł do przedpokoju i oparł się o ścianę, oddychając głęboko. Już dawno nie stracił nad sobą panowania i nie sprawił, że coś się roztrzaskało. Nie mógł pozwolić, żeby to się powtórzyło. I nie chodziło jedynie o Hogsmeade — wiedział, że może mieć kłopoty ze strony Ministerstwa Magii.

Harry był wciąż niepełnoletnim czarodziejem i zgodnie z prawem obowiązującym w świecie czarodziejów nie wolno mu było używać czarów poza szkołą. A miał już coś na sumieniu. W ubiegłe wakacje otrzymał oficjalne ostrzeżenie, w którym wyraźnie zaznaczono, że jeśli ministerstwo dowie się o jeszcze jednym użyciu czarów przy Privet Drive, wyrzucą Harry'ego z Hogwartu.

Usłyszał, jak Dursleyowie wstają od stołu i szybko wbiegł na górę, żeby zejść im z oczu.

Przez następne trzy dni Harry zmuszał się do myślenia o swoim *Poradniku samodzielnej konserwacji mioteł* za każdym razem, kiedy ciotka Marge zajmowała się jego osobą. Działało to zupełnie nieźle, ale miał przy tym trochę nieprzytomne spojrzenie, więc ciotka Marge zaczęła głosić opinię, że jest niedorozwinięty umysłowo.

W końcu nadszedł jednak ostatni, tak wytęskniony przez niego wieczór pobytu ciotki Marge u Dursleyów. Ciotka Petunia przygotowała wystawną kolację, a wuj Vernon otworzył kilka butelek wina. Zjedli zupę i łososia, nie wspominając ani słowem o Harrym; podczas deseru, na który ciotka Petunia podała cytrynowe ciasto z bezami, wuj Vernon zanudzał wszystkich długą opowieścią o swojej wytwórni świdrów, potem ciotka Petunia podała kawę, a wuj Vernon przyniósł butelkę brandy.

— Skusisz się, Marge?

Ciotka Marge wypiła już mnóstwo wina. Jej wielka twarz była koloru dojrzałych wiśni.

— Tylko maleńki kieliszeczek... — zachichotała. — No... troszkę więcej... jeszcze troszkę... och, już dosyć!

Dudley pożarł czwarty kawałek ciasta. Ciotka Petunia sączyła kawę, odginając elegancko mały palec. Harry marzył o ucieczce do swojej sypialni i nawet podniósł głowę, jakby chciał wstać od stołu, ale napotkał wściekłe spojrzenie wuja Vernona i zrozumiał, że musi swoje odsiedzieć.

— Mmmmm — zamruczała ciotka Marge, oblizując wargi i odstawiając pusty pękaty kieliszek. — Wspaniała wyżerka, Petunio. Ja zwykle coś tam sobie wieczorem odsmażam... no, wiesz... kiedy się ma w domu dwanaście psów... — Czknęła głośno i poklepała się po swoim wielkim brzuchu wydymającym tweedowy żakiet. — Przepraszam. Lubię sobie popatrzyć na zdrowego chłopaka — dodała, mrugając do Dudleya. — Wyrośniesz na prawdziwego mężczyznę, Dudziaczku, jak twój ojciec. Tak, łyknę jeszcze odrobinkę brandy, Vernonie... Taaak... Ale ten tutaj...

Wskazała brodą na Harry'ego, który poczuł niemiły skurcz w żołądku. *Poradnik*, pomyślał szybko.

— Ten wygląda okropnie. Jakiś taki mizerny, karłowaty. To samo bywa z psami. W zeszłym roku kazałam pułkownikowi Fubsterowi jednego utopić. Był mały jak szczurek. Słabowity. Niedorobiony.

Harry starał się usilnie przypomnieć sobie dwunastą stronę podręcznika: *Zaklęcie naprawiające niesprawne nawrotniki*.

— A to wszystko polega na złej lub dobrej krwi — ciągnęła ciotka Marge. — Zła krew zawsze się w końcu ujawni. Oczywiście nie chcę powiedzieć niczego złego o twojej rodzinie, Petunio — poklepała kościstą rękę ciotki Petunii swoją szeroką łapą — ale zgodzisz się ze mną, że twoja siostra była czarną owcą. To się zdarza w najlepszych rodzinach. No i zadała się z tym nicponiem, a rezultat siedzi teraz przed nami.

Harry wbił wzrok w swój talerz, a w uszach zaczęło mu dziwnie dzwonić. *Uchwyć mocno miotłę za ogon*, pomyślał, ale nie mógł sobie przypomnieć, co było dalej. Głos ciotki

Marge borował mu w mózgu jak jeden ze świdrów wuja Vernona.

— Ten Potter... — powiedziała głośno ciotka Marge, biorąc butelkę brandy. Nalała sobie sporo do kieliszka, rozchlustując część na obrus. — Nigdy mi nie mówiliście, czym on się zajmował.

Wuj Vernon i ciotka Petunia zrobili takie miny, jakby na stole położono odbezpieczony granat. Nawet Dudley oderwał na chwilę oczy od ciasta, żeby wlepić je w swoich rodziców.

— On... nie pracował — mruknął wuj Vernon, zerkając z ukosa na Harry'ego. — Był bezrobotny.

— Tego się spodziewałam! — ucieszyła się ciotka Marge, przełykając wielki haust brandy i ocierając sobie podbródek rękawem. — Bezużyteczny, leniwy darmozjad bez konta w banku, który...

— Mój ojciec nie był darmozjadem — powiedział nagle Harry.

Zapadła cisza. Harry cały dygotał. Jeszcze nigdy nikt tak go nie rozwścieczył.

— WIĘCEJ BRANDY! — ryknął wuj Vernon, blady jak ściana. Wylał wszystko, co pozostało w butelce, do pękatego kieliszka ciotki Marge. — A ty, chłopcze, idź do łóżka... Zjeżdżaj, ale już!

— Nie, Vernonie — oświadczyła stanowczo ciotka Marge i czknęła. Podniosła rękę i utkwiła nabiegłe krwią oczy w Harrym. — No, proszę, chłopcze, mów dalej. Jesteś dumny ze swoich rodziców, tak? Z rodziców, którzy pozabijali się w wypadku samochodowym, bo byli, jestem tego pewna, pijani...

— Moi rodzice nie zginęli w żadnym wypadku samochodowym! — krzyknął Harry, zrywając się na równe nogi.

— Zginęli w wypadku samochodowym, ty nieznośny kłamczuchu, i zostawili ciebie na utrzymaniu swoich przyzwoitych, ciężko pracujących krewnych! — wrzasnęła ciotka Marge, opluwając cały stół. — Jesteś niedorozwiniętym, niewdzięcznym ga...

I nagle urwała. Przez chwilę wydawało się, że zabrakło jej słów, że rozdyma ją trudna do opisania wściekłość — ale na tym się nie skończyło. Jej wielka, czerwona twarz zaczęła puchnąć, oczy wylazły z orbit, usta zacisnęły się tak, że nie mogła nawet pisnąć... W następnej sekundzie kilka guzików jej tweedowego żakietu wystrzeliło w powietrze i roztrzaskało się o ściany... Nadęła się jak olbrzymi balon, brzuch jej wysadziło na wierzch, a każdy z palców spuchł jak salami...

— MARGE! — ryknęli jednocześnie wuj Vernon i ciotka Petunia, kiedy ciało ciotki Marge oderwało się od krzesła i zaczęło unosić się ku sufitowi.

Teraz zrobiła się już zupełnie okrągła, wyglądała jak olbrzymia dynia ze świńskimi oczkami, z której sterczały dziwacznie ręce i nogi, i unosiła się coraz wyżej, wydając z siebie krótkie, zduszone kwiki. Majcher wpadł do pokoju, ślizgając się po podłodze i ujadając jak szalony.

— NIEEEEEE!

Wuj Vernon złapał ciotkę Marge za nogę i próbował ściągnąć ją z powrotem, ale niewiele brakowało, a sam oderwałby się od podłogi. W chwilę później Majcher skoczył i zatopił kły w nodze wuja Vernona.

Harry wypadł z jadalni, zanim ktokolwiek zdołał go zatrzymać, i popędził do komórki pod schodami. Drzwi otworzyły się same, gdy tylko wyciągnął ku nim rękę. W ciągu kilku sekund zawlókł swój kufer pod frontowe drzwi. Wbiegł na górę, rzucił się pod łóżko, zerwał obluzowaną deskę i wyciągnął poszewkę pełną książek i prezentów urodzinowych. Wyczołgał się spod łóżka, chwycił pustą klatkę Hedwigi i zbiegł na dół do swojego kufra. W tej samej chwili wuj Vernon wypadł z jadalni. Spodnie miał poszarpane i poplamione krwią.

— WRACAJ MI TU NATYCHMIAST! — ryknął.

— WRACAJ I PRZYWRÓĆ JEJ NORMALNĄ PO-STAĆ!

Ale Harry nie panował już nad atakiem szału, który go ogarnął. Jednym kopniakiem otworzył kufer, wyciągnął różdżkę i wycelował nią w wuja Vernona.

— Zasłużyła na to — powiedział, oddychając bardzo szybko. — Zasłużyła na to, co dostała. A ty trzymaj się z dala ode mnie.

Położył rękę na klamce.

— Odchodzę. Mam już tego dosyć.

I w następnej chwili szedł już ciemną, cichą uliczką, wlokąc za sobą ciężki kufer i trzymając klatkę Hedwigi pod pachą.

ROZDZIAŁ TRZECI

Błędny Rycerz

W lokąc za sobą kufer, Harry minął kilkanaście przecznic, zanim osunął się na niski murek przy Magnoliowym Łuku, dysząc ze zmęczenia. Siedział tam nieruchomo, wciąż drżąc z oburzenia i wsłuchując się w gwałtowne bicie swego serca.

Po dziesięciu minutach siedzenia w samotności na ciemnej ulicy ogarnęło go jednak nowe uczucie: panika. Z którejkolwiek strony by na to spojrzeć, jeszcze nigdy nie znalazł się w tak parszywym położeniu. Był zagubiony, zupełnie sam, w nie znanym mu świecie mugoli, nie mając pojęcia, dokąd pójść. A najgorsze było to, że dopiero co użył dość silnego zaklęcia, to zaś oznaczało, że prawie na pewno wyrzucą go z Hogwartu. Złamał ustawę o ograniczeniu użycia czarów przez niepełnoletnich czarodziejów w tak drastyczny sposób, że lada chwila mógł się spodziewać aresztowania przez przedstawicieli Ministerstwa Magii.

Harry wzdrygnął się i spojrzał w górę i w dół Magnoliowego Łuku. Co się z nim stanie? Trafi do więzienia czy zostanie po prostu raz na zawsze wypędzony ze świata czarodziejów? Pomyślał o Ronie i Hermionie i poczuł jeszcze większą rozpacz. Był pewny, że pomogliby mu nawet w takiej sytuacji, ale oboje byli za granicą, a bez Hedwigi nie mógł się z nimi porozumieć.

Nie miał też mugolskich pieniędzy. Na dnie kufra spoczywała sakiewka, a w niej kilka złotych monet czarodziejskich, ale reszta fortuny, którą pozostawili mu rodzice, ukryta była w podziemnym skarbcu banku Gringotta w Londynie. Przecież nie uda mu się zaciągnąć tego kufra aż do Londynu. Chyba że...

Spojrzał na różdżkę, którą wciąż trzymał w ręku. Skoro i tak wyrzucą go ze szkoły (serce biło mu teraz bardzo szybko), to co mu zaszkodzi, jeśli jeszcze raz użyje czarów? Miał odziedziczoną po ojcu pelerynę-niewidkę... A gdyby tak zaczarować kufer, żeby prawie nic nie ważył, przywiązać go do miotły, okryć się peleryną i polecieć do Londynu? Tam mógłby wyjąć resztę pieniędzy ze skrytki i... i rozpocząć nowe życie jako wyjęty spod prawa. Straszliwa perspektywa, ale przecież nie może wiecznie siedzieć na tym murku, bo prędzej czy później będzie musiał tłumaczyć się mugolskiej policji, dlaczego włóczy się po nocy z kufrem pełnym ksiąg z zaklęciami i latającą miotłą.

Otworzył kufer i zaczął w nim grzebać, szukając peleryny-niewidki, ale zanim zdążył ją znaleźć, wyprostował się raptownie i rozejrzał wokoło.

Poczuł dziwne mrowienie na karku, jak by go ktoś obserwował. Ulica wydawała się jednak nadal pusta, a w żadnym z okien wielkich, prostokątnych domów nie zapaliło się światło.

Pochylił się nad kufrem, ale prawie natychmiast znowu

się wyprostował, ściskając mocno różdżkę. Bardziej to wyczuł, niż posłyszał: coś czaiło się w wąskiej przestrzeni między płotem i garażem za jego plecami. Zerknął przez ramię na ciemną alejkę. Może się poruszy, to pozna, czy to tylko jakiś kot-włóczęga, czy... coś innego.

— *Lumos* — mruknął Harry i na końcu jego różdżki zapłonęło światło, prawie go oślepiając.

Podniósł ją wysoko nad głową i nagle wyłożona otoczakami fasada domu numer dwa rozjarzyła się iskrami, brama garażu zajaśniała, a między garażem i domem zobaczył wyraźnie ciemny zarys czegoś bardzo dużego, z wielkimi płonącymi ślepiami.

Harry cofnął się, przerażony. Wpadł na kufer, stracił równowagę i runął jak długi w rynsztok. Padając, wyciągnął rękę, żeby osłabić upadek, i puścił różdżkę.

Rozległ się ogłuszający huk i Harry zasłonił oczy przed oślepiającym światłem...

Wrzasnął i w ostatniej chwili zdążył przetoczyć się z powrotem na chodnik. W sekundę później w miejscu, w którym dopiero co leżał, zatrzymała się para olbrzymich kół, między którymi płonęły dwa reflektory. Podniósł głowę i tuż nad sobą ujrzał wściekle czerwony trzypiętrowy autobus, który pojawił się nie wiadomo skąd. Na przedniej szybie widniał złoty napis: BŁĘDNY RYCERZ.

Przez ułamek sekundy Harry pomyślał, że upadając, uderzył się w głowę i majaczy. A potem z autobusu wyskoczył konduktor w purpurowym uniformie i donośnym głosem oznajmił:

— Witam w imieniu załogi Błędnego Rycerza, nadzwyczajnego środka transportu dla czarownic i czarodziejów zagubionych w świecie mugoli. Wystarczy machnąć ręką, która ma moc, i wejść do środka, a zawieziemy pana, dokąd pan sobie zażyczy. Nazywam się Stan Shunpike i tej nocy będę pańskim przewodnikiem...

Konduktor nagle urwał. Dopiero teraz dostrzegł Harry'ego, który wciąż siedział na chodniku. Harry odszukał różdżkę i wstał. Teraz zobaczył, że Shunpike był zaledwie kilka lat od niego starszy: mógł mieć najwyżej osiemnaście lub dziewiętnaście lat. Miał wielkie, odstające uszy i mnóstwo pryszczy na twarzy.

— Ty, co ty tu właściwie robisz? — zapytał Stan, porzucając swój oficjalny ton.

— Przewróciłem się.

— A po kiego grzyba? — zachichotał Stan.

— Nie zrobiłem tego umyślnie — odpowiedział Harry, trochę urażony.

Dżinsy miał rozdarte na jednym kolanie, a ręka, na którą upadł, krwawiła. Nagle przypomniał sobie, dlaczego się przewrócił i szybko obejrzał się za siebie. Alejka między płotem a garażem, teraz jasno oświetlona reflektorami Błędnego Rycerza, była pusta.

— Co tak się gapisz? — zapytał Stan.

— Tu było coś dużego i czarnego — powiedział Harry, wskazując niepewnie na pustą alejkę. — Jak pies... ale chyba większe i bardziej... no... potężne...

Odwrócił się i spojrzał na Stana, który stał i gapił się na jego bliznę z otwartymi ustami. Harry poczuł niepokój.

— Co ty masz na czerepie? — zapytał nagle Stan.

— Nic — odrzekł szybko Harry, przygładzając sobie włosy na czole, żeby ukryć bliznę. Jeśli przedstawiciele Ministerstwa Magii już go poszukują, nie zamierzał im tego ułatwiać.

— Ty, jak się nazywasz? — zapytał Stan.

— Neville Longbottom — wypalił Harry, wybierając

pierwsze nazwisko, jakie mu przyszło do głowy. — Więc... więc ten autobus... — dodał szybko, chcąc zmienić temat.

— Mówiłeś, że można nim dojechać wszędzie?

— No jasne — odpowiedział z dumą Stan. — Dokąd zechcesz, grunt, żeby to było na lądzie. Pod wodą nie kursujemy. Ty... — dodał, patrząc na Harry'ego podejrzliwie — machnąłeś na nas, no nie? Wyciągnąłeś rękę z różdżką, tak?

— Tak — rzekł szybko Harry. — Słuchaj, a ile kosztuje do Londynu?

— Jedenaście sykli — odpowiedział Stan — ale jak odpalisz czternaście, to dostaniesz gorącej czekolady, a za piętnaście kopsnę ci dodatkowo butlę gorącej wody i szczoteczkę do zębów. W dowolnym kolorze.

Harry zaczął znowu grzebać w kufrze. Wyciągnął sakiewkę i wysypał kilka monet na wyciągniętą rękę Stana. Potem razem wtaszczyli po stopniach autobusu kufer z klatką Hedwigi na szczycie.

W środku nie było foteli; zamiast nich przy zasłoniętych firankami oknach stało z pół tuzina mosiężnych łóżek. Nad każdym paliła się świeca w uchwycie, oświetlając wyłożone boazerią ściany. Na jednym leżał drobny czarodziej w szlafmycy, który mruknął przez sen: „Nie teraz, dzięki, właśnie trawię parę ślimaków", i przewrócił się na drugi bok.

— To będzie twoje — szepnął Stan, wsuwając kufer pod łóżko tuż za facetem, który siedział w fotelu za kierownicą. — A to nasz kierowca, Ernie Prang. Ern, to jest Neville Longbottom.

Ernie Prang, starszawy czarodziej w okularach o bardzo grubych szkłach, kiwnął głową do Harry'ego, który nerwowo przygładził włosy na czole i usiadł na łóżku.

— No dobra, daj staremu po zaworach, Ernie — rzekł Stan, siadając w fotelu obok Erniego.

Rozległ się ogłuszający huk i w następnej chwili Harry rozpłaszczył się na łóżku, odrzucony do tyłu siłą gwałtownego przyspieszenia. Podciągnął się na łokciach i wyjrzał przez ciemne okno. Mknęli już zupełnie inną ulicą. Stan obserwował jego minę z jawną satysfakcją.

— Tu byliśmy, zanim nas wywołałeś — powiedział.

— Gdzie jesteśmy, Ernie? Gdzieś w Walii?

— Ehe — mruknął Ernie.

— Jak to jest, że mugole nie słyszą tego autobusu? — zapytał Harry.

— Mugole? — powtórzył Stan z pogardą. — Mugole nic nie kumają. Nie potrafią słuchać. Nie potrafią patrzyć. To tumany.

— Lepiej obudź panią Marsh, Stan — odezwał się Ernie. — Za minutę będziemy w Abergavenny.

Stan minął łóżko Harry'ego i wspiął się na górę po wąskich drewnianych schodkach. Harry wciąż wyglądał przez okno, czując się coraz bardziej niepewnie. Ernie sprawiał wrażenie, jakby nie bardzo wiedział, do czego służy kierownica. Autobus co chwila wjeżdżał na chodnik, ale na nic nie wpadał: latarniane słupy, skrzynki pocztowe i pojemniki na śmieci po prostu przed nim uskakiwały i wracały na swoje miejsce, gdy przejechał.

Wrócił Stan, prowadząc nieśmiałą, z lekka pozieleniałą czarownicę otuloną podróżnym płaszczem.

— Jesteśmy na miejscu, pani Marsh — oznajmił uradowanym tonem, kiedy Ernie wcisnął pedał hamulca, a łóżka poleciały przynajmniej o stopę do przodu. Pani Marsh zatkała sobie usta chusteczką i zbiegła po stopniach. Stan wyrzucił za nią jej torbę i zatrzasnął drzwi; znowu huknęło i pędzili już wąską drogą wśród drzew, które uskakiwały przed nimi w popłochu.

Harry nie byłby w stanie zasnąć, nawet gdyby autobus nie huczał tak strasznie, pokonując setki mil na godzinę. Żołądek ściskał mu się ze strachu, kiedy się zastanawiał, co go czeka i czy Dursleyom udało się już ściągnąć ciotkę Marge spod sufitu.

Stan wyciągnął „Proroka Codziennego" i zagłębił się w lekturze, wystawiwszy koniec języka. Z pierwszej strony mrugnęło do Harry'ego wielkie zdjęcie wynędzniałego mężczyzny z długimi, splątanymi włosami. Jego twarz wydała mu się dziwnie znajoma.

— To ten facet! — wypalił nagle, zapominając o swoich kłopotach. — Pokazywali go w mugolskim dzienniku!

Stan spojrzał na pierwszą stronę i zacmokał.

— Syriusz Black — powiedział, kiwając głową. — No jasne, że był w mugolskim dzienniku. A ciebie, Neville, gdzie nosiło?

Na widok nieco ogłupiałej miny Harry'ego zachichotał z wyższością i wręczył mu pierwszą stronę gazety.

— Trzeba czytać prasę, Neville.

Harry podsunął gazetę pod świecę i przeczytał:

BLACK WCIĄŻ NA WOLNOŚCI

Jak dziś potwierdziło Ministerstwo Magii, Syriusz Black, jeden z najgroźniejszych przestępców więzionych w twierdzy Azkabanu, nadal pozostaje nieuchwytny.

„Robimy wszystko, co w naszej mocy, by schwytać Blacka", oświadczył dziś rano minister magii, Korneliusz Knot, „i prosimy społeczność czarodziejów, by zachowała spokój".

Niektórzy członkowie Międzynarodowej Federacji Magów krytykują Knota za poinformowanie premiera mugoli o zaistniałym kryzysie.

„Przecież musiałem to zrobić, to chyba oczywiste", powiedział zirytowany Knot. „Black to szaleniec. Stanowi zagrożenie dla każdego, kogo napotka, czarodzieja czy mugola. Premier zapewnił mnie, że nie zdradzi nikomu prawdziwej tożsamości Blacka. I powiedzmy sobie szczerze — kto by mu uwierzył, gdyby to uczynił?"

Mugolom powiedziano, że Black ma broń palną (coś w rodzaju metalowej różdżki, której mugole używają do zabijania się nawzajem). Społeczność czarodziejów obawia się jednak, że znowu może dojść do takiej masakry jak dwanaście lat temu, kiedy Black zamordował trzynaście osób jednym przekleństwem.

Harry spojrzał w mroczne oczy Syriusza Blacka, a tylko oczy w jego zapadłej twarzy wydawały się żywe. Nigdy nie spotkał wampira, ale oglądał ich podobizny na lekcjach obrony przed czarną magią. Black, ze swoją białą, woskowatą cerą, wyglądał jak jeden z nich.

— Można wymięc, jak się na niego patrzy, no nie? — powiedział Stan, obserwując Harry'ego.

— Zamordował *trzynaście osób*? — zapytał Harry, oddając mu pierwszą stronę. — *Jednym przekleństwem?*

— Dał czadu, nie? I to na oczach wszystkich. W biały dzień. Ale była zadyma, co, Ernie?

— Ehe — mruknął kierowca.

Stan objął oparcie fotela i wykręcił głowę do Harry'ego, żeby go lepiej widzieć.

— Black był wielkim kibicem Sam-Wiesz-Kogo — powiedział.

— Co, Voldemorta? — zapytał bez zastanowienia Harry.

Stanowi zbielały nawet pryszcze, a Ernie szarpnął kierownicą tak gwałtownie, że cała wiejska chałupa musiała uskoczyć przed autobusem.

— Chcesz nas władować na drzewo?! — ryknął Stan. — Po kiego grzyba nazywasz go po imieniu?

— Przepraszam — bąknął Harry. — Ja... zapomniałem...

— Zapomniałem! A niech cię szlag, ale mi serce wali...

— Więc... więc Black był zwolennikiem Sam-Wiesz-Kogo? — zapytał Harry przepraszającym tonem.

— No — mruknął Stan, rozcierając sobie pierś. — Jasne, że był. Mówią nawet, że byli bardzo zblatowani. Kiedy ten mały Harry Potter okazał się od niego lepszy...

Harry nerwowo przygładził włosy na czole.

— ...wytropiono wszystkich kiboli Sam-Wiesz-Kogo, no nie, Ern? Większość skapnęła się, że już po herbacie, jak go zabrakło. Ale ten Black to rzadki twardziel. Podobno uznał, że teraz on będzie szefem. W każdym razie osaczyli go na środku ulicy pełnej mugoli, a Black wyciąga różdżkę i jak nie rąbnie, to z pół ulicy rozwalił, dostał jeden czarodziej i z tuzin mugoli, co się nawinęli pod różdżkę. Masakra, mówię ci. A wiesz, co Black wtedy zrobił? — dodał dramatycznym szeptem.

— Co?

— Roześmiał się. Po prostu stał sobie na środku ulicy i ryczał ze śmiechu. Ministerstwo podesłało posiłki, no to się poddał, ale wciąż rechotał jak dziki. To czubek, no nie, Ern? Kompletny świr, no nie?

— Nawet gdyby nie był, jak go zamkli w Azkabanie, to teraz na pewno jest — powiedział powoli Ernie. — Ja bym się wysadził w powietrze, gdyby mieli mnie tam zapuszkować. A już jego nieźle tam obsłużyli... po tym numerze, co odwalił...

— Aż się skręcali, żeby to jakoś zatuszować, no nie, Ern? — ciągnął Stan. — Zrąbało z pół ulicy, wszędzie trupy mugoli... Jaki to oni kit wstawili, Ern? Że niby co się stało?

— Wybuch gazu — mruknął Ernie.

— No, a teraz ptaszek im wyfrunął — rzekł Stan, przyglądając się ponownie wychudzonej twarzy Blacka. — Dotąd jeszcze nikt nie nawiał z Azkabanu, no nie, Ern? Niech ja skonam, jak on to zrobił? Tam mają takich goryli, że największy twardziel by wymiękł, no nie, Ern?

Ernie wzdrygnął się.

— Zmień temat, Stan, dobra? Jak słyszę o tych azkabańskich klawiszach, to mi się coś wywraca w brzuchu.

Stan odłożył niechętnie gazetę, a Harry oparł się o okno, czując się coraz gorzej. Odnosił wrażenie, że straszenie pasażerów jest ulubioną rozrywką Stana. Już sobie wyobrażał, jak opowiada: „Słyszeliście o Harrym Potterze? Zrobił balona ze swojej ciotki! Mieliśmy go tu, w Błędnym Rycerzu, no nie, Ern? Próbował nawiać..."

On, Harry, złamał prawo czarodziejów, był takim samym przestępcą jak Syriusz Black. Czy za nadmuchanie ciotki Marge mogą go zamknąć w Azkabanie? Nie wiedział nic o tym więzieniu dla czarodziejów, ale wszyscy wspominali o nim ze strachem. Hagrid, gajowy Hogwartu, spędził tam niedawno dwa miesiące. Harry wiedział, że nigdy nie zapomni wyrazu przerażenia na jego twarzy, kiedy mu powiedziano, dokąd go zabierają, a przecież Hagrid był jednym z najdzielniejszych ludzi, jakich znał.

Błędny Rycerz toczył się przez ciemność, rozganiając przed sobą krzaki i pojemniki na śmieci, budki telefoniczne i drzewa, a Harry leżał na swoim wymoszczonym piernatami łóżku, pogrążony w rozpaczy. Po chwili Stan przypomniał sobie, że Harry zapłacił za gorącą czekoladę, ale wylał prawie cały kubek na poduszkę, kiedy autobus ruszył gwałtownie z Anglesey do Aberdeen. Co jakiś czas z górnego piętra schodzili czarodzieje i czarownice w długich szatach i bamboszach, żeby wysiąść na kolejnym przystanku. Wszyscy sprawiali wrażenie, jakby opuszczali autobus z największą ulgą.

W końcu pozostał tylko Harry.

— No dobra, Neville — rzekł Stan, klaszcząc w ręce — dokąd cię zawieźć w Londynie?

— Ulica Pokątna — odpowiedział Harry.

— W porząsiu. Na stare śmieci, co?

Huknęło i po chwili pędzili już z łoskotem po Charing Cross Road. Harry usiadł i patrzył, jak domy i ławki umykają na bok przed Błędnym Rycerzem. Niebo trochę pojaśniało. Mógłby gdzieś przycupnąć na parę godzin, pójść do banku Gringotta, kiedy tylko go otworzą, a potem ruszyć w drogę — ale dokąd? Nie miał pojęcia.

Ern wcisnął pedał hamulca i Błędny Rycerz zatrzymał się przed małym, podejrzanie wyglądającym pubem, Dziurawym Kotłem, za którym było magiczne wejście na ulicę Pokątną.

— Dzięki — powiedział Harry do Erna.

Zeskoczył na stopień i pomógł Stanowi ściągnąć na chodnik kufer i klatkę Hedwigi.

— No to cześć! — zwrócił się do Stana.

Ale Stan go nie słuchał. Wciąż stojąc w otwartych drzwiach autobusu, gapił się na wejście do Dziurawego Kotła.

— A więc jesteś, Harry — rozległ się czyjś głos.
Zanim Harry zdążył się odwrócić, poczuł czyjąś rękę na ramieniu. W tym samym momencie Stan krzyknął:

— Niech skonam! Ern, chodź tu, szybko! Zobacz!

Harry zerknął przez ramię i poczuł, jak do żołądka wsypuje mu się wiaderko lodu. Wpadł prosto w objęcia Korneliusza Knota, ministra magii we własnej osobie.

Stan zeskoczył na chodnik obok nich.

— Jak pan nazwał Neville'a, panie ministrze? — zapytał, wyraźnie podniecony.

Knot, niski, korpulentny mężczyzna w długiej pelerynie w prążki, sprawiał wrażenie przeziębionego i zmęczonego.

— Jakiego Neville'a? — zdziwił się, marszcząc czoło.

— To jest Harry Potter.

— Wiedziałem! — ucieszył się Stan. — Ern! Ern! Zgadnij, kim jest ten Neville? To Harry Potter! Ma bliznę, niech skonam!

— Tak — powiedział niecierpliwie Knot. — Cóż, cieszę się, że Błędny Rycerz przywiózł tu Harry'ego, ale teraz on i ja musimy wejść do Dziurawego Kotła...

I wzmógł napór na ramię Harry'ego, popychając go w stronę drzwi pubu. Kiedy znaleźli się w środku, z drzwi za kontuarem wyłoniła się zgarbiona postać z latarnią. Był to Tom, pomarszczony, bezzębny barman.

— Ma go pan, panie ministrze! — zawołał. — Podać coś? Piwa? Brandy?

— Dzbanek gorącej herbaty, jeśli łaska — odrzekł Knot, wciąż trzymając Harry'ego za ramię.

Za plecami usłyszeli głośne szuranie i sapanie i pojawili się Stan i Ernie, taszcząc kufer Harry'ego i klatkę Hedwigi. Obaj wyglądali na niezwykle przejętych sytuacją.

— Ty, Neville, czegoś nam nie powiedział, kim jesteś,

co? — zapytał Stan, łypiąc na Harry'ego. Ernie zerkał ciekawie przez jego ramię.

— Do *prywatnego* gabinetu, Tom — rzekł Knot z naciskiem.

— Cześć — rzekł smętnie Harry do Stana i Erniego, kiedy Tom zaprosił gestem Knota do korytarzyka za barem.

— Cześć, Neville! — zawołał Stan.

Knot ruszył wąskim korytarzem, popychając przed sobą Harry'ego. Tom wprowadził ich do małego saloniku. Strzelił palcami i na kominku zapłonął ogień, po czym wycofał się z pokoju, kłaniając się raz po raz.

— Siadaj, Harry — powiedział Knot, wskazując fotel przy kominku.

Harry usiadł, czując, że mimo płonącego kominka ramiona pokrywają mu się gęsią skórką. Knot zdjął pelerynę i odrzucił ją w kąt, podciągnął spodnie swojego butelkowozielonego garnituru i usiadł naprzeciw Harry'ego.

— Harry, jestem Korneliusz Knot. Minister magii.

Dla Harry'ego nie było to niespodzianką; widział już kiedyś Knota, ale sam miał wówczas na sobie pelerynę-niewidkę, więc minister nie mógł o tym wiedzieć.

Pojawił się ponownie Tom, tym razem w szlafroku na nocnej koszuli, niosąc tacę z herbatą i bułeczkami. Postawił tacę na stoliku między fotelami i opuścił gabinet, zamykając za sobą drzwi.

— No, Harry — rzekł Knot, nalewając herbatę do filiżanek — aleś nam napędził strachu, nie ma co! Uciekać w ten sposób z domu wuja i ciotki! Zacząłem już się bać, że... no, ale jesteś cały i zdrowy, a tylko to się liczy.

Posmarował sobie bułeczkę masłem i podsunął talerz Harry'emu.

— Jedz, Harry, wyglądasz jak trzy ćwierci do śmierci.

No więc... na pewno się ucieszysz, jak ci powiem, że już sobie poradziliśmy z tym nieszczęśliwym nadmuchaniem panny Marjorie Dursley. Parę godzin temu wysłałem na Privet Drive dwóch funkcjonariuszy Czarodziejskiego Pogotowia Ratunkowego. Panna Dursley została nakłuta, a jej pamięć odpowiednio zmodyfikowana. Nie będzie pamiętać o tym niemiłym incydencie. Tak więc wszystko już jest w porządku i nikomu nic się nie stało.

Uśmiechnął się do Harry'ego znad filiżanki jak wujek gawędzący z ulubionym siostrzeńcem. Harry, który nie dowierzał własnym uszom, otworzył usta, żeby coś powiedzieć, ale nic nie przychodziło mu do głowy, więc ponownie je zamknął.

— Aha, boisz się, co na to wszystko twój wuj i twoja ciotka, co Harry? — zapytał Knot. — No cóż, nie przeczę, że są bardzo rozeźleni, ale gotowi są gościć ciebie w swoim domu w przyszłym roku przez letnie wakacje, jeśli tylko pozostaniesz w Hogwarcie na ferie bożonarodzeniowe i wielkanocne.

Harry odchrząknął i przełknął ślinę.

— *Zawsze* zostaję w Hogwarcie na Boże Narodzenie i Wielkanoc — powiedział — i *nigdy* nie wrócę na Privet Drive.

— No, no, no, jestem pewny, że spojrzysz na to inaczej, kiedy już trochę ochłoniesz — rzekł Knot nieco przestraszony. — Ostatecznie to twoja rodzina i wierzę, że... że w głębi serca jesteście sobie... ee... bardzo bliscy.

Harry nadal nie dowierzał Knotowi i wciąż czekał, aż usłyszy, co się z nim stanie.

— Tak więc pozostaje tylko ustalić — rzekł Knot, smarując sobie masłem drugą bułeczkę — gdzie spędzisz trzy ostatnie tygodnie wakacji. Moim zdaniem powinieneś wynająć sobie pokój tutaj, w Dziurawym Kotle...

— Niech pan sobie daruje — przerwał mu Harry. — Jaka kara mnie czeka?

Knot zamrugał.

— Kara?

— Złamałem prawo! Ustawę o ograniczeniu użycia czarów przez niepełnoletnich czarodziejów!

— Ależ mój drogi chłopcze, nie zamierzamy cię karać za taką drobnostkę! — zawołał Knot, wymachując bułeczką. — To był wypadek! Nie wysyłamy nikogo do Azkabanu za nadmuchanie ciotki!

Ale to nie zgadzało się zupełnie z dotychczasowymi doświadczeniami Harry'ego z Ministerstwem Magii.

— W zeszłym roku dostałem oficjalne ostrzeżenie tylko dlatego, że pewien domowy skrzat rozbił miskę leguminy w kuchni mojego wuja! — powiedział, marszcząc czoło. — Ministerstwo Magii zagroziło mi, że zostanę usunięty z Hogwartu, jeśli choć raz użyję czarów poza szkołą!

Teraz Harry nie mógł uwierzyć własnym oczom: Knot sprawiał wrażenie, jakby się zmieszał.

— Wszystko zależy od okoliczności, Harry... Musimy wziąć pod uwagę... w obecnej atmosferze... no... przecież chyba nie chcesz zostać wyrzucony?

— Oczywiście, że nie.

— No więc o co tyle zamieszania? — roześmiał się Knot. — A teraz zjedz sobie bułeczkę, a ja pójdę zobaczyć, czy Tom ma jakiś wolny pokój.

Wyszedł z gabinetu, a Harry długo wpatrywał się w drzwi. Działo się coś bardzo dziwnego. Dlaczego Knot czekał na niego pod Dziurawym Kotłem, jeśli nie miał zamiaru go ukarać? Teraz, kiedy zaczął się nad tym zastanawiać, uderzyło go, że to raczej niezwykłe, by minister magii osobiście zajmował się używaniem czarów przez niepełnoletnich czarodziejów.

Wrócił Knot w towarzystwie Toma.

— Harry, numer jedenasty jest wolny — oznajmił.

— Myślę, że będzie ci tam bardzo wygodnie. I jeszcze jedno... mam nadzieję, że to zrozumiesz... Nie chcę, żebyś się włóczył po mugolskim Londynie, dobrze? Trzymaj się ulicy Pokątnej. No i musisz wracać przed zapadnięciem zmroku. Nie wątpię, że rozumiesz, dlaczego ci o tym mówię. Tom będzie miał na ciebie oko.

— W porządku — powiedział powoli Harry. — Ale dlaczego...

— Nie chcemy, żebyś nam znowu zniknął, prawda? — przerwał mu Knot i wybuchnął śmiechem. — Nie, nie... chcemy zawsze wiedzieć, gdzie jesteś... znaczy się...

Odchrząknął głośno i podniósł swoją pelerynę w prążki.

— No, na mnie już czas, tyle roboty, sam rozumiesz...

— Znaleźliście już Blacka? — zapytał nagle Harry.

Palce Knota ześliznęły się ze srebrnej zapinki peleryny.

— Co? Ach, słyszałeś... no... jeszcze nie, ale to tylko sprawa czasu. Ci strażnicy z Azkabanu są niezawodni... a tym razem naprawdę się zawzięli.

Wzdrygnął się lekko.

— No więc żegnaj, chłopcze.

Wyciągnął rękę, a Harry, ściskając ją, wpadł na pewien pomysł.

— Eee... panie ministrze... mogę o coś zapytać?

— Oczywiście — odrzekł Knot z uśmiechem.

— Trzecioklasiści mogą odwiedzać Hogsmeade, ale ani mój wuj, ani ciotka nie podpisali mi formularza pozwolenia. Może pan mógłby to zrobić?

Knot skrzywił się lekko.

— Aha... Nie, nie, bardzo mi przykro, Harry, ale nie jestem twoim rodzicem czy opiekunem, więc...

— Ale jest pan ministrem magii. Gdyby pan dał mi pozwolenie...

— Przykro mi, Harry, ale przepisy to przepisy — powiedział sucho Knot. — Może będziesz mógł odwiedzić Hogsmeade w przyszłym roku. Prawdę mówiąc, uważam, że najlepiej będzie, jak tego nie zrobisz... tak... no cóż, na mnie już czas. Baw się dobrze, Harry.

Uśmiechnął się po raz ostatni, uścisnął Harry'emu dłoń i wyszedł. Teraz zbliżył się Tom, uśmiechając się do niego przymilnie.

— Proszę za mną, panie Potter. Pańskie rzeczy są już na górze...

Harry wspiął się za nim ładnymi drewnianymi schodami. Tom zatrzymał się przed drzwiami opatrzonymi mosiężną jedenastką, otworzył je i gestem zaprosił go do środka.

Wewnątrz było łóżko, które wyglądało całkiem zachęcająco, trochę błyszczących dębowych mebli, kominek z wesoło trzaskającym ogniem, a na szafie siedziała...

— Hedwiga! — krzyknął Harry zduszonym głosem.

Sowa śnieżna kłapnęła dziobem i sfrunęła na jego ramię.

— Ma pan niezwykle mądrą sowę — zagdakał Tom. — Przyleciała pięć minut po pana przybyciu. Jeśli będzie pan czegoś potrzebował, proszę mi powiedzieć.

Jeszcze raz się ukłonił i wyszedł.

Harry długo siedział na łóżku, głaszcząc bezmyślnie Hedwigę. Niebo za oknem szybko zmieniało barwę: od głębokiego, aksamitnego granatu do zimnej, stalowej szarości, a potem, już nieco wolniej, do różowości podszytej złotem.

Trudno było uwierzyć, że zaledwie parę godzin temu uciekł z Privet Drive, że nie wyrzucono go ze szkoły i że ma przed sobą pełne trzy tygodnie wakacji bez Dursleyów.

— To była bardzo dziwna noc, Hedwigo — powiedział, ziewając.

Opadł na poduszki, nawet nie zdjąwszy okularów, i natychmiast zasnął.

ROZDZIAŁ CZWARTY

Dziurawy Kocioł

Dopiero po kilku dniach Harry przyzwyczaił się do swojej nowej wolności. Po raz pierwszy w życiu wstawał, kiedy chciał, i jadł to, na co miał ochotę. Mógł nawet pójść, dokąd mu się podobało, oczywiście w obrębie ulicy Pokątnej, a ponieważ przy tej długiej, brukowanej ulicy pełno było fascynujących sklepów dla czarodziejów, nie odczuwał pokusy złamania danego Knotowi słowa i trzymał się z dala od świata mugoli.

Każdego ranka zjadał śniadanie w Dziurawym Kotle, gdzie lubił obserwować innych gości: śmieszne czarownice ze wsi, przybywające tu na zakupy, dostojnych czarodziejów dyskutujących o ostatnim artykule z „Transmutacji Współczesnej", budzących grozę czarowników i magów, gburowatych krasnoludów, a raz zdarzyło mu się zobaczyć bardzo podejrzaną wiedźmę z głową ukrytą pod grubą wełnianą chustą, która zamówiła półmisek surowej wątróbki.

Po śniadaniu wychodził na podwórko, wyjmował różdżkę, stukał nią w trzecią cegłę na lewo nad śmietnikiem i czekał, aż w murze ukaże się sklepiona furta wiodąca na ulicę Pokątną.

Długie letnie dni spędzał na zwiedzaniu sklepów i obżeraniu się smakołykami pod kolorowymi parasolami ulicznych kafejek, gdzie goście pokazywali sobie świeże zakupy („widzisz, stary, to lunaskop, już nie będę musiał ślęczeć nad tabelami księżycowymi") albo rozprawiali o Syriuszu Blacku („jeśli o mnie chodzi, to nie wypuszczę z domu moich dzieci, dopóki nie zamkną go z powrotem w Azkabanie"). Nie musiał już pisać wakacyjnych wypracowań pod kocem przy świetle latarki: teraz siadywał sobie w pełnym słońcu w ogródku słynnej lodziarni Floriana Fortescue i kończył wypracowania, od czasu do czasu korzystając z pomocy samego Fortescue, który miał zadziwiającą wiedzę o średniowiecznych procesach czarownic, i co pół godziny częstował go darmową porcją lodów z kremem i owocami.

Napełniwszy sobie w banku Gringotta sakiewkę złotymi galeonami, srebrnymi syklami i brązowymi knutami, musiał teraz bardzo nad sobą panować, aby nie wydać wszystkiego za jednym razem. Wciąż musiał sobie powtarzać, że czeka go jeszcze pięć lat nauki w Hogwarcie — a w każdym nowym roku szkolnym potrzebne będą nowe podręczniki — żeby nie ulec pokusie kupienia sobie pięknego kompletu gargulków (czarodziejska gra przypominająca kulki, w której pionki plują graczowi śmierdzącym płynem prosto w twarz, gdy traci punkt). Pomagało wyobrażanie sobie reakcji Dursleyów, gdyby poprosił o pieniądze na nowe księgi zaklęć. Kusił go też wspaniały model galaktyki w wielkiej szklanej kuli, dzięki któremu nie musiałby już uczyć się astronomii. Największą próbę charakteru przeżył jednak w tydzień po zamieszkaniu w Dziurawym Kotle, a stało się to w jego ulubionym sklepie z markowym sprzętem do quidditcha.

Zaciekawiony, co tak podziwiają ludzie tłoczący się w sklepie, Harry wszedł do środka i zaczął się przeciskać przez tłum podnieconych czarownic i czarodziejów, aż ujrzał nowo wzniesione podium, a na nim najwspanialszą miotłę, jaką kiedykolwiek udało mu się w życiu zobaczyć.

— Dopiero co ją wyprodukowali... to prototyp... — wyjaśniał towarzyszowi jakiś czarodziej z kwadratową szczęką.

— To najszybsza miotła na świecie, prawda, tato? — zapiszczał chłopiec młodszy od Harry'ego, szarpiąc swojego ojca za rękę.

— Irlandzka Drużyna Międzynarodowa właśnie zamówiła siedem tych cudów! — zachwalał model właściciel sklepu. — A oni są faworytami w mistrzostwach świata!

Wysoka czarownica przed Harrym przesunęła się na bok i mógł teraz odczytać reklamę na tabliczce obok miotły:

BŁYSKAWICA

TA NOWA MIOTŁA WYŚCIGOWA ZOSTAŁA WYPRODUKOWANA Z WYKORZYSTANIEM OSTATNICH OSIĄGNIĘĆ CZARODZIEJSKIEJ MYŚLI TECHNICZNEJ. ZAOPATRZONA JEST W SUPERAERODYNAMICZNĄ JESIONOWĄ RĄCZKĘ POKRYTĄ TWARDYM JAK DIAMENT LAKIEREM. KAŻDY EGZEMPLARZ POSIADA NUMER REJESTRACYJNY. BRZOZOWE WITKI W OGONIE ZOSTAŁY PODDANE STARANNEJ SELEKCJI — PRODUCENT GWARANTUJE ICH IDEALNĄ OPŁYWOWOŚĆ — CO ZAPEWNIA BŁYSKAWICY NIEZRÓWNANĄ RÓWNOWAGĘ I PRECYZJĘ LOTU. BŁYSKAWICA OSIĄGA SZYBKOŚĆ 150 MIL NA GODZINĘ

W CIĄGU 10 SEKUND. WYPOSAŻONA JEST W CZUJ-
NIK SPECJALNEGO ZAKLĘCIA HAMUJĄCEGO, KTÓRE
NIE PODDAJE SIĘ ŻADNYM ZNANYM PRZECIWZA-
KLĘCIOM. CENA NA ŻYCZENIE.

Cena na życzenie... Harry nie śmiał nawet pomyśleć, ile taka miotła może kosztować. Jeszcze nigdy w życiu nie pragnął czegoś tak bardzo, jak tej miotły — ale przecież na swoim Nimbusie Dwa Tysiące nie przegrał jeszcze żadnego meczu, więc po co wydawać na Błyskawicę całą fortunę, jaką skrywał jego depozyt w banku Gringotta, skoro ma już bardzo dobrą miotłę? Nie zapytał więc o cenę, ale odtąd codziennie wstępował do tego sklepu, żeby popatrzeć na Błyskawicę.

Było jednak sporo innych rzeczy, które musiał kupić. Odwiedził aptekę, żeby uzupełnić swoje zapasy składników do sporządzania eliksirów, a jego szkolne szaty były już trochę za krótkie, więc zaszedł do pracowni krawieckiej MADAME MALKIN — SZATY NA WSZYSTKIE OKAZJE i sprawił sobie nowe. A przede wszystkim musiał kupić książki, w tym podręczniki do dwóch nowych przedmiotów: opieki nad magicznymi stworzeniami i wróżbiarstwa.

Kiedy spojrzał na witrynę księgarni, spotkała go niespodzianka. Zwykle pełno tu było ksiąg zaklęć wielkości płyt chodnikowych, ze złotymi, tłoczonymi w skórze tytułami. Tym razem zamiast nich zobaczył olbrzymią żelazną klatkę, a w niej setki egzemplarzy *Potwornej księgi potworów*. Po klatce miotały się wydarte stronice, bo książki nieustannie rzucały się na siebie, zwierały w zaciekłej walce i kłapały agresywnie okładkami.

Harry wyjął z kieszeni swoją listę książek i przejrzał ją po raz pierwszy. *Potworna księga potworów* widniała jako podręcznik do opieki nad magicznymi stworzeniami. Teraz zrozumiał, dlaczego Hagrid napisał, że książka może mu się przydać. Poczuł ulgę, bo już się bał, że Hagrid oczekuje od niego pomocy w wyhodowaniu jeszcze jednego potwora.

Gdy wszedł do Esów i Floresów, natychmiast podbiegł do niego księgarz.

— Hogwart? — zapytał. — Nowe podręczniki?

— Tak. Potrzebuję...

— Proszę się odsunąć — przerwał mu niecierpliwie sprzedawca, odpychając go na bok. Wyjął parę grubych rękawic, chwycił wielką, sękatą laskę i ruszył ku drzwiczkom klatki z *Księgą potworów*.

— Niech pan się wstrzyma — powiedział szybko Harry. — Tę już mam.

— Ma pan? — Na twarzy księgarza pojawiła się wielka ulga. — Dzięki za to niebiosom. Już pięć razy dzisiaj mnie pogryzły...

Rozległ się odgłos darcia skóry i papieru: dwie *Księgi potworów* chwyciły trzecią i rozrywały, każda ciągnąc w swoją stronę.

— Przestańcie! Przestańcie! — wrzasnął księgarz, wtykając laskę między kraty i rozdzielając księgi. — Już nigdy więcej ich nie zamówię, nigdy! Prawdziwy dom wariatów! Po tym, jak sprowadziliśmy dwieście egzemplarzy *Niewidzialnej księgi niewidzialności*, myślałem, że już nic gorszego nie może się zdarzyć... Kosztowało to nas majątek, a dotąd ich nie znaleźliśmy... No dobrze... czym mogę panu służyć?

Harry spojrzał na swoją listę.

— Tak... Proszę o *Demaskowanie przyszłości* Kasandry Vablatsky.

— Aha, zaczynamy się uczyć wróżbiarstwa, co? — zapytał księgarz, ściągając rękawice i prowadząc Harry'ego w głąb sklepu, gdzie stała półka z książkami poświęconymi przepowiadaniu przyszłości. Mały stolik zawalony był takimi tytułami, jak: *Przewidywanie nieprzewidywalnego: jak uchronić się przed wstrząsami* i *Rozbite kule: kiedy los staje się podły.*

— O, proszę, jest — powiedział księgarz, który wspiął się na drabinę, żeby zdjąć z półki grubą książkę oprawioną w czarną skórę. — *Demaskowanie przyszłości.* Bardzo dobry przewodnik po wszystkich podstawowych technikach wróżbiarskich... Wróżenie z ręki, z kryształowej kuli, z wnętrzności ptaków...

Ale Harry go nie słuchał. Oczy miał utkwione w książce wyłożonej wśród innych na stoliku: *Omen śmierci: co robić, kiedy już wiadomo, że nadchodzi najgorsze.*

— Och, tego bym panu nie polecał — rzucił księgarz niedbałym tonem, widząc, na co Harry patrzy. — Zacznie pan wszędzie dostrzegać omen śmierci. Można się śmiertelnie wystraszyć.

Harry wpatrywał się jednak nadal w okładkę książki. Był na niej czarny pies z płonącymi ślepiami, wielkości sporego niedźwiedzia. Wydał mu się dziwnie znajomy...

Księgarz wcisnął mu w ręce *Demaskowanie przyszłości.*

— Coś jeszcze?

— Tak — odpowiedział Harry, odrywając oczy od psa i spoglądając na swoją listę. — Ee... będzie mi potrzebna *Natychmiastowa transmutacja* i *Standardowa księga zaklęć, stopień trzeci.*

Dziesięć minut później Harry wyszedł z Esów i Floresów z paczką nowych książek pod pachą i ruszył do Dziurawego Kotła, nie bardzo wiedząc, gdzie idzie, i raz po raz wpadając na ludzi.

Wspiął się po schodach na górę, wszedł do swojego

pokoju i rzucił książki na łóżko. Ktoś posprzątał pokój; okna były otwarte i słońce wlewało się do wewnątrz. Słyszał hałas autobusów toczących się po ulicach świata mugoli i zgiełk tłumu dochodzący z ulicy Pokątnej. Z lustra nad miednicą spojrzało na niego jego własne odbicie.

— To nie mógł być omen śmierci — powiedział do swojego odbicia. — Byłem w okropnym stanie, kiedy go zobaczyłem... To musiał być jakiś bezpański pies...

Machinalnie podniósł rękę i przygładził włosy.

— Toczysz beznadziejną walkę, kochasiu — odpowiedziało jego odbicie zaspanym głosem.

Dni mijały, a Harry'emu nie udało się spotkać Rona i Hermiony. Zbliżał się początek roku szkolnego i na ulicy Pokątnej pojawiało się coraz więcej uczniów Hogwartu. W sklepie z markowym sprzętem do quidditcha spotkał Seamusa Finnigana i Deana Thomasa, którzy też podziwiali Błyskawicę, a przy Esach i Floresach wpadł na prawdziwego Neville'a Longbottoma, pyzatego, roztrzepanego chłopca ze swojego dormitorium. Harry nie zatrzymał się, żeby z nim pogadać; Neville zapodział gdzieś listę książek i właśnie dostawał reprymendę od swojej groźnie wyglądającej babci. Harry miał nadzieję, że babcia nigdy się nie dowie o jego podszywaniu się pod Neville'a w czasie ucieczki przed przedstawicielami Ministerstwa Magii.

W ostatni dzień wakacji Harry obudził się z myślą, że już jutro, w pociągu do Hogwartu, spotka wreszcie Rona i Hermionę. Wstał, ubrał się, poszedł po raz ostatni rzucić okiem na Błyskawicę i właśnie się zastanawiał, gdzie zjeść drugie śniadanie, kiedy ktoś wykrzyknął jego imię. Odwrócił się.

— Harry! HARRY!

I nagle ich zobaczył: siedzieli w ogródku lodziarni Floriana Fortescue — Ron wydał mu się jeszcze bardziej piegowaty niż zwykle, a Hermiona była opalona na ciemny brąz. Oboje machali do niego jak opętani.

— No, nareszcie! — powiedział Ron, szczerząc zęby w uśmiechu. — Byliśmy w Dziurawym Kotle, ale nam powiedziano, że wyszedłeś, więc szukaliśmy cię w Esach i Floresach, u madame Malkin i...

— Kupiłem wszystko w zeszłym tygodniu — wyjaśnił Harry. — A skąd wiedzieliście, że mieszkam w Dziurawym Kotle?

— Tata — odpowiedział krótko Ron.

Pan Weasley, który pracował w Ministerstwie Magii, musiał już usłyszeć o incydencie na Privet Drive.

— Harry, naprawdę nadmuchałeś swoją ciotkę? — zapytała Hermiona bardzo poważnym tonem.

— Nie zrobiłem tego z rozmysłem — odrzekł Harry, a Ron ryknął śmiechem. — Po prostu... straciłem panowanie nad sobą.

— Ron, to wcale nie jest śmieszne — oburzyła się Hermiona. — Mówiąc szczerze, dziwię się, że go nie wyrzucili.

— Ja też — wyznał Harry. — Mniejsza o szkołę, ale byłem pewny, że mnie aresztują. — Spojrzał na Rona. — A twój ojciec nie wie przypadkiem, dlaczego Knot puścił mnie wolno?

— Prawdopodobnie dlatego, że to byłeś ty. — Ron wzruszył ramionami, wciąż chichocząc. — Ten słynny Harry Potter itede. Wolę nie myśleć, co by Ministerstwo Magii zrobiło ze mną, gdybym to ja nadmuchał swoją ciotkę. W każdym razie najpierw musieliby mnie odkopać, bo mama na pewno by mnie zabiła. Ale możesz sam zapytać ojca i to jeszcze dziś. My też będziemy nocować w Dziurawym Kotle! Na King's Cross pojedziemy razem! Ty, ja i Hermiona!

Hermiona pokiwała głową, cała rozpromieniona.

— Rodzice zostawili mnie rano w Dziurawym Kotle ze wszystkimi rzeczami do Hogwartu.

— Ekstra! — ucieszył się Harry. — To co, macie już wszystko?

— Zobacz — odpowiedział Ron, wyjmując z torby długie pudełko i otwierając je z dumną miną. — Nowiutka różdżka. Czternastocalowa, z wierzby, z włosem z ogona jednorożca. Kupiliśmy też wszystkie książki — wskazał na wielką torbę pod swoim krzesłem. — Ale afera z tą *Księgą potworów*, co? Sprzedawca o mało się nie rozpłakał, jak go poprosiliśmy o dwa egzemplarze.

— A co to jest? — zapytał Harry, wskazując na aż trzy opasłe torby leżące na krześle obok Hermiony.

— No, ja przecież będę miała więcej przedmiotów niż wy — odpowiedziała Hermiona. — To moje książki do numerologii, opieki nad magicznymi stworzeniami, wróżbiarstwa, starożytnych runów, mugoloznawstwa...

— Po co ci mugoloznawstwo? — zapytał Ron, mrugając do Harry'ego. — Przecież sama pochodzisz z mugolskiej rodziny! Twoi rodzice to mugole! Powinnaś wszystko o nich wiedzieć!

— Studiowanie świata mugoli z czarodziejskiego punktu widzenia to zupełnie co innego — zaperzyła się Hermiona.

— Hermiono, a kiedy będziesz jadła i spała? — zapytał Harry, a Ron zachichotał. — Może w ogóle nie zamierzasz?

Hermiona zlekceważyła to pytanie.

— Mam jeszcze dziesięć galeonów — oznajmiła, grzebiąc w swojej sakiewce. — We wrześniu są moje urodziny i rodzice dali mi trochę forsy, żebym sobie sama kupiła prezent.

— Może jakąś ciekawą książkę? — zapytał Ron niewinnym tonem.

— Nie, chyba nie — odpowiedziała spokojnie Hermiona. — Bardzo by mi się przydała sowa. Harry ma Hedwigę, ty Errola...

— Nie, ja nie mam — przerwał jej Ron. — Errol należy do całej rodziny. Mam tylko Parszywka. — Wyciągnął z kieszeni swojego szczura. — I bardzo bym chciał, żeby ktoś go zbadał — dodał, kładąc Parszywka na stoliku. — Egipt chyba mu trochę zaszkodził.

Parszywek był jeszcze chudszy niż zwykle, a wąsy zwisały mu żałośnie.

— Tu niedaleko jest sklep z magicznymi stworzeniami — powiedział Harry, który poznał już dobrze ulicę Pokątną. — Może dostaniemy tam coś dla Parszywka, a Hermiona kupi sobie sowę.

Zapłacili więc za lody i przeszli na drugą stronę do Magicznej Menażerii.

W środku było ciasno i duszno. Pod ścianami piętrzyły się aż do sufitu klatki. Sklep wypełniała mieszanina ostrych zapachów, a z klatek dobiegały piski, skrzeki, wrzaski, mlaski i syki. Czarownica za ladą doradzała właśnie jakiemuś czarodziejowi, jak opiekować się dwuogonowymi traszkami, więc Harry, Ron i Hermiona skorzystali ze sposobności, by obejrzeć zawartość klatek.

Para olbrzymich purpurowych ropuch zajadała się martwymi muchami mięsnymi. Wielki żółw ze skorupą inkrustowaną klejnotami połyskiwał tuż przy oknie. Jadowite pomarańczowe ślimaki pięły się powoli po szybie terrarium, a opasły biały królik raz po raz z trzaskiem zamieniał się w jedwabny cylinder. Były też koty wszelkiej maści, klatka z rozwrzeszczanymi krukami, kosz pełen jakichś kremowo-żółtych, puszystych zwierzątek, w którym huczało jak w ulu, a na ladzie stała wielka klatka ze lśniącymi czarnymi szczurami, które bawiły się w coś w rodzaju skakanki, wykorzystując do tego swoje ogony.

Czarodziej pożegnał się i opuścił sklep. Ron podszedł do lady.

— Chodzi o mojego szczura — powiedział. — Trochę zmarniał, odkąd wróciliśmy z Egiptu.

— Proszę go położyć na ladzie — poleciła czarownica, wyciągając z kieszeni ciężkie okulary w czarnej oprawie.

Ron wyjął Parszywka z wewnętrznej kieszeni i położył obok klatki ze szczurami, które przerwały zabawę i stłoczyły się przy drucianej ściance, żeby lepiej widzieć.

Prawie wszystko, co Ron posiadał, dostał po swoich braciach. Parszywek należał kiedyś do Percy'ego i był nieco zużyty, a już w porównaniu z odpasionymi szczurami w klatce wyglądał szczególnie żałośnie.

— Hm — mruknęła czarownica, podnosząc Parszywka. — Ile ma lat?

— Nie mam pojęcia — odpowiedział Ron. — Jest bardzo stary. Przedtem należał do mojego brata.

— Jakimi zdolnościami magicznymi jest obdarzony? — zapytała czarownica, przyglądając się z bliska Parszywkowi.

— Eee...

Prawdę mówiąc, Parszywek jeszcze nigdy nie przejawił żadnych interesujących mocy magicznych. Czarownica obejrzała jego poszarpane lewe ucho, a potem jedną z przednich łapek, w której brakowało pazura, i zacmokała.

— Przeszedł twardą szkołę życia, nie ma co — powiedziała.

— Był już taki, kiedy go dostałem od Percy'ego.

— Pospolity lub ogrodowy szczur żyje zwykle do trzech lat, czasem trochę dłużej. Jeśli chciałby pan mieć coś trwalszego, polecam jednego z tych...

Wskazała na czarne szczury, które natychmiast zaczęły znowu skakać przez swoje ogony.

— Pozerzy — mruknął Ron.

— No cóż, jeśli nie chce pan czegoś nowego, można spróbować tego napoju wzmacniającego — powiedziała czarownica, sięgając pod ladę i wyjmując czerwony flakonik.

— Dobrze — odpowiedział Ron. — Ile to... AUUU!

Coś wielkiego i pomarańczowego spadło ze szczytu najwyższej klatki, wylądowało na jego głowie, po czym zeskoczyło na ladę, prychając wściekle na Parszywka.

— NIE! KRZYWOŁAP, NIEEE! — wrzasnęła czarownica, ale Parszywek wystrzelił z jej rąk jak kawałek mydła, wylądował z rozkrzyżowanymi łapkami na podłodze i pomknął ku drzwiom.

— Parszyyyy...! — krzyknął Ron i wyleciał ze sklepu, a za nim wybiegł Harry.

Znaleźli go dopiero po dziesięciu minutach. Parszywek schował się za pojemnikiem na śmieci przy sklepie z markowym sprzętem do quidditcha. Ron wsadził drżącego szczurka do kieszeni i wyprostował się, masując sobie głowę.

— Co to było?

— Albo jakiś wielki kot, albo mały tygrys — odpowiedział Harry.

— Gdzie jest Hermiona?

— Pewnie wybiera sowę...

Przez zatłoczoną ulicę wrócili do Magicznej Menażerii. Hermiona właśnie wychodziła ze sklepu, ale wcale nie niosła sowy. W ramionach dźwigała olbrzymiego rudego kota.

— *Kupiłaś* tego potwora? — zapytał Ron i szczęka mu opadła.

— Fantastyczny, prawda? — powiedziała rozpromieniona Hermiona.

Harry pomyślał, że to zależy od punktu widzenia. Kot miał gęste, puszyste futerko, ale z całą pewnością miał też krzywe łapy i dziwacznie spłaszczony pysk, jakby w pełnym biegu trafił w jakiś mur. Minę też miał niezbyt zachęcającą. Ale teraz, kiedy Parszywek był schowany, mruczał głośno w ramionach Hermiony, najwyraźniej bardzo zadowolony.

— Hermiono, ten zwierzak o mało mnie nie oskalpował! — powiedział Ron.

— Nie zrobił tego umyślnie. Prawda, Krzywołapku?

— A co będzie z Parszywkiem? — zapytał Ron, wskazując wybrzuszenie na swojej piersi. — Potrzebuje spokoju i odpoczynku! Przecież nie zazna go ani przez chwilę, kiedy ta bestia będzie w pobliżu!

— To mi przypomniało, że nie zabrałeś swojego napoju wzmacniającego — powiedziała Hermiona, wtykając mu w rękę czerwoną buteleczkę. — I przestań się zamartwiać, Krzywołap będzie spał w moim dormitorium, a Parszywek w twoim, więc w czym problem? Biedny Krzywołapek, ta czarownica powiedziała, że był u niej już bardzo długo, nikt nie chciał go kupić.

— Ciekawe dlaczego — mruknął zjadliwie Ron, kiedy ruszyli w stronę Dziurawego Kotła.

W barze zastali pana Weasleya, pogrążonego w lekturze „Proroka Codziennego".

— Harry! — ucieszył się, podnosząc wzrok znad gazety. — Jak się masz?

— Świetnie, dziękuję — odpowiedział Harry, kiedy wszyscy troje, obładowani paczkami, podeszli do pana Weasleya.

Pan Weasley odłożył gazetę, z której łypnęła na Harry'ego znajoma twarz Syriusza Blacka.

— Jeszcze go nie złapali? — zapytał.

— Nie — odrzekł z powagą pan Weasley. — Zwolnili nas wszystkich ze zwykłych obowiązków w ministerstwie, z poleceniem poszukiwania zbiega, ale jak dotąd szczęście nam nie dopisało.

— A jak my byśmy go złapali, dostalibyśmy nagrodę? — zapytał Ron. — Dobrze by było zgarnąć trochę szmalu...

— Nie bądź śmieszny, Ron — odpowiedział pan Weasley, który nagle wydał się Harry'emu bardzo zdenerwowany. — Black nie da się złapać trzynastoletniemu czarodziejowi. Ale strażnicy z Azkabanu sprowadzą go do twierdzy wcześniej czy później, możesz być o to spokojny.

W tym momencie do baru weszła pani Weasley, obładowana zakupami, za nią bliźniacy, Fred i George, którzy mieli zacząć piąty rok nauki w Hogwarcie, a także Percy, nowo wybrany prefekt naczelny szkoły, i najmłodsze dziecko Weasleyów, ich jedyna córeczka, Ginny.

Ginny, która zawsze płoniła się na widok Harry'ego, zmieszała się jeszcze bardziej niż zwykle, kiedy go zobaczyła, może dlatego, że w ubiegłym roku uratował jej życie w Hogwarcie. Zrobiła się czerwona jak wiśnia i bąknęła „cześć", patrząc gdzieś w kąt. Natomiast Percy wyciągnął do Harry'ego rękę z taką powagą, jakby widzieli się po raz pierwszy, i powiedział:

— Harry. Jak miło cię spotkać.

— Cześć — odpowiedział Harry, powstrzymując się od śmiechu.

— Mam nadzieję, że czujesz się dobrze? — zapytał z godnością Percy, jakby był burmistrzem i witał gościa w ratuszu.

— Bardzo dobrze, dziękuję...

— Harry! — krzyknął Fred, odpychając łokciem Percy'ego i kłaniając się nisko. — Okropnie się cieszę, że się spotykamy, stary...

— To cudowne — rzekł George, odpychając Freda na bok i ściskając dłoń Harry'emu. — Naprawdę niesamowite.

Percy nachmurzył się.

— Dosyć, chłopcy — ostrzegła ich pani Weasley.

— Mamo! — zawołał Fred takim tonem, jakby dopiero co ją zobaczył, i chwycił ją za rękę, potrząsając nią z przejęciem. — Jakże się cieszę, że cię widzę...

— Powiedziałam: dosyć — warknęła pani Weasley, kładąc torby z zakupami na pustym krześle. — Harry, witaj, kochaneczku. Mam nadzieję, że już wiesz? — Wskazała na lśniącą srebrną odznakę na piersi Percy'ego. — Drugi prefekt naczelny w rodzinie! — dodała z dumą.

— I ostatni — mruknął Fred.

— W to nie wątpię — powiedziała chłodno pani Weasley. — Żaden z was dwóch nigdy nie zostanie prefektem, o to jestem dziwnie spokojna.

— A co, myślisz, że byśmy chcieli? — zapytał George takim tonem, jakby sama myśl o tym przyprawiała go o mdłości. — A niby po co? Przecież to straszliwie nudne.

Ginny zachichotała.

— Choćby po to, żeby dać dobry przykład swojej siostrze! — warknęła pani Weasley.

— Mamo, na szczęście Ginny ma jeszcze innych braci, z których może brać przykład — oświadczył Percy i dumnie wypiął pierś. — Idę przebrać się do kolacji...

Odszedł, a George demonstracyjnie odetchnął z ulgą.

— Próbowaliśmy zamknąć go w piramidzie — powiedział Harry'emu — ale mama nas nakryła.

Podczas kolacji było bardzo miło i wesoło. Tom zestawił w saloniku trzy stoły i siedmioro Weasleyów, Harry i Hermiona zasiedli razem, rozkoszując się pięcioma wybornymi daniami.

— Tato, jak my się jutro dostaniemy na King's Cross? — zapytał Fred przy wyśmienitym budyniu czekoladowym.

— Ministerstwo podeśle nam parę samochodów — odpowiedział pan Weasley.

Wszyscy na niego spojrzeli.

— Dlaczego? — zdziwił się Percy.

— Bo ty jesteś wśród nas, Percy — powiedział z powagą George. — Samochody będą miały proporczyki z literami PN...

— To skrót od „Prefekt Nadęty" — wtrącił szybko Fred.

Wszyscy prócz Percy'ego i pani Weasley parsknęli w swoje budynie.

— Ojcze, dlaczego ministerstwo przysyła nam samochody? — zapytał ponownie Percy, siląc się na spokój.

— No cóż, nie mam swojego wozu... i pracuję tutaj, więc chcą mi ułatwić życie...

Powiedział to beztroskim tonem, ale Harry nie mógł nie zauważyć, że pan Weasley zaczerwienił się zupełnie jak Ron, kiedy był w opałach.

— W każdym razie to znakomicie — powiedziała pani Weasley. — Zdajecie sobie sprawę z tego, ile będziemy mieli bagaży? Ładnie byśmy wyglądali w mugolskim metrze... Mam nadzieję, że jesteście wszyscy spakowani?

— Ron jeszcze nie włożył do kufra swoich nowych rzeczy — powiedział Percy zbolałym tonem. — Porozwalał je na moim łóżku.

— Ron, idź na górę i spakuj się jak należy, bo rano nie będzie na to czasu — oświadczyła stanowczo pani Weasley, a Ron spojrzał na Percy'ego jak na karalucha.

Po kolacji wszyscy poczuli się ociężali i senni i po kolei rozchodzili się do swoich pokojów na piętrze. Pokój Rona i Percy'ego sąsiadował z pokojem Harry'ego. Właśnie zamknął na klucz swój kufer, kiedy usłyszał za ścianą podniesione głosy. Wyszedł, żeby zobaczyć, co się dzieje.

Drzwi do pokoju numer 12 otwarte były na oścież, a Percy wrzeszczał:

— Leżała tutaj, na nocnej szafce, odpiąłem ją, żeby wyczyścić!

— Nie dotykałem jej, rozumiesz?! — krzyknął Ron.

— O co chodzi? — zapytał Harry.

— Zniknęła moja odznaka prefekta naczelnego — odpowiedział Percy, odwracając się do niego.

— I płyn wzmacniający Parszywka — dodał Ron, wywalając na podłogę zawartość swojego kufra. — Ale mogłem go zostawić w barze...

— Nie ruszysz się stąd, dopóki nie znajdziesz mojej odznaki! — ryknął Percy.

— Ja poszukam lekarstwa dla Parszywka, jestem już spakowany — powiedział Harry do Rona i zszedł na dół.

Był już w połowie ciemnego korytarza wiodącego do baru, kiedy usłyszał podniesione głosy dochodzące z saloniku. W chwilę później rozpoznał głosy państwa Weasleyów. Zawahał się, nie chcąc, by się dowiedzieli, że podsłuchał ich kłótnię, ale nagle padło jego imię, więc zamarł bez ruchu, a potem podszedł bliżej do drzwi saloniku.

— ...stanowczo trzeba mu o tym powiedzieć — zaperzył się pan Weasley. — Ma prawo wiedzieć. Próbowałem przekonać Knota, ale uparł się, by traktować Harry'ego jak dziecko. Chłopak ma już trzynaście lat i...

— Arturze, on wpadnie w panikę! — zawołała pani Weasley piskliwym głosem. — Ma wrócić do szkoły, wiedząc, że wisi nad nim coś takiego? Na miłość boską, jest taki szczęśliwy, nie wiedząc o niczym, nie psujmy tego!

— Nie chcę niczego psuć, chcę, żeby miał się na baczności! — krzyknął pan Weasley. — Wiesz, jacy oni są, Harry i Ron, włóczą się wszędzie razem... już trafili nawet do Zakazanego Lasu! W tym roku nie można do tego dopuścić! Kiedy pomyślę, co mogło się wydarzyć tej nocy, kiedy Harry uciekł z domu... Idę o zakład, że gdyby nie trafił na Błędnego Rycerza, byłoby już po nim. Knot sam by go nie znalazł.

— Ale żyje, jest cały i zdrowy, więc co za sens...

— Molly, mówią, że Syriusz Black to szaleniec i może tak jest, ale był na tyle sprytny, że uciekł z Azkabanu, a dobrze wiesz, że to graniczy z cudem. Mija już miesiąc, a nikt go nie widział ani o nim nie słyszał, a to, co Knot opowiada reporterom „Proroka Codziennego", to bzdury, jesteśmy równie blisko złapania Blacka, jak wynalezienia samoczarujących różdżek. Wiemy tylko, po co uciekł i kogo szuka...

— Ale w Hogwarcie Harry będzie całkowicie bezpieczny.

— Tak? Wszyscy byli pewni, że Azkaban jest całkowicie bezpiecznym miejscem. Skoro Blackowi udało się uciec z Azkabanu, to może dostać się do Hogwartu.

— A skąd pewność, że Black szuka Harry'ego?

Coś huknęło głucho i Harry mógłby przysiąc, że pan Weasley rąbnął pięścią w stół.

— Molly, ile razy mam ci powtarzać? Nie pisali o tym, bo Knot trzyma język za zębami, ale sam był w Azkabanie tej nocy, kiedy uciekł Black. Strażnicy powiedzieli mu, że Black mówi przez sen. Zawsze te same słowa: „On jest w Hogwarcie... on jest w Hogwarcie". Zrozum, Molly, Black to szaleniec, który pragnie śmierci Harry'ego. A wiesz dlaczego? Bo uważa, że jak go zamorduje, to Sama-Wiesz--Kto odzyska swą moc. Black utracił prawie wszystko tej nocy, kiedy Harry powstrzymał Sama-Wiesz-Kogo, a przez dwanaście lat w Azkabanie miał dość czasu, żeby to wszystko dobrze obmyślić...

Zapanowała cisza. Harry przycisnął ucho do drzwi, chcąc za wszelką cenę usłyszeć więcej.

— Cóż, Arturze, zrobisz to, co będziesz uważał za słuszne. Zapominasz jednak o Albusie Dumbledore. Jestem pewna, że póki on jest dyrektorem Hogwartu, Harry'emu włos z głowy nie spadnie. A Dumbledore chyba wie o wszystkim, prawda?

— Oczywiście. Musieliśmy go zapytać o zgodę na to, żeby strażnicy Azkabanu obsadzili wszystkie wejścia na teren szkoły. Nie był tym zachwycony, ale się zgodził.

— Nie był zachwycony? Przecież będą tam po to, żeby złapać Blacka!

— Dumbledore nie bardzo lubi strażników z Azkabanu — powiedział ponuro pan Weasley. — Prawdę mówiąc, ja też... ale jak się ma do czynienia z takim czarodziejem jak Black, trzeba czasami sprzymierzyć się z takimi, których zwykle się unika.

— Jeśli ocalą Harry'ego...

— ...to nigdy nie powiem o nich ani jednego złego słowa. No, już późno, Molly, lepiej chodźmy na górę...

Rozległo się szuranie krzesłami. Harry pobiegł na palcach ciemnym korytarzem i zniknął w barze w ostatniej chwili, kiedy otworzyły się drzwi saloniku. Kilka sekund później usłyszał z ulgą, jak państwo Weasleyowie wchodzą po schodach na piętro.

Butelka z płynem wzmacniającym dla szczurów leżała pod stołem, przy którym jedli kolację. Harry odczekał, aż trzasną drzwi od sypialni państwa Weasleyów i sam pobiegł na górę.

W mroku korytarza natknął się na Freda i George'a, którzy dusili się ze śmiechu pod drzwiami pokoju Percy'ego i Rona, nasłuchując, jak Percy rujnuje cały pokój w poszukiwaniu swojej odznaki.

— My ją mamy — szepnął Fred do Harry'ego. — Trochę ją ulepszyliśmy.

Na odznace widniał teraz napis: PREFEKT BEZCZEL-NY.

Harry udał, że bardzo go to bawi, wszedł do środka, dał Ronowi lek Parszywka, a potem zamknął się w swoim pokoju i położył na łóżku.

A więc Syriusz Black uciekł, żeby dopaść jego, Harry'ego Pottera. To wyjaśniało wszystko. Knot był dla niego taki łaskawy, bo ucieszył się, że Harry jeszcze żyje. Kazał mu przyrzec, że nie ruszy się poza ulicę Pokątną, gdzie zawsze były tłumy czarodziejów, więc był tam bezpieczny. I wysyła dwa samochody z ministerstwa, żeby Weasleyowie pilnowali go, zanim znajdzie się w pociągu.

Leżał, słuchając przytłumionych krzyków w sąsiednim pokoju i zastanawiając się, dlaczego to wszystko nie przeraża go tak bardzo, jak powinno. Syriusz Black ukatrupił trzynaście osób jednym przekleństwem; państwo Weasleyowie byli przekonani, że Harry'ego ogarnie panika, kiedy dowie się prawdy. Zgadzał się jednak całkowicie z panią Weasley, że najbezpieczniejszym miejscem na ziemi jest to, w którym przebywa Albus Dumbledore. Czyż wszyscy zawsze nie powtarzali, że Dumbledore jest jedyną osobą, której Voldemort może się lękać? I czy Black, jako prawa ręka Voldemorta, nie powinien bać się go przynajmniej tak samo, jak jego złowrogi szef?

No i są jeszcze ci strażnicy z Azkabanu, o których wszyscy mówią z taką grozą. Skoro mają być rozlokowani wokół szkoły, Blackowi będzie bardzo trudno wśliznąć się do zamku.

Nie, to nie Black najbardziej martwił Harry'ego, ale fakt, że teraz szanse odwiedzenia Hogsmeade zmalały do zera. Nie wypuszczą go z zamku, póki Black jest na wolności; mało tego, nie spuszczą go z oka, dopóki nie minie zagrożenie.

Wpatrzył się smętnie w ciemny sufit. Co oni sobie wyobrażają? Że sam nie da sobie rady? Już trzykrotnie uszedł cało ze spotkania z Lordem Voldemortem, więc chyba nie jest tak bezbronny i bezradny, za jakiego zdają się go uważać...

Nagle przypomniał sobie czarny kształt zwierzęcia w cieniu Magnoliowego Łuku. *Co robić, kiedy już wiadomo, że nadchodzi najgorsze...*

— Nie zamierzam dać się zamordować — powiedział na głos.

— Pogratulować dobrego samopoczucia, kochasiu — szepnęło sennie lustro.

ROZDZIAŁ PIĄTY

Dementor

Następnego ranka Harry'ego obudził Tom ze swoim zwykłym bezzębnym uśmiechem na twarzy i kubkiem herbaty na tacy. Harry ubrał się i właśnie tłumaczył markotnej Hedwidze, że trzeba wrócić do klatki, kiedy do pokoju wpadł Ron, wciągając w biegu koszulkę. Wyglądał na bardzo zdenerwowanego.

— Im szybciej znajdziemy się w pociągu, tym lepiej — powiedział. — W Hogwarcie Percy w końcu się ode mnie odczepi. Teraz oskarża mnie, że oblałem herbatą fotografię Penelopy Clearwater. No, wiesz — zrobił złośliwą minę — jego dziewczyny. Schowała się za ramką, bo cały nos ma w plamach...

— Muszę ci coś powiedzieć... — zaczął Harry, ale urwał, bo wbiegli Fred i George, żeby pogratulować Ronowi doprowadzenia Percy'ego do szału.

Zeszli razem na śniadanie. Pan Weasley czytał ze zmarszczonymi brwiami pierwszą stronę „Proroka Codziennego", a pani Weasley opowiadała Hermionie i Ginny o napoju miłosnym, który sporządziła jako młoda dziewczyna. Wszystkie trzy chichotały.

— Co chciałeś mi powiedzieć? — zapytał Ron Harry'ego, kiedy usiedli przy stole.

— Później — mruknął Harry w chwili, gdy wpadł Percy.

W wyjazdowym rozgardiaszu Harry nie miał okazji, by porozmawiać z Ronem czy Hermioną; wszyscy byli zbyt zajęci znoszeniem ciężkich kufrów po wąskich schodach Dziurawego Kotła i ustawianiem ich jeden na drugim koło drzwi. Na szczycie spoczęły klatki z Hedwigą i Hermesem, puchaczem Percy'ego. Obok kufrów stał niewielki wiklinowy koszyk, który głośno prychał i syczał.

— Nie denerwuj się, Krzywołapku — uspakajała swego kota Hermiona. — Wypuszczę cię w pociągu.

— O, nie, tego nie zrobisz! — warknął Ron. — Zapomniałaś o biednym Parszywku?

Wskazał na swoją pierś, gdzie spore wybrzuszenie zdradzało kryjówkę śpiącego szczura.

Pan Weasley, który czekał na ulicy na samochody z ministerstwa, wetknął głowę do środka.

— Już są — powiedział. — Harry, idziemy.

Powiódł Harry'ego przez chodnik ku pierwszemu ze staroświeckich, ciemnozielonych samochodów; obaj kierowcy, tajemniczo wyglądający czarodzieje ubrani w szmaragdowe, aksamitne garnitury, rozglądali się czujnie dokoła.

— Właź, Harry — powiedział pan Weasley, rzucając nerwowe spojrzenie w górę i w dół ulicy.

Harry usiadł z tyłu, a wkrótce do tego samego samochodu wsiedli Ron, Hermiona i — ku rozpaczy Rona — Percy.

W porównaniu z podróżą Błędnym Rycerzem jazda na King's Cross była dość nudna. Samochody Ministerstwa

Magii wyglądały całkiem zwyczajnie, choć Harry zauważył, że bez trudu wciskają się w najmniejsze luki między samochodami, czego nowy służbowy samochód wuja Vernona z pewnością nie mógłby dokonać. Na dworzec King's Cross zajechali na dwadzieścia minut przed odjazdem pociągu. Kierowcy znaleźli im wózki, wyładowali kufry, zasalutowali panu Weasleyowi, dotykając rond kapeluszy, i odjechali. Obydwa samochody w przedziwny sposób znalazły się natychmiast na czele nieruchomego sznura pojazdów, tuż przed światłami na skrzyżowaniu.

Przez cały czas pan Weasley trzymał Harry'ego za łokieć.

— No dobrze — rzekł, kiedy znaleźli się na dworcu. — Idźmy parami, bo jest nas dużo. Ja pójdę pierwszy z Harrym.

I ruszył ku barierce między peronem dziewiątym i dziesiątym, pchając wózek Harry'ego, najwyraźniej zafascynowany widokiem pociągu InterCity 125, który właśnie wjechał na peron dziewiąty. Potem spojrzał znacząco na Harry'ego i oparł się, niby przypadkowo, o barierkę. Harry zrobił to samo.

Metal ustąpił i natychmiast obaj wpadli na peron numer dziewięć i trzy czwarte, przy którym stał już ekspres do Hogwartu. Z czerwonej lokomotywy buchały kłęby dymu, który zasnuwał peron pełny czarownic i czarodziejów odprowadzających swoje dzieci.

Tuż za Harrym pojawili się nagle Percy i Ginny. Oboje dyszeli; zapewne pokonali barierkę w pełnym biegu.

— Ach, jest Penelopa! — powiedział Percy, przygładzając włosy i oblewając się rumieńcem.

Ginny napotkała wzrok Harry'ego i oboje odwrócili się, żeby ukryć śmiech, kiedy Percy pomaszerował ku dziewczynie z długimi, kręconymi włosami, a kroczył z piersią wypiętą jak kogut, żeby już z daleka zobaczyła jego srebrną odznakę.

Wkrótce dołączyli do nich pozostali Weasleyowie i Hermiona. Harry i Ron ruszyli wzdłuż zatłoczonych przedziałów i na samym końcu znaleźli dość pusty jeszcze wagon. Wtaszczyli kufry, umieścili Hedwigę i Krzywołapa na półce na bagaże i wyszli na peron, żeby się pożegnać z państwem Weasleyami.

Pani Weasley obcałowała swoje dzieci i Hermionę, a potem przytuliła do piersi Harry'ego. Trochę się zmieszał, ale zrobiło mu się bardzo przyjemnie.

— Będziesz na siebie uważał, Harry, prawda? — zapytała, a oczy jej dziwnie pojaśniały. Potem otworzyła swoją ogromną torbę i powiedziała: — Zrobiłam wszystkim kanapki... Masz, Ron... nie, nie są z peklowaną wołowiną... Fred! Gdzie jest Fred? O, jesteś, kochanie...

— Harry — rzekł cicho pan Weasley — chodź tutaj na chwilę.

Wskazał głową filar i Harry poszedł za nim, pozostawiając przyjaciół z panią Weasley.

— Muszę ci coś powiedzieć, zanim odjedziesz... — oznajmił pan Weasley głosem pełnym napięcia.

— Nie trzeba, panie Weasley — przerwał mu Harry. — Ja już wiem.

— Wiesz? Skąd?

— Ja... ee... słyszałem, jak pan rozmawiał z panią Weasley... wczoraj wieczorem. Tak się jakoś złożyło, a potem już nie mogłem odejść, bo... Przepraszam... — dodał szybko.

— Przykro mi, że dowiedziałeś się tego w taki sposób, nie tak to sobie zaplanowałem — rzekł pan Weasley z niepokojem.

— Nie... naprawdę, wszystko w porządku. W ten sposób nie złamał pan słowa danego Knotowi, a ja już wiem, co się dzieje.

— Harry, pewnie bardzo się boisz...

— Nie, nie boję się — odpowiedział z powagą Harry.

— Naprawdę — dodał, widząc, że pan Weasley patrzy na niego z niedowierzaniem. — Nie próbuję być bohaterem, ale, mówiąc poważnie, przecież Syriusz Black nie jest groźniejszy od Voldemorta, prawda?

Pan Weasley wzdrygnął się na dźwięk tego imienia.

— Harry, wiedziałem, że zostałeś ulepiony z twardszej gliny, niż sobie wyobraża Knot i bardzo się cieszę, że się nie boisz, ale...

— Arturze! — zawołała pani Weasley, która zaganiała już dzieci do wagonu. — Arturze, co ty tam robisz? Już czas!

— Harry już idzie, Molly! — krzyknął pan Weasley, ale odwrócił się do niego i mówił dalej przyciszonym głosem: — Posłuchaj, chcę, żebyś mi przyrzekł...

— ...że będę dobrym chłopcem i nie ruszę się nawet na krok poza teren szkoły, tak? — wpadł mu w słowo Harry.

— Niezupełnie — rzekł pan Weasley, a Harry jeszcze nigdy nie widział go tak poważnego. — Harry, przyrzeknij mi, że nie będziesz szukał Blacka.

Harry wytrzeszczył na niego oczy.

— Co?

Rozległ się długi gwizd. Strażnicy szli wzdłuż wagonów, zatrzaskując wszystkie drzwi.

— Przyrzeknij mi, Harry — pan Weasley mówił coraz szybciej — że cokolwiek się stanie...

— Dlaczego miałbym szukać kogoś, kto chce mnie zamordować?

— Przysięgnij mi, że bez względu na to, co możesz usłyszeć...

— Arturze, szybko! — krzyknęła pani Weasley.

Z lokomotywy buchnęła para; pociąg ruszył. Harry podbiegł do drzwi, Ron je otworzył i cofnął się, by go przepuścić. Wychylili się przez okno i machali państwu Weasleyom, póki nie zniknęli im z oczu za zakrętem torów.

— Muszę z wami porozmawiać na osobności — mruknął Harry do Rona i Hermiony, kiedy pociąg nabrał szybkości.

— Ginny, spadaj — powiedział Ron.

— Och, jaki jesteś miły! — prychnęła ze złością Ginny i odmaszerowała.

Harry, Ron i Hermiona również poszli korytarzem, poszukując wolnego przedziału, ale wszystkie były zajęte. W końcu znaleźli prawie pusty przedział na samym końcu pociągu.

Przy oknie siedział jakiś mężczyzna pogrążony w głębokim śnie. Było to bardzo dziwne, bo ekspres do Hogwartu zarezerwowany był zwykle dla uczniów i jeszcze nigdy nie spotkali w nim dorosłego prócz czarownicy, która rozwoziła słodycze i napoje.

Nieznajomy miał na sobie niezwykle wyświechtane szaty czarodzieja, pocerowane i połatane w wielu miejscach. Nie wyglądał dobrze i najwyraźniej był bardzo zmęczony. Choć wydawał się jeszcze dość młody, wśród jasnobrązowych włosów można było dostrzec siwe pasma.

— Jak myślicie, kto to może być? — szepnął Ron, kiedy usiedli jak najdalej od okna i cicho zasunęli drzwi.

— Profesor R. J. Lupin — odpowiedziała bez wahania Hermiona.

— Skąd wiesz?

— Tak jest tam napisane — wskazała półkę na bagaże, gdzie spoczywała zniszczona, obwiązana mnóstwem zgrabnie połączonych sznurków walizeczka, z wytłoczonym w rogu nazwiskiem: PROFESOR R. J. LUPIN.

— Ciekawe, czego on uczy — powiedział Ron, przyglądając się bladej twarzy profesora i marszcząc czoło.

— To przecież jasne — szepnęła Hermiona. — Jest tylko jeden wakat, prawda? Obrona przed czarną magią.

Harry, Ron i Hermiona mieli już dwóch nauczycieli obrony przed czarną magią; każdy uczył ich zaledwie rok. Krążyły pogłoski, że to stanowisko przynosi pecha.

— Mam nadzieję, że coś potrafi — rzekł Ron powątpiewającym tonem. — Bo wygląda, jakby go mógł załatwić pierwszy lepszy urok. No, ale... — odwrócił się do Harry'ego — co chcesz nam powiedzieć?

Harry opowiedział im o sprzeczce między panem i panią Weasley i o ostrzeżeniu, które przekazał mu pan Weasley. Kiedy skończył, Ron wyglądał jak rażony piorunem, a Hermiona zatkała sobie usta rękami. W końcu opuściła je i wykrztusiła:

— Syriusz Black uciekł, aby dopaść *ciebie?* Och, Harry... musisz być naprawdę, naprawdę bardzo ostrożny! Unikaj wszelkich kłopotów, Harry...

— Ja nie szukam żadnych kłopotów — odpowiedział Harry rozdrażnionym głosem. — To kłopoty zwykle znajdują *mnie.*

— Musiałby być ostatnim tumanem, gdyby szukał czubka, który chce go zabić — powiedział Ron roztrzęsionym głosem.

Przyjęli to gorzej, niż się Harry spodziewał. Zarówno Ron, jak i Hermiona sprawiali wrażenie, jakby byli bardziej przerażeni od niego.

— Nikt nie wie, jak mu się udało zbiec z Azkabanu — szepnął z lękiem Ron. — Przed nim nikt tego nie dokonał. A był strzeżony lepiej od innych więźniów.

— Ale złapią go, prawda? — powiedziała z przejęciem Hermiona. — Przecież szukają go również wszyscy mugole...

— Co to takiego? Słyszycie? — zapytał nagle Ron.

Skądś wydobywał się cichy gwizd. Rozejrzeli się gorączkowo po całym przedziale.

— To gwiżdże coś w twoim kufrze, Harry — powiedział Ron, wstając i sięgając na półkę z bagażami. Pogrzebał w kufrze i w chwilę później wyciągnął spomiędzy szat Harry'ego kieszonkowy wykrywacz podstępów. Wirował szybko na dłoni Rona i błyskał jasnym światłem.

— Czy to jest fałszoskop? — zapytała zaintrygowana Hermiona, wstając, żeby lepiej mu się przyjrzeć.

— Taak... ale wiesz... nic nadzwyczajnego, bardzo tani — odpowiedział Ron. — Zaczął wirować, kiedy przywiązywałem go Errolowi do nóżki, żeby wysłać Harry'emu.

— A robiłeś wówczas coś nieuczciwego?

— Skąd! No... chyba nie powinienem użyć do tego Errola. Wiesz, że nie najlepiej znosi długie dystanse... Ale niby jak miałem przesłać Harry'emu prezent?

— Wsadź go z powrotem do kufra — powiedział Harry, gdy fałszoskop zagwizdał przeraźliwie — bo on może się obudzić.

Wskazał głową na profesora Lupina. Ron wsadził fałszoskop do pary wyjątkowo ohydnych starych skarpetek wuja Vernona, co stłumiło gwizd, a potem zamknął wieko kufra.

— Można go dać do sprawdzenia w Hogsmeade — powiedział Ron, siadając z powrotem. — Fred i George mówili, że u Derwisza i Bangesa sprzedają najróżniejsze magiczne przyrządy.

— Wiecie coś więcej o tym Hogsmeade? — zapytała Hermiona. — Czytałam, że to jedyna miejscowość w całej Wielkiej Brytanii, w której nie mieszka ani jeden mugol.

— Tak, chyba tak jest — przyznał Ron — ale wcale nie dlatego chciałbym tam być. Zależy mi tylko na jednym: na odwiedzeniu Miodowego Królestwa.

— Co to takiego? — zapytała Hermiona.

— To cukiernia — odpowiedział Ron rozmarzonym tonem — gdzie mają naprawdę wszystko... Pieprzne diabełki... mówię wam, aż się dymi z ust... i olbrzymie gały czekoladowe pełne truskawkowego musu i kremu, i naprawdę wspaniałe cukrowe pióra, które możesz sobie ssać na lekcji, a wyglądasz, jakbyś się zastanawiał, co napisać...

— Ale Hogsmeade to bardzo ciekawa miejscowość, prawda? — nalegała Hermiona. — W *Historycznych miejscowościach magicznych* piszą, że tamtejsza gospoda była kwaterą główną w powstaniu goblinów w 1612 roku, a Wrzeszcząca Chata jest podobno najbardziej nawiedzanym przez duchy domem w całej Anglii...

— ...i takie twarde lodowe kulki... wystarczy je possać, a unosisz się na parę cali w powietrze — ciągnął Ron, do którego najwyraźniej nie dotarło, że Hermiona coś powiedziała.

Hermiona spojrzała na Harry'ego.

— Fajnie by było urwać się ze szkoły i zwiedzić to Hogsmeade, co?

— Pewnie tak — powiedział Harry, wzdychając ciężko. — Będziecie mi musieli opowiedzieć, jak sami zobaczycie.

— Bo co? — zapytał Ron.

— Bo ja nie mogę. Dursleyowie nie podpisali mi pozwolenia, a Knot też nie chciał.

Ron wytrzeszczył oczy.

— Nie masz pozwolenia? Ale przecież... Daj spokój, Harry... McGonagall na pewno da ci glejt...

Harry roześmiał się ponuro. Profesor McGonagall, opiekunka domu Gryfonów, była bardzo zasadniczą osobą.

— ...możemy też skorzystać z pomocy Freda i George'a, znają każde tajne wyjście ze szkoły...

— Ron! — przerwała mu ostro Hermiona. — Przecież Harry nie może opuścić potajemnie szkoły, dopóki Black jest na wolności...

— No właśnie, to samo powiedziałaby McGonagall, gdybym ją poprosił o pozwolenie — powiedział z goryczą Harry.

— Ale gdyby był z nami, Black by się nie ośmielił...

— Och, Ron, przestań wygadywać głupstwa — prychnęła Hermiona. — Black zamordował już tuzin ludzi, i to w biały dzień, na ruchliwej ulicy. Czy ty naprawdę myślisz, że jak nas zobaczy, to się przestraszy i zrezygnuje z zaatakowania Harry'ego?

Mówiąc to, bawiła się rzemykami zamykającymi wieko koszyka Krzywołapa.

— Uważaj, bo ucieknie! — krzyknął Ron, ale było już za późno.

Krzywołap wyskoczył z koszyka, przeciągnął się, ziewnął i wskoczył Ronowi na kolana. Wybrzuszenie na piersi Rona zadrgało gwałtownie. Ze złością zrzucił kota z kolan.

— Psiiik! Wynocha!

— Ron, jak śmiesz! — powiedziała ze złością Hermiona.

Ron już miał jej coś odpowiedzieć, kiedy profesor Lupin

poruszył się. Zamarli, obserwując go z napięciem, ale tylko przekręcił głowę na bok, nie otwierając oczu, i spał dalej. Usta miał lekko rozchylone.

Ekspres Londyn-Hogwart mknął ze stałą szybkością na północ i za oknem robiło się coraz bardziej dziko. Pociemniało, bo chmury zgęstniały i jakby się obniżyły. Na korytarzu zapanował ruch, uczniowie przebiegali raz po raz obok drzwi ich przedziału. Krzywołap usadowił się na wolnym miejscu i zwrócił swój spłaszczony pyszczek w stronę Rona. Żółte oczy utkwił w jego górnej kieszeni.

O pierwszej pojawiła się pulchna czarownica z wózkiem.

— Nie uważacie, że powinniśmy go obudzić? — zapytał Ron, wskazując głową na profesora Lupina. — Chyba dobrze by mu zrobiło, gdyby coś zjadł.

Hermiona zbliżyła się ostrożnie do śpiącego.

— Eee... panie profesorze! Przepraszam... panie profesorze!

Nawet nie drgnął.

— Nie przejmuj się, moja kochana — powiedziała czarownica, wręczając Harry'emu pokaźny stos kociołkowych piegusków. — Jak się obudzi i będzie głodny, to znajdzie mnie z przodu, przy lokomotywie.

— Mam nadzieję, że śpi — powiedział cicho Ron, kiedy czarownica zamknęła drzwi. — To znaczy... chyba nie umarł, co?

— Nie, przecież oddycha — szepnęła Hermiona, biorąc od Harry'ego ciastko.

Profesor Lupin może i nie był najlepszym towarzyszem podróży, ale jego obecność w przedziale miała swoje dobre strony. Po południu, właśnie kiedy zaczął padać deszcz, zamazując wzgórza poza oknem, znowu usłyszeli kroki na korytarzu, drzwi się rozsunęły i stanęła w nich najmniej oczekiwana osoba: Draco Malfoy. Towarzyszyli mu, jak zwykle, jego kumple, Vincent Crabbe i Gregory Goyle.

Draco Malfoy i Harry byli wrogami od czasu, gdy spotkali się podczas pierwszej podróży do Hogwartu. Malfoy, szczupły chłopiec z szyderczym uśmiechem przylepionym do bladej, szczurowatej twarzy, był w Slytherinie, a w drużynie Ślizgonów grał jako szukający, a więc na tej samej pozycji co Harry w drużynie Gryfonów. Crabbe i Goyle istnieli tylko po to, by wypełniać polecenia Malfoya. Obaj byli tęgimi, dobrze umięśnionymi osiłkami; Crabbe był wyższy, z potężnym karkiem i wysoko podgoloną głową, Goyle miał krótkie, szczecinowate włosy, a długie ręce kołysały mu się wzdłuż boków jak prawdziwemu gorylowi.

— No proszę, kogo tu mamy — powiedział Malfoy, jak zwykle przeciągając słowa. — Nasze papużki-nierozłączki, Pękala i Mądrala.

Crabbe i Goyle zarechotali.

— Weasley, słyszałem, że tego lata twój ojciec w końcu przyniósł do domu trochę złota. Czy twoja matka przeżyła taki szok?

Ron zerwał się tak gwałtownie, że strącił koszyk Krzywołapa. Profesor Lupin zachrapał przez sen.

— A to kto? — zapytał Malfoy, cofając się o krok.

— Nowy nauczyciel — odpowiedział Harry, który również wstał, żeby w razie czego przytrzymać Rona. — Mówiłeś coś, Malfoy?

Malfoy zmrużył blade oczy; nie był na tyle głupi, by wdawać się w bójkę pod nosem nauczyciela.

— Spadamy — mruknął do Crabbe'a i Goyle'a.

I odeszli, a Harry i Ron usiedli na swoich miejscach. Ron uderzał pięścią w otwartą dłoń.

— W tym roku nie zamierzam znosić obelg Malfoya

— oświadczył mściwie. — Nie żartuję. Jeśli jeszcze raz obrazi moją rodzinę, złapię go za ten przylizany łeb i...

Machnął groźnie ręką w powietrzu.

— Ron — szepnęła Hermiona, wskazując na profesora Lupina — uważaj...

Ale profesor Lupin wciąż smacznie chrapał.

Im dalej na północ, tym deszcz zacinał mocniej; za szarymi oknami robiło się coraz ciemniej, aż w końcu zapłonęły światła nad półkami z bagażem i na korytarzu. Pociąg stukotał, ulewa bębniła w szyby, wiatr huczał, a profesor Lupin chrapał w najlepsze.

— Chyba już dojeżdżamy — powiedział Ron, wychylając się przed śpiącego profesora, żeby spojrzeć w czarne już okno.

Zaledwie to powiedział, pociąg zaczął zwalniać.

— No, nareszcie. — Ron wstał i podszedł ostrożnie do okna, żeby przez nie wyjrzeć. — Konam z głodu. Chciałbym już być na uczcie...

— Trochę za wcześnie — powiedziała Hermiona, patrząc na zegarek.

— Więc dlaczego stajemy?

Pociąg zwalniał coraz bardziej. W miarę jak cichła lokomotywa, narastał ryk wiatru i wzmagało się bębnienie deszczu o szyby.

Harry, który siedział najbliżej drzwi, wstał i wyjrzał na korytarz. Ze wszystkich przedziałów wychylały się głowy.

Pociąg zatrzymał się tak raptownie, że bagaże pospadały z półek. A potem, bez żadnego ostrzeżenia, pogasły wszystkie światła i pogrążyli się w całkowitej ciemności.

— Co jest grane? — rozległ się za plecami Harry'ego głos Rona.

— Auu! — krzyknęła Hermiona. — Ron, to moja stopa!

Harry wrócił po omacku na swoje miejsce.

— Może coś się zepsuło?

— Nie mam pojęcia...

Usłyszał stłumiony pisk i zobaczył niewyraźny zarys głowy i ręki Rona, który wycierał dłonią szybę, żeby lepiej widzieć.

— Coś się porusza — powiedział Ron. — Chyba ktoś wsiada...

Drzwi przedziału otworzyły się i ktoś upadł całym ciężarem na nogi Harry'ego.

— Przepraszam... może wiecie, co się dzieje?... Ojej... przepraszam...

— Cześć, Neville — powiedział Harry, macając wokół siebie w ciemności i ciągnąc Neville'a za płaszcz, żeby pomóc mu wstać.

— Harry? To ty? Co się dzieje?

— Nie wiem... usiądź...

Rozległ się głośny syk, a zaraz potem stłumiony jęk: Neville usiadł na Krzywołapie.

— Pójdę zapytać maszynistę, co to wszystko znaczy — oświadczyła Hermiona.

Harry poczuł, że ktoś przechodzi koło niego i usłyszał zgrzyt otwieranych drzwi, a potem łoskot i okrzyki:

— Kto to?!

— A ty kim jesteś?!

— Ginny?

— Hermiona?

— Co ty tu robisz?

— Szukałam Rona i...

— Wchodź do środka... siadaj...

— Nie tutaj! — krzyknął Harry. — Tu ja siedzę!

— Auaa! — wrzasnął Neville.

— Spokój! — zabrzmiał ochrypły głos.

Wyglądało na to, że profesor Lupin w końcu się obudził. Wszyscy zamilkli.

Rozległ się cichy trzask i przedział wypełniło słabe, roz-dygotane światło. Profesor Lupin trzymał w dłoni garść płomyków. W bladym świetle zobaczyli jego zmęczoną, szarą twarz i bystre, czujne oczy.

— Nie ruszajcie się z miejsc — powiedział tym sa-mym ochrypłym głosem, po czym podniósł się niespiesznie, wyciągając przed sobą dłoń z płomykami.

Drzwi rozsunęły się powoli, zanim zdążył ich dosięgnąć.

Drżący blask oświetlił wysoką postać w ciemnej pelery-nie, sięgającą prawie do sufitu. Twarz była całkowicie ukryta pod kapturem. A to, co zobaczył Harry, spowodowało, że żołądek podskoczył mu do gardła. Spod peleryny wystawała ręka... błyszcząca, szarawa, oślizgła i pokryta liszajami, jak ręka topielca, którego ciało długo przebywało w wodzie...

Widział ją tylko przez ułamek sekundy, bo straszna istota jakby wyczuła jego spojrzenie i natychmiast cofnęła rękę, chowając ją w fałdach czarnej peleryny.

A potem to coś, co ukrywało się pod kapturem, wzięło długi, świszczący oddech, jakby chciało wciągnąć w siebie nie tylko powietrze, ale i wszystko, co było w przedziale.

Ogarnął ich straszliwy ziąb. Harry poczuł, że brak mu tchu. Lodowate zimno przenikało głęboko przez skórę, było już wewnątrz klatki piersiowej, mroziło serce...

Popatrzył nieprzytomnie. Nic nie widział. Tonął w zim-nie. W uszach mu szumiało, jakby znalazł się pod wodą. Coś ciągnęło go w dół, w straszliwą topiel chłodu, szum narastał do ryku...

Nagle gdzieś z daleka dobiegły go przerażające, przerażone, błagalne krzyki. Nie wiedział, kto tak krzyczy, ale chciał temu komuś pomóc, spróbował poruszyć ramionami, ale nie mógł... gęsta biała mgła kłębiła się wokół niego, w nim...

— Harry! Harry! Co ci jest?

Ktoś klepał go po twarzy otwartą dłonią.

— C-cooo?

Otworzył oczy; nad półkami paliły się światła, podłoga lekko dygotała — ekspres do Hogwartu znowu mknął po szynach. Siedział na podłodze — musiał spaść ze swojego miejsca. Obok niego klęczeli Ron i Hermiona; nad ich głowami zobaczył Neville'a i profesora Lupina. Był bardzo słaby: kiedy podniósł rękę, żeby poprawić sobie okulary, które opadły na czubek nosa, poczuł zimny pot na twarzy.

Ron i Hermiona wciągnęli go z powrotem na ławkę.

— Dobrze się czujesz? — zapytał nerwowo Ron.

— Taak — odpowiedział Harry, zerkając na drzwi. Zakapturzona postać znikła. — Co się stało? Gdzie jest ten... to coś? Kto tak krzyczał?

— Nikt nie krzyczał — powiedział Ron, jeszcze bardziej wystraszony.

Harry rozejrzał się po jasnym przedziale. Ginny i Neville wlepiali w niego oczy, oboje bardzo bladzi.

— Ale przecież słyszałem krzyki...

Coś chrupnęło głośno, aż wszyscy podskoczyli. Profesor Lupin łamał na kawałki olbrzymią tabliczkę czekolady.

— Proszę — rzekł do Harry'ego, podając mu duży kawałek. — Zjedz. To ci dobrze zrobi.

Harry wziął czekoladę, ale nie włożył jej do ust.

— Co to było? — zapytał Lupina.

— Dementor — odpowiedział Lupin, częstując czekoladą pozostałych. — Jeden z dementorów z Azkabanu.

Wszyscy wytrzeszczyli na niego oczy. Profesor Lupin zmiął puste opakowanie po czekoladzie i włożył je do kieszeni.

— Jedz — powtórzył. — Zaraz poczujesz się lepiej. Przepraszam was, muszę porozmawiać z maszynistą...

I przeszedł obok Harry'ego, znikając w korytarzu.

— Jesteś pewny, że nic ci nie jest? — zapytała Hermiona, obserwując Harry'ego z niepokojem.

— Nic nie rozumiem... Co się stało? — wyjąkał Harry, ocierając pot z czoła.

— No... to coś... ten dementor... stał tu i rozglądał się po przedziale... to znaczy... tak mi się zdaje, bo nie widziałam jego twarzy... a ty... ty...

— Myślałem, że dostałeś jakiegoś ataku czy coś w tym rodzaju — powiedział Ron, wciąż przerażony. — Cały zesztywniałeś... upadłeś na podłogę i zacząłeś się trząść...

— A profesor Lupin podszedł do tego... no... dementora i wyciągnął różdżkę — przerwała mu Hermiona — i powiedział: „Nikt tu nie ukrywa Blacka pod płaszczem. Odejdź". Ale to... ten dementor nie ruszał się z miejsca, więc Lupin coś mruknął, z jego różdżki wystrzeliło coś srebrnego, a tamten się odwrócił i jakoś tak odpłynął...

— To było straszne — rzekł Neville jeszcze bardziej piskliwym głosem niż zazwyczaj. — Czuliście, jak się zrobiło zimno, kiedy on wszedł?

— Ja poczułem się bardzo dziwnie — powiedział Ron, unosząc nieco barki, jakby powstrzymywał dreszcze. — Jak gdybym już nigdy nie miał się cieszyć...

Ginny, która kuląc się w kącie, wyglądała prawie tak samo źle, jak Harry się czuł, zaszlochała cicho. Hermiona podeszła i objęła ją ramieniem.

— Ale nikt z was... nie spadł ze swojego miejsca? — zapytał nieśmiało Harry.

— Nie — odpowiedział Ron, patrząc na niego z niepokojem. — Tylko Ginny trzęsła się okropnie...

Harry nic z tego nie rozumiał. Wciąż był bardzo słaby i rozdygotany, jakby dopiero co przeszedł ciężki atak grypy. Zaczął też odczuwać wstyd. Dlaczego tak się rozkleił, skoro inni znieśli to całkiem nieźle?

Wrócił profesor Lupin. Wszedł do przedziału, rozejrzał się po wszystkich, uśmiechnął się i powiedział:

— To nie jest zatruta czekolada, możecie mi wierzyć...

Harry ugryzł swój kawałek i nagle poczuł falę ciepła rozchodzącą się rozkosznie po całym ciele.

— Za dziesięć minut będziemy w Hogwarcie — oznajmił profesor Lupin. — No jak, Harry, lepiej się czujesz?

Harry nie zapytał, skąd Lupin zna jego imię.

— Doskonale — mruknął zakłopotany.

Przez resztę podróży wiele już nie rozmawiali. W końcu pociąg zatrzymał się na stacji Hogsmeade i zaczęło się normalne zamieszanie: sowy pohukiwały, koty miauczały, a ropucha Neville'a rechotała głośno spod jego spiczastego kapelusza. Na maleńkim peronie było zimno i mokro: deszcz zacinał lodowatymi strugami.

— Pirszoroczniacy za mną! — rozległ się znajomy głos.

Harry, Ron i Hermiona odwrócili się jednocześnie i na końcu peronu zobaczyli olbrzymią postać Hagrida. Gromadził wokół siebie przerażonych nowych uczniów, aby ich zaprowadzić nad jezioro, skąd zgodnie z tradycją mieli popłynąć łódkami do zamku.

— Hej, wy troje! W porząsiu? — ryknął do nich ponad głowami tłumu.

Pomachali do niego z daleka, ale nie mogli z nim porozmawiać, bo tłum uczniów pociągnął ich w drugą stronę.

Wyszli ze stacji na błotnistą drogę, gdzie na pozostałych uczniów czekało ze sto dyliżansów, a do każdego musiał być zaprzężony niewidzialny koń, bo gdy Harry, Ron i Hermiona wsiedli do jednego z nich i zatrzasnęli drzwiczki, ruszył natychmiast za innymi powozami, klekocząc, kołysząc się i podskakując na wybojach.

W środku pachniało wilgotną ziemią i słomą. Po zjedzeniu czekolady Harry poczuł się lepiej, ale wciąż był osłabiony. Ron i Hermiona co jakiś czas zerkali na niego z ukosa, jakby się bali, że znowu zemdleje.

Kiedy podjechali do wielkich, misternie kutych w żelazie wrót między dwoma kamiennymi słupami zwieńczonymi skrzydlatymi dzikami, Harry zobaczył dwie wysokie, zakapturzone postacie, stojące na straży przy bramie. Znowu ogarnęła go fala zimna i strachu, więc opadł na oparcie wyleniałej ławki i zamknął oczy, póki nie przejechali przez bramę. Powóz potoczył się teraz po długiej, krętej drodze wiodącej w górę, do zamku. Hermiona wychyliła się przez okienko, patrząc, jak zbliżają się ku nim strzeliste wieżyczki i baszty. W końcu dyliżans zatrzymał się. Ron i Hermiona wyskoczyli.

Harry wysiadł za nimi i natychmiast zabrzmiał mu w uszach szyderczy, przeciągający słowa głos:

— Potter, podobno *zemdlałeś*? Neville mnie nie nabujał? *Naprawdę* zemdlałeś?

To Malfoy wyminął Hermionę i stanął przed Harrym na schodach, blokując mu drogę do drzwi. Uśmiechał się drwiąco, a wodniste oczy połyskiwały złośliwie.

— Odwal się, Malfoy — powiedział Ron przez zaciśnięte zęby.

— Ty też zasłabłeś, Weasley? — zapytał głośno Malfoy. — Też się przestraszyłeś tego starego dementora?

— Jakiś problem? — zabrzmiał łagodny głos. To profesor Lupin wysiadł z następnego dyliżansu.

Malfoy spojrzał z politowaniem na jego połataną szatę i podniszczoną walizkę.

— Och, nie... ee... panie... *profesorze* — powiedział ironicznym tonem, po czym zrobił głupią minę, skinął na Crabbe'a i Goyle'a i ruszył ku zamkowi.

Hermiona szturchnęła Rona w plecy, żeby się pospieszył, i wszyscy troje włączyli się w tłum wstępujący po schodach prowadzących do wielkich dębowych drzwi. Przepastną salę wejściową oświetlały zatknięte przy ścianach pochodnie; na wprost wejścia wspaniałe marmurowe schody wiodły na górne piętra.

Tłum uczniów kierował się na prawo, ku szeroko otwartym drzwiom do Wielkiej Sali. Zaledwie Harry zdążył rzucić okiem na zaczarowane sklepienie, które tym razem było czarne i zachmurzone, gdy zabrzmiał donośny głos:

— Potter! Granger! Do mnie!

Harry i Hermiona odwrócili się, zaskoczeni. Profesor McGonagall, nauczycielka transmutacji i opiekunka Gryffindoru, wołała do nich ponad głowami tłumu. Była to groźnie wyglądająca czarownica z włosami spiętymi w ciasny kok i z przenikliwymi oczami spoglądającymi srogo przez prostokątne okulary. Harry przecisnął się przez tłum, pełen złych przeczuć: kiedy stawał przed profesor McGonagall, zawsze mu się wydawało, że ma nieczyste sumienie.

— Nie miej takiej przerażonej miny, Potter... chcę tylko zamienić z wami słówko w moim gabinecie — powiedziała. — Weasley, ciebie nie wzywałam.

Ron gapił się, jak profesor McGonagall prowadzi Harry'ego i Hermionę przez salę wejściową, a później marmurowymi schodami na górę.

Kiedy znaleźli się w jej gabinecie, małym pokoju z wielkim, trzaskającym wesoło kominkiem, profesor McGonagall wskazała im fotele. Sama usiadła za biurkiem i powiedziała:

— Profesor Lupin przysłał mi przez sowę wiadomość, że zasłabłeś w pociągu.

Zanim Harry zdążył odpowiedzieć, rozległo się ciche pukanie do drzwi i wpadła pani Pomfrey, szkolna pielęgniarka.

Harry poczuł, że się czerwieni. Już i tak było mu głupio, że zemdlał, a teraz poczuł się jeszcze gorzej, widząc całe to zamieszanie wokół swojej osoby.

— Nic mi nie jest — bąknął. — Naprawdę, nie trzeba...

— Ach, więc to o ciebie chodzi, tak? — zapytała pani Pomfrey, nie zwracając uwagi na jego słowa i pochylając się nad nim. — Znowu szukałeś guza?

— To był dementor, Poppy — powiedziała profesor McGonagall.

Wymieniły znaczące spojrzenia i pani Pomfrey zacmokała z niezadowoleniem.

— Tego tylko brakowało, żeby nam tu przysyłali tych dementorów — mruknęła, odgarniając Harry'emu włosy z czoła i kładąc na nim rękę. — Założę się, że jeszcze wielu zasłabnie. Tak, cały jest mokry. To straszne potwory, a jak trafią na kogoś tak delikatnego...

— Nie jestem delikatny! — oburzył się Harry.

— Ależ oczywiście, nie jesteś — zgodziła się dla świętego spokoju pani Pomfrey, badając mu puls.

— Czego mu potrzeba? — zapytała profesor McGonagall rzeczowym tonem. — Do łóżka? A może powinien spędzić noc w skrzydle szpitalnym?

— Czuję się świetnie! — krzyknął Harry, zrywając się

na nogi. Już sama myśl o tym, co powie Malfoy, jeśli umieszczą go w szpitalu, była prawdziwą torturą.

— No cóż, powinien przynajmniej zjeść trochę czekolady — oświadczyła pani Pomfrey, która teraz próbowała zajrzeć mu do oczu.

— Już zjadłem — powiedział szybko Harry. — Profesor Lupin dał mi kawałek. Wszystkich poczęstował.

— Naprawdę? — Pani Pomfrey pokręciła z uznaniem głową. — A więc wreszcie mamy nauczyciela obrony przed czarną magią, który zna się na rzeczy?

— Jesteś pewny, że dobrze się czujesz, Potter? — zapytała surowo profesor McGonagall.

— Tak — odpowiedział Harry.

— Znakomicie. Bądź taki dobry i poczekaj na korytarzu, bo chcę zamienić słówko z panną Granger na temat jej planu zajęć, a potem razem zejdziemy na ucztę.

Harry wyszedł na korytarz z panią Pomfrey, która oddaliła się w stronę skrzydła szpitalnego, mrucząc coś pod nosem. Czekał zaledwie parę minut, po czym pojawiła się Hermiona, bardzo czymś ucieszona, a za nią profesor McGonagall, i wszyscy troje zeszli po marmurowych schodach.

W Wielkiej Sali falowało morze czarnych spiczastych kapeluszy. Przy stołach należących do każdego ze szkolnych domów zasiadali uczniowie. W powietrzu unosiły się tysiące płonących świec. Profesor Flitwick, niski, drobny czarodziej z wielką siwą czupryną wynosił z sali starą, wyświechtaną tiarę i stołek o czterech nogach.

— Ojej — jęknęła Hermiona. — Spóźniliśmy się na ceremonię przydziału!

Nowi uczniowie Hogwartu byli przydzielani do poszczególnych domów w ten sposób, że każdy musiał usiąść na stołku i nałożyć Tiarę Przydziału, a ta wykrzykiwała nazwę domu, do którego najbardziej się nadawał (Gryffindor, Ravenclaw, Hufflepuff lub Slytherin). Profesor McGonagall zasiadła na pustym krześle przy stole dla nauczycieli, a Harry i Hermiona ruszyli w przeciwną stronę, ku stołowi Gryffindoru. Wszyscy oglądali się za nimi, kiedy przechodzili, a niektórzy pokazywali sobie Harry'ego. Czyżby wiadomość o jego zasłabnięciu na widok dementora rozeszła się tak szybko?

Usiedli obok Rona, który trzymał dla nich miejsca.

— O co chodziło? — mruknął do Harry'ego.

Harry zaczął mu szeptem wyjaśniać, ale w chwilę później wstał dyrektor szkoły, aby przemówić, więc urwał.

Profesor Dumbledore jak zawsze tryskał energią, choć był już bardzo stary. Miał długie srebrne włosy, okazałą brodę i okulary-połówki osadzone na wyjątkowo haczykowatym nosie. Często o nim mówiono i pisano jako o najpotężniejszym czarodzieju swojej epoki, ale Harry darzył go wielkim szacunkiem z innego powodu. Był osobą, do której miał bezgraniczne zaufanie, i teraz, kiedy patrzył na jego rozradowaną twarz, poczuł, jak ogarnia go spokój — po raz pierwszy od chwili, gdy w drzwiach przedziału ujrzał zakapturzoną postać.

— Witajcie! — powiedział Dumbledore, a blask świec zaigrał na jego srebrnej brodzie. — Witajcie u progu kolejnego roku nauki w Hogwarcie! Pragnę wam powiedzieć o kilku sprawach, a ponieważ jedna z nich jest bardzo poważna, sądzę, że najlepiej będzie, jeśli od razu przejdę do rzeczy, zanim ta wspaniała uczta zamroczy wam mózgi...

Zrobił pauzę, odchrząknął i oznajmił:

— Zapewne wszyscy już wiecie, że nasza szkoła gości strażników z Azkabanu, którzy są tutaj z polecenia Ministerstwa Magii. To oni przeszukali wasz pociąg.

Znowu zamilkł, a Harry przypomniał sobie, co mówił pan Weasley: że Dumbledore wcale nie jest zachwycony obecnością dementorów w Hogwarcie.

— Strażnicy pełnią wartę przy każdym wejściu na teren szkoły — ciągnął Dumbledore — a póki są wśród nas, nikomu nie wolno opuścić szkoły bez pozwolenia. Nie łudźcie się: dementorów nie da się oszukać żadnymi sztuczkami, przebierankami... czy nawet pelerynami-niewidkami — dodał ironicznym tonem, a Harry i Ron popatrzyli na siebie. — Nie będą wysłuchiwać żadnych próśb ani wymówek. To nie leży w ich naturze. Dlatego ostrzegam was, żebyście nie dali im powodu do zrobienia wam krzywdy. Liczę na prefektów domów i na naszą nową parę prefektów naczelnych, liczę, że zadbają, by nikt nie próbował wyprowadzić dementorów w pole.

Percy, który siedział kilka miejsc dalej od Harry'ego, wypiął dumnie pierś i rozejrzał się dookoła. Dumbledore znowu zrobił pauzę i spojrzał z powagą po sali, w której zapadła głucha cisza.

— A teraz coś weselszego — powiedział po chwili. — Mam przyjemność powitać w naszym gronie dwóch nowych nauczycieli. Najpierw profesora Lupina, który zgodził się łaskawie objąć stanowisko nauczyciela obrony przed czarną magią.

Rozległy się skąpe, niezbyt entuzjastyczne oklaski. Żarliwie klaskali tylko ci, którzy podróżowali z nim w jednym przedziale, w tym i Harry. Profesor Lupin wyglądał szczególnie niechlujnie wśród reszty nauczycieli wystrojonych w najlepsze szaty.

— Spójrz na Snape'a! — syknął Ron Harry'emu do ucha.

Profesor Snape, mistrz eliksirów, wychylił się, żeby popatrzyć na Lupina. Nie było dla nikogo tajemnicą, że Snape bardzo chciał objąć stanowisko nauczyciela obrony przed czarną magią, ale nawet Harry'ego, który go nie znosił, uderzył ohydny grymas na jego wychudłej, ziemistej twarzy. To nie była zwykła złość, to był grymas wstrętu i nienawiści. Harry dobrze znał ten grymas: Snape miał go na twarzy za każdym razem, kiedy spoglądał na niego.

— A teraz przedstawię wam drugiego nowego nauczyciela — powiedział Dumbledore, kiedy ucichły oklaski.

— No cóż, muszę was z przykrością powiadomić, że profesor Kettleburn, nasz nauczyciel opieki nad magicznymi stworzeniami, przeszedł na zasłużoną emeryturę, żeby w spokoju pielęgnować to, co mu jeszcze z ciała pozostało. Mam jednak przyjemność oznajmienia wam, że jego miejsce zajmie w tym roku Rubeus Hagrid, który zgodził się objąć to stanowisko, nie rezygnując ze swoich obowiązków gajowego Hogwartu.

Harry, Ron i Hermiona wybałuszyli oczy, nie wierząc własnym uszom, a potem przyłączyli się do ogólnego aplauzu, który wybuchł w całej sali, a już szczególnie przy stole Gryfonów. Harry wychylił się, by spojrzeć na Hagrida, który poczerwieniał jak rubin i spuścił skromnie oczy, wpatrując się w swoje olbrzymie dłonie. Szeroki uśmiech prawie zniknął pod gęstwiną jego czarnej brody.

— Powinniśmy sami się domyślić! — krzyknął Ron, waląc w stół. — Kto inny zaleciłby nam gryzącą książkę?

Harry, Ron i Hermiona byli ostatnimi, którzy przestali klaskać, a kiedy profesor Dumbledore znowu zabrał głos, zobaczyli, że Hagrid ociera oczy serwetką.

— No, myślę, że z ważnych spraw to już wszystko — powiedział Dumbledore. — Czas rozpocząć ucztę!

Stojące przed nimi złote półmiski i czary nagle napełniły

się jedzeniem i piciem. Harry poczuł gwałtowny głód: ponakładał sobie wszystkiego, co było najbliżej, i rzucił się na jedzenie.

Uczta była wspaniała, jak zwykle. Wielka Sala długo rozbrzmiewała rozmowami, śmiechem i szczękiem noży i widelców. Po zaspokojeniu pierwszego głodu Harry, Ron i Hermiona zaczęli jednak z utęsknieniem wyczekiwać końca, bo bardzo chcieli porozmawiać z Hagridem. Wiedzieli, ile dla niego znaczy nominacja na nauczyciela. Hagrid nie był w pełni wykwalifikowanym czarodziejem: wyrzucono go z Hogwartu na trzecim roku za przestępstwo, którego nie popełnił. To właśnie Harry, Ron i Hermiona przywrócili mu dobre imię w ubiegłym roku.

W końcu, kiedy ostatnie kawałki dyniowego ciasta znikły ze złotych półmisków, Dumbledore oznajmił, że czas rozejść się do dormitoriów. Szybko skorzystali z ogólnego zamieszania i podeszli do stołu nauczycielskiego.

— Nasze gratulacje, Hagridzie! — zapiszczała Hermiona.

— To wszystko przez waszą trójkę, łobuzy — powiedział Hagrid, spoglądając na nich znad stołu i ocierając serwetką błyszczącą twarz. — Nie mogłem uwierzyć... taka szycha... wielki Dumbledore... przyszedł prosto do mojej chałupy, jak tylko profesor Kettleburn powiedział, że ma dość... Cholibka, zawsze o tym marzyłem...

Ogarnęło go takie wzruszenie, że ukrył twarz w serwetce, a profesor McGonagall dała im znak ręką, żeby sobie poszli.

Włączyli się w strumień Gryfonów wstępujących po marmurowych schodach, a potem powędrowali długimi korytarzami, pokonali jeszcze kilka kondygnacji schodów, i w końcu, bardzo już zmęczeni, stanęli przed tajnym wejściem do Gryffindoru. Gruba Dama w różowej sukni zapytała z wielkiego portretu:

— Hasło?

— Wchodźcie! Wchodźcie! — zawołał Percy ponad głowami tłumu. — Nowe hasło to *Fortuna Major*!

— Och, nie... — jęknął Neville Longbottom. Zawsze miał trudności z zapamiętaniem hasła.

Po kolei przełazili przez dziurę pod portretem do pokoju wspólnego, a potem rozchodzili się do swoich klatek schodowych. Harry wspiął się po spiralnych schodach, nie myśląc o niczym, czując tylko błogie zadowolenie, rozlewające się po całym ciele. A kiedy znalazł się w swoim znajomym, okrągłym dormitorium na szczycie wieży, z pięcioma łóżkami zwieńczonymi kolumienkami i osłoniętymi kotarami, poczuł, że wreszcie wrócił do domu.

ROZDZIAŁ SZÓSTY

Szpony i fusy

Kiedy następnego dnia Harry, Ron i Hermiona zeszli do Wielkiej Sali na śniadanie, natknęli się na Dracona Malfoya, który zabawiał jakąś bardzo śmieszną opowieścią sporą grupę Ślizgonów. Na ich widok Malfoy udał, że mdleje, co wywołało ryk śmiechu.

— Nie zwracaj na niego uwagi — powiedziała cicho Hermiona, która szła tuż za Harrym. — Nie zasługuje na to...

— Hej, Potter! — krzyknęła Pansy Parkinson, Ślizgonka o twarzy mopsa. — Potter! Idą dementorzy! Łuuuuuu!

Harry opadł na krzesło przy stole Gryfonów, tuż obok George'a Weasleya.

— Nowy plan zajęć dla trzeciej klasy — powiedział George, rozdając im arkusze pergaminu. — Co jest z tobą, Harry?

— Malfoy — wyjaśnił krótko Ron, siadając z drugiej strony i rzucając wściekłe spojrzenie na stół Ślizgonów.

George spojrzał w tamtym kierunku akurat w chwili, gdy Malfoy znowu udał, że mdleje ze strachu.

— Głupi pajac — powiedział spokojnie. — Trochę inaczej wyglądał wczoraj wieczorem, kiedy dementorzy chodzili po pociągu. Wpadł do naszego przedziału, no nie, Fred?

— Prawie się posikał — rzekł Fred, patrząc z pogardą na Malfoya.

— Ja też nie czułem się najlepiej — przyznał George.

— To okropne typy, ci dementorzy...

— Aż mróz przenika do szpiku kości, no nie? — dodał Fred.

— Ale nie straciliście przytomności, prawda? — zapytał Harry.

— Nie przejmuj się, Harry — pocieszał go George. — Tata musiał raz pojechać do Azkabanu, pamiętasz, Fred? Mówił, że to najstraszniejsze miejsce, jakie w życiu widział, jak wrócił, ledwo go poznaliśmy, wciąż się cały trząsł... Dementorzy wysysają szczęście z każdego miejsca, w którym się znajdą. Większość więźniów dostaje tam świra.

— W każdym razie zobaczymy, jaką minę będzie miał Malfoy po pierwszym meczu quidditcha — powiedział Fred. — Gryfoni przeciw Ślizgonom, pierwszy mecz sezonu, pamiętacie?

Harry i Malfoy spotkali się na boisku quidditcha tylko raz i Malfoy okazał się o wiele gorszy. Czując, jak wraca mu dobry humor, Harry nałożył sobie trochę smażonych ziemniaków i kilka kiełbasek.

Hermiona przeglądała nowy plan zajęć.

— Oooch, cudownie, już dziś będą nowe przedmioty!

— Hermiono — powiedział Ron, zaglądając jej przez ramię i krzywiąc się z niesmakiem — ale ci dołożyli! Musieli się pomylić. Zobacz... masz z dziesięć lekcji dziennie. Nie starczy ci na to czasu!

— Nie martw się, dam sobie radę. Ustaliłam to wszystko z profesor McGonagall.

— Ale spójrz na dzisiejszy dzień — powiedział Ron, śmiejąc się. — O dziewiątej masz wróżbiarstwo, tak? A pod spodem mugoloznawstwo, też o dziewiątej. A tu...

— Ron pochylił się nad pergaminem — zobacz, numerologia, godzina dziewiąta... Wiem, że jesteś dobra, ale chyba nie aż tak, żeby zaliczyć trzy lekcje jednocześnie!

— Nie bądź głupi. To oczywiste, że nie będę w trzech klasach jednocześnie.

— No więc jak...

— Podaj mi dżem — powiedziała Hermiona.

— Ale...

— Och, Ron, a co cię obchodzi, że mój plan zajęć jest trochę... napięty? Już mówiłam, że uzgodniłam to wszystko z profesor McGonagall.

W tym momencie wszedł Hagrid w długim płaszczu z krecich futerek. Trzymał za ogon martwego tchórza, którym wymachiwał beztrosko.

— No jak, w porząsiu? — zapytał, zatrzymując się koło nich w drodze do stołu nauczycielskiego. — Cholibka, mamy dzisiaj lekcję! Moja pirsza! Zaraz po obiedzie! Zerwałem się dziś o piątej, wszystko musiałem przygotować... Chyba się uda... Ja nauczycielem... niech skonam...

Uśmiechnął się do nich szeroko i ruszył w stronę stołu nauczycielskiego, wciąż wywijając martwym tchórzem.

— Bardzo jestem ciekaw, co on musiał przygotować... — powiedział Ron z lekkim niepokojem.

Sala zaczęła się wyludniać, w miarę jak uczniowie rozchodzili się na lekcje. Ron zerknął na swój plan.

— No, lepiej już chodźmy, wróżbiarstwo jest na szczycie Wieży Północnej. Zanim tam dojdziemy, minie trochę czasu...

Dokończyli pospiesznie śniadanie, pożegnali się z Fredem i George'em, wstali od stołu i skierowali się ku wyjściu. Kiedy przechodzili koło stołu Ślizgonów, Malfoy znowu odegrał swoje przedstawienie. Jeszcze w sali wejściowej Harry słyszał ryki śmiechu.

Długo wędrowali korytarzami, szukając klasy wróżbiarstwa. W ciągu dwóch lat pobytu w Hogwarcie nie zdążyli poznać całego zamku, a w Wieży Północnej jeszcze nigdy nie byli.

— Przecież... musi... być... jakaś... droga... na... skróty — wysapał Ron, kiedy po raz siódmy wspinali się po jakichś schodach, aby wyjść na zupełnie im nie znaną klatkę schodową, w której na kamiennej ścianie wisiało wielkie malowidło przedstawiające pustą łąkę.

— Chyba tędy — powiedziała Hermiona, zaglądając do opustoszałego korytarza na prawo.

— To niemożliwe — odrzekł Ron. — To okno wychodzi na południe, zobacz, widać kawałek jeziora...

Harry wpatrywał się w obraz. Właśnie na łące pojawił się tłusty, nakrapiany konik, szczypiąc nonszalancko trawę. Harry był już przyzwyczajony do obrazów w Hogwarcie, których mieszkańcy spacerowali sobie po nich swobodnie, a czasami opuszczali ramy, żeby się nawzajem odwiedzić, ale oglądanie ich zawsze sprawiało mu uciechę. W chwilę później na łąkę wpadł niski, krępy rycerz w pełnej zbroi. Sądząc po zielonych plamach od trawy na jego żelaznych nagolennikach, przed chwilą spadł z konia.

— Hej! — ryknął, patrząc na Harry'ego, Rona i Hermionę. — Co za łajdacy włóczą się po moich włościach?

Przyszliście, żeby się naśmiewać z mojego upadku? Brońcie się, psy nikczemne!

Ku ich zdumieniu wyciągnął miecz z pochwy i zaczął nim wymachiwać, podskakując ze złości. Miecz był jednak dla niego o wiele za długi, więc po szczególnie gwałtownym wymachu rycerz stracił równowagę i upadł nosem w trawę.

— Nic ci się nie stało? — zapytał Harry, podchodząc do obrazu.

— Cofnij się, nędzny fanfaronie! Cofnij się, łotrze, mówię ci!

Rycerz ponownie chwycił za miecz, aby się na nim wesprzeć, ale klinga wbiła się głęboko w ziemię i choć szarpał ze wszystkich sił, nie mógł jej wyciągnąć. W końcu opadł z powrotem na trawę i uniósł przyłbicę, aby sobie obetrzeć pot z twarzy.

— Posłuchaj mnie, panie — powiedział Harry, wykorzystując zmęczenie rycerza. — Szukamy Wieży Północnej. Znasz może do niej drogę?

— Poszukiwanie! — Wściekłość rycerza natychmiast przeminęła. Dźwignął się na nogi i krzyknął: — Pójdźcie za mną, przyjaciele, a razem odnajdziemy cel waszej wyprawy, albo zginiemy w walce, jak na rycerzy przystało!

Jeszcze raz pociągnął bezskutecznie za miecz, potem równie bezskutecznie spróbował dosiąść konika, po czym zawołał:

— A więc pójdziemy pieszo, szlachetni panowie i ty, nadobna pani! W drogę! W drogę!

I z donośnym szczękiem zbroi pobiegł ku lewej krawędzi obrazu i zniknął im z oczu.

Pobiegli za nim korytarzem, kierując się szczękiem zbroi. Co jakiś czas rycerz pojawiał się na kolejnym obrazie, przebiegając przez niego z łoskotem.

— Niech wam nie drżą serca, najgorsze jest jeszcze przed nami! — zawołał ku nim rycerz i ujrzeli, jak wybiega przed grupę przerażonych kobiet w krynolinach na obrazie wiszącym w wąskiej, spiralnej klatce schodowej.

Harry, Ron i Hermiona wspięli się po krętych schodach, dysząc ciężko. U szczytu usłyszeli nad sobą szmer głosów i poznali, że dotarli do właściwej klasy.

— Żegnajcie! — krzyknął rycerz, wychylając głowę zza ramy obrazu przedstawiającego jakichś ponurych mnichów. — Żegnajcie, towarzysze broni! Jeśli kiedykolwiek będziecie potrzebować szlachetnego serca i stalowych mięśni, wezwijcie Sir Cadogana!

— Tak, na pewno cię wezwiemy — mruknął Ron, kiedy rycerz zniknął — jak tylko będziemy potrzebować jakiegoś czubka.

Pokonali ostatnie stopnie i wyszli na małą platformę, na której zgromadziła się już większość klasy. Nie było tu drzwi, ale Ron szturchnął Harry'ego i wskazał na okrągłą klapę w suficie. Do klapy przybita była mosiężna tabliczka.

— Sybilla Trelawney, Nauczycielka Wróżbiarstwa — przeczytał Harry. — Niby jak mamy się tam dostać?

Jakby w odpowiedzi na to pytanie, klapa nagle się otworzyła i zjechała ku nim srebrna drabina, która oparła się o posadzkę tuż przy jego stopach. Wszyscy zamilkli.

— Idziemy za tobą — rzekł Ron, szczerząc zęby, więc Harry wspiął się po drabinie pierwszy.

Znalazł się w najdziwniejszej klasie, jaką kiedykolwiek widział. Prawdę mówiąc, pomieszczenie w ogóle nie przypominało klasy, bardziej coś pośredniego między pokojem na poddaszu a staroświecką herbaciarnią. Było tu ze dwadzieścia okrągłych stolików, każdy otoczony obitymi perkalem fotelikami i pufami. Wnętrze wypełniała mętna, szkarłatna poświata; wszystkie okna były pozasłaniane, a światło sączyło się z wielu lamp osłoniętych ciemnoczerwonymi szalami. Było bardzo gorąco, a z wielkiego miedzianego kotła, wiszącego nad ogniem w kominku, unosiła się ciężka, odurzająca woń. Półki pod ścianami zawalone były zakurzonymi piórami, pękami świec, taliami postrzępionych kart, kryształowymi kulami i mnóstwem filiżanek. Wokół Harry'ego zgromadziła się już cała klasa; wszyscy mówili szeptem.

— Gdzie ona jest? — zapytał Ron.

Z cienistego kąta popłynął ku nim cichy, tajemniczy głos:

— Witajcie. Jak miło zobaczyć was wreszcie w świecie materialnym.

Profesor Trelawney wkroczyła w krąg światła przy kominku. Przypominała wielkiego, błyszczącego owada. Była bardzo chuda; grube okulary powiększały jej oczy kilkakrotnie, a całą postać spowijał połyskliwy muślinowy szal. Z długiej szyi zwieszały się niezliczone łańcuszki i koraliki, a ramiona i dłonie ozdobione były mnóstwem bransolet i pierścionków.

— Siadajcie, moje dzieci, siadajcie — zaprosiła ich aksamitnym głosem, więc nieśmiało pozajmowali fotele i pufy. Harry, Ron i Hermiona usiedli razem przy okrągłym stoliku.

— Witajcie na pierwszej lekcji wróżbiarstwa — oznajmiła profesor Trelawney, która sama zasiadła w wysokim fotelu przed kominkiem. — Nazywam się Sybilla Trelawney. Zapewne widzicie mnie po raz pierwszy. Zbyt częste zstępowanie w zgiełk i zamieszanie szkoły zaciemnia moje wewnętrzne oko.

Nikt nic nie powiedział na to dość niezwykłe stwierdzenie. Profesor Trelawney delikatnie poprawiła sobie szal i mówiła dalej:

— A więc wybraliście studiowanie wróżbiarstwa, najtrudniejszej ze wszystkich sztuk magicznych. Już na samym wstępie muszę was ostrzec, że jeśli nie macie daru jasnowidzenia, wiele się ode mnie nie nauczycie. Książki też daleko was nie zaprowadzą...

Na te słowa Harry i Ron parsknęli śmiechem i zerknęli na Hermionę, która sprawiała wrażenie wytrąconej z równowagi stwierdzeniem, że w nauce tego przedmiotu książki jej nie pomogą.

— Wiele czarownic i wielu czarodziejów, choć są mistrzami w zakresie donośnych huków, oszałamiających zapachów i nagłych zniknięć, nie potrafi przeniknąć mglistych tajemnic przyszłości — ciągnęła profesor Trelawney, a jej olbrzymie, błyszczące oczy przenosiły się z jednej twarzy na drugą. — To dar będący udziałem wybranych. Chłopcze...
— zwróciła się nagle do Neville'a, który o mało nie spadł ze swojego pufa. — Czy twoja babka dobrze się czuje?

— Myślę, że tak — odrzekł Neville roztrzęsionym głosem.

— Na twoim miejscu nie byłabym taka pewna — powiedziała profesor Trelawney, a blask ognia zaigrał na jej długich szmaragdowych kolczykach. Neville przełknął głośno ślinę, a profesor Trelawney ciągnęła łagodnie: — W tym roku będziemy poznawać podstawowe techniki wróżbiarskie. Pierwszy semestr poświęcimy wróżeniu z herbacianych fusów. W następnym zgłębimy wróżenie z dłoni. A ty, moja kochana — zwróciła się nagle do Parvati Patil — strzeż się rudego mężczyzny.

Parvati spojrzała ze strachem na Rona, który siedział obok niej, i odsunęła nieco swój fotel.

— W drugim semestrze — mówiła spokojnie profesor Trelawney — przejdziemy do kryształowej kuli... jak tylko poznamy wróżenie z płomieni. Niestety, w lutym będziemy musieli przerwać lekcje z powodu epidemii grypy. Ja sama stracę głos. A gdzieś około Wielkanocy jedno z was opuści nas na zawsze.

Zapadła głucha cisza, w której wyczuwało się narastające napięcie, ale profesor Trelawney nie zwracała na to uwagi.

— Moja droga — zwróciła się do siedzącej najbliżej Lavender Brown, która wcisnęła się w oparcie fotela — czy mogłabyś mi podać największy srebrny dzbanek do herbaty?

Lavender odetchnęła z ulgą, wstała, wzięła z półki olbrzymi dzbanek i postawiła na stoliku przed profesor Trelawney.

— Dziękuję ci, moja droga. A przy okazji... to, czego tak się boisz... zdarzy się w piątek, szesnastego października.

Lavender wzdrygnęła się.

— A teraz podzielcie się na pary. Weźcie sobie filiżanki z półki i podejdźcie do mnie, żebym mogła je napełnić. Usiądźcie i wypijcie herbatę, tak żeby zostały same fusy, a następnie lewą ręką trzykrotnie zakręćcie filiżanką, postawcie ją na spodeczku dnem do góry, tak żeby wyciekła reszta płynu, po czym dajcie filiżankę swojemu partnerowi, aby zinterpretował układ fusów, posługując się stroną piątą i szóstą *Demaskowania przyszłości*. Ja będę chodziła między wami, pomagając wam i udzielając wskazówek. Ach, a ty, mój kochany — złapała za ramię Neville'a, który zamierzał wstać — kiedy stłuczesz pierwszą filiżankę, bądź taki dobry i weź jedną z tych z niebieskim wzorkiem, dobrze? Do różowych jestem bardzo przywiązana.

Neville sięgnął do półki z filiżankami i prawie natychmiast rozległ się brzęk tłuczonej porcelany. Profesor Trelawney podeszła do niego z miotełką i szufelką i powiedziała:

— Bądź tak łaskaw i weź jedną z tych niebieskich, mój drogi... dziękuję...

Kiedy napełniła filiżanki Harry'ego i Rona, wrócili do swojego stolika i szybko wypili gorącą herbatę. Zakołysali filiżankami trzykrotnie, osuszyli je i zajrzeli do środka.

— No dobra — powiedział Ron, otwierając książkę na stronach piątej i szóstej. — Co widzisz w mojej?

— Rozmokłe brązowe fusy — mruknął Harry, którego odurzający, wonny dym wprawił w stan senności i otępienia.

— Otwórzcie swoje wewnętrzne oczy, moi drodzy, i przeniknijcie to, co doczesne! — zawołała profesor Trelawney poprzez opary.

Harry westchnął i spróbował wziąć się w garść.

— No dobrze... masz coś w rodzaju koślawego krzyża...

— Zajrzał do *Demaskowania przyszłości.* — To znaczy, że czekają cię „próby i cierpienia"... bardzo mi przykro... Ale tu jest coś takiego, co przypomina słońce... a to oznacza „wielkie szczęście"... więc pocierpisz, ale będziesz bardzo szczęśliwy...

— Chyba musisz iść do okulisty, żeby ci skontrolował wewnętrzny wzrok — powiedział Ron i obaj z trudem powstrzymali się od śmiechu, bo profesor Trelawney spojrzała w ich stronę.

— Teraz moja kolej. — Ron zajrzał do filiżanki Harry'ego i zmarszczył czoło. — To mi trochę przypomina melonik, może będziesz pracować dla Ministerstwa Magii...

— Obrócił filiżankę. — Ale z tej strony wygląda bardziej jak żołądź... Co to znaczy? — Sięgnął po swoją książkę.

— „Niespodziewany przypływ większej gotówki". Wspaniale, będziesz mógł mi pożyczyć... No, a tutaj jest coś jakby... — znowu obrócił filiżankę — jakby jakieś zwierzę... tak, jeśli to jest głowa, to... to wygląda jak hipo... nie, jak baran...

Harry parsknął śmiechem, a profesor Trelawney okręciła się jak fryga i podeszła do nich.

— Zobaczmy, co tutaj mamy — powiedziała do Rona, pochylając się i zabierając mu filiżankę Harry'ego.

Zapadła cisza, wszyscy wlepili oczy w profesor Trelawney.

— Jastrząb... Mój drogi, masz śmiertelnego wroga.

— Ale o tym wiedzą wszyscy — powiedziała Hermiona głośnym szeptem.

Profesor Trelawney zwróciła na nią wzrok.

— No tak... wiedzą — powtórzyła Hermiona. — Każdy wie o Harrym i o Sami-Wiecie-Kim.

Harry i Ron gapili się na nią z mieszaniną zdumienia i podziwu. Jeszcze nigdy się nie zdarzyło, żeby Hermiona odezwała się w taki sposób do nauczyciela. Profesor Trelawney uznała za stosowne nie odpowiadać na takie prowokacje. Ponownie zajrzała do filiżanki Harry'ego i obróciła ją w palcach.

— Pałka... a więc atak. Ach, mój kochany, to nie jest szczęśliwa filiżanka...

— Myślałem, że to melonik — mruknął Ron.

— Czaszka... niebezpieczeństwo na twojej drodze...

Teraz wszyscy wlepili w nią oczy. Profesor Trelawney obróciła filiżankę po raz ostatni, wzięła głęboki oddech i krzyknęła.

Ponownie rozległ się brzęk tłuczonej porcelany. Neville rozbił drugą filiżankę. Profesor Trelawney opadła na wolny fotel; oczy miała zamknięte, a połyskującą klejnotami dłoń przyciskała do piersi w okolicach serca.

— Mój drogi chłopcze... mój biedny, kochany chłopcze... nie... nie powinnam tego mówić... nie... nie proście mnie...

— Co tam jest, pani profesor? — zapytał natychmiast Dean Thomas.

Wszyscy wstali i powoli okrążyli stolik Harry'ego i Rona, napierając na fotel profesor Trelawney, żeby zajrzeć do filiżanki.

— Mój drogi — olbrzymie oczy profesor Trelawney otworzyły się szeroko — masz ponuraka.

— Co? — zapytał Harry.

Nie był jedynym, który nic z tego nie zrozumiał. Dean Thomas wzruszył ramionami, a Lavender Brown zrobiła zdumioną minę, ale prawie wszyscy pozostali zatkali sobie usta rękami, żeby nie krzyknąć ze strachu.

— Ponurak, mój drogi, ponurak! — zawołała profesor Trelawney, wyraźnie wstrząśnięta tym, że Harry nie zrozumiał. — Olbrzymi, widmowy pies, który nawiedza cmentarze! Mój drogi chłopcze, to zły omen... to najgorszy omen... omen *śmierci*!

Harry'emu coś przewróciło się w żołądku. Ten pies na okładce *Omenu śmierci* w Esach i Floresach... ten pies w cieniu domu przy Magnoliowym Łuku...

Teraz nawet Lavender Brown zakryła sobie dłonią usta. Wszyscy wpatrywali się w Harry'ego — wszyscy prócz Hermiony, która stanęła za fotelem profesor Trelawney.

— *Mnie* to wcale nie wygląda na ponuraka — oświadczyła spokojnie.

Profesor Trelawney spojrzała na nią z politowaniem.

— Wybacz mi, moja droga, ale muszę ci powiedzieć, że masz wokół siebie bardzo nikłą aurę. Twoja wrażliwość na rezonanse przyszłości bliska jest zera.

Seamus Finnigan przekrzywiał głowę to w jedną, to w drugą stronę.

— Wygląda na ponuraka, jeśli zrobi się tak — zmrużył oczy — ale z tej strony bardziej przypomina osła — dodał, przechylając się w lewo.

— Jak już ustalicie, czy umrę, czy może nie umrę, to mi powiedzcie! — wybuchnął Harry tak gwałtownie, że nawet jego to zaskoczyło.

Teraz już prawie wszyscy bali się na niego spojrzeć.

— Myślę, że na tym zakończymy dzisiaj lekcję — oznajmiła profesor Trelawney swoim cichym, jakby mglistym głosem. — Tak... pozbierajcie swoje rzeczy...

Wszyscy w milczeniu odnieśli filiżanki, pozbierali książki i pozamykali torby. Nawet Ron unikał spojrzenia Harry'ego.

— Oby wam los sprzyjał do naszego następnego spotkania — powiedziała profesor Trelawney omdlewającym tonem. — Och... a ty, mój drogi — dodała nieco głośniej, wskazując na Neville'a — spóźnisz się na naszą następną lekcję, więc przyłóż się w domu do nauki, żeby to nadrobić.

Harry, Ron i Hermiona w milczeniu zeszli po drabinie, a później po krętych schodach i udali się na lekcję transmutacji. Odnalezienie drogi do klasy profesor McGonagall zajęło im sporo czasu, więc mimo że wróżbiarstwo skończyło się trochę wcześniej, dotarli tam tuż przed rozpoczęciem lekcji.

Harry usiadł na samym końcu, czując się tak, jakby siedział w blasku reflektorów, bo reszta klasy nieustannie zerkała na niego ukradkiem, jakby miał za chwilę wyzionąć ducha. Prawie do niego nie docierało, co profesor McGonagall opowiadała im o animagach (czarodziejach, którzy potrafią przemieniać się w zwierzęta), i nawet nie zauważył, jak sama zamieniła się w burą kotkę z ciemnymi obwódkami wokół oczu, przypominającymi okulary.

— Może mi powiecie, co w was dzisiaj wstąpiło? — zapytała, i powróciwszy do własnej postaci z lekkim pyknięciem, rozejrzała się po klasie. — Nie mówię, że mi na tym zależy, ale po raz pierwszy moja transmutacja nie wywołała oklasków.

Wszystkie głowy zwróciły się w stronę Harry'ego, ale nikt się nie odezwał. A potem podniosła rękę Hermiona.

— Chodzi o to, pani profesor, że właśnie mieliśmy pierwszą lekcję wróżbiarstwa i odczytywaliśmy przyszłość z fusów, i...

— Ach, już rozumiem — powiedziała profesor McGonagall, marszcząc czoło. — Nie musisz nic więcej mówić, Granger. To kto ma umrzeć w tym roku?

Wszyscy spojrzeli na nią ze zdumieniem.

— Ja — wyznał w końcu Harry.

— Rozumiem. — Profesor McGonagall utkwiła w nim swoje paciorkowate oczy. — Powinieneś więc wiedzieć, Potter, że Sybilla Trelawney co roku przepowiada śmierć któregoś z uczniów. Jak dotąd żaden jeszcze nie umarł. Straszenie omenem śmierci to jej ulubiony sposób witania się z nową klasą. Gdyby nie to, że nigdy nie wyrażam się źle o moich kolegach...

Urwała, a nozdrza jej pobielały.

— Wróżbiarstwo jest jedną z najmniej ścisłych dziedzin magii — powiedziała po chwili, już bardziej spokojnym tonem. — Nie będę przed wami ukrywała, że do wróżenia z fusów odnoszę się dość sceptycznie. Prawdziwi jasnowidze rzadko się zdarzają, a profesor Trelawney...

Znowu urwała, po czym dodała rzeczowym tonem:

— Wyglądasz bardzo zdrowo, Potter, więc wybacz mi, ale nie zwolnię cię z obowiązku odrobienia pracy domowej. Chyba żebyś umarł, wtedy możesz śmiało czuć się zwolniony.

Hermiona wybuchnęła śmiechem. Harry poczuł się trochę lepiej. Z dala od czerwonego światła i odurzających zapachów klasy pani Trelawney trudno było się lękać garstki herbacianych fusów. Słowa profesor McGonagall nie wszystkich jednak przekonały. Ron nadal zerkał na niego z niepokojem, a Lavender szepnęła:

— A filiżanka Neville'a?

Po transmutacji znaleźli się w tłumie uczniów zmierzających do Wielkiej Sali na drugie śniadanie.

— Ron, nie miej takiej ponurej miny — powiedziała Hermiona, podsuwając mu miskę z gulaszem. — Przecież słyszałeś, co mówiła McGonagall.

Ron nałożył sobie gulaszu i wziął widelec do ręki, ale nie zaczął jeść.

— Harry — powiedział cichym, poważnym głosem — ale chyba *nie widziałeś* ostatnio żadnego wielkiego czarnego psa, prawda?

— Widziałem... Tej nocy, kiedy uciekłem od Dursleyów.

Widelec Rona z brzękiem upadł na talerz.

— Pewno jakiś przybłęda — powiedziała spokojnie Hermiona.

Ron spojrzał na nią jak na wariatkę.

— Hermiono, jeśli Harry zobaczył ponuraka, to... to bardzo źle. Mój... mój wujek Bilius zobaczył jednego i... i po dwudziestu czterech godzinach już był martwy!

— Zbieg okoliczności — mruknęła Hermiona, nalewając sobie soku z dyni.

— Nie masz zielonego pojęcia, o czym mówisz! — zdenerwował się Ron. — Większość czarodziejów panicznie boi się ponuraków!

— No właśnie — oświadczyła Hermiona przemądrzałym tonem. — Jak zobaczą ponuraka, umierają ze strachu. Ponurak to nie zły omen, tylko przyczyna śmierci! A Harry wciąż żyje, bo nie jest taki głupi, żeby sobie mówić: „Zobaczyłem ponuraka, więc muszę wykorkować!"

Ron wybałuszył oczy na Hermionę, która otworzyła torbę, wyjęła swój nowy podręcznik numerologii, otworzyła go i oparła o dzbanek z sokiem.

— Uważam, że to całe wróżbiarstwo jest bardzo mętne — powiedziała, przerzucając kartki. — Mnóstwo zgadywania i przywidzeń...

— I ponurak na dnie filiżanki też był przywidzeniem, tak? — zaperzył się Ron.

— Nie byłeś taki pewny, kiedy powiedziałeś Harry'emu, że to baran — odparła chłodno Hermiona.

— Profesor Trelawney powiedziała, że nie masz właściwej aury! Wiesz co? Ty po prostu nie możesz ścierpieć, jak nie jesteś w czymś najlepsza!

Dotknął ją do żywego. Hermiona trzasnęła numerologią w stół z taką siłą, że opryskała wszystkich kawałkami mięsa i marchewki.

— Jeśli być dobrym we wróżbiarstwie oznacza, że widzi się omen śmierci w kupce herbacianych fusów, to chyba przestanę się tego uczyć! Ta pierwsza lekcja to kompletne bzdury w porównaniu z moją numerologią!

Chwyciła torbę i ruszyła do wyjścia.

Ron zmarszczył czoło.

— O czym ona mówi? Przecież jeszcze nie miała numerologii.

Po drugim śniadaniu Harry z przyjemnością wyszedł z zamku. Niebo było bladoszare, ale deszcz już nie padał. Wilgotna trawa uginała się sprężyście pod nogami, kiedy szli na pierwszą lekcję opieki nad magicznymi stworzeniami. Ron i Hermiona nie odzywali się do siebie. Harry szedł za nimi w milczeniu po trawiastym zboczu do chatki Hagrida na skraju Zakazanego Lasu. Dopiero kiedy w oddali zobaczył trzy aż zbyt dobrze znane sylwetki, zdał sobie sprawę, że te lekcje będą mieli razem ze Ślizgonami. Malfoy gestykulował żywo, opowiadając coś Crabbe'owi i Goyle'owi, którzy rechotali na całe gardło. Harry był całkowicie pewny, że wie, o czym rozmawiają.

Hagrid czekał już na nich w drzwiach swojej chatki. Miał na sobie płaszcz z krecich skórek, a jego brytan, Kieł, siedział u jego stóp.

— Ruszać się, młodziaki! — zawołał na ich widok. — Mam dla was dzisiaj coś super! Zaraz wywalicie gały, niech skonam! Są już wszyscy? No to dobra, idziemy!

Harry'emu dreszcz przebiegł po plecach, bo pomyślał, że Hagrid prowadzi ich do Zakazanego Lasu, a przeżył już tam takie okropności, że wolałby do niego nigdy więcej nie wchodzić. Hagrid okrążył jednak skraj lasu i pięć minut później znaleźli się przed czymś w rodzaju padoku dla koni.

— Stawać mi przy płocie! — krzyknął. — Żeby każdy dobrze widział... No... najpierw to pootwirajcie swoje książki na...

— Jak? — rozległ się chłodny, drwiący głos Dracona Malfoya.

— Co jak? — zapytał Hagrid.

— Jak mamy otworzyć książki?

Malfoy wyjął swój egzemplarz *Potwornej księgi potworów*, którą obwiązał grubym sznurkiem. Reszta też powyjmowała swoje; niektórzy, jak Harry, spięli je paskami, inni wepchnęli je do ciasnych toreb albo ścisnęli wielkimi spinaczami.

— I co... nikt z was nie potrafi otworzyć swojej książki? — zapytał Hagrid, wyraźnie zbity z tropu.

Wszyscy pokręcili głowami.

— Musicie je *pogłaskać* — powiedział Hagrid, jakby to była najzwyklejsza rzecz pod słońcem. — Patrzcie...

Wziął książkę Hermiony i zdarł magiczną taśmę, którą była oklejona. Książka próbowała go ugryźć, ale gdy tylko pogładził ją po grzbiecie swoim olbrzymim paluchem, zadrżała, otworzyła się i znieruchomiała w jego dłoni.

— Och, jakie z nas głupki! — zadrwił Malfoy. — Trzeba je *pogłaskać*! Przecież to takie proste!

— Cholibka... myślałem... no, tego... że one są takie śmiszne — powiedział Hagrid do Hermiony niepewnym głosem.

— Strasznie *śmiszne*! — zawołał Malfoy. — To naprawdę wspaniały dowcip, zalecać książki, które chcą nam poodgryzać ręce!

— Zamknij się, Malfoy — wycedził Harry przez zęby.

Hagrid był już naprawdę przygnębiony, a Harry bardzo chciał, żeby jego pierwsza lekcja okazała się prawdziwym sukcesem.

— No więc... — wybąkał Hagrid, który teraz całkowicie stracił wątek — więc... tego... macie już książki pootwirane... i... tego... no... to teraz potrzebujemy magicznych stworzeń. Taak. No więc... to ja je zaraz przyprowadzę. Chwileczkę...

I odszedł w stronę lasu, a po chwili zniknął między drzewami.

— No nie, ta szkoła zupełnie schodzi na psy — powie-

dział głośno Malfoy. — Taki przygłup prowadzi lekcje...
Mój ojciec się wścieknie, jak mu o tym powiem...

— Zamknij się, Malfoy — powtórzył Harry.

— Uważaj, Potter, dementor stoi za tobą...

— Oooooooch! — wrzasnęła Lavender Brown, wskazując na przeciwległą stronę padoku.

Kłusowało ku nim z tuzin najdziwniejszych stworzeń, jakie Harry widział w życiu. Miały tułowie, tylne nogi i ogony koni, ale przednie nogi, skrzydła i głowy olbrzymich orłów, z zakrzywionymi dziobami o stalowej barwie i wielkimi, błyszczącymi, pomarańczowymi oczami. Pazury przednich nóg mierzyły z pół stopy i wyglądały naprawdę groźnie. Każda z bestii miała na szyi grubą skórzaną obrożę z przymocowanym do niej długim łańcuchem, a końce wszystkich łańcuchów trzymał w wielkich łapach Hagrid, który wbiegł na padok za swoimi podopiecznymi.

— Hetta, wio! — ryknął, potrząsając łańcuchami i kierując stadko ku ogrodzeniu, za którym stała cała klasa.

Wszyscy cofnęli się o krok, kiedy Hagrid dobiegł do płotu i przywiązał do niego dziwne stworzenia.

— Hipogryfy! — zawołał uradowany, machając do nich ręką. — Piękne, co?

Harry przyjrzał się im uważnie i zrozumiał, co Hagrid miał na myśli. Kiedy już przeżyło się pierwszy wstrząs na widok czegoś, co było pół koniem, a pół ptakiem, zaczynało się doceniać lśniące futra hipogryfów, przechodzące łagodnie od piór do sierści, a każdy miał inne ubarwienie: ciemnoszare, brązowe, różowawe, kasztanowe i kruczoczarne.

— A teraz — rzekł Hagrid, zacierając dłonie i spoglądając na nich z dumą — podejdźcie trochę bliżej...

Nikt jakoś się do tego nie kwapił, dopiero po chwili Harry, Ron i Hermiona ostrożnie zbliżyli się do ogrodzenia.

— No więc tak... Pierwsze, co powinniście wiedzieć o hipogryfach, to to, że są strasznie honorne. Łatwo je obrazić, to fakt. Nigdy nie obrażajcie hipogryfa, bo może to być ostatnia rzecz, jaką zrobicie w życiu.

Malfoy, Crabbe i Goyle nie słuchali go; rozmawiali półgłosem, a Harry miał niemiłe przeczucie, że namawiają się, jak zakłócić lekcję.

— Zawsze poczekajcie, aż hipogryf zrobi pierwszy ruch — ciągnął Hagrid. — Z szaconkiem do nich, rozumiecie? Idziecie do hipogryfa, grzecznie się kłaniacie i czekacie. Jak się odkłoni, można go dotknąć. Jak się nie odkłoni, trzeba zwiewać, i to szybko, bo te szpony są bardzo ostre. No dobra. Kto chce pierwszy?

Większość klasy cofnęła się jeszcze dalej. Nawet Harry, Ron i Hermiona mieli złe przeczucia. Hipogryfy potrząsały dziko głowami i wymachiwały potężnymi skrzydłami; wyglądało na to, że bardzo nie lubią być uwiązane.

— Nikt? — zapytał Hagrid, patrząc na nich błagalnie.

— Ja — powiedział Harry.

Za plecami usłyszał zduszone okrzyki strachu. Lavender i Parvati szeptały gorączkowo:

— Oooch, nie, Harry, zapomniałeś o swoich fusach?

Harry zignorował je i przelazł przez ogrodzenie.

— Jesteś prawdziwy gość, Harry! — ryknął Hagrid. — No dobra... zobaczymy, jak sobie dasz radę z Hardodziobem.

Odwiązał łańcuch, odciągnął jednego hipogryfa od reszty stadka i zdjął mu skórzaną obrożę. Wszyscy wstrzymali oddech. Malfoy zmrużył złośliwie oczy.

— Teraz spokojnie, Harry — powiedział cicho Hagrid. — Popatrz mu w oczy i staraj się nie mrugać...

Hipogryfy nie mają zaufania do kogoś, kto za bardzo mruga...

Harry'emu natychmiast łzy napłynęły do oczu, ale ich nie zamknął. Hardodziob odwrócił swoją wielką głowę i patrzył na niego groźnie jednym pomarańczowym okiem.

— Dobra, Harry — powiedział Hagrid. — Dobra... a teraz się ukłoń...

Harry nie miał wielkiej ochoty nadstawiać karku, ale zrobił, jak mu powiedziano. Ukłonił się krótko i podniósł głowę.

Hipogryf wciąż patrzył na niego wyniośle. Nie poruszał się.

— Cholibka — mruknął Hagrid, jakby trochę zaniepokojony. — No... to się cofnij, Harry... tylko spokojnie...

Ale w tym momencie, ku zdumieniu Harry'ego, hipogryf nagle ugiął przed nim pokryte łuską kolana. Trudno było wątpić, że to ukłon.

— Dobra robota, Harry! — pochwalił go Hagrid, zachwycony. — Dobra... a teraz możesz go dotknąć! Poklep go po dziobie, śmiało!

Czując, że lepszą nagrodą za odwagę byłoby wycofanie się, Harry zbliżył się powoli do hipogryfa i wyciągnął do niego rękę. Poklepał go kilka razy po dziobie, a hipogryf przymknął leniwie oczy, jakby mu to sprawiało przyjemność.

Wszyscy zaczęli klaskać — wszyscy prócz Malfoya, Crabbe'a i Goyle'a, którzy mieli bardzo zawiedzione miny.

— No dobra, Harry — powiedział Hagrid. — Chyba pozwoli, żebyś go dosiadł!

Na tę sugestię Harry'ego trochę zatkało. Przyzwyczajony był do latającej miotły, ale miał wątpliwości, czy jazda na hipogryfie to to samo.

— Właź na niego, Harry, o tu, zaraz za tym miejscem, gdzie mu wyrastają skrzydła — powiedział Hagrid. — Tylko nie wyrywaj mu piór, bardzo tego nie lubi...

Harry postawił stopę na skrzydle hipogryfa i podciągnął się na jego grzbiet. Hardodziob wyprostował kolana. Harry nie wiedział, za co się złapać; przed sobą widział same pióra.

— Wio! — ryknął Hagrid, uderzając zwierzę dłonią w zad.

Harry ledwo zdążył złapać hipogryfa za szyję, bo ten nagle rozprostował olbrzymie skrzydła i bez żadnego ostrzeżenia wzbił się w powietrze. Nie przypominało to wcale szybowania na miotle i Harry nie miał wątpliwości, który rodzaj lotu woli. Skrzydła chłostały go po żebrach i podrywały mu uda, więc bał się, że za chwilę spadnie, gładkie, połyskliwe pióra wyślizgiwały mu się spod palców, a nie śmiał uchwycić ich mocniej. Nimbus Dwa Tysiące szybował gładko i pewnie, a hipogryf przy każdym machnięciu skrzydłami podnosił i opuszczał zad, co sprawiało, że Harry kołysał się gwałtownie do przodu i do tyłu.

Hardodziob obleciał padok i poszybował ku ziemi. Tego właśnie Harry obawiał się najbardziej, bo teraz gładka, upierzona szyja znalazła się o wiele niżej od niego. Odchylił się mocno do tyłu, czując, że za chwilę ześliźnie się po szyi i dziobie w dół, lecz w tym momencie poczuł gwałtowny wstrząs, kiedy cztery dobrze umięśnione nogi uderzyły w ziemię. Ledwo mu się udało utrzymać na grzbiecie i wyprostować.

— Nieźle, Harry! — krzyknął Hagrid, a wszyscy, prócz Malfoya, Crabbe'a i Goyle'a zaczęli gromko klaskać.

— No dobra, kto jeszcze chce się przelecieć?

Ośmielona sukcesem Harry'ego reszta klasy przelazła ostrożnie przez ogrodzenie. Hagrid odwiązał po kolei hipogryfy i wkrótce w padoku pełno było kłaniających się nerwowo uczniów. Neville raz po raz uciekał od swojego, bo ten jakoś nie chciał ugiąć przed nim kolan. Ron i Hermiona ćwiczyli na kasztanku, a Harry przyglądał się, jak im idzie. Malfoy, Crabbe i Goyle stanęli przed Hardodziobem. Hipogryf ukłąkł przed Malfoyem, który poklepał go po dziobie z lekceważącą miną.

— To bardzo łatwe — wycedził, na tyle głośno, by Harry go usłyszał. — Wiedziałem, że musi być łatwe, skoro udało się Potterowi... Założę się, że tak naprawdę jesteś łagodny jak baranek, prawda? — zwrócił się do hipogryfa. — Jesteś wielkie, potulne i bardzo brzydkie bydlę, prawda?

To stało się w ułamku sekundy. Błysnęły stalowe szpony, rozległ się piskliwy wrzask Malfoya i w następnej chwili Hagrid mocował się z rozwścieczonym hipogryfem, usiłując ponownie założyć mu obrożę i odciągnąć od Malfoya, który leżał skulony w trawie, z szatą poplamioną krwią.

— Umieram! — wrzeszczał Malfoy, a cała klasa wpadła w prawdziwą panikę. — Ja umieram! Ta bestia mnie zabiła!

— Wcale nie umierasz! — krzyknął Hagrid, który zbladł jak kreda. — Niech mi ktoś pomoże... musimy go stąd wyciągnąć...

Hermiona pobiegła otworzyć bramę padoku, a Hagrid bez wysiłku podniósł chłopca i wyniósł na zewnątrz. Harry dostrzegł długie rozdarcie na ramieniu Malfoya; krew kapała na trawę. Hagrid pobiegł z nim w górę zbocza ku zamkowi.

Klasa ruszyła za nim, wstrząśnięta tym, co się wydarzyło. Ślizgoni głośno pomstowali na Hagrida.

— Powinni go od razu wywalić! — powiedziała przez łzy Pansy Parkinson.

— To była wina Malfoya! — warknął Dean Thomas. Crabbe i Goyle groźnie naprężyli mięśnie.

Wspięli się po kamiennych schodach i wpadli do opustoszałej sali wejściowej.

— Idę zobaczyć, co z nim jest — oznajmiła Pansy i wszyscy patrzyli, jak wchodzi po marmurowych schodach.

Ślizgoni ruszyli w kierunku swojego pokoju wspólnego w podziemiach, wciąż urągając Hagridowi, a Harry, Ron i Hermiona zaczęli się wspinać po schodach do wieży Gryffinderu.

— Myślicie, że nic mu nie będzie? — zapytała z niepokojem Hermiona.

— No jasne — odpowiedział Harry, który przeżył już o wiele gorsze zranienia i skorzystał z czarodziejskich metod szkolnej pielęgniarki. — Pani Pomfrey potrafi w sekundę wyleczyć każdą ranę.

— To okropne, że Hagridowi musiało się to przytrafić podczas pierwszej lekcji, prawda? — powiedział Ron z niepokojem. — Żeby tak zaufać Malfoyowi... przecież od początku było wiadomo, że będzie chciał wykręcić mu jakiś numer...

W porze obiadowej wcześnie przyszli do Wielkiej Sali, mając nadzieję spotkać się z Hagridem, lecz go tam nie było.

— Ale chyba go nie wywalą, co? — zapytała z lękiem Hermiona, która jakoś nie mogła się zabrać do puddingu z polędwicy i cynaderek.

— Mam nadzieję, że nie — odpowiedział Ron, który również stracił apetyt.

Harry obserwował stół Slytherinu. Zebrała się tam duża grupa Ślizgonów, z Crabbe'em i Goyle'em, rozmawiających o czymś półgłosem. Harry był pewny, że uzgadniają swoją wersję okoliczności, w jakich doszło do wypadku.

— No ale musicie przyznać, że na brak atrakcji w pierwszym dniu szkoły nie możemy narzekać — stwierdził ponuro Ron.

Po obiedzie poszli do zatłoczonego pokoju wspólnego Gryffindoru i próbowali zająć się pracą domową, którą im zadała profesor McGonagall, ale wszyscy troje raz po raz odrywali się od książek i wyglądali przez okno wieży.

— W chatce Hagrida pali się światło — powiedział nagle Harry.

Ron zerknął na zegarek.

— Jak się pospieszymy, zdążymy go odwiedzić, jeszcze jest dość wcześnie...

— No... nie wiem — powiedziała z namysłem Hermiona, a Harry spostrzegł, że rzuciła szybkie spojrzenie w jego stronę.

— Przecież wolno mi przejść się *po szkolnych błoniach* — oświadczył z naciskiem. — Syriusz Black jeszcze się nie przedarł przez warty dementorów, prawda?

Zebrali więc swoje podręczniki i pergaminy, przeleźli przez dziurę pod portretem i ruszyli ku drzwiom frontowym. Na szczęście nie spotkali po drodze nikogo, bo wcale nie byli pewni, czy wolno im wychodzić z zamku.

Trawa była wciąż mokra i w zapadającym zmierzchu wydawała się prawie czarna. Doszli do chatki Hagrida i zapukali.

— Właźcie — odezwał się chrapliwy głos.

Hagrid siedział w samej koszuli przy wyszorowanym do szarości drewnianym stole; jego brytan, Kieł, oparł łeb na jego kolanach. Wystarczyło jedno spojrzenie, aby stwierdzić, że Hagrid musiał sporo wypić: stał przed nim cynowy dzban wielkości wiaderka, a on sam sprawiał wrażenie, jakby miał trudności ze skupieniem na nich wzroku.

— Cholibka, to chyba rekord — mruknął. — Jeszcze nie mieli takiego nauczyciela, co by go wylali po jednym dniu.

— Hagridzie, przecież cię nie wyrzucili! — żachnęła się Hermiona.

— Jeszcze nie — powiedział smętnie Hagrid i wypił potężny łyk czegoś, co było w cynowym dzbanie. — Ale to tylko sprawa czasu... Po tym, jak ten Malfoy...

— Co z nim? — zapytał Ron, kiedy wszyscy usiedli. — To nic poważnego, prawda?

— Pani Pomfrey zrobiła, co należy — odpowiedział ponuro Hagrid — ale on wciąż mówi, że kona... rękę ma całą w bandażach... jęczy...

— Tylko udaje — przerwał mu ostro Harry. — Pani Pomfrey może wyleczyć każdą ranę. W zeszłym roku sprawiła, że odrosły mi wszystkie kości, pamiętacie? A Malfoy chce z tego wyciągnąć, co się da.

— Oczywiście dyrekcja już wie o wszystkim — mruknął Hagrid. — Uważają, że zacząłem za ostro. Trzeba mi było zostawić te hipogryfy na później... zacząć od gumochłonów, wiem... Ale ja chciałem, żeby ta pierwsza lekcja była naprawdę fajna... to moja wina...

— Hagridzie, przecież to wszystko przez Malfoya! — krzyknęła Hermiona.

— Byliśmy świadkami — powiedział Harry. — Powiedziałeś wyraźnie, że hipogryfy mogą zaatakować, jak się je obrazi. A to, że Malfoy nie słuchał, to już jego sprawa. Opowiemy Dumbledore'owi, jak to naprawdę było.

— Tak, nie martw się, Hagridzie, staniemy za tobą murem — dodał Ron.

Z pomarszczonych kącików czarnych jak żuki oczu Hagrida pociekły łzy. Złapał Harry'ego i Rona i przytulił do piersi, prawie łamiąc im kości.

— Chyba już dosyć wypiłeś, Hagridzie — oświadczyła stanowczo Hermiona, zabrała ze stołu cynowy dzban i wyszła z chaty.

— Ach, ta mała chyba ma rację, nie ma co — rzekł Hagrid, wypuszczając Harry'ego i Rona z uścisku.

Obaj cofnęli się chwiejnie, rozcierając sobie żebra. Hagrid dźwignął się z krzesła i krocząc niepewnie, wyszedł z chaty. Po chwili usłyszeli głośny plusk.

— Co on zrobił? — zapytał z lękiem Harry, kiedy wróciła Hermiona.

— Wsadził głowę do beczki z wodą — odpowiedziała Hermiona, odstawiając pusty dzbanek.

Hagrid wrócił z mokrymi włosami i brodą, ocierając sobie oczy.

— Już mi lepiej — rzekł, wstrząsając głową jak pies i opryskując ich wszystkich wodą. — Słuchajcie, jesteście fajni... że przyszliście, żeby mnie odwiedzić... naprawdę... ja...

I urwał, wpatrując się w Harry'ego, jakby go dopiero teraz zobaczył.

— CO TY SOBIE WYOBRAŻASZ?! — ryknął nagle, tak że podskoczyli o stopę nad podłogę. — TOBIE NIE WOLNO WAŁĘSAĆ SIĘ PO ZMROKU, HARRY! A WY DWOJE POZWALACIE MU NA TO!

Podszedł do Harry'ego, złapał go za ramię i pociągnął do drzwi.

— Idziemy! — krzyknął ze złością. — Zaraz was wszystkich zaprowadzę do zamku i żebyście mi tu więcej nie przyłazili po zmierzchu. Nie zasługuję na to!

ROZDZIAŁ SIÓDMY

Upiór w szafie

Malfoy pojawił się w klasie dopiero w czwartek przed południem, kiedy Ślizgoni i Gryfoni byli już w połowie dwugodzinnej lekcji eliksirów. Wszedł do lochu chwiejnym krokiem, z prawą ręką owiniętą bandażem i unieruchomioną na temblaku; według Harry'ego zachowywał się jak bohater, któremu udało się wyjść cało ze straszliwej bitwy.

— No i jak, Draco? — zapytała Pansy Parkinson, uśmiechając się przymilnie. — Bardzo boli?

— Taak — mruknął Malfoy, krzywiąc się, co miało oznaczać, że mężnie znosi potworny ból. Harry zauważył jednak, że mrugnął do Crabbe'a i Goyle'a, kiedy Pansy odwróciła głowę.

— Siadaj, siadaj — powiedział spokojnie profesor Snape.

Harry i Ron wymienili ukradkiem spojrzenia: gdyby to oni spóźnili się na lekcję, Snape ukarałby ich szlabanem. Ale na eliksirach Malfoyowi wszystko uchodziło płazem; Snape był opiekunem Slytherinu i zwykle faworyzował swoich podopiecznych.

Tego dnia warzyli nowy eliksir, roztwór powodujący kurczenie się ludzi i zwierząt. Malfoy ustawił swój kociołek tuż obok kociołków Harry'ego i Rona, więc przygotowywali składniki na tym samym stole.

— Panie profesorze! — zawołał Malfoy. — Nie dam sobie rady z pocięciem korzonków stokrotek... Moja ręka...

— Weasley, potnij Malfoyowi korzonki — powiedział Snape, nie podnosząc głowy.

Ron poczerwieniał jak cegła.

— Nic ci nie jest, Malfoy, dobrze o tym wiem — syknął.

Malfoy zachichotał.

— Weasley, słyszałeś, co powiedział profesor, potnij mi te korzonki.

Ron złapał nóż, przyciągnął do siebie korzonki Malfoya i zaczął je siekać byle jak, tak że każdy kawałek miał inną długość.

— Panie profesorze! — zawołał Malfoy. — Weasley kaleczy moje korzonki!

Snape podszedł do ich stołu, spojrzał na korzonki i uśmiechnął się złośliwie spod swoich długich, tłustych, czarnych włosów.

— Weasley, zamień się korzonkami z Malfoyem.

— Ale... panie profesorze...

Ron spędził ostatni kwadrans, wyjątkowo pieczołowicie krojąc swoje korzonki na idealnie równe kawałki.

— No już! — warknął Snape złowrogim tonem.

Ron przesunął do Malfoya kupkę swoich idealnie pociętych korzonków i wziął nóż.

— I... panie profesorze, nie dam sobie rady z obraniem suszonej figi ze skórki — powiedział Malfoy głosem nabrzmiałym złośliwą uciechą.

— Potter, obierz Malfoyowi figę — powiedział Snape, obdarzając Harry'ego jadowitym spojrzeniem.

Harry wziął figę Malfoya, a Ron zabrał się do naprawiania szkód wyrządzonych korzonkom, których teraz sam musiał użyć. Harry obrał figę ze skórki tak szybko, jak potrafił, i bez słowa rzucił ją Malfoyowi, który dusił się ze śmiechu.

— Widzieliście się ostatnio z waszym kumplem Hagridem? — zapytał cicho Malfoy.

— Nie twój interes — warknął Ron spode łba.

— Obawiam się, że już niedługo przestanie być nauczycielem — powiedział Malfoy z szyderczym smutkiem. — Ojciec bardzo się zmartwił moim wypadkiem...

— Mów tak dalej, Malfoy, a przydarzy ci się prawdziwy wypadek — syknął Ron.

— ...i już złożył skargę do rady nadzorczej. I do Ministerstwa Magii. Jak wiecie, mój ojciec ma duże wpływy. A taka poważna kontuzja... — westchnął z przesadną afektacją — kto wie, może ręka już nigdy nie będzie sprawna?

— A więc o to ci chodziło — powiedział Harry, niechcący obcinając głowę martwej dżdżownicy, bo ręce drżały mu z gniewu. — Żeby pozbyć się Hagrida ze szkoły.

— No... — szepnął Malfoy — *częściowo* tak, Potter. Ale są i inne dobrodziejstwa tej... kontuzji. Weasley, posiekaj mi dżdżownice.

Kilka kociołków dalej Neville miał poważne kłopoty. Nigdy nie dawał sobie rady na lekcjach eliksirów; nie znosił tego przedmiotu, a lęk przed profesorem Snape'em czynił z tych lekcji prawdziwą katorgę. Wywar, który powinien uzyskać jasną, jadowitozieloną barwę, w jego kociołku stał się...

— Pomarańczowy, Longbottom — powiedział Snape, nabierając chochlą nieco płynu i wylewając go z powrotem

do kociołka z dużej wysokości, tak żeby wszyscy zobaczyli.
— Pomarańczowy. Powiedz mi, chłopcze, czy przez twój gruby czerep nic nie dociera do mózgu? Nie słyszałeś, jak mówiłem, i to bardzo wyraźnie, że trzeba dodać tylko jedną śledzionę szczura? Czy nie powiedziałem, że wystarczy tylko odrobina soku z pijawek? Co mam zrobić, żebyś zrozumiał, co się do ciebie mówi, Longbottom?

Neville zaczerwienił się i cały dygotał. Wyglądał, jakby miał się za chwilę rozpłakać.

— Panie profesorze — odezwała się Hermiona — może bym pomogła Neville'owi zrobić to jak należy...

— Granger, czy ja cię prosiłem, żebyś się popisywała przed wszystkimi? — zapytał chłodno Snape, a Hermiona zarumieniła się jak Neville. — Longbottom, pod koniec lekcji zaaplikujemy kilka kropel tego eliksiru twojej ropusze i zobaczymy, co się stanie. Może to cię zachęci do słuchania, co się do ciebie mówi.

Snape odszedł, pozostawiając Neville'a sparaliżowanego strachem.

— Pomóż mi! — jęknął do Hermiony.

— Ej, Harry — szepnął Seamus Finnigan, nachylając się, aby pożyczyć sobie mosiężną wagę Harry'ego — już słyszałeś? W „Proroku Codziennym" piszą, że ktoś widział Syriusza Blacka.

— Gdzie? — zapytali jednocześnie Harry i Ron.

Malfoy podniósł głowę.

— Niedaleko stąd — odpowiedział Seamus, wyraźnie podniecony. — Jakaś mugolka go zobaczyła. Oczywiście nie połapała się, o co chodzi. Mugole myślą, że to zwykły kryminalista, no nie? Zadzwoniła pod numer specjalny. Zanim zjawili się ci z Ministerstwa Magii, Black już prysnął.

— Niedaleko stąd... — powtórzył Ron, spoglądając znacząco na Harry'ego. Rozejrzał się i zobaczył, że Malfoy przysłuchuje się uważnie. — Co, Malfoy? Obedrzeć ci coś jeszcze ze skóry?

Ale Malfoy nie patrzył na niego: oczy płonęły mu złośliwą satysfakcją, a utkwił je w Harrym. Przechylił się ku niemu ponad stołem.

— Założę się, że myślisz o złapaniu Blacka w pojedynkę, co, Potter?

— Zgadza się — odpowiedział bez zastanowienia Harry.

Wąskie usta Malfoya wykrzywił podły uśmiech.

— Gdyby to o mnie chodziło — powiedział cicho — już dawno bym coś zrobił. Nie siedziałbym w szkole jak grzeczny chłopczyk, tylko sam bym go szukał.

— Co ty chrzanisz, Malfoy? — zapytał szorstko Ron.

— Nie wiesz, Potter? — szepnął Malfoy, mrużąc swoje blade oczy.

— Czego nie wiem?

Malfoy parsknął drwiącym śmiechem.

— Może po prostu nie chcesz nadstawiać karku... Niech go złapią dementorzy, tak? Bo gdyby to mnie dotyczyło, to chciałbym się zemścić. Sam bym go wytropił.

— O co ci właściwie chodzi? — zapytał ze złością Harry.

Ale w tym momencie rozległ się głos profesora Snape'a:

— Koniec mieszania składników! Eliksir musi się uwarzyć, zanim będzie gotowy do użytku. Posprzątajcie, zanim zacznie wrzeć, a potem wypróbujemy wywar Longbottoma...

Crabbe i Goyle wybuchnęli śmiechem, patrząc na Neville'a, który mieszał gorączkowo w swoim kociołku, cały oblany potem. Hermiona udzielała mu rad półgębkiem, żeby Snape nie zauważył. Harry i Ron pochowali resztę składników i poszli umyć ręce i chochle w kamiennym zbiorniku w kącie lochu.

— O co mu chodziło? — mruknął Harry do Rona, podstawiając dłonie pod strumień lodowatej wody tryskającej z ust kamiennego gargulca. — Niby dlaczego miałbym się mścić na Blacku? Przecież nic mi jeszcze nie zrobił... jak dotąd.

— Znasz go, nawija, żeby cię podpuścić...

Zbliżał się koniec lekcji. Snape podszedł do Neville'a, który skulił się za swoim kociołkiem.

— Niech wszyscy tu podejdą — polecił Snape, a jego czarne oczy połyskiwały złowrogo — i zobaczą, co się stanie z ropuchą Longbottoma. Jeśli sporządził eliksir jak należy, ropucha zamieni się w kijankę. Ale jeśli zrobił coś nie tak, w co nie wątpię, najprawdopodobniej otruje swoją ropuchę.

Gryfoni patrzyli z niepokojem. Ślizgoni byli wyraźnie podnieceni. Snape chwycił ukochaną ropuchę Neville'a, zaczerpnął z jego kociołka nieco eliksiru, który teraz miał zieloną barwę, po czym wlał jej kilka kropel do pyszczka.

Zapadła głucha cisza. Słychać było, jak ropucha głośno przełknęła napój. Po chwili rozległo się ciche pyknięcie i oto na dłoni Snape'a wiła się maleńka kijanka.

Gryfoni zaczęli gromko klaskać. Snape zrobił kwaśną minę, wyjął z kieszeni mały flakonik, wylał z niego kilka kropel na kijankę, a ta natychmiast zamieniła się z powrotem w dorosłą ropuchę.

— Gryffindor traci pięć punktów — oznajmił Snape, a Gryfonom uśmiechy spełzły z twarzy. — Panno Granger, mówiłem, żeby mu nie pomagać. Koniec lekcji. Rozejść się.

Harry, Ron i Hermiona wspinali się po stromych schodach wiodących do sali wejściowej. Harry wciąż rozmyślał nad słowami Malfoya, a Ron wściekał się na Snape'a.

— Pięć punktów za to, że eliksir był w porządku! Hermiono, dlaczego nie skłamałaś? Mogłaś powiedzieć, że Neville sam go zrobił!

Hermiona nie odpowiedziała. Ron rozejrzał się.

— Gdzie ona się podziała?

Harry też się odwrócił. Byli już na szczycie schodów; reszta klasy mijała ich, zmierzając do Wielkiej Sali na drugie śniadanie.

— Szła tuż za nami — powiedział Ron, marszcząc czoło.

Minął ich Malfoy, jak zwykle z Crabbe'em i Goyle'em u boku. Na widok Harry'ego zachichotał drwiąco i poszedł dalej.

— Jest! — zawołał Harry.

Hermiona wspinała się po schodach, dysząc lekko; w jednej ręce trzymała swoją torbę, drugą starała się coś ukryć pod szatą.

— Jak to zrobiłaś? — zapytał Ron.

— Co?

— No, w jednej chwili byłaś tuż za nami, a w następnej znowu znalazłaś się na samym dole.

— Co? — Hermiona wyglądała na nieco zmieszaną. — Aaa... musiałam po coś wrócić. Och, nie...

Jej torba pękła z głośnym trzaskiem. Harry nie był tym zaskoczony, bo na podłogę wyleciał co najmniej tuzin wielkich i ciężkich książek.

— Po co nosisz to wszystko? — zdziwił się Ron.

— Przecież wiesz, ile mam przedmiotów — odpowiedziała Hermiona. — Możesz to potrzymać?

— Ale... — Ron obracał książki, które mu podawała, i patrzył na okładki — przecież nie masz dzisiaj żadnego z tych przedmiotów. Po południu jest tylko obrona przed czarną magią.

— No tak — odpowiedziała wymijająco Hermiona, pakując książki z powrotem do torby. — Mam nadzieję, że będzie coś dobrego do jedzenia, umieram z głodu — dodała i ruszyła ku Wielkiej Sali.

— Nie masz wrażenia, że Hermiona coś przed nami ukrywa? — zapytał Harry'ego Ron.

Kiedy przyszli na zajęcia z obrony przed czarną magią, profesora Lupina jeszcze nie było. Usiedli, powyjmowali książki, pióra i pergaminy, i kiedy w końcu wszedł do klasy, wszyscy zajęci byli rozmową. Uśmiechnął się i postawił na biurku swój zniszczony neseser. Miał na sobie tę samą wyświechtaną szatę, ale wyglądał nieco zdrowiej niż w pociągu, jakby zjadł kilka solidnych posiłków.

— Dzień dobry — powiedział. — Pochowajcie łaskawie książki. Dzisiejsza lekcja będzie miała charakter praktyczny. Wystarczą wam różdżki.

Zrobiło się cicho, niektórzy wymieniali zaintrygowane spojrzenia. Do tej pory, nie licząc pamiętnej lekcji, na którą profesor Lockhart przyniósł klatkę pełną złośliwych chochlików, obronę przed czarną magią przerabiali tylko teoretycznie.

— Wspaniale — oznajmił profesor Lupin, kiedy wszyscy byli już gotowi. — A teraz proszę za mną.

Zdziwieni, ale i zaintrygowani, wyszli za nim z klasy. Poprowadził ich pustym korytarzem. Tuż za rogiem natknęli się na poltergeista Irytka unoszącego się w powietrzu głową w dół i zapychającego gumą do żucia najbliższą dziurkę od klucza.

Irytek nie zwracał na nich uwagi, dopiero kiedy Lupin był już bardzo blisko, wierzgnął krzywymi nogami i zaśpiewał:

— Głupi Lupin, znów się upił! Głupi Lupin, znów się upił, głupi Lupin...

Irytek znany był z bezczelności i chamstwa, ale zwykle okazywał pewien szacunek nauczycielom. Wszyscy spojrzeli szybko na profesora Lupina, ciekawi, jak na to zareaguje. Ku ich zdumieniu nadal się uśmiechał.

— Na twoim miejscu, Irytku, wyjąłbym tę gumę z dziurki od klucza — powiedział uprzejmym tonem. — Pan Filch nie będzie mógł się dostać do swoich mioteł.

Filch, woźny Hogwartu, był wiecznie rozdrażnionym niedoszłym czarodziejem, który toczył nieustającą wojnę z uczniami i z samym Irytkiem. Ten nie przejął się jednak słowami profesora Lupina, tylko wydął z ust wielki balon z truskawkowej gumy i strzelił nim obraźliwie.

Profesor Lupin westchnął i wyjął różdżkę.

— To takie pożyteczne małe zaklęcie — powiedział, zwracając się przez ramię do klasy. — Patrzcie uważnie.

Uniósł różdżkę na wysokość ramienia i wycelował nią w Irytka, po czym zawołał:

— *Waddiwasi!*

Z dziurki od klucza wystrzeliła jak pocisk grudka gumy do żucia i trafiła prosto w lewą dziurkę nosa Irytka, który przekręcił się głową do góry i odleciał, głośno przeklinając.

— Super! — powiedział zachwycony Dean Thomas.

— Dziękuję ci, Dean — rzekł profesor Lupin, chowając różdżkę. — Możemy iść dalej?

Ruszyli więc, a cała klasa spoglądała na niepozornego profesora z rosnącym szacunkiem. Poprowadził ich drugim korytarzem i zatrzymał się przed drzwiami pokoju nauczycielskiego.

— Proszę do środka — powiedział, otwierając drzwi i cofając się, aby ich przepuścić.

W długim, wyłożonym boazerią pokoju, pełnym najrozmaitszych starych siedzisk, był tylko jeden nauczyciel, profesor Snape, który siedział w niskim fotelu. Na widok wsypujących się do środka uczniów oczy mu rozbłysły, a na ustach pojawił się drwiący uśmiech. Kiedy na końcu wszedł profesor Lupin i chwycił za klamkę, aby zamknąć za sobą drzwi, Snape powiedział:

— Proszę nie zamykać, Lupin. Nie mam ochoty tego oglądać.

Powstał i szybkim krokiem opuścił pokój, a jego szata powiewała za nim jak skrzydła czarnego żuka. W drzwiach odwrócił się na pięcie i dodał:

— Obawiam się, że nikt pana nie ostrzegł, Lupin, ale w tej klasie jest niejaki Neville Longbottom. Radziłbym nie powierzać mu żadnego trudniejszego zadania. Chyba że panna Granger będzie na tyle blisko, żeby szeptać mu do ucha instrukcje.

Neville oblał się szkarłatnym rumieńcem. Harry obrzucił Snape'a oburzonym spojrzeniem: nie dość, że wciąż poniżał Neville'a przed całą klasą, to teraz zrobił to samo przed innym nauczycielem.

Profesor Lupin uniósł brwi.

— Miałem nadzieję, że Neville będzie mi pomagał w pierwszej fazie ćwiczenia — powiedział — i jestem nadal pewien, że wywiąże się z tego znakomicie.

Choć trudno było w to uwierzyć, Neville jeszcze bardziej

poczerwieniał. Snape wykrzywił wargi i wyszedł, trzaskając drzwiami.

— Proszę tutaj — rzekł profesor Lupin, gestem wzywając wszystkich w kąt pokoju, gdzie była tylko stara szafa, w której nauczyciele przechowywali zapasowe szaty. Kiedy Lupin stanął tuż obok niej, szafa zakołysała się gwałtownie, a wewnątrz rozległo się łomotanie.

— Nie ma się czym niepokoić — powiedział profesor Lupin spokojnie, widząc, że kilka osób odskoczyło do tyłu. — W środku jest upiór.

Tymczasem prawie wszyscy poczuli, że właśnie to jest powodem do niepokoju. Neville spojrzał na profesora z przerażeniem, a Seamus Finnigan utkwił wzrok w klamce szafy, która zaczęła lekko klekotać.

— To upiór zwany boginem, który lubi ciemne, zamknięte przestrzenie — rzekł profesor Lupin. — Szafy, miejsca pod łóżkami, szafki pod zlewami... Raz spotkałem jednego, który zadomowił się w starym zegarze ściennym. Ten wprowadził się tu wczoraj, a ja poprosiłem dyrektora, żeby go zostawiono w spokoju, bo chcę wykorzystać jego obecność w trakcie praktycznych zajęć z trzecią klasą. Postawmy więc sobie pierwsze, podstawowe pytanie: czym jest bogin?

Hermiona natychmiast podniosła rękę.

— Bogin to widmo, które potrafi przybierać każdą postać, jaką w danym momencie uważa za najbardziej przerażającą dla otoczenia.

— Sam nie mógłbym tego lepiej zdefiniować — pochwalił ją profesor Lupin, a Hermiona pokraśniała z zadowolenia. — Tak więc bogin siedzący sobie gdzieś w ciemności nie ma żadnej widzialnej postaci. Jeszcze nie wie, co najbardziej przestraszy osobę znajdującą się na zewnątrz.

Nikt nie wie, jak bogin wygląda, kiedy jest sam, ale kiedy wychodzi, natychmiast staje się czymś, czego najbardziej się boimy. A to oznacza — dodał, nie zwracając uwagi na to, że Neville coś wybełkotał z przerażeniem — że w tej chwili mamy dużą nad nim przewagę. Domyślasz się dlaczego, Harry?

Trudno było odpowiedzieć na pytanie, mając obok siebie Hermionę, która podskakiwała jak opętana, z wysoko uniesioną ręką, ale Harry'emu jakoś to się udało.

— Ee... ponieważ tu jest tyle osób, więc bogin nie wie, w jakiej postaci ma się pokazać?

— Tak jest — powiedział profesor Lupin, a Hermiona opuściła rękę z wyrazem bolesnego zawodu na twarzy. — Kiedy ma się do czynienia z boginem, zawsze dobrze jest mieć towarzystwo. To go wyprowadza z równowagi. Czym ma być, bezgłowym trupem czy pożerającym ludzkie ciało ślimakiem? Kiedyś widziałem, jak bogin popełnił taki właśnie błąd: próbował przestraszyć dwie osoby jednocześnie i stał się na pół ślimakiem. Nie było to zbyt przerażające... Zaklęcie, którym obezwładniamy bogina, jest bardzo proste, ale wymaga pewnej siły wyobraźni. Bo tym, co go naprawdę wykańcza, jest *śmiech*. Wystarczy tylko wyobrazić sobie jakiś kształt, który uważacie za zabawny. A teraz przećwiczymy zaklęcie bez różdżek. Proszę powtórzyć za mną... *riddikulus*!

— *Riddikulus!* — ryknęła klasa.

— Dobrze — powiedział profesor Lupin. — Bardzo dobrze. Niestety, to jest ta łatwa część ćwiczenia. Przejdziemy do trudniejszej. Samo słowo nie wystarczy. I tu właśnie będzie mi potrzebny Neville.

Szafa ponownie zadygotała, choć nie tak mocno jak Neville, który wystąpiwszy naprzód, sprawiał wrażenie, jakby szedł na szubienicę.

— A teraz posłuchaj, Neville — rzekł profesor Lupin. — Zastanów się, co ciebie najbardziej przeraża?

Neville poruszył ustami, ale nie wydobył się z nich żaden dźwięk.

— Przepraszam, Neville, nie dosłyszałem — powiedział profesor Lupin zachęcającym tonem.

Neville rozejrzał się rozpaczliwie po wszystkich, jakby błagał o pomoc, a potem wyszeptał:

— Profesor Snape.

Prawie wszyscy ryknęli śmiechem. Nawet sam Neville wyszczerzył zęby w przepraszającym uśmiechu. Profesor Lupin wyglądał jednak, jakby się nad czymś zastanawiał.

— Profesor Snape... hm... Powiedz mi, Neville, mieszkasz z babcią, tak?

— Eee... no tak — odpowiedział nerwowo Neville — ale nie chciałbym też, żeby bogin w nią się zamienił.

— Nie, nie, źle mnie zrozumiałeś — powiedział profesor Lupin i dopiero teraz się uśmiechnął. — Chodzi mi o coś innego. Czy możesz nam powiedzieć, w co zwykle ubiera się twoja babcia?

To pytanie najwyraźniej zaskoczyło Neville'a, ale odpowiedział:

— No... ma zawsze ten sam kapelusz. Taki wysoki, z wypchanym sępem na czubku. I długą suknię... zwykle zieloną... i czasami szal z lisa.

— A nosi torebkę? — zapytał profesor Lupin.

— Tak, taką dużą, czerwoną.

— Świetnie. A potrafisz sobie wyobrazić ten strój? Potrafisz to wszystko zobaczyć oczami wyobraźni?

— Tak — odrzekł niepewnie Neville, najwyraźniej zastanawiając się, do czego to prowadzi.

— A więc, kiedy bogin wyskoczy z szafy i zobaczy ciebie, Neville, przybierze postać profesora Snape'a. A ty podniesiesz różdżkę... o, tak... i zawołasz: *riddikulus*... i skupisz się mocno na stroju babci. Jeśli wszystko pójdzie dobrze, profesor bogin-Snape będzie zmuszony ukazać się w tym kapeluszu z sępem, w zielonej sukni, z wielką czerwoną torebką.

Wszyscy wybuchnęli śmiechem. Szafa zatrzęsła się jeszcze gwałtowniej.

— Jeśli Neville'owi się uda, upiór zajmie się po kolei innymi osobami — rzekł profesor Lupin. — Chciałbym, żeby teraz każde z was pomyślało o czymś najbardziej przerażającym, a później wyobraziło sobie, jak to zmienić w coś naprawdę śmiesznego...

Zaległa cisza. Harry zmarszczył czoło... Co go najbardziej przeraża?

Najpierw pomyślał o Voldemorcie — Voldemorcie, który odzyskał pełnię mocy. Zanim jednak zaczął planować przeciwnatarcie na bogina-Voldemorta, coś strasznego pojawiło się w jego wyobraźni...

Gnijąca, połyskująca ręka, cofająca się szybko pod czarną pelerynę... długi, świszczący oddech z niewidocznych ust... a potem chłód tak przenikliwy, jakby się tonęło w lodowatej wodzie...

Harry wzdrygnął się i rozejrzał szybko, mając nadzieję, że nikt tego nie zauważył. Wiele osób miało mocno zaciśnięte powieki. Ron mruczał do siebie: „Pozbawić go tych długich nóg". Harry dobrze wiedział, o czym Ron myśli. Najbardziej bał się pająków.

— Wszyscy gotowi? — zapytał profesor Lupin.

Harry poczuł dreszcz strachu. Wcale nie był gotowy. Co zrobić, żeby dementor nie wyglądał tak przerażająco? Nie chciał jednak prosić o zwłokę; wszyscy inni kiwali głowami i podwijali rękawy.

— Neville, my wszyscy trochę się cofniemy — powiedział profesor Lupin. — Żebyś miał wolne pole, rozumiesz? Sam wywołam następną osobę... A teraz proszę się cofnąć, tak... Niech nic mu nie przeszkadza...

Wszyscy cofnęli się, przywierając do ścian. Neville był blady i wyraźnie przerażony, ale podwinął rękawy szaty i trzymał różdżkę w pogotowiu.

— Neville, teraz policzę do trzech — powiedział profesor Lupin, celując swoją różdżką w klamkę szafy. — Raz... dwa... trzy... *teraz*!

Z końca różdżki wytrysnął snop iskier, który ugodził w klamkę. Szafa otworzyła się gwałtownie i wyszedł z niej profesor Snape z oczami groźnie utkwionymi w Neville'u.

Neville cofnął się o krok, podniósł różdżkę i poruszył bezgłośnie ustami. Snape zbliżał się już do niego, sięgając za pazuchę szaty.

— *R-r-ridikulus!* — zapiszczał Neville.

Rozległ się suchy dźwięk przypominający trzask z bicza. Snape zachwiał się i oto miał już na sobie długą, ozdobioną koronkami suknię i wysoki kapelusz z wypchanym, zjedzonym przez mole sępem na czubku, a na ręce dyndała mu olbrzymia szkarłatna torebka.

Wszyscy wybuchnęli śmiechem; bogin zatrzymał się, zmieszany, a profesor Lupin zawołał:

— Parvati! Naprzód!

Teraz wystąpiła Parvati, a minę miała bardzo zdecydowaną. Snape ruszył ku niej, znowu rozległ się donośny trzask i tam, gdzie stał, pojawiła się pokrwawiona mumia. Obandażowana twarz zwróciła się w stronę Parvati i mumia zaczęła ku niej iść, bardzo powoli, powłócząc dziwnie nogami i podnosząc sztywne ręce...

— *Riddikulus!* — krzyknęła Parvati.

Bandaże na nogach mumii rozwinęły się i opadły do jej stóp, a ona zaplątała się w nie i przewróciła na twarz, co sprawiło, że głowa jej odpadła i potoczyła się w bok.

— Seamus! — ryknął profesor Lupin.

Seamus wybiegł na środek, mijając Parvati.

Trzask! Na miejscu mumii pojawiła się postać kobiety z włosami sięgającymi podłogi i zielonkawą twarzą trupa — szyszymora. Otworzyła szeroko usta i wydała z siebie straszny jęk, który sprawił, że Harry'emu włosy stanęły dęba...

— *Riddikulus!* — wrzasnął Seamus.

Szyszymora zaskrzeczała ochryple i złapała się za gardło; głos jej zamarł.

Trzask! Szyszymora zamieniła się w szczura, który uganiał się w kółko za swoim ogonem, a potem... trzask!... zamienił się w grzechotnika, wijącego się ohydnie, zanim... trzask!... zniknął, a na podłodze pojawiła się jedna krwawa gałka oczna.

— Mamy go! — zawołał profesor Lupin. — Nie wie, co robić! Dean!

Wystąpił Dean.

Trzask! Gałka oczna zamieniła się w odrąbaną rękę, która zadygotała i zaczęła pełznąć po podłodze jak krab.

— *Riddikulus!* — ryknął Dean.

Trzasnęło i ręka uwięzła w pułapce na myszy.

— Wspaniale! Ron, teraz ty!

Ron wyskoczył spod ściany.

Trzask!

Kilka osób wrzasnęło ze strachu. Olbrzymi, włochaty pająk — sześć stóp wysokości — ruszył na Rona, klekocząc złowieszczo szczypcami. Przez chwilę Harry'emu wydawało się, że Ron zamarł ze strachu, a potem...

— *Riddikulus!* — zawył Ron.

Znikły nogi pająka, a ohydny tułów potoczył się jak kłębek wełny. Lavender Brown zapiszczała i uskoczyła mu z drogi; zatrzymał się dopiero u stóp Harry'ego. Ten uniósł różdżkę, gotów do akcji, gdy...

— Jestem! — krzyknął nagle profesor Lupin, wybiegając na środek.

Trzask!

Beznogi pająk zniknął. Przez chwilę wszyscy rozglądali się, oszołomieni, a potem zobaczyli srebrnobiałą kulę unoszącą się w powietrzu przed Lupinem.

— *Riddikulus!* — powiedział Lupin, prawie od niechcenia.

Trzask!

— Do dzieła, Neville, wykończ go! — zawołał Lupin, kiedy kula wylądowała na podłodze, zamieniając się w karalucha.

Trzask! Wrócił Snape. Tym razem Neville dzielnie ruszył do ataku.

— *Riddikulus!* — krzyknął.

Przez ułamek sekundy ponownie ujrzeli Snape'a w koronkowej sukni, a potem Neville wybuchnął głośnym śmiechem. Bogin eksplodował z hukiem, zamieniając się na tysiąc maleńkich strzępów dymu, i zniknął.

— Świetnie! — zawołał profesor Lupin, a cała klasa zaczęła klaskać i wiwatować. — Wspaniale, Neville. Wszyscy spisaliście się znakomicie. Zaraz, niech pomyślę... tak... Gryffindor otrzymuje po pięć punktów za każdą osobę, która poskromiła bogina... dziesięć za Neville'a, bo zrobił to dwukrotnie... i po pięć za Hermionę i Harry'ego.

— Ale przecież ja niczego nie zrobiłem — powiedział Harry.

— Ty i Hermiona odpowiedzieliście poprawnie na moje pytania na początku lekcji. Dziękuję wszystkim, to była naprawdę znakomita lekcja. W domu przeczytajcie sobie rozdział o boginach i napiszcie streszczenie... na poniedziałek. To by było na tyle.

Klasa opuszczała pokój nauczycielski w gwarze ożywionych rozmów. Harry nie czuł się jednak najlepiej. Profesor Lupin z rozmysłem powstrzymał go od zmierzenia się z upiorem. Dlaczego? Czy dlatego, że był świadkiem, jak Harry zasłabł w pociągu i bał się o niego? Może myślał, że znowu zasłabnie?

Inni sprawiali wrażenie, jakby nie zwrócili na to uwagi.

— Widzieliście, jak załatwiłem tę szyszymorę? — puszył się Seamus.

— A ta ręka! — powiedział Dean, wymachując własną.

— I Snape w tym kapeluszu!

— I moja mumia!

— Bardzo jestem ciekawa, dlaczego profesor Lupin boi się kryształowych kul — powiedziała z namysłem Lavender.

— To była najlepsza lekcja obrony przed czarną magią, jaką dotąd mieliśmy, prawda? — stwierdził podekscytowany Ron, kiedy szli do klasy, żeby zabrać swoje torby.

— Ten Lupin wygląda na bardzo dobrego nauczyciela — zauważyła Hermiona. — Żałuję tylko, że nie udało mi się zmierzyć z tym upiorem...

— Ciekawe, w co by się zamienił, widząc ciebie — zadrwił Ron, chichocząc. — W pracę domową, za którą dostałaś dziewięć punktów na dziesięć możliwych, co?

ROZDZIAŁ ÓSMY

Ucieczka Grubej Damy

Obrona przed czarną magią stała się najbardziej ulubionym przedmiotem prawie wszystkich uczniów trzeciej klasy. Prawie wszystkich, bo Draco Malfoy i jego banda korzystali z każdej okazji, by kpić sobie z profesora Lupina.

— Zobaczcie, w czym on chodzi — mówił Malfoy teatralnym szeptem, kiedy mijał ich profesor Lupin. — Ubiera się jak nasz domowy skrzat.

Poza grupką Ślizgonów nikt jednak nie przejmował się tym, że szaty profesora Lupina są połatane i wystrzępione. Jego kolejne lekcje były równie ciekawe jak pierwsza. Po boginach zapoznali się z czerwonymi kapturkami, małymi, podobnymi do goblinów stworzeniami, które zwabia świeża krew i które czają się w lochach zamków i na opustoszałych polach bitew, gotowe zdzielić pałką każdego, kto się tam zabłąkał. Po czerwonych kapturkach nauczyli się walczyć z wodnikami kappa, istotami podobnymi do pokrytych rybią łuską małp, które wyciągały płetwiaste łapy, by udusić nieostrożnego wędrowca brodzącego przez leśne sadzawki.

Harry mógł tylko marzyć o tym, aby i inne przedmioty były równie ciekawe i przyjemne. Najgorsze były eliksiry. Snape zrobił się wyjątkowo złośliwy i surowy, a powód wszyscy dobrze znali. Opowieść o upiorze, który przybrał jego postać w stroju babci Neville'a, błyskawicznie obiegła całą szkołę. Okazało się, że Snape nie dostrzegł w tym nic śmiesznego. W jego oczach pobłyskiwała nienawiść, kiedy tylko ktoś wspomniał profesora Lupina, a Neville'a dręczył jeszcze bardziej niż zwykle.

Harry'ego przerażały też coraz bardziej godziny spędzane w dusznym pokoju na szczycie Wieży Północnej na odczytywaniu znaczenia powikłanych kształtów i symboli, podczas których wielkie oczy pani Trelawney niezmiennie zachodziły łzami, gdy tylko na niego spojrzała. Nie mógł jej polubić, choć w większości uczniów — a zwłaszcza uczennic — budziła szacunek graniczący z czcią. Parvati Patil i Lavender Brown odwiedzały ją na wieży podczas przerwy na drugie śniadanie i zawsze wracały stamtąd z takimi minami, jakby dowiedziały się mnóstwa rzeczy, o których nikt inny nie ma pojęcia. Kiedy zwracały się do Harry'ego, mówiły szeptem, jakby już leżał na łożu śmierci.

Nikt nie lubił opieki nad magicznymi stworzeniami. Po pierwszej dość dramatycznej lekcji następne okazały się wyjątkowo nudne. Hagrid wyraźnie utracił wiarę w siebie. Na jego lekcjach uczyli się teraz wyłącznie opieki nad gumochłonami, które były chyba najnudniejszymi magicznymi stworzeniami na świecie.

— A niby po co w ogóle opiekować się nimi? — zapytał Ron po kolejnej godzinie spędzonej na wpychaniu gumochłonom posiekanej sałaty do oślizgłych gardeł.

Na początku października Harry zajął się jednak czymś, co wynagradzało mu nudę i mękę znoszenia tych nieprzyjemnych przedmiotów. Zbliżał się sezon quidditcha i w pewien czwartek Oliver Wood, kapitan drużyny Gryfonów, zwołał zebranie, by przedyskutować taktykę gry w nowym sezonie.

Drużyna quidditcha składa się z siedmiu graczy: trzech ścigających, których zadaniem było zdobywanie punktów przez przerzucanie kafla (czerwonej kuli wielkości piłki futbolowej) przez jedną z obręczy przeciwnika na końcu boiska; dwóch pałkarzy z grubymi pałkami do odbijania tłuczków (dwóch ciężkich czarnych kul szybujących w powietrzu i atakujących graczy); obrońcy i szukającego, który ma najtrudniejsze zadanie, polegające na schwytaniu złotego znicza, maleńkiej, skrzydlatej piłki wielkości orzecha włoskiego, co kończyło mecz i zapewniało drużynie tego szukającego dodatkowe sto pięćdziesiąt punktów.

Oliver Wood był krzepkim siedemnastolatkiem, uczniem siódmej i ostatniej klasy w Hogwarcie. Gdy przemawiał do sześciu zawodników swej drużyny w zimnej przebieralni na końcu ginącego w gęstniejącym mroku boiska do quidditcha, w jego głosie pobrzmiewał desperacki ton.

— To nasza ostatnia szansa... *moja* ostatnia szansa... aby zdobyć Puchar Quidditcha — mówił, chodząc przed nimi tam i z powrotem. — Pod koniec roku odchodzę. Już nie będę miał na to wpływu. Gryffindor nie zdobył pucharu od siedmiu lat. Tak, wiem, mieliśmy bardzo parszywe szczęście... kontuzje... potem odwołanie rozgrywek w ubiegłym roku... — Wood przełknął ślinę, jakby te wspomnienia przeszkadzały mu w gardle jak bolesny wrzód. — Ale wiem również, że mamy *najlepszą... najostrzejszą... drużynę... w szkole* — powiedział, akcentując każde słowo i po każdym uderzając pięścią w dłoń, a oczy płonęły mu chorobliwym blaskiem.

— Mamy trzech *wyśmienitych* ścigających.

Wskazał na Alicję Spinnet, Angelinę Johnson i Katie Bell.

— Mamy dwóch pałkarzy nie do pokonania.

— Przestań, Oliver, czujemy się głupio — powiedzieli równocześnie Fred i George Weasleyowie, udając zawstydzonych.

— I mamy szukającego, który jeszcze nigdy nas nie zawiódł! — zagrzmiał Wood, patrząc na Harry'ego z dziką dumą. — No i mnie — dodał jakby po namyśle.

— Uważamy, że ty też jesteś bardzo dobry, Oliver — powiedział George.

— Superobrońca — dodał Fred.

— Rzecz w tym — ciągnął Wood, zaczynając znowu chodzić tam i z powrotem — że na Pucharze Quidditcha już od dwóch lat powinna być plakietka z nazwą naszej drużyny. Kiedy Harry do nas dołączył, byłem pewny, że mamy to jak w banku. Ale się nie udało i w tym roku stajemy przed ostatnią szansą...

W głosie Wooda pobrzmiewało takie zniechęcenie, że nawet Fred i George spojrzeli na niego ze współczuciem.

— Nie martw się, to jest nasz rok — rzekł Fred.

— Dokonamy tego! — powiedziała Angelina.

— Na pewno — dodał Harry.

Tak więc drużyna zaczęła ostro trenować trzy razy w tygodniu. Pogoda pogarszała się z każdym dniem, wieczory były coraz ciemniejsze, ale Harry'emu ani błoto, ani wiatr czy deszcz nie były w stanie zaćmić wizji zdobycia srebrnego Pucharu Quidditcha.

Pewnego wieczoru Harry wrócił po treningu do wspólnego pokoju Gryffindoru zziębnięty i ledwo żywy, ale zadowolony. W pokoju wrzało jak w ulu.

— Co się stało? — zapytał Rona i Hermionę, którzy siedzieli w najlepszych fotelach przy kominku i uzupełniali jakieś mapy gwiazd na astronomię.

— Pierwszy weekend w Hogsmeade — odpowiedział Ron, wskazując na kartkę wywieszoną na starej, podniszczonej tablicy ogłoszeń. — Koniec października. Noc Duchów.

— Ekstra — powiedział Fred, który przelazł za Harrym przez dziurę w portrecie. — Muszę odwiedzić sklep Zonka, kończą mi się cuchnące gałki.

Harry padł na fotel obok Rona, czując, że dobre samopoczucie ulatuje z niego jak powietrze z dziurawej dętki. Hermiona jakby czytała w jego myślach.

— Harry, jestem pewna, że następnym razem będziesz mógł — powiedziała. — Wkrótce złapią Blacka, już go przecież widzieli.

— Black nie jest taki głupi, żeby próbować swoich sztuczek w Hogsmeade — rzekł Ron. — Zapytaj McGonagall, może ci tym razem pozwoli. Harry, następny raz może być nie wiadomo kiedy...

— Ron! — fuknęła Hermiona. — Harry musi zostać w szkole...

— Będzie jedynym z trzeciej klasy, który zostanie. Poproś McGonagall, Harry, naprawdę...

— Taak, chyba to zrobię — powiedział Harry, w którym odżyła nadzieja.

Hermiona otworzyła usta, aby wyrazić sprzeciw, ale w tej samej chwili Krzywołap wskoczył jej na kolana. Z pyska zwieszał mu się wielki martwy pająk.

— Czy on musi to jeść przy nas? — zawołał Ron, krzywiąc się z obrzydzenia.

— Mądry Krzywołapek, sam go upolowałeś? — zapytała Hermiona.

Krzywołap żuł powoli pająka, utkwiwszy niewinne spojrzenie w Ronie.

— Tylko nad nim panuj, dobra? — warknął Ron, pochylając się nad swoją mapą nieba. — W mojej torbie śpi Parszywek.

Harry ziewnął. Bardzo mu się chciało spać, ale musiał uzupełnić swoją mapę nieba. Przyciągnął do siebie torbę, wyjął pergamin, atrament i pióro i zabrał się do pracy.

— Możesz odpisać z mojej, jak chcesz — powiedział Ron, wpisując nazwę ostatniej gwiazdy i podsuwając Harry'emu swoją mapę.

Hermiona, która była przeciwna ściąganiu, wydęła wargi, ale nic nie powiedziała. Krzywołap wciąż wpatrywał się w Rona, poruszając nerwowo końcem ogona. A potem, bez żadnego ostrzeżenia, zaatakował.

— PSIK! — wrzasnął Ron, chwytając za torbę, w którą Krzywołap wbił wszystkie cztery komplety pazurów i zaczął ją wściekle szarpać. — PUSZCZAJ, GŁUPI BYDLAKU!

Krzywołap nie puszczał, prychając głośno i wymachując wściekle przednią łapą.

— Ron, zrobisz mu krzywdę! — krzyknęła Hermiona.

Teraz wszyscy przyglądali się tej scenie: Ron wywijał torbą wokół siebie, Krzywołap zażarcie się jej trzymał, rozrywając ją na strzępy, a Parszywek... Parszywek wyleciał nagle przez otwór i...

— ŁAPCIE TEGO KOTA! — zawył Ron, kiedy Krzywołap puścił resztki torby, przeskoczył przez stół i ruszył w pogoń za przerażonym Parszywkiem.

George Weasley rzucił się na Krzywołapa, ale go nie złapał, Parszywek zręcznie wyminął dwadzieścia par nóg i wpadł pod starą komodę. Krzywołap wyhamował tuż przed komodą, rozpłaszczył się na podłodze, wsunął pod komodę przednie łapy i zaczął nimi na oślep wściekle atakować.

Ron i Hermiona razem podbiegli do komody. Hermiona złapała Krzywołapa wpół i odciągnęła na bok, Ron położył się na brzuchu i z najwyższym trudem wyciągnął Parszywka za ogon.

— Spójrz na niego! — ryknął do Hermiony, wymachując przed nią szczurem. — Sama skóra i kości! Trzymaj tego kocura z daleka od niego, dobrze?!

— Krzywołap nie wie, że źle robi! — odpowiedziała roztrzęsionym głosem Hermiona. — Wszystkie koty polują na szczury!

— Ale ten kot jest jakiś dziwny! — powiedział Ron, próbując przekonać wijącego się rozpaczliwie Parszywka, żeby wlazł mu do wewnętrznej kieszeni. — On usłyszał, jak mówiłem, że Parszywek jest w torbie!

— Och, co ty pleciesz! — odpowiedziała niecierpliwie Hermiona. — Mógł go zwęszyć. Ron, przecież chyba nie myślisz...

— Ten kot skoczył na torbę, wiedząc, że tam jest Parszywek! — upierał się Ron, nie zwracając uwagi na zbiegowisko, w którym rozlegały się stłumione chichoty. — A Parszywek był tu pierwszy... i jest chory!

I przeszedł, obrażony, przez pokój wspólny, znikając na schodach wiodących do sypialni chłopców.

Następnego dnia Ron nadal był obrażony na Hermionę. Podczas zielarstwa prawie się do niej nie odzywał, chociaż on, Harry i Hermiona pracowali razem nad pykostrąkami.

— Jak się miewa Parszywek? — zapytała nieśmiało Hermiona, kiedy odrywali różowe strąki i łuskali błyszczące fasolki do drewnianego cebrzyka.

— Ukrywa się pod materacem w moim łóżku i wciąż cały się trzęsie — odpowiedział ze złością Ron, nie trafiając w cebrzyk i wysypując fasolki na ziemię.

— Ostrożnie, Weasley, ostrożnie! — zawołała profesor Sprout, bo na ich oczach z fasolek wystrzeliły kwiaty.

Po zielarstwie mieli transmutację. Harry, który postanowił zapytać po lekcji profesor McGonagall, czy będzie mógł wybrać się razem z innymi do Hogsmeade, stanął w kolejce przed klasą, zastanawiając się, jak ją przekonać. Wkrótce jednak przeszkodziło mu w tym zamieszanie, które powstało na przodzie kolejki.

Lavender Brown zalewała się łzami. Parvati obejmowała ją, wyjaśniając coś Seamusowi Finniganowi i Deanowi Thomasowi, którzy mieli bardzo poważne miny.

— O co chodzi, Lavender? — zapytała Hermiona, kiedy ona, Harry i Ron podeszli do całej grupy.

— Rano dostała list z domu — szepnęła Parvati. — Chodzi o jej królika, Albinka. Lis go zamordował.

— Och... Lavender, tak mi przykro — powiedziała Hermiona.

— Powinnam to przewidzieć! — jęknęła Lavender. — Wiesz, co dzisiaj jest?

— Eee...

— Szesnasty października! „To, czego się tak boisz, wydarzy się szesnastego października!" Nie pamiętasz? Miała rację! Miała rację!

Teraz wokół Lavender zgromadziła się już cała klasa. Seamus kręcił głową z niedowierzaniem. Hermiona zawahała się, a potem zapytała:

— Naprawdę bałaś się, że lis zabije Albinka?

— No, może nie myślałam akurat o lisie — odpowiedziała Lavender, patrząc na Hermionę wilgotnymi oczami — ale przecież bałam się, że umrze!

— Aha... — powiedziała Hermiona i urwała, po czym zapytała: — Czy ten Albinek był starym królikiem?

— N-nieee! — załkała Lavender. — T-to był jeszcze maleńki króliczek!

Parvati objęła ją mocniej.

— No to dlaczego bałaś się, że umrze? — zapytała Hermiona.

Parvati spojrzała na nią z oburzeniem.

— Pomyślmy przez chwilę logicznie. — Hermiona zwróciła się do reszty klasy. — Przecież lis nie udusił Albinka dzisiaj. Dzisiaj rano Lavender tylko się o tym dowiedziała — Lavender zaszlochała głośno — i nie mogła się tego wcześniej obawiać, bo wiadomość okazała się dla niej wstrząsem...

— Nie zwracaj uwagi na Hermionę — powiedział głośno Ron. — Jej nie obchodzą cudze zwierzątka.

W tym momencie profesor McGonagall otworzyła drzwi klasy, co było raczej szczęśliwym zbiegiem okoliczności, bo Hermiona i Ron sztyletowali się oczami, a kiedy weszli do środka, usiedli po obu stronach Harry'ego i nie odzywali się do siebie przez całą lekcję.

Harry wciąż się zastanawiał, co ma powiedzieć profesor McGonagall, kiedy rozległ się dzwonek. Jednak to ona sama pierwsza poruszyła temat Hogsmeade.

— Jeszcze chwilę, proszę! — zawołała, kiedy wszyscy szykowali się do wyjścia. — Jesteście wszyscy z mojego domu, więc przed Nocą Duchów powinniście złożyć na moje ręce formularze pozwoleń. Bez pozwolenia nikt nie ruszy się z zamku, więc radzę o tym pamiętać!

Neville podniósł rękę.

— Pani profesor, ja... ja chyba zapomniałem...

— Twoja babcia przysłała już podpisany formularz, Longbottom. Bezpośrednio do mnie. Chyba uważała, że tak będzie bezpieczniej. No, to już wszystko, możecie iść.

— Zapytaj ją teraz — syknął Ron do Harry'ego.

— Ale przecież... — zaczęła Hermiona.

— Idź, spróbuj — nalegał Ron.

Harry odczekał, aż wszyscy wyjdą i z duszą na ramieniu podszedł do biurka profesor McGonagall.

— O co chodzi, Potter?

Harry wziął głęboki oddech.

— Pani profesor, moja ciotka... i mój wuj... ee... zapomnieli mi podpisać formularz.

Profesor McGonagall spojrzała na niego znad swoich prostokątnych okularów, ale nic nie powiedziała.

— Więc... ee... czy pani myśli, że mógłbym... no... wie pani... wybrać się do Hogsmeade?

Profesor McGonagall opuściła wzrok i zaczęła porządkować papiery na swoim biurku.

— Obawiam się, że to niemożliwe, Potter. Słyszałeś, co powiedziałam. Bez podpisanego formularza nie ma wycieczki do Hogsmeade. Taki jest przepis.

— Ale... pani profesor, moja ciotka i wuj... przecież pani wie, oni są mugolami, nie mają pojęcia o... o formularzach z Hogwartu... w ogóle o niczym — wyjąkał Harry, a stojący niedaleko Ron gorliwie potakiwał głową. — Gdyby mi pani profesor pozwoliła...

— Ale nie pozwalam — oświadczyła profesor McGonagall, po czym wstała i zaczęła układać swoje papiery w szufladzie. — Regulamin szkolny wyraźnie mówi, że rodzic lub opiekun musi osobiście podpisać formularz pozwolenia. — Wyprostowała się i spojrzała na niego dziwnie. Czyżby to było współczucie? — Przykro mi, Potter, ale to moje ostatnie słowo. Lepiej się pospiesz, bo spóźnisz się na następną lekcję.

Już nic nie można było zrobić. Ron wypowiedział pod adresem profesor McGonagall słowa, które oburzyły Hermionę — zrobiła taką minę, że Ron rozzłościł się jeszcze bardziej, a Harry musiał znosić głośne rozmowy reszty kolegów, opowiadających sobie, dokąd pójdą, jak tylko znajdą się w Hogsmeade.

— No, ale jest przecież uczta — próbował pocieszyć Harry'ego Ron. — No wiesz, uczta w Noc Duchów, wieczorem.

— Taak — powiedział ponuro Harry. — Będzie ekstra.

Uczta w Noc Duchów zawsze była wspaniała, ale byłaby o wiele lepsza, gdyby wziął w niej udział w dzień po wyprawie do Hogsmeade wraz z innymi. Nic nie mogło go pocieszyć. Dean Thomas, który świetnie posługiwał się piórem, zaproponował, że podrobi podpis wuja Vernona na formularzu, ale nie miało to sensu po rozmowie z profesor McGonagall, której się przyznał, że takiego podpisu nie ma. Ron bąknął coś o pelerynie-niewidce, ale Hermiona żachnęła się, przypominając mu, co Dumbledore mówił o dementorach. Nawet Percy próbował Harry'ego pocieszyć, ale skutek był żałosny.

— Opowiadają cuda o tym Hogsmeade, ale zapewniam cię, Harry, sporo w tym przesady — powiedział z powagą. — No dobra, ten sklep ze słodyczami jest niezły, ale u Zonka jest kupa naprawdę niebezpiecznych przedmiotów... To prawda, Wrzeszczącą Chatę warto zwiedzić, ale uwierz mi, Harry, oprócz tego nie ma czego żałować.

W dzień przed Nocą Duchów Harry obudził się razem z innymi i poszedł na śniadanie, czując się naprawdę podle, choć starał się robić dobrą minę do złej gry.

— Przywieziemy ci mnóstwo słodyczy z Miodowego Królestwa — powiedziała Hermiona, patrząc na niego z bolesnym współczuciem.

— Tak, całą kupę — dodał Ron.

W obliczu nieszczęścia Harry'ego on i Hermiona zapomnieli w końcu o swojej kłótni o Krzywołapa.

— Nie martwcie się o mnie — rzekł Harry, siląc się na beztroski ton. — Zobaczymy się na uczcie. Bawcie się dobrze.

Odprowadził ich do sali wejściowej. W drzwiach frontowych stał już Filch, sprawdzając nazwiska na długiej liście i zaglądając każdemu w twarz, żeby się upewnić, że nie prześliźnie się nikt, kto nie ma pozwolenia.

— Co, Potter, zostajesz?! — krzyknął Malfoy stojący w ogonku z Crabbe'em i Goyle'em. — Boisz się przejść obok dementorów?

Harry zlekceważył go i ruszył samotnie po marmurowych schodach, a potem przez opustoszałe korytarze do wieży Gryffindoru.

— Hasło? — zapytała Gruba Dama, budząc się z drzemki.

— *Fortuna Major* — odpowiedział Harry obojętnym tonem.

Portret odsunął się, a Harry przelazł przez dziurę do

wspólnego pokoju. Pełno w nim było rozgadanych pierw-szo- i drugoklasistów, a także kilku starszych uczniów, którzy najwidoczniej odwiedzili już Hogsmeade tyle razy, że teraz im się nie chciało.

— Harry! Harry! Cześć, Harry!

Był to Colin Creevey, drugoklasista, który otaczał Har-ry'ego wielką czcią i zawsze korzystał z okazji, by z nim porozmawiać.

— Nie wybierasz się do Hogsmeade, Harry? Dlaczego? Słuchaj... — spojrzał podniecony na swoich kolegów — jak chcesz, możesz przyjść i usiąść z nami, Harry!

— Ee... nie, dziękuję, Colin — odpowiedział Harry, który nie miał ochoty na odegranie głównej roli w przedsta-wieniu polegającym na oglądaniu jego blizny na czole. — Muszę... muszę pójść do biblioteki, mam tam coś do roboty.

Po tych słowach nie miał już wyboru i musiał opuścić pokój wspólny.

— To po co mnie budziłeś? — zawołała za nim Gruba Dama gderliwym tonem, kiedy odchodził ciemnym kory-tarzem.

Powędrował do biblioteki, ale w połowie drogi zmienił zamiar: nie chciało mu się uczyć. Odwrócił się i stanął twarzą w twarz z Filchem, który najwyraźniej wypuścił już wszyst-kich, których miał wypuścić.

— Co tu robisz? — zapytał Filch podejrzliwie.

— Nic — odpowiedział szczerze Harry.

— Nic! — prychnął Filch, a policzki zadrgały mu ze złości. — Uważaj, bo ci uwierzę! Czego włóczysz się samot-nie po zamku, zamiast z innymi kupować w Hogsmeade te wasze śmierdzące kulki, proszek na bekanie czy charczące glizdy?

Harry wzruszył ramionami.

— No to wracaj mi zaraz do pokoju wspólnego w swoim domu! — warknął Filch i patrzył groźnie, póki Harry nie znikł mu z oczu.

Harry nie wrócił jednak do pokoju wspólnego. Wspiął się po schodach, bo przyszło mu do głowy, że dobrze będzie odwiedzić Hedwigę w sowiarni. Kiedy szedł korytarzem na górnym piętrze, zza drzwi jednego z pomieszczeń rozległ się głos:

— Harry!

Odwrócił się i zobaczył profesora Lupina wyglądającego ze swojego gabinetu.

— Co tu robisz? — zapytał Lupin zupełnie innym tonem niż Filch. — Gdzie jest Ron? I Hermiona?

— W Hogsmeade — odpowiedział Harry możliwie obojętnym tonem.

— Aha. — Lupin przyglądał się mu przez chwilę. — A może byś do mnie wpadł? Właśnie przysłali mi druzgotka. Na naszą następną lekcję.

— Co takiego?

Wszedł za Lupinem do gabinetu. W kącie stało wielkie akwarium. Do ścianki przywarło pyskiem jadowicie zielone stworzenie z ostrymi różkami, które robiło do nich złośliwe miny i na przemian kurczyło i rozkurczało długie, wrzecionowate palce.

— Demon wodny — wyjaśnił Lupin, przyglądając się z namysłem druzgotkowi. — Nie powinniśmy mieć z nim kłopotów, skoro przerabialiśmy już wodniki kappa. Sztuka polega na pokonaniu jego uścisku. Zauważyłeś, jakie ma wyjątkowo długie palce? Są silne, ale bardzo kruche.

Druzgotek obnażył zęby, po czym ukrył się w wodorostach w rogu pojemnika.

— Napijesz się herbaty? — zapytał Lupin, rozglądając się za czajnikiem. — Właśnie miałem sobie zrobić.

— Chętnie — odrzekł nieśmiało Harry.

Lupin stuknął różdżką w czajnik i z dziobka buchnął pióropusz pary.

— Siadaj — rzekł Lupin, zdejmując pokrywkę z zakurzonej puszki. — Mam tylko herbatę w torebkach, ale... chyba masz już dość herbacianych fusów?

Harry spojrzał na niego. Lupin mrugał powiekami.

— Skąd pan o tym wie? — zapytał Harry.

— Od profesor McGonagall — odpowiedział Lupin, podając mu wyszczerbiony kubek z herbatą. — Ale nie przejmujesz się tym, co?

— Nie.

Przyszło mu na myśl, żeby powiedzieć Lupinowi o psie, którego zobaczył w Magnoliowym Łuku, ale szybko z tego zrezygnował. Nie chciał zostać uznany za tchórza, zwłaszcza odkąd Lupin dał mu do zrozumienia, iż uważa, że Harry nie da sobie rady z boginem.

Coś z tych myśli musiało się odbić na jego twarzy, bo Lupin zapytał:

— Czymś się martwisz, Harry?

— Nie — skłamał Harry. Wypił łyk herbaty i obserwował druzgotka, który wygrażał mu pięścią. — Tak — powiedział nagle, stawiając kubek na biurku Lupina. — Pamięta pan ten dzień, w którym walczyliśmy z boginem?

— Taak — odpowiedział Lupin.

— Dlaczego pan profesor nie pozwolił mi z nim walczyć? Lupin uniósł brwi.

— Myślałem, że to oczywiste, Harry — rzekł, wyraźnie zaskoczony.

Harry, który spodziewał się raczej, iż Lupin będzie próbował twierdzić, że nie miał takiego zamiaru, spojrzał na niego ze zdumieniem.

— Dlaczego? — powtórzył.

— No cóż — powiedział Lupin, lekko marszcząc czoło — byłem pewny, że kiedy bogin stanie przed tobą, przybierze postać Lorda Voldemorta.

Harry wytrzeszczył oczy. Takiej odpowiedzi najmniej się spodziewał, a w dodatku Lupin wypowiedział imię Voldemorta. Jak dotąd jedyną osobą, która w jego obecności głośno wypowiedziała to imię, był profesor Dumbledore.

— Najwyraźniej się myliłem — rzekł Lupin, wciąż marszcząc czoło. — Uważałem jednak, że to nie jest dobry pomysł, aby Voldemort zmaterializował się w pokoju nauczycielskim. Wyobrażałem sobie, że wybuchnie panika.

— Rzeczywiście najpierw pomyślałem o Voldemorcie — przyznał Harry. — Ale potem... przypomniałem sobie o tych dementorach.

— Rozumiem — powiedział powoli Lupin. — No, no... jestem pod wrażeniem. — Uśmiechnął się na widok zaskoczenia na twarzy Harry'ego. — To by znaczyło, że tym, czego się boisz najbardziej, jest... strach. To bardzo mądre, Harry.

Harry nie wiedział, co na to powiedzieć, więc napił się herbaty.

— A więc pomyślałeś, że uważam cię za niezdolnego do walki z boginem? — zapytał Lupin.

— No... tak — powiedział Harry. Nagle poczuł się o wiele lepiej. — Panie profesorze, pan wie, że dementorzy...

Przerwało mu pukanie do drzwi.

— Proszę wejść! — zawołał Lupin.

Drzwi się otworzyły i wszedł Snape. Trzymał wielki kufel, z którego lekko się dymiło. Na widok Harry'ego zatrzymał się, mrużąc czarne oczy.

— Ach, to ty, Severusie — rzekł Lupin z uśmiechem.

— Dzięki. Mógłbyś to postawić na biurku?

Snape postawił przed nim dymiący kufel, spoglądając to na Lupina, to na Harry'ego.

— Właśnie oglądaliśmy z Harrym druzgotka — powiedział Lupin beztrosko, wskazując na szklany pojemnik.

— Fascynujące — rzekł Snape, nie patrząc w tamtą stronę. — Powinieneś to od razu wypić.

— Tak, tak, wypiję.

— Zrobiłem cały kociołek — ciągnął Snape. — Gdybyś potrzebował więcej...

— Chętnie wezmę trochę jutro. Dziękuję ci bardzo, Severusie.

— Nie ma za co — odpowiedział Snape, ale w jego oczach pojawiło się coś, co Harry'emu nie bardzo się podobało.

Kiedy Snape wyszedł z pokoju, Harry spojrzał z zaciekawieniem na kufel. Lupin uśmiechnął się.

— Profesor Snape był łaskaw przyrządzić mi wywar. Nigdy nie byłem zbyt dobry w eliksirach, a ten jest wyjątkowo złożony. — Podniósł kufel i powąchał jego zawartość. — Szkoda, że cukier niszczy jego moc — dodał, po czym wypił łyk i wzdrygnął się.

— Dlaczego... — zaczął Harry.

Lupin spojrzał na niego i odpowiedział na nie dokończone pytanie.

— Nie najlepiej się czuję. Ten wywar to jedyna rzecz, która może mi pomóc. Mam szczęście, że pracuję razem z profesorem Snape'em; niewielu jest czarodziejów, którzy potrafią to uwarzyć.

Wypił następny łyk, a Harry poczuł dziką ochotę, by wytrącić mu kufel z rąk.

— Profesor Snape bardzo interesuje się czarną magią — wypalił.

— Naprawdę? — powiedział Lupin, sprawiając wrażenie, jakby go to nie bardzo zainteresowało, i wypił następny łyk eliksiru.

— Niektórzy uważają... — Harry zawahał się przez chwilę, po czym brnął dalej: — Niektórzy uważają, że zrobiłby wszystko, byle tylko dostać stanowisko nauczyciela obrony przed czarną magią.

Lupin wypił resztę napoju i skrzywił się.

— Okropne — powiedział. — No, Harry, muszę zająć się swoją pracą. Zobaczymy się na uczcie.

— Oczywiście — rzekł Harry, odstawiając kubek po herbacie na biurko.

Z pustego kufla wciąż się dymiło.

— Masz — powiedział Ron. — Kupiliśmy tyle, ile mogliśmy unieść.

Na podołek Harry'ego wysypał się deszcz różnobarwnych słodyczy. Zapadł już zmierzch; Ron i Hermiona dopiero co pojawili się w pokoju wspólnym, zaróżowieni od zimnego wiatru. Wyglądali, jakby przeżyli najwspanialsze chwile w swoim życiu.

— Dzięki — powiedział Harry, biorąc paczkę czarnych pieprzowych diabełków. — No więc jakie jest to Hogsmeade? Gdzie byliście?

Z tego, co mu opowiedzieli, wynikało, że wszędzie. W sklepie z magicznymi przyrządami Derwisza i Bangesa, w królestwie żartobliwych niespodzianek Zonka, Pod Trzema Miotłami, gdzie wypili po kuflu pienistego piwa kremowego, i w wielu innych miejscach.

— A poczta, Harry! Z dwieście sów, wszystkie siedzą na półkach, a ubarwione są w zależności od szybkości, z jaką ma być dostarczona przesyłka!

— W Miodowym Królestwie mają nowy rodzaj karmelków, dają darmowe próbki, zobacz, mamy ich trochę...

— Myśleliśmy, że zobaczyliśmy olbrzyma-ludojada, naprawdę, Pod Trzema Miotłami...

— Szkoda, że nie mogliśmy przynieść ci trochę piwa kremowego, rozgrzewa jak nie wiem...

— A co ty robiłeś? — zapytała Hermiona z niepokojem. — Odwaliłeś jakąś pracę domową?

— Nie — odrzekł Harry. — Lupin poczęstował mnie herbatą w swoim gabinecie. No i wszedł Snape i...

Opowiedział im o dymiącym kuflu. Ron otworzył szeroko usta.

— I Lupin to wypił? — wydyszał. — Zwariował, czy co?

Harmiona spojrzała na zegarek.

— Słuchajcie, musimy już iść, za pięć minut zaczyna się uczta...

Przeskoczyli przez dziurę pod portretem i wkrótce znaleźli się w tłumie uczniów zmierzających do Wielkiej Sali, cały czas dyskutując o Snapie.

— Ale jeśli... no, wiecie... — Hermiona przyciszyła głos, rozglądając się nerwowo — jeśli on chce... otruć Lupina... to przecież nie zrobiłby tego w obecności Harry'ego.

— No... chyba tak — powiedział Harry.

W Wielkiej Sali unosiły się w powietrzu setki wydrążonych dyń z płonącymi wewnątrz świecami, chmary żywych nietoperzy i mnóstwo płonących pomarańczowych serpentyn, które płynęły leniwie poprzez pochmurne sklepienie jak wspaniałe węże wodne.

Jedzenie było wspaniałe; nawet Hermiona i Ron, którzy opchali się słodyczami z Miodowego Królestwa, brali dokładki wszystkiego. Harry co jakiś czas spoglądał na stół nauczycielski. Profesor Lupin, który był w znakomitym humorze i wyglądał zdrowiej niż zwykle, prowadził ożywioną rozmowę z profesorem Flitwickiem, nauczycielem zaklęć. Harry przebiegł wzrokiem po długim stole i zatrzymał się na profesorze Snapie. Czyżby mu się zdawało, że Snape zerka na Lupina częściej, niż można by to uznać za naturalne?

Ucztę zakończyło widowisko zorganizowane przez duchy Hogwartu. Powyskakiwały ze ścian i stołów, tworząc barwny korowód. Prawie Bezgłowy Nick, duch Gryffindoru, wzbudził ogólny podziw, znakomicie odgrywając scenę pozbawiania go głowy.

Zabawa była tak wspaniała, że dobrego nastroju Harry'ego nie mógł zepsuć nawet Malfoy, który wrzasnął, przekrzykując gwar, kiedy wychodzili z Wielkiej Sali:

— Potter, masz pozdrowienia od dementorów!

Harry, Ron i Hermiona powędrowali za innymi Gryfonami do swojej wieży, ale kiedy znaleźli się w korytarzu prowadzącym do portretu Grubej Damy, zobaczyli, że jest zatłoczony uczniami.

— Dlaczego nikt nie wchodzi? — zapytał zaintrygowany Ron.

Harry wspiął się na palce, żeby zobaczyć, co się dzieje. Wyglądało na to, że dziura pod portretem jest zamknięta.

— Proszę mnie przepuścić — rozległ się głos Percy'ego, który przepychał się z ważną miną przez tłum. — Co to za korek? Przecież wszyscy nie mogli zapomnieć hasła... Przepraszam, jestem prefektem naczelnym...

Nagle zapadła cisza, najpierw z przodu, jakby wzdłuż

korytarza przebiegła fala strachu. Usłyszeli, jak Percy mówi ostrym tonem:

— Niech ktoś pójdzie po profesora Dumbledore'a. Szybko.

Uczniowie odwrócili głowy; ci z tyłu stawali na palcach.

— Co się dzieje? — zapytała Ginny, która dopiero co nadeszła.

Po chwili pojawił się profesor Dumbledore; Gryfoni stłoczyli się, aby zrobić mu przejście, a Harry, Ron i Hermiona wykorzystali to, żeby znaleźć się bliżej portretu.

— Och... — krzyknęła Hermiona zduszonym głosem i złapała Harry'ego za ramię.

Gruba Dama znikła z portretu, który został pocięty jakimś ostrym narzędziem, tak że paski płótna leżały na posadzce, a w samym obrazie było pełno wielkich dziur.

Dumbledore rzucił okiem na zniszczony obraz i odwrócił się, a wtedy zobaczył spieszących ku niemu Snape'a, McGonagall i Lupina.

— Musimy ją odnaleźć — powiedział. — Profesor McGonagall, proszę iść zaraz do Filcha i powiedzieć mu, żeby przeszukał wszystkie obrazy w zamku.

— Powodzenie murowane! — rozległ się skrzekliwy głos.

Nad głowami tłumu poszybował poltergeist Irytek. Był najwyraźniej zachwycony, jak zawsze na widok zniszczenia lub czyjegoś zmartwienia.

— Co masz na myśli, Irytku? — zapytał spokojnie Dumbledore, a roześmiany od ucha do ucha poltergeist nieco spoważniał, bo czuł przed nim respekt.

— Jest zawstydzona, wasza dyrektorska mość — odpowiedział przymilnym głosem, który wcale nie był przyjemniejszy od jego zwykłego skrzeku. — Nie chce, by ją ktokolwiek zobaczył. Jest w okropnym stanie. Zobaczyłem ją, jak przebiegała przez landszaft na czwartym piętrze, chowając się wśród drzew. Wykrzykiwała coś okropnego — powiedział uradowany. — Biedaczka... — dodał niezbyt przekonującym tonem.

— Mówiła, kto to zrobił? — zapytał cicho Dumbledore.

— Och tak, wasza profesorsko-dyrektorska mość — odpowiedział Irytek takim tonem, jakby trzymał w objęciach wielką bombę. — Bardzo się rozzłościł, kiedy nie pozwoliła mu wejść.

Irytek wywinął kozła i wyszczerzył do Dumbledore'a zęby spomiędzy własnych nóg.

— Ale się wściekł ten Syriusz Black.

ROZDZIAŁ DZIEWIĄTY

Ponura przegrana

Profesor Dumbledore wysłał wszystkich Gryfonów z powrotem do Wielkiej Sali, gdzie po dziesięciu minutach pojawili się również uczniowie z Hufflepuffu, Ravenclawu i Slytherinu, także bardzo podekscytowani.

— Ja i nauczyciele musimy gruntownie przeszukać cały zamek — oznajmił im profesor Dumbledore, kiedy McGonagall i Flitwick pozamykali wszystkie drzwi do sali.

— Obawiam się, że dla własnego bezpieczeństwa będziecie musieli spędzić tutaj noc. Niech prefekci domów staną na straży przy wejściach do sali. Po naszym wyjściu za wszystko odpowiadają prefekci naczelni. Proszę mnie natychmiast zawiadomić, gdyby coś się wydarzyło — rzucił w stronę Percy'ego, który nadął się jeszcze bardziej niż zwykle. — Przyślijcie mi wiadomość przez jednego z duchów.

Zamilkł i już zamierzał opuścić salę, ale zatrzymał się i powiedział:

— Ach, tak, będą wam potrzebne...

I machnął różdżką, a długie stoły natychmiast ustawiły

się pod ścianami; jeszcze jedno machnięcie i na podłodze pojawiły się setki purpurowych puchowych śpiworów.

— Śpijcie dobrze — pożegnał ich profesor Dumbledore, zamykając za sobą drzwi.

W sali natychmiast zawrzało: przejęci swą rolą Gryfoni opowiadali reszcie szkoły, co się wydarzyło.

— Wszyscy do swoich śpiworów! — krzyknął Percy.

— Kończyć rozmowy! Gaszę światło za dziesięć minut!

— Chodźcie — powiedział Ron do Harry'ego i Hermiony, po czym wszyscy troje złapali śpiwory i zaciągnęli je do kąta.

— Myślicie, że Black wciąż jest w zamku? — wyszeptała z lękiem Hermiona.

— Dumbledore jest najwidoczniej przekonany, że tak — powiedział Ron.

— Mamy szczęście, że wśliznął się akurat dziś wieczorem — powiedziała Hermiona, kiedy powłazili w ubraniach do śpiworów i oparli się na łokciach, żeby porozmawiać. — To jedyny wieczór, kiedy nie było nas w wieży...

— Pewnie w trakcie ucieczki stracił poczucie czasu — zauważył Ron. — Nie wiedział, że dziś jest Noc Duchów. Bo inaczej od razu wpadłby tutaj.

Hermiona wzdrygnęła się.

Naokoło wszyscy zadawali sobie to samo pytanie: „Jak mu się udało dostać do środka?"

— Może zna sztukę nagłego pojawiania się w różnych miejscach — mówił jakiś Krukon parę stóp od nich. — No wiecie, sztukę teleportacji.

— Pewnie się przebrał — powiedział któryś ze starszych Puchonów.

— Mógł tu wlecieć — spekulował Dean Thomas.

— Słuchajcie, czy ja naprawdę jestem jedyną osobą,

która zadała sobie trud przeczytania *Historii Hogwartu?* — zapytała ze złością Hermiona.

— To bardzo prawdopodobne — odpowiedział Ron. — A bo co?

— Bo zamku strzegą nie tylko mury. Nie wiedzieliście o tym? Otaczają go przeróżne zaklęcia uniemożliwiające wkradnięcie się obcym do środka. Nie można tak zwyczajnie pojawić się w zamku, choćby się znało sztukę teleportacji. I nie sądzę, by dementorzy dali się nabrać na przebranie, a strzegą każdego wejścia na teren szkoły. Gdyby chciał tu wlecieć, też by go zobaczyli. A Filch zna wszystkie tajemne przejścia, wszystkie obsadzili...

— Zaraz zgaśnie światło! — krzyknął Percy. — Wszyscy mają być w śpiworach. I koniec rozmów!

Świece pogasły jednocześnie. Jedyne światło pochodziło teraz od srebrzystych duchów, które szybowały bezszelestnie w powietrzu, rozmawiając z prefektami, i z zaczarowanego sklepienia, które było upstrzone gwiazdami, podobnie jak niebo na zewnątrz. Szepty wciąż wypełniały salę i Harry poczuł się, jakby spał pod gołym niebem w łagodnym wietrze.

Co godzinę do Wielkiej Sali zaglądał któryś z nauczycieli, żeby sprawdzić, czy wszystko jest w porządku. Około trzeciej w nocy, kiedy wielu uczniów w końcu zasnęło, wszedł profesor Dumbledore. Harry obserwował go, jak rozgląda się za Percym, który krążył między śpiworami, uciszając ostatnie rozmowy. Teraz był już niedaleko Harry'ego, Rona i Hermiony, którzy szybko udali, że już śpią.

— Nie ma po nim śladu, panie profesorze? — zapytał szeptem Percy.

— Nie. Tu wszystko w porządku?

— Tak, wszystko jest pod kontrolą.

— Dobrze. Nie ma sensu teraz ich budzić. Znalazłem tymczasowego strażnika wieży Gryffindoru. Jutro będziesz mógł zaprowadzić ich tam z powrotem.

— A Gruba Dama, panie profesorze?

— Schowała się w mapie Argyllshire na drugim piętrze. Wszystko wskazuje na to, że nie chciała wpuścić Blacka, bo nie znał hasła, więc ją zaatakował. Wciąż jest roztrzęsiona, ale jak już się uspokoi, poproszę pana Filcha, żeby ją odnowił.

Harry usłyszał odgłos otwieranych drzwi i czyjeś kroki.

— To pan, dyrektorze?

Poznał głos Snape'a. Leżał nieruchomo, nasłuchując.

— Przeszukaliśmy całe trzecie piętro. Tam go nie ma. A Filch obszedł podziemie, tam też go nie znalazł.

— A wieża astronomiczna? Pokój profesor Trelawney? Sowiarnia?

— Byliśmy wszędzie...

— Znakomicie, Severusie. Prawdę mówiąc, nie spodziewałem się, by Black gdzieś się ukrył.

— Ma pan jakąś hipotezę na temat sposobu, w jaki udało mu się wśliznąć do zamku, dyrektorze? — zapytał Snape.

Harry lekko uniósł głowę, żeby odsłonić drugie ucho.

— Wiele, Severusie, a każda jest równie nieprawdopodobna.

Harry otworzył oczy i zerknął w stronę, skąd dobiegała ta rozmowa. Dumbledore stał zwrócony do niego plecami, ale zobaczył twarz Percy'ego, słuchającego z uwagą, i profil Snape'a, który sprawiał wrażenie rozgniewanego.

— Pamięta pan, dyrektorze, naszą rozmowę tuż przed... ee... początkiem semestru? — zapytał Snape, ledwo otwierając usta, jakby nie chciał, żeby Percy to usłyszał.

— Pamiętam, Severusie — odrzekł Dumbledore, a w jego głosie zabrzmiała ostrzegawcza nuta.

— To się wydaje... prawie niemożliwe... żeby Black dostał się do środka bez pomocy kogoś ze szkoły. Wyraziłem swoje wątpliwości, kiedy pan mianował...

— Nie wierzę, by ktokolwiek z zamku pomógł Blackowi dostać się do środka — powiedział Dumbledore tonem, który świadczył o tym, że chce uciąć tę rozmowę. — Muszę się porozumieć z dementorami. Przyrzekłem, że ich powiadomię, kiedy zakończymy przeszukiwanie zamku.

— Nie chcieli nam w tym pomóc? — zapytał Percy.

— O, tak, chcieli — powiedział chłodno Dumbledore. — Ale dopóki ja tu jestem dyrektorem, żaden dementor nie przekroczy progu tego zamku.

Percy wyglądał na lekko zaskoczonego. Dumbledore wyszedł z sali, krocząc szybko i cicho. Snape stał przez chwilę, patrząc na dyrektora z wyrazem głębokiego oburzenia na twarzy, a potem i on opuścił salę.

Harry zerknął na Rona i Hermionę. Oboje mieli oczy otwarte, odbijało się w nich światło gwiazd na suficie.

— Co tu jest grane? — szepnął Ron.

Przez następne kilka dni w szkole rozmawiano prawie wyłącznie o Syriuszu Blacku. Hipotezy wyjaśniające jego wdarcie się do zamku stawały się coraz bardziej fantastyczne. Hanna Abbott z Hufflepuffu spędziła większość następnej lekcji zielarstwa, opowiadając każdemu, kto chciał jej słuchać, że Black mógł zamienić się w kwitnący krzak.

Poszarpane płótno Grubej Damy zostało zdjęte ze ściany, a na jego miejsce pojawił się portret Sir Cadogana i jego opasłego nakrapianego konika. Nikt nie był tym zachwycony. Sir Cadogan albo wyzywał ludzi na pojedynek, albo wymyślał okropnie skomplikowane hasła, które zmieniał przynajmniej dwa razy na dzień.

— On ma kompletnego świra — powiedział rozzłoszczony Seamus Finnigan do Percy'ego. — Nie można by go wymienić na kogoś innego?

— Nikt z innych portretów nie wyraził ochoty — odrzekł Percy. — Wszyscy są przerażeni tym, co przydarzyło się Grubej Damie. Tylko jeden Sir Cadogan okazał tyle męstwa, by zgłosić się na ochotnika.

Dla Harry'ego Sir Cadogan stanowił najmniejszy kłopot. Teraz pilnowano go przez cały czas. Nauczyciele wynajdywali preteksty, by towarzyszyć mu w wędrówkach po korytarzach, a Percy Weasley (działając, jak Harry podejrzewał, na polecenie swojej matki) włóczył się za nim wszędzie jak wyjątkowo napuszony pies obronny. Na domiar wszystkiego, profesor McGonagall wezwała Harry'ego do swojego gabinetu, a kiedy wszedł, minę miała tak ponurą, jakby ktoś umarł.

— Nie ma sensu ukrywać tego dłużej przed tobą, Potter — oświadczyła bardzo poważnym głosem. — Wiem, że będzie to dla ciebie wstrząs, ale Syriusz Black...

— Pragnie mnie dopaść — dokończył za nią Harry. — Wiem o tym od dawna. Podsłuchałem, jak ojciec Rona mówił o tym jego mamie. Pan Weasley pracuje w Ministerstwie Magii.

Profesor McGonagall wyglądała na bardzo zaskoczoną. Popatrzyła na Harry'ego przez chwilę, a potem powiedziała:

— Ach, tak... No cóż, w takim razie, Potter, rozumiesz, dlaczego nie uważam za dobry pomysł, abyś trenował quidditcha wieczorami. Na boisku, gdzie są tylko członkowie twojej drużyny, jesteś znakomitym celem ataku, Potter...

— W sobotę mamy pierwszy mecz! — zawołał Harry z oburzeniem. — Ja muszę trenować, pani profesor!

Profesor McGonagall wpatrywała się w niego ze zmarszczonym czołem. Harry wiedział, że bardzo jej zależało na dobrej formie Gryfonów; w końcu to ona sama odkryła, że Harry będzie znakomitym szukającym. Czekał, wstrzymując oddech.

— Hm... — Profesor McGonagall wstała i wyjrzała przez okno na boisko quidditcha, ledwo widoczne w deszczu. — Cóż... dobrze wiesz, jak bardzo bym chciała, żebyście w końcu zdobyli puchar... ale jednak, Potter... byłabym spokojniejsza, gdyby towarzyszył wam jakiś nauczyciel. Poproszę panią Hooch, żeby nadzorowała wasze treningi.

Pogoda wciąż się pogarszała, a do pierwszego meczu było coraz bliżej. Gryfoni zacięli zęby i trenowali zawzięcie pod okiem pani Hooch. A potem, podczas ostatniego treningu przed sobotnim meczem, Oliver Wood obwieścił im niezbyt przyjemną nowinę.

— Nie gramy ze Ślizgonami! — powiedział ze złością. — Właśnie rozmawiałem z Flintem. Gramy z Puchonami.

— Dlaczego? — zabrzmiał chór zawiedzionych głosów.

— Flint twierdzi, że ich szukający wciąż ma kontuzję ramienia — powiedział Wood, zgrzytając zębami ze złości. — Ale jestem pewny, że to wymówka. Nie chcą grać w taką pogodę. Uważają, że to zmniejsza ich szanse...

Przez cały dzień padało i wiał silny wiatr, a gdy Oliver umilkł, usłyszeli odległy grzmot.

— Malfoy ma rękę w porządku! — zawołał Harry.

— On tylko udaje!

— Wiem, ale nie możemy tego udowodnić — powiedział z goryczą Wood. — Najgorsze, że ćwiczyliśmy wszystkie sytuacje i kombinacje z myślą o Ślizgonach, a gramy z Puchonami, którzy mają zupełnie inny styl. Mają nowego kapitana i szukającego, Cedrika Digorry'ego...

Angelina, Alicja i Katie zachichotały.

— Co jest? — zapytał Wood, urażony takim frywolnym zachowaniem.

— To taki wysoki przystojniak, prawda? — odezwała się Angelina.

— Silny i milczący — dodała Katie i znowu zaczęły chichotać.

— Nic nie mówi, bo jest za tępy, żeby sklecić zdanie — powiedział niecierpliwie Fred. — Nie wiem, co cię tak niepokoi, Oliverze. Puchoni to pestka. Kiedy ostatni raz z nimi graliśmy, Harry złapał znicza po pięciu minutach, pamiętasz?

— Graliśmy w zupełnie innych warunkach! — krzyknął Wood, wybałuszając oczy z podniecenia. — Diggory to ich mocny punkt! Jest świetnym szukającym! To zmienia sytuację. Właśnie najbardziej się obawiałem, że tak to przyjmiecie! Nie możemy ich zlekceważyć! Musimy się skupić! Ślizgoni chcą nas wykołować! Musimy wygrać!

— Oliverze, wyluzuj się! — powiedział Fred, trochę jednak zaniepokojony. — Potraktujemy Puchonów bardzo poważnie. *Poważnie.*

W przeddzień meczu wiatr wył, a deszcz zacinał jak nigdy. W korytarzach i klasach zrobiło się tak ciemno, że zapalono dodatkowe pochodnie i lampiony. Drużyna Ślizgonów miała bardzo zadowolone miny, a Malfoy wyraźnie sobie z nich kpił.

— Ach, żeby ta ręka tak mnie nie bolała! — wzdychał, kiedy nawałnica łomotała wściekle w okna.

Harry nie miał głowy do niczego poza meczem. Oliver Wood przybiegał do niego na wszystkich przerwach i udzielał mu rad. Za trzecim razem gadał jak najęty tak długo, iż Harry nagle z przerażeniem stwierdził, że już od dziesięciu minut trwa lekcja obrony przed czarną magią, więc pobiegł pędem do klasy, podczas gdy Wood krzyczał za nim:

— Diggory robi piekielnie szybkie zwody, więc możesz próbować wykołować go pętlą, ale...

Harry zatrzymał się przed klasą profesora Lupina, otworzył drzwi i wpadł do środka.

— Bardzo przepraszam za spóźnienie, panie profesorze, ale...

Ale to nie profesor Lupin patrzył na niego zza biurka. To był Snape.

— Lekcja zaczęła się dziesięć minut temu, Potter, więc sądzę, że odejmiemy Gryffindorowi dziesięć punktów. Siadaj.

Harry nie ruszał się z miejsca.

— Gdzie jest profesor Lupin? — zapytał.

— Twierdzi, że czuje się dziś zbyt słabo, by prowadzić lekcję — odpowiedział Snape z pokrętnym uśmieszkiem.

— Chyba ci powiedziałem, żebyś usiadł, prawda?

Harry ani drgnął.

— Co mu jest?

Czarne oczy Snape'a rozbłysły mściwym blaskiem.

— Nic, co by zagrażało jego życiu — powiedział takim tonem, jakby marzył, by zagrażało. — Gryffindor traci kolejne pięć punktów, a jeśli będę zmuszony poprosić cię jeszcze raz, żebyś usiadł, to już będzie pięćdziesiąt.

Harry powlókł się na swoje miejsce i usiadł. Snape rozejrzał się po klasie.

— Jak mówiłem, zanim Potter nam przerwał, profesor Lupin nie pozostawił żadnych notatek z dotychczas przerobionych tematów...

— Panie profesorze, przerobiliśmy już boginy, czerwone kapturki, kappy i druzgotki — powiedziała szybko Hermiona — i mieliśmy właśnie zacząć...

— Siedź cicho — warknął Snape. — Nie prosiłem cię o informacje. Komentowałem tylko dotychczasowy brak organizacji.

— Profesor Lupin jest najlepszym nauczycielem obrony przed czarną magią, jakiego do tej pory mieliśmy — wypalił Dean Thomas, a reszta klasy potwierdziła to szmerem.

Snape uśmiechnął się jeszcze bardziej jadowicie niż zwykle.

— Jak widzę, łatwo was zadowolić. Lupin was nie przemęcza... Czerwone kapturki i druzgotki poznaje się w pierwszej klasie. Dzisiaj będziemy mówić o...

Harry obserwował, jak Snape przerzuca szybko kartki podręcznika, aż dotarł do ostatniego rozdziału, którego nie mogli jeszcze przerabiać.

— ...o wilkołakach.

— Ale... panie profesorze — odezwała się Hermiona, najwidoczniej nie mogąc się powstrzymać — nie powinniśmy jeszcze omawiać wilkołaków, mieliśmy przejść do zwodników...

— Granger — przerwał jej lodowatym tonem Snape — wydawało mi się, że to ja prowadzę tę lekcję, a nie ty.

A teraz wszyscy otworzą książki na stronie trzysta dziewięćdziesiątej czwartej. — Rozejrzał się groźnie po klasie. — *Wszyscy!* Natychmiast!

Dały się słyszeć buntownicze pomrukiwania i jęki niezadowolenia, ale w końcu wszyscy pootwierali podręczniki.

— Kto może mi powiedzieć, w jaki sposób odróżnić wilkołaka od prawdziwego wilka? — zapytał Snape.

Wszyscy siedzieli bez ruchu, w milczeniu — wszyscy prócz Hermiony, której ręka, jak to się często zdarzało, wystrzeliła w górę.

— Nikt? — prychnął Snape, ignorując Hermionę. — Chcecie mi powiedzieć, że profesor Lupin nie nauczył was jeszcze podstawowej różnicy między...

— Już panu mówiliśmy — odezwała się nagle Parvati — że jeszcze nie doszliśmy do wilkołaków, na razie przerabiamy...

— Cisza! — warknął Snape. — No, no, no, nigdy bym nie przypuszczał, że zobaczę trzecią klasę, która nie potrafi nawet rozpoznać wilkołaka. Muszę poinformować profesora Dumbledore'a, jak bardzo jesteście wszyscy opóźnieni...

— Panie profesorze — powiedziała Hermiona, wciąż trzymając podniesioną rękę — wilkołak różni się od prawdziwego wilka kilkoma drobnymi cechami. Pysk wilkołaka...

— Już po raz drugi odzywasz się nie pytana, Granger — przerwał jej chłodno Snape. — Twoje nieznośne zarozumialstwo pozbawiło właśnie Gryffindor kolejnych pięciu punktów.

Hermiona zaczerwieniła się jak burak, opuściła rękę i wlepiła pełne łez oczy w podłogę. Choć każdy przynajmniej raz wytknął Hermionie zarozumialstwo, teraz wszyscy patrzyli na Snape'a spode łba, zgrzytając zębami. Ron, który nazywał Hermionę królową mędrków przynajmniej dwa razy w tygodniu, nie wytrzymał i powiedział na głos:

— Zadał pan pytanie, a ona zna odpowiedź! Po co pytać, jak się nie chce uzyskać odpowiedzi?

Klasa natychmiast wyczuła, że posunął się za daleko. Snape zbliżył się powoli do Rona, a wszyscy wstrzymali oddech.

— Weasley, masz szlaban — wycedził Snape z twarzą tuż przy twarzy Rona. — A jeśli jeszcze raz usłyszę, że krytykujesz mój sposób nauczania, ręczę ci, że mocno tego pożałujesz.

Do końca lekcji nikt już nie powiedział ani słowa. Siedzieli w milczeniu, robiąc z podręcznika notatki o wilkołakach, a Snape przechadzał się między rzędami ławek, sprawdzając to, co zapisali na lekcjach z profesorem Lupinem.

— To bardzo mętne... a to po prostu błędne, wodniki kappa najłatwiej spotkać w Mongolii... Profesor Lupin dał za to osiem punktów na dziesięć możliwych? Nie dałbym nawet trzech...

Kiedy w końcu rozległ się dzwonek, Snape ich zatrzymał.

— Każdy napisze wypracowanie na temat rozpoznawania i uśmiercania wilkołaków. Dwie rolki pergaminu. Chcę to mieć na swoim biurku w poniedziałek rano. Najwyższy czas, żeby ktoś wreszcie zabrał się za tę klasę. Weasley, ty zostajesz, musimy omówić twój szlaban.

Harry i Hermiona wyszli razem z resztą klasy, która zaczęła głośno pomstować na Snape'a, gdy tylko znaleźli się dość daleko, by nie mógł ich usłyszeć.

— Snape jeszcze nigdy tak się nie zachował wobec któregokolwiek z naszych dotychczasowych nauczycieli obrony przed czarną magią, chociaż od samego początku miał chętkę na to stanowisko — powiedział Harry do Hermiony. — Dlaczego tak się zawziął na Lupina? Myślisz, że to wszystko przez tego bogina?

— Nie wiem — odpowiedziała Hermiona smętnym głosem. — Ale mam wielką nadzieję, że profesor Lupin wkrótce poczuje się lepiej...

Ron dopędził ich pięć minut później. Był naprawdę wściekły.

— Wiecie, co ten... — (nazwał Snape'a tak, że Hermiona zawołała: *Ron!*) — kazał mi zrobić? Mam wyczyścić wszystkie nocniki w skrzydle szpitalnym! Bez użycia czarów! — Oddychał ciężko, a pięści miał zaciśnięte. — Dlaczego ten Black nie schował się w gabinecie Snape'a? Mógłby nas uwolnić od niego raz na zawsze!

Następnego ranka Harry obudził się wyjątkowo wcześnie: jeszcze było ciemno. Przez chwilę pomyślał, że obudził go ryk wiatru, a potem poczuł chłodny powiew na karku i usiadł gwałtownie na łóżku. Poltergeist Irytek unosił się nad nim, dmuchając mu mocno w ucho.

— Czemu to robisz? — zapytał Harry ze złością.

Irytek wydął policzki, dmuchnął z całej siły i wyleciał z pokoju, rechocząc złośliwie.

Harry sięgnął po omacku po budzik i spojrzał na jego tarczę. Było pół do piątej. Przeklinając Irytka, opadł na poduszkę i owinął się szczelnie kocami, starając się znowu zasnąć, ale teraz, gdy już się rozbudził, przeszkadzały mu w tym grzmoty przewalające się nad głową, ryk wiatru łomoczącego w mury zamku i odległe trzaski drzew w Zakazanym Lesie. Za kilka godzin będzie już na boisku quidditcha, walcząc z przeciwnikami i wściekłą nawałnicą. W końcu zrezygnował z dalszego snu, wstał, ubrał się, wziął swojego Nimbusa Dwa Tysiące i wyszedł na palcach z dormitorium.

Kiedy otworzył drzwi, coś otarło się miękko o jego nogę. Schylił się szybko, złapał Krzywołapa za puszysty ogon i wyciągnął go z sypialni.

— Wiesz co, Ron chyba miał rację co do ciebie — powiedział do kota, przyglądając mu się podejrzliwie. — Przecież tu jest mnóstwo myszy, idź zapolować. No, idź — dodał, spychając Krzywołapa stopą po krętych schodach — zostaw Parszywka w spokoju.

W pokoju wspólnym odgłosy burzy były jeszcze silniejsze. Harry dobrze wiedział, że mecz nie zostanie odwołany; w quidditchu nie było w zwyczaju przejmować się takimi drobnostkami, jak grzmoty i pioruny. Poczuł jednak niepokój. Wood pokazał mu już Cedrika Diggory'ego na korytarzu. Diggory chodził do piątej klasy i był o wiele od niego wyższy i tęższy. Szukający byli zwykle mali i ruchliwi, ale Harry wiedział, że przy takiej pogodzie waga Diggory'ego działa na jego korzyść, bo łatwiej mu będzie utrzymać kurs w podmuchach wiatru.

Harry przesiedział przed kominkiem aż do świtu, co jakiś czas wstając, by powstrzymać Krzywołapa przed wypadem do sypialni chłopców. W końcu uznał, że już czas na śniadanie, więc ruszył samotnie ku dziurze w portrecie.

— Stawaj i walcz, parszywy psie! — ryknął Sir Cadogan.

— Och, odczep się — powiedział Harry, ziewając.

Ożywił się nieco nad wielką miską owsianki, a kiedy zabrał się za tosty, nadeszła reszta drużyny.

— Będzie ciężko — powiedział Wood, który nawet nie tknął jedzenia.

— Przestań się zamartwiać, Oliverze — pocieszała go Alicja. — Taki deszczyk to dla nas pestka.

Ale nie wyglądało to wcale na „deszczyk". Quidditch cieszył się taką popularnością, że na mecz jak zwykle wyległa cała szkoła. Uczniowie spieszący tłumnie po rozmokłej łące w stronę boiska pochylali czoła, pokonując wściekłą wichurę, która wyrywała im z rąk parasole. Tuż przed wejściem do szatni Harry zobaczył Malfoya, Crabbe'a i Goyle'a śmiejących się i pokazujących go sobie palcami spod olbrzymiego parasola.

Członkowie drużyny przebrali się w szkarłatne szaty i czekali na zwykłą przemowę Wooda, ale się nie doczekali. Zabierał się do niej kilka razy, wydawał z siebie dziwne odgłosy, jakby przełykał coś wielkiego, aż w końcu potrząsnął głową i machnął ręką, wskazując im drzwi.

Wiatr był tak silny, że chwiali się i potykali, wychodząc na boisko. Nawet nie słyszeli, czy widzowie witają ich okrzykami, bo grzmoty nieustannie przewalały się nad ich głowami. Deszcz zacinał w okulary Harry'ego, pokrywając je mętną zupą. Jak ma zobaczyć znicza w takich warunkach?

Puchoni zbliżali się z drugiego końca boiska, ubrani w kanarkowożółte szaty. Kapitanowie podeszli do siebie i uścisnęli dłonie; Diggory uśmiechnął się do Wooda, ale Wood wyglądał, jakby dostał szczękościsku i ledwo kiwnął głową. Harry tylko z ruchu warg pani Hooch wyczytał komendę: „Wsiadać na miotły". Wyciągnął prawą stopę z błota, aż cmoknęło, i przełożył ją przez swojego Nimbusa Dwa Tysiące. Pani Hooch przyłożyła gwizdek do warg i rozległ się chrapliwy, jakby odległy dźwięk. Wystartowali.

Harry wzbił się szybko w górę, ale Nimbus natychmiast nieco zboczył z kursu, spychany przez wiatr. Wyrównał, starając się utrzymać miotłę we właściwej pozycji, i wbił oczy w deszcz.

W ciągu pięciu minut przemókł i przemarzł do szpiku kości, ledwo widząc swoich towarzyszy, nie mówiąc już o maleńkim zniczu. Szybował tam i z powrotem od słupka do słupka, ponad zamazanymi czerwonymi i żółtymi plamami, nie mając pojęcia, co się właściwie dzieje i nie słysząc komentarzy sprawozdawcy. Trybuny przypominały zamglone morze kapturów i postrzępionych parasoli. Dwukrotnie o mały włos nie trafił go tłuczek, bo nie widział, jak nadlatuje.

Stracił poczucie czasu. Bardzo trudno było utrzymać miotłę w pożądanym kursie. Niebo stawało się coraz ciemniejsze, jakby noc miała zapaść wcześniej niż zwykle. Dwa razy ledwo uniknął zderzenia z innym zawodnikiem, nie wiedząc nawet, czy to przeciwnik, czy swój, każdy był już tak mokry, a ulewa tak gęsta, że trudno ich było rozróżnić...

Gwizdek pani Hooch przebił się przez deszcz i wiatr razem z pierwszą błyskawicą. Harry dostrzegł zarys postaci Wooda, który machał do niego ręką, pokazując na ziemię. Cała drużyna wylądowała z pluskiem w błocie.

— Poprosiłem o czas! — ryknął Wood. — Chodźcie tam, pod to...

Stłoczyli się pod wielkim parasolem w rogu boiska. Harry zdjął okulary i wytarł je pospiesznie rękawem szaty.

— Jaki wynik?

— Mamy pięćdziesiąt punktów przewagi — powiedział Wood — ale jeśli szybko nie złapiesz znicza, będziemy grać w nocy.

— Z tym nie mam szansy — powiedział zrozpaczony Harry, pokazując na swoje okulary.

W tym momencie pojawiła się przy nim Hermiona;

pelerynę miała zarzuconą na głowę i — co było bardzo zaskakujące — wyglądała na rozradowaną.

— Wpadłam na pomysł, Harry! Daj mi te okulary, szybko!

Wręczył jej okulary, a cała drużyna wytrzeszczyła oczy, kiedy Hermiona stuknęła w nie różdżką i powiedziała:

— *Impervius!*

Po czym oddała je Harry'emu ze słowami:

— Masz! Będą odpychały krople deszczu!

Wood sprawiał wrażenie, jakby chciał ją pocałować.

— Jesteś cudowna! — zawołał za nią ochryple, ale już zniknęła w tłumie. — Okej, drużyno, do dzieła!

Zaklęcie Hermiony podziałało. Harry był nadal odrętwiały z zimna, okropnie przemókł i z trudem trzymał się na miotle, ale teraz przynajmniej widział. Czując przypływ nowej energii, szybował wysoko, rozglądając się za zniczem, robiąc unik przed tłuczkiem i nurkując pod Diggorym, który śmigał w przeciwnym kierunku...

Znowu błysnęło, a zaraz po tym rozległ się ogłuszający grzmot. Robiło się coraz groźniej. Musi za wszelką cenę złapać tego znicza...

Zawrócił, mając zamiar poszybować nad środek boiska, ale w tym momencie kolejna błyskawica oświetliła trybuny i ujrzał coś, co kompletnie wytrąciło go z równowagi: rysującą się wyraźnie na tle nieba sylwetkę olbrzymiego, kudłatego, czarnego psa stojącego nieruchomo w najwyższym, pustym rzędzie ławek.

Zdrętwiałe palce Harry'ego ześliznęły się po mokrej rączce miotły, która opadła kilka stóp w dół. Odrzucił wilgotne włosy z oczu i jeszcze raz spojrzał na trybuny. Pies zniknął.

— Harry! — dobiegł go od słupków Gryfonów podniecony krzyk Wooda. — Harry, za tobą!

Harry rozejrzał się rozpaczliwie. Cedrik Diggory szybował w jego kierunku jak pocisk, a pomiędzy nimi, w strugach deszczu, błyskała złota plamka znicza...

Czując dreszcz paniki, Harry przylgnął płasko do rączki miotły i pomknął ku złotej plamce.

— Szybciej! — warknął na swojego Nimbusa, a deszcz chłostał go po twarzy. — Szybciej!

Ale działo się coś dziwnego. Niesamowita cisza wypełniła misę stadionu. Wiatr, choć wciąż silny jak przedtem, przestał wyć i ryczeć. Było tak, jakby ktoś wyłączył dźwięk, jakby Harry nagle ogłuchł... Co się dzieje?

I nagle ogarnęła go straszna, znajoma fala lodowatego chłodu, od zewnątrz i od wewnątrz. W tej samej chwili uświadomił sobie, że w dole, na boisku, coś się porusza...

Zanim zdał sobie sprawę z tego, co robi, oderwał oczy od znicza i spojrzał w dół.

Stało tam co najmniej stu dementorów; ukryte w czarnych kapturach twarze wzniesione były ku niemu. Poczuł nową falę obezwładniającego zimna, jakby zamarzająca woda wzbierała mu w klatce piersiowej, kąsając wnętrzności. A potem usłyszał to znowu... ktoś krzyczał, krzyczał w jego głowie... jakaś kobieta...

— *Nie Harry, nie Harry, błagam, tylko nie Harry!*

— *Odsuń się, głupia... odsuń się, i to już...*

— *Nie Harry, błagam, weź mnie, zabij mnie zamiast niego...*

Mózg Harry'ego wypełniała paraliżująca, skłębiona biała mgła... Co on właściwie robi? Dlaczego szybuje w powietrzu? Musi jej pomóc... przecież ona umrze... zamordują ją...

Opadał, opadał przez lodowatą mgłę.

— *Nie Harry! Błagam... zlituj się... zlituj...*

Ktoś śmiał się ochryple, kobieta krzyczała, a Harry stracił świadomość.

*

— Miał szczęście, że boisko tak rozmokło.

— Myślałem, że się rozwalił na śmierć.

— Ale nawet sobie nie potłukł okularów!

Harry słyszał te szepty, ale nic z nich nie rozumiał. Nie miał pojęcia, gdzie jest ani skąd się tu wziął, ani co robił, zanim tu się znalazł. Wiedział tylko, że każdy cal ciała boli go, jakby go boleśnie zbito.

— W życiu nie widziałem czegoś tak strasznego.

Coś strasznego... straszne, zakapturzone, czarne postacie... zimno... krzyk...

Harry otworzył nagle oczy. Leżał na łóżku w skrzydle szpitalnym. Wokół łóżka tłoczyła się cała drużyna Gryfonów, ubabrana błotem od stóp do głów. Zobaczył też Rona i Hermionę; wyglądali, jakby dopiero co wyszli z basenu.

— Harry! — powiedział Fred, okropnie blady pod warstwą błota. — Jak się czujesz?

Harry poczuł, że powraca mu pamięć. Błyskawica... ponurak... znicz... dementorzy...

— Co się stało? — zapytał, siadając tak gwałtownie, że wszyscy się wzdrygnęli.

— Spadłeś — powiedział Fred. — Musiało być... chyba... z pięćdziesiąt stóp...

Hermiona pisnęła cicho. Oczy miała mocno zaczerwienione.

— Ale co z meczem? — zapytał Harry. — Co się stało? Będzie powtórka?

Nikt się nie odezwał. Straszna prawda spadła na Harry'ego jak kamień.

— Ale... nie przegraliśmy?

— Diggory złapał znicza — powiedział George. —

Zaraz po tym, jak spadłeś. W ogóle nie wiedział, co się stało. Kiedy się obejrzał i zobaczył ciebie na ziemi, próbował to odwołać. Domagał się powtórzenia meczu. Ale wygrali zgodnie z przepisami... Nawet Wood musiał to przyznać.

— Gdzie jest Wood? — zapytał Harry, który nagle zdał sobie sprawę, że kapitana tutaj nie ma.

— Wciąż pod prysznicem — odpowiedział Fred. — Chyba chce się utopić.

Harry pochylił głowę aż do kolan, łapiąc się za włosy. Fred chwycił go za ramię i mocno potrząsnął.

— Daj spokój, Harry, po raz pierwszy nie złapałeś znicza.

— Musiał przyjść ten pierwszy raz — dodał George.

— Przecież to nie koniec — powiedział Fred. — Przegraliśmy stoma punktami, prawda? Więc jeśli Puchoni przegrają z Krukonami, a my pokonamy Krukonów i Ślizgonów...

— Puchoni musieliby przegrać przynajmniej dwustoma punktami — zauważył George.

— Ale jeśli pokonają Krukonów...

— Nie dadzą rady, Krukoni są za dobrzy. Ale jeśli Ślizgoni przegrają z Puchonami...

— Wszystko zależy od punktów... tak czy owak chodzi o sto punktów...

Harry leżał, słuchając tego w milczeniu. Przegrali... Po raz pierwszy przegrał mecz quidditcha.

Po dziesięciu minutach pojawiła się pani Pomfrey, aby im powiedzieć, żeby sobie poszli i dali mu odpocząć.

— Przyjdziemy jutro — powiedział Fred. — Przestań się gryźć, Harry, nadal jesteś najlepszym szukającym, jakiego dotąd mieliśmy.

I wyszli, pozostawiając po sobie wielkie plamy błota.

Pani Pomfrey zamknęła za nimi drzwi, kręcąc głową. Ron i Hermiona zbliżyli się do łóżka Harry'ego.

— Dumbledore naprawdę się wściekł — powiedziała Hermiona roztrzęsionym głosem. — Jeszcze nigdy nie widziałam go w takim stanie. Jak spadłeś z miotły, wbiegł na boisko, machnął różdżką, a ciebie jakby coś przyhamowało, zanim uderzyłeś w ziemię. Potem machnął nią w kierunku dementorów, wystrzelił w nich czymś srebrnym. Natychmiast opuścili stadion... Strasznie się wściekał, że weszli na teren szkoły, słyszeliśmy, jak...

— Potem przeniósł cię zaklęciem na niewidzialne nosze — wtrącił Ron — i szedł przy tobie, a ty unosiłeś się w powietrzu... Wszyscy myśleli, że...

Głos zamarł mu w krtani, ale Harry nie zwrócił na to uwagi, pochłonięty własnymi myślami. Co mu zrobili dementorzy? I ten krzyk... Podniósł głowę i zobaczył, że Ron i Hermiona przyglądają mu się z niepokojem, więc szybko zadał pierwsze lepsze pytanie, które wydało mu się dostatecznie rzeczowe:

— Czy ktoś zabrał mojego Nimbusa?

Ron i Hermiona wymienili szybkie spojrzenia.

— Ee...

— No co? — zapytał Harry, patrząc to na jedno, to na drugie.

— No więc... jak spadłeś, to go zdmuchnęło — wydusiła z siebie w końcu Hermiona.

— No i?

— I... rąbnął... och, Harry... rąbnął w wierzbę bijącą.

Harry poczuł skurcz w żołądku. Wierzba bijąca była bardzo brutalnym drzewem, które stało samotnie pośrodku łąki.

— I co? — zapytał, bojąc się odpowiedzi.

— No... przecież znasz wierzbę bijącą — powiedział Ron. — Nie lubi... jak coś w nią walnie.

— Profesor Flitwick przyniósł to niedawno... — dodała cicho Hermiona.

Powoli sięgnęła do torby leżącej u jej stóp, podniosła ją, odwróciła dnem do góry i wysypała na łóżko z tuzin kawałków drewna i witek — wszystko, co pozostało ze wspaniałej, dotąd nie pokonanej miotły Harry'ego.

ROZDZIAŁ DZIESIĄTY

Mapa Huncwotów

Pani Pomfrey uparła się, żeby Harry'ego zatrzymać w skrzydle szpitalnym przez cały weekend. Nie protestował ani się nie uskarżał, ale nie pozwolił jej wyrzucić szczątków swojego Nimbusa Dwa Tysiące. Wiedział, że to głupie, wiedział, że Nimbusa nie da się już naprawić, ale to było silniejsze od niego: czuł się tak, jakby stracił jednego z najlepszych przyjaciół.

Odwiedzało go mnóstwo osób; wszyscy pragnęli dodać mu otuchy. Hagrid przysłał mu wiązkę kwiatów przypominających główki żółtej kapusty, z których wyłaziły skorki, a Ginny Weasley, wściekle czerwona na twarzy, pojawiła się z wykonaną przez siebie kartką „Wracaj do zdrowia", która śpiewała przeraźliwie, jeśli nie spoczywała złożona pod misą z owocami. Drużyna Gryfonów przyszła w niedzielę rano, tym razem już z Woodem, który powiedział Harry'emu pustym, martwym głosem, że absolutnie nie wini go za przegraną. Ron i Hermiona wychodzili dopiero późnym wieczorem. Ale nikt nie mógł sprawić, by Harry poczuł się lepiej, ponieważ tylko on sam wiedział, co tak naprawdę go trapi.

Nie powiedział nikomu o złowrogim psie, nie wspomniał o nim nawet Ronowi i Hermionie, ponieważ wiedział, że Ron wpadłby w panikę, a Hermiona by go wyśmiała. Pozostawało jednak faktem, że czarna bestia pojawiła się już dwukrotnie i za każdym razem doszło później do groźnych wypadków: za pierwszym razem o mało co nie przejechał go Błędny Rycerz, za drugim spadł z miotły z wysokości pięćdziesięciu stóp. Czyżby ten ponurak zamierzał nękać go tak długo, aż naprawdę umrze? Czy ma żyć w ciągłym strachu aż do śmierci?

No i byli ci dementorzy. Harry'emu robiło się niedobrze, kiedy tylko o nich pomyślał, nie mówiąc już o fali upokorzenia, która go ogarniała. Wszyscy mówili, że dementorzy to straszne istoty, ale jakoś nikt inny nie mdlał na ich widok... i nikt inny nie słyszał głosów swoich umierających rodziców.

Harry zrozumiał bowiem, do kogo należał ów przerażony głos odzywający się w jego głowie. Słyszał te słowa, słyszał je wciąż i wciąż podczas bezsennych godzin nocnych spędzonych w skrzydle szpitalnym, kiedy leżał w samotności, wpatrując się w strzępy księżycowego światła na suficie. Kiedy zbliżali się dementorzy, słyszał ostatnie słowa swojej matki, jej rozpaczliwe próby ocalenia jego, Harry'ego, i śmiech Voldemorta, zanim wydarł z niej życie... Osuwał się w sen pełen lepkich, przegniłych rąk, aby po chwili ocknąć się na dźwięk głosu swojej matki.

Poczuł wielką ulgę, gdy w poniedziałek wrócił do szkolnego gwaru i zamieszania i zmuszony był myśleć o innych sprawach, nawet jeśli musiał znosić zaczepki Malfoya, który pękał z radości, szydząc z porażki Gryfonów. W końcu zdjął bandaże i demonstrował pełną sprawność obu rąk w pantomimie ukazującej upadek Harry'ego, a większość lekcji eliksirów spędził, naśladując dementora czającego się w lochu. Ron w końcu nie wytrzymał i cisnął w niego wielkim, oślizłym sercem krokodyla, które trafiło Malfoya prosto w twarz. Snape ukarał za to Gryffindor utratą pięćdziesięciu punktów.

— Jeśli obronę przed czarną magią znowu prowadzi Snape, udam, że zachorowałem — oświadczył Ron, kiedy po drugim śniadaniu szli do klasy profesora Lupina. — Hermiono, sprawdź, kto tam jest.

Hermiona zajrzała do klasy przez szparę w drzwiach.

— W porządku!

Profesor Lupin wrócił do pracy. Wyglądało na to, że rzeczywiście był chory. Wyświechtana szata wisiała na nim jeszcze luźniej, a pod oczami miał cienie, ale uśmiechnął się, kiedy wszyscy zajęli miejsca i natychmiast zaczęli głośno uskarżać się na Snape'a.

— To niesprawiedliwe, on miał tylko zastępstwo, dlaczego zadał nam pracę domową?

— Nic nie wiemy o wilkołakach...

— ...dwie rolki pergaminu!

— Czy powiedzieliście profesorowi Snape'owi, że jeszcze nie przerabialiśmy wilkołaków? — zapytał Lupin, marszcząc czoło.

Znowu wybuchło zamieszanie.

— Tak, ale on powiedział, że mamy okropne zaległości...

— ...w ogóle nie chciał nas słuchać...

— ...dwie rolki pergaminu!

Profesor Lupin uśmiechnął się na widok oburzenia na twarzach uczniów.

— Nie przejmujcie się. Pomówię z profesorem Snape'em. Nie musicie pisać tego wypracowania.

— Och, NIE! — jęknęła Hermiona z bardzo zawiedzioną miną. — Ja już swoje skończyłam!

Lekcja była bardzo przyjemna. Profesor Lupin przyniósł szklany pojemnik ze zwodnikiem, niewielkim, jednonogim stworzeniem, wiotkim i zwiewnym jakby było z dymu, i wyglądającym całkiem niewinnie.

— Zwodniki zwabiają wędrowców w bagna — powiedział profesor Lupin, a wszyscy zaczęli robić notatki. — Zauważyliście tę maleńką lampkę zwisającą mu z ręki? Pojawia się przed nami w ciemnościach... idziemy za światełkiem... a potem...

Zwodnik przywarł do szklanej ścianki i zakwiczał przeraźliwie.

Kiedy odezwał się dzwonek, wszyscy zebrali swoje rzeczy i ruszyli ku drzwiom.

— Harry, zostań na chwilkę! — zawołał Lupin. — Chciałbym zamienić z tobą słówko.

Harry wrócił i przyglądał się, jak profesor Lupin przykrywa płachtą pojemnik ze zwodnikiem.

— Słyszałem już o meczu — rzekł Lupin, wracając do swojego biurka i zgarniając stos książek do swojego nesesera — i bardzo mi przykro z powodu twojej miotły. Nie da się jej naprawić?

— Nie — powiedział Harry. — To drzewo roztrzaskało ją w drzazgi.

Lupin westchnął.

— Wierzbę bijącą zasadzono w tym samym roku, w którym przybyłem do Hogwartu. Mieliśmy świetną zabawę, polegającą na tym, żeby podejść tak blisko, by dotknąć pnia. W końcu jeden chłopak, Davey Gudgeon, prawie stracił oko i zakazano nam zbliżać się do drzewa. Żadna miotła nie ma z nim szans.

— A słyszał pan też o dementorach? — zapytał z trudem Harry.

Lupin spojrzał na niego.

— Tak. Słyszałem. Chyba jeszcze nikt z nas nie widział profesora Dumbledore'a w takim stanie. Od jakiegoś czasu stawali się coraz bardziej niespokojni... wściekali się, bo nie pozwolił im wchodzić na teren szkoły... Spadłeś, bo ich zobaczyłeś, Harry, tak?

— Tak — przyznał Harry. Zawahał się i nagle wyrwało mu się pytanie, które musiał zadać: — Dlaczego? Dlaczego oni na mnie tak działają? Czy jestem po prostu...

— To nie ma nic wspólnego ze słabością — przerwał mu ostro profesor Lupin, jakby czytał w jego myślach. — Dementorzy działają na ciebie o wiele silniej niż na innych ludzi, ponieważ przeżyłeś okropieństwa, których inni nie przeżyli.

Promień zimowego słońca wpadł do klasy, oświetlając szare włosy Lupina i zmarszczki na jego młodej twarzy.

— Dementorzy to jedne z najbardziej obrzydliwych stworzeń, jakie żyją na ziemi. Lubują się w najciemniejszych, najbardziej plugawych miejscach, rozkoszują rozkładem i rozpaczą, wysysają spokój, nadzieję i szczęście z powietrza wokół siebie. Nawet mugole wyczuwają ich obecność, chociaż ich nie widzą. Wystarczy zbliżyć się do dementora, a ginie nasze dobre samopoczucie, giną wszelkie szczęśliwe wspomnienia. Dementor to pasożyt, który gdyby tylko mógł, wyssałby z ciebie wszystko, co dobre, pozostawiając coś, co byłoby podobne do niego. Pozostawiłby w tobie jedynie najgorsze wspomnienia z całego życia. A *twoje* najgorsze wspomnienia, Harry, wystarczą, żeby spaść z miotły.

Każdemu by się to przydarzyło, gdyby miał takie przeżycia. Nie musisz się niczego wstydzić.

— Kiedy się do mnie zbliżają — Harry wlepił wzrok w biurko, czując, że w gardle coś go ściska — słyszę, jak Voldemort morduje moją mamę.

Lupin zrobił taki ruch, jakby chciał złapać go za ramię, ale się rozmyślił. Na chwilę zapanowało milczenie, a potem...

— Dlaczego przyszli na mecz? — zapytał Harry.

— Zgłodnieli — powiedział chłodno Lupin, zamykając z trzaskiem swój neseser. — Dumbledore nie pozwala im wchodzić na teren szkoły, więc brakuje im tego, czym się żywią... Po prostu nie mogli się oprzeć, czując taki tłum wokół boiska. To podniecenie... silne emocje... Dla nich to jak obietnica uczty.

— Azkaban musi być strasznym miejscem — mruknął Harry, a Lupin ponuro pokiwał głową.

— Twierdza jest na maleńkiej wysepce z dala od lądu, ale i tak nie trzeba murów ani wody, żeby udaremnić więźniom ucieczkę, bo uwięzieni są we własnych głowach, niezdolni do żadnej myśli rodzącej otuchę. Większość popada w szaleństwo po paru tygodniach.

— A jednak Syriusz Black zdołał się przed nimi obronić — powiedział z namysłem Harry. — Uciekł...

Neseser ześliznął się z biurka; Lupin pochylił się szybko, żeby go podnieść.

— Tak — powiedział, prostując się. — Black musiał znaleźć jakiś sposób, żeby nie wyssali z niego życia. Nie sądziłem, że to możliwe... Mówią, że dementorzy pozbawiają czarodzieja wszelkiej mocy, jeśli przebywa zbyt długo blisko nich...

— Ale pan sprawił, że ten dementor w pociągu wycofał się — wypalił Harry.

— Istnieją pewne... pewne sposoby obrony — rzekł Lupin. — Pamiętaj jednak, że w pociągu był tylko jeden dementor. Im jest ich więcej, tym trudniej im się oprzeć.

— Jakie sposoby? — zapytał natychmiast Harry. — Może mnie pan ich nauczyć?

— Nie zamierzam uchodzić za specjalistę od zwalczania dementorów, Harry... przeciwnie...

— Ale jeśli dementorzy jeszcze raz pojawią się na meczu, muszę się jakoś bronić...

Lupin spojrzał mu w oczy, zawahał się, a potem powiedział:

— No... no dobrze. Spróbuję ci pomóc. Ale musisz poczekać do przyszłego semestru. Mam mnóstwo roboty przed feriami zimowymi. Wybrałem sobie najmniej sprzyjający czas na chorowanie.

Obietnica profesora Lupina bardzo podniosła Harry'ego na duchu, bo pojawiła się nadzieja, że może już nigdy nie usłyszy rozpaczliwych krzyków swojej matki, a kiedy pod koniec listopada Krukoni starli na puch Puchonów w meczu quidditcha, poczuł się jeszcze lepiej. Gryfoni nie wypadli z gry, chociaż teraz nie mogli już sobie pozwolić na przegranie ani jednego meczu. W Wooda znowu wstąpiła maniakalna energia i zamęczał swoją drużynę w lodowatym deszczu, który nadal padał w grudniu. Dementorzy już się więcej nie pojawili. Gniew Dumbledore'a zdawał się utrzymywać ich na stanowiskach przy wejściach na teren szkoły.

Dwa tygodnie przed końcem semestru niebo nagle pojaśniało do oślepiającej, opalowej bieli, a pewnego ranka błotniste łąki wokół zamku pokryły się srebrnym szronem.

Wewnątrz zamku wyczuwało się już nastrój nadchodzących świąt Bożego Narodzenia. Profesor Flitwick, nauczyciel zaklęć, udekorował już swoją klasę rozmigotanymi światełkami, które okazały się prawdziwymi, roztrzepotanymi elfami. Wszyscy uczniowie rozprawiali z przejęciem o swoich planach wakacyjnych. Ron i Hermiona postanowili zostać w Hogwarcie, i choć Ron powiedział, że nie zniósłby dwóch tygodni z Percym, a Hermiona twierdziła, że musi posiedzieć w bibliotece, Harry nie dał się oszukać: wiedział, że robią to, aby dotrzymać mu towarzystwa. I był im za to bardzo wdzięczny.

Wszyscy — prócz Harry'ego — ucieszyli się na wiadomość, że w ostatnim tygodniu przed końcem semestru będzie jeszcze jedna wycieczka do Hogsmeade.

— Możemy tam zrobić wszystkie gwiazdkowe zakupy! — ucieszyła się Hermiona. — Mama i tata padną, jak dostaną z Miodowego Królestwa te samoczyszczące nici do zębów o miętowym smaku!

Pogodziwszy się z faktem, że będzie jedynym trzecioklasistą, który ponownie zostanie w zamku, Harry pożyczył sobie od Wooda poradnik *Jak wybrać miotłę* i postanowił spędzić ten dzień, zapoznając się z wszelkimi typami i markami. Podczas treningów latał na jednej ze szkolnych mioteł, staroświeckim Meteorze, który był bardzo powolny i okropnie szarpał. Koniecznie musiał zdobyć nową miotłę.

W sobotni poranek pożegnał się z Ronem i Hermioną, którzy poubierali się już w płaszcze i szale, i powędrował samotnie marmurowymi schodami, a potem opustoszałymi korytarzami ku wieży Gryffindoru. Za oknami zaczął już padać śnieg, a w zamku było bardzo cicho i spokojnie.

— Psst... Harry! — usłyszał w połowie korytarza na trzecim piętrze.

Odwrócił się i zobaczył głowy Freda i George'a wyglądających zza posągu garbatej, jednookiej czarownicy.

— Co wy tu robicie? — zapytał zdziwiony Harry. — Nie wybieracie się do Hogsmeade?

— Chcemy ci trochę umilić życie, zanim pójdziemy — powiedział Fred, mrugając do niego tajemniczo. — Wchodź...

Wskazał na pustą klasę na lewo od posągu. Harry wszedł za nimi do środka. George zamknął ostrożnie drzwi, a potem odwrócił się, rozpromieniony, żeby spojrzeć na Harry'ego.

— Mamy już dla ciebie prezent gwiazdkowy, Harry — powiedział.

Fred zarumienił się, wyciągnął coś spod peleryny i położył na jednej z ławek. Był to wielki, bardzo zniszczony i zupełnie nie zapisany arkusz pergaminu. Harry, podejrzewając, że to jeden z dowcipów Freda i George'a, wpatrzył się uważnie w pergamin.

— Co to ma być?

— To jest, Harry, tajemnica naszego powodzenia — oznajmił George, gładząc pergamin pieszczotliwie.

— Trudno nam się z nim rozstawać — powiedział Fred — ale wczoraj wieczorem uznaliśmy, że tobie bardziej się przyda.

— I tak znamy wszystko na pamięć — dodał George. — Przekazujemy ci to w spadku, nam już niepotrzebne.

— A do czego może mi się przydać kawał starego pergaminu? — zapytał Harry.

— Kawał starego pergaminu! — oburzył się Fred z taką miną, jakby Harry śmiertelnie go obraził. — Powiedz mu, George.

— No... więc, kiedy byliśmy w pierwszej klasie, Harry... no wiesz, młodzi, beztroscy i niewinni...

Harry prychnął. Wątpił, by Fred i George byli kiedykolwiek niewinni.

— ...no, bardziej niewinni niż teraz... mieliśmy małe starcie z Filchem.

— Podłożyliśmy łajnobombę w korytarzu i to go z jakiegoś powodu wnerwiło...

— ...więc zaciągnął nas do swojego pokoju i zaczął grozić jak zwykle...

— ...szlabanem...

— ...wypatroszeniem...

— ...a my przypadkiem zauważyliśmy w jego kartotece szufladkę z napisem: SKONFISKOWANE I BARDZO NIEBEZPIECZNE.

— Chcecie mi dać do zrozumienia, że... — powiedział Harry, coraz bardziej rozbawiony.

— No, a ty co byś zrobił na naszym miejscu? — zapytał Fred. — George odwrócił jego uwagę, rzucając jeszcze jedną łajnobombę, ja wyciągnąłem szufladę i znalazłem... TO.

— Nie jest wcale takie groźne — powiedział George.

— Sądzimy, że Filch nie odkrył, jak to działa. Prawdopodobnie tylko podejrzewał, co to jest, bo inaczej by tego nie skonfiskował.

— A wy oczywiście wiecie, jak to działa...

— No pewnie — powiedział Fred, chichocząc. — Ta jedna drobnostka nauczyła nas więcej niż wszyscy nauczyciele.

— Nabieracie mnie — powiedział Harry, patrząc na wyświechtany kawałek pergaminu.

— Tak myślisz? — zapytał George.

Wyjął różdżkę, dotknął nią lekko pergaminu i powiedział:

— Przysięgam uroczyście, że knuję coś niedobrego.
I natychmiast na pergaminie zaczęły się pojawiać czarne linie, łącząc się, krzyżując, zbiegając wachlarzowato w każdym rogu, a potem, na samym szczycie, wyskoczyły zielone, ozdobne litery układające się w następujące słowa:

Panowie Lunatyk, Glizdogon, Łapa i Rogacz,
zawsze uczynni doradcy czarodziejskich psotników,
mają zaszczyt przedstawić
MAPĘ HUNCWOTÓW

Była to mapa ukazująca wszystkie szczegóły zamku Hogwart i przylegających do niego terenów szkolnych. Najbardziej zadziwiające były jednak maleńkie plamki poruszające się po mapie, każda opatrzona wypisanym drobnymi literami imieniem czy nazwiskiem. Harry, zdumiony, pochylił się nad mapą. Kropka w lewym górnym rogu pokazywała profesora Dumbledore'a przechadzającego się po swoim gabinecie; po korytarzu na drugim piętrze skradała się kotka woźnego, Pani Norris, a poltergeist Irytek akurat grasował w sali trofeów. A kiedy Harry wędrował spojrzeniem po znajomych korytarzach, zauważył jeszcze coś innego.

Mapa ukazywała przejścia, o których nie miał dotąd pojęcia. A wiele z nich wiodło chyba do...

— Prosto do Hogsmeade — powiedział Fred, wodząc palcem po jednym z takich przejść. — Jest ich aż siedem. Filch zna tylko cztery — wskazał na nie — ale tylko my wiemy o tych trzech. Zapomnij o tym za lustrem na czwartym piętrze. Używaliśmy go aż do ostatniej zimy, ale się zawaliło. A tego też chyba nikt nigdy nie użył, bo przy samym wejściu rośnie wierzba bijąca. Ale to tutaj prowadzi prosto do piwnicy Miodowego Królestwa. Używaliśmy go często. Łatwo spostrzec, że wejście jest tuż za tą klasą, w garbie jednookiej wiedźmy.

— Lunatyk, Glizdogon, Łapa i Rogacz — westchnął George, poklepując czule nagłówek mapy. — Tyle im zawdzięczamy!

— Szlachetni mężowie, niezmordowani w udzielaniu pomocy nowemu pokoleniu łamaczy prawa — powiedział z powagą Fred.

— Tylko nie zapomnij zetrzeć jej po użyciu — dodał George.

— ...bo każdy mógłby z niej skorzystać — dokończył ostrzegawczym tonem Fred.

— Po prostu stuknij w nią różdżką i powiedz: „Koniec psot!", a zrobi się biała.

— A więc, mój młody Harry — powiedział Fred, wspaniale naśladując Percy'ego — zachowuj się jak należy.

— Do zobaczenia w Miodowym Królestwie — rzekł George, mrugając konspiracyjnie.

I opuścili klasę, chichocząc z zadowolenia.

Harry stał, wpatrując się w czarodziejską mapę. Obserwował Panią Norris, która skręciła w lewo i zatrzymała się, obwąchując kawałek podłogi. Jeśli Filch naprawdę o tym nie wie... można by ominąć warty dementorów...

Ale gdy tak stał, ogarnięty falą radosnego podniecenia, przypomniał sobie nagle słowa pana Weasleya:

Nigdy nie ufaj nikomu i niczemu, jeśli nie wiesz, gdzie jest jego mózg.

Mapa Huncwotów była jednym z tych niebezpiecznych czarodziejskich przedmiotów, przed którymi ostrzegał pan Weasley... *Doradcy czarodziejskich psotników*... no tak, ale przecież chce tego użyć tylko po to, by dostać się do Hogsmeade, nie zamierza niczego ukraść ani nikogo zaatakować... a Fred i George używali tego przez lata i jak dotąd nie przydarzyło im się nic strasznego...

Powiódł palcem po tajnym przejściu do Hogsmeade.

A potem nagle, jakby posłuchał czyjegoś rozkazu, zwinął mapę, schował ją za pazuchę i pobiegł do drzwi. Uchylił je i wyjrzał przez szparę. Korytarz był pusty. Ostrożnie wyszedł z klasy i schował się za posągiem jednookiej wiedźmy.

Co powinien teraz zrobić? Znowu wyciągnął mapę i ku swemu zdumieniu zobaczył nową plamkę z napisem: „Harry Potter" — dokładnie w tym miejscu, w którym teraz stał, w połowie korytarza na trzecim piętrze. Patrzył uważnie. Jego maleńka postać na mapie zdawała się stukać różdżką w posąg. Szybko wyciągnął różdżkę i stuknął w figurę. Nic się nie stało. Znowu zerknął na mapę. Obok jego postaci wyrósł maleńki dymek ze słowem: *Dissendium.*

— *Dissendium!* — wyszeptał Harry, ponownie stukając różdżką w posąg.

Kamienny garb otworzył się na tyle, by mogła zmieścić się w nim dość szczupła osoba. Harry szybko rzucił okiem w jedną i drugą stronę korytarza, schował mapę, podciągnął się, wsunął w dziurę głową naprzód, a potem przepchnął się dalej.

Zaczął się ześlizgiwać w dół, jak po kamiennej zjeżdżalni, aż wylądował na chłodnej, wilgotnej ziemi. Wstał i rozejrzał się. Było bardzo ciemno. Uniósł różdżkę, mruknął: *Lumos!* i zobaczył, że jest w bardzo wąskim i niskim korytarzu wydrążonym w ziemi. Wyjął mapę, stuknął w nią różdżką i mruknął: *Koniec psot!* Mapa znikła, miał przed sobą czysty pergamin. Zwinął go ostrożnie, wetknął do wewnętrznej kieszeni szaty, a potem, z bijącym mocno sercem, jednocześnie podekscytowany i trochę przerażony, ruszył naprzód.

Korytarz wił się i zmieniał raptownie kierunek, przypominając podziemne królestwo jakiegoś olbrzymiego króli-ka. Trzymając różdżkę przed sobą, Harry maszerował żwawo, raz po raz potykając się na nierównym gruncie.

Długo to trwało, ale podtrzymywała go myśl o Miodowym Królestwie. Wydawało mu się, że minęła godzina, zanim korytarz zaczął piąć się w górę. Harry zadyszał się, twarz miał rozgrzaną i spoconą, a nogi zimne, ale nie zwolnił tempa.

Dziesięć minut później znalazł się u stóp wydeptanych kamiennych schodków. Ostrożnie, na palcach, zaczął się po nich wspinać. Sto stopni, dwieście, w końcu stracił już rachubę, przez cały czas uważnie stawiając stopy... i nagle wyrżnął głową w coś twardego.

Wyglądało to na klapę w suficie. Harry zatrzymał się, rozcierając sobie ciemię i nasłuchując. Z góry nie dochodził żaden dźwięk. Powoli uchylił klapę i wyjrzał przez szparę.

Znajdował się w piwnicy pełnej pak i drewnianych skrzyń. Wylazł przez otwór w podłodze i zamknął za sobą klapę; pasowała tak idealnie, że po zamknięciu nie dało się jej dostrzec w zakurzonej podłodze. Podszedł na palcach do drewnianych schodów wiodących w górę. Teraz usłyszał głosy, a także odzywający się raz po raz dzwonek u drzwi.

Zastanawiał się, co robić dalej, gdy nagle usłyszał, że w górze, bardzo blisko, otwierają się drzwi: ktoś najwidoczniej zamierzał zejść do piwnicy.

— I weź skrzynkę ślimaków-gumiaków, mój drogi, prawie się skończyły — rozległ się kobiecy głos.

Ktoś schodził po drewnianych schodach. Harry uskoczył za wielką pakę i czekał. Słyszał, jak ktoś przestawia skrzynki pod przeciwległą ścianą. Może to jedyna szansa?...

Wychylił głowę zza skrzyni, a potem cicho podbiegł do schodów i wspiął się na nie szybko. Tylko raz się odwrócił, by zobaczyć wielkie plecy i połyskującą łysinę mężczyzny grzebiącego wśród skrzynek. Dobiegł do drzwi na szczycie, prześliznął się przez nie i znalazł się za ladą Miodowego Królestwa. Dał nurka pod ladę, odpełzł nieco dalej, w bok, po czym się wyprostował.

Miodowe Królestwo było tak zatłoczone uczniami Hogwartu, że nikt nie zwracał na niego uwagi. Zaczął się przepychać, rozglądając się z ciekawością dookoła i powstrzymując od śmiechu na myśl o minie, jaką by zrobił Dudley, gdyby się dowiedział, gdzie Harry teraz jest.

Było tam mnóstwo półek z najwspanialszym wyborem słodyczy, jaki można sobie wyobrazić. Kremowe bryły nugatu, połyskujące, różowe kostki lodów kokosowych, toffi o barwie miodu, setki najróżniejszych rodzajów czekolad ułożonych w schludnych rzędach, wielka beczka fasolek wszystkich smaków i druga pełna musów-świstusów, lodowych kulek umożliwiających lewitację, o których opowiadał Ron. Całą jedną ścianę pokrywały półki pełne słodyczy z gatunku „efekty specjalne": super-guma do żucia Drooblesa (z której można było wydmuchiwać setki szafirowych baloników unoszących się w powietrzu przez wiele dni), dziwaczne samoczyszczące nici do zębów o miętowym smaku, maleńkie pieprzne diabełki („zioniesz ogniem na przyjaciół!"), lodowe myszy („pochrupuj, popiskuj i skrob!"), miętowe ropuchy („naprawdę skaczą w żołądku!"), cukrowe pióra do pisania i eksplodujące cukierki.

Harry przepchał się przez tłum szóstoklasistów i w najdalszym kącie sklepu zobaczył tabliczkę z napisem: „Niezwykłe smaki". Stali pod nią Ron i Hermiona, przypatrując się tacy z lizakami o barwie krwistych befsztyków.

— Och, nie, Harry się obrazi, to chyba przysmak dla wampirów — mówiła Hermiona.

— A co myślisz o tym? — zapytał Ron, podstawiając Hermionie pod nos słój z waniliowo-czekoladowymi karaluchami.

— O nie, stanowczo nie — powiedział Harry.

Ron o mało nie wypuścił słoja z rąk.

— *Harry!* — pisnęła Hermiona. — Co ty tu robisz? Jak... W jaki sposób...

— Uauu! — krzyknął Ron z głębokim podziwem. — Nauczyłeś się teleportacji?

— Nic z tych rzeczy! — odpowiedział Harry i szeptem, żeby nie podsłuchał żaden z szóstoklasistów, opowiedział im o Mapie Huncwotów.

— I to mają być bracia! Nawet mi jej nie pokazali! — oburzył się Ron.

— Ale przecież Harry jej nie zatrzyma! — powiedziała Hermiona, jakby to było oczywiste. — Oddasz ją profesor McGonagall, prawda, Harry?

— Nie, nie oddam!

— Odbiło ci? — zdumiał się Ron, wytrzeszczając oczy na Hermionę. — Oddać coś takiego?

— Gdybym ją oddał, musiałbym powiedzieć, skąd ją mam! Filch by się dowiedział, że Fred i George zwędzili mu ją z kartoteki!

— Zapomniałeś o Syriuszu Blacku? — syknęła Hermiona. — Przecież on może wykorzystać jedno z tych przejść, żeby dostać się do zamku! Nauczyciele muszą o tym wiedzieć!

— Nie dostanie się do środka — powiedział szybko Harry. — Na mapie jest siedem tajnych korytarzy, rozumiesz? Fred i George mówią, że Filch zna cztery. Pozostałe trzy... jeden jest zawalony, więc nikt nim nie przejdzie. Jeden wychodzi tuż przy wierzbie bijącej, więc nikt do niego nie wejdzie. A ten, którym ja przyszedłem... no... nikt nie rozpozna, gdzie jest do niego wejście... klapy nie można zobaczyć... więc jak się nie wie, że ona tam jest...

Zawahał się. A jeśli Black wie, że tam jest wejście do korytarza?

Lecz w tym momencie Ron odchrząknął znacząco i wskazał na drzwi sklepowe. Wisiał na nich pergamin, na którym napisano:

——— NA POLECENIE ———
MINISTERSTWA MAGII
przypomina się szanownym Klientom, że codziennie po zachodzie słońca ulice Hogsmeade są patrolowane przez dementorów. Zarządzenie to wydano w celu zapewnienia bezpieczeństwa mieszkańcom Hogsmeade, a zostanie cofnięte dopiero po schwytaniu Syriusza Blacka.

Dlatego doradzamy szanownym Klientom, aby dokonali zakupów przed zapadnięciem zmierzchu.

Wesołych świąt!

— Widzisz? — powiedział cicho Ron. — Ciekawe, jak Syriusz Black miałby włamać się do Miodowego Królestwa, kiedy w całej wiosce roi się od dementorów. A zresztą, Hermiono, sama pomyśl, przecież właściciele usłyszeliby, jak się ktoś włamuje, prawda? Mieszkają nad sklepem!

— Tak, ale... ale... — Hermiona sprawiała wrażenie, jakby za wszelką cenę chciała znaleźć argument. — Ale Harry i tak nie może włóczyć się po Hogsmeade, przecież nie ma podpisanego pozwolenia! Jak ktoś go nakryje, będzie awantura! Zresztą do zachodu słońca jeszcze daleko... a co będzie, jeśli Syriusz Black pojawi się tu w dzień? Dzisiaj? Teraz?

— Miałby duże trudności w wyłowieniu Harry'ego z tej zadymki — odpowiedział Ron, wskazując na gotyckie podwójne okno, za którym wirował gęsty śnieg. — Daj spokój, Hermiono, to przecież Boże Narodzenie. Harry zasługuje na chwilę wytchnienia.

Hermiona przygryzła wargi; widać było, że wciąż bardzo się niepokoi.

— Zamierzasz mnie wsypać? — zapytał Harry, szczerząc zęby.

— Och... nie... przenigdy... ale naprawdę, Harry...

— Harry, widziałeś musy-świstusy? — zapytał Ron, łapiąc go za rękę i prowadząc do beczułki. — A ślimaki-gumiaki? A kwachy? Fred dał mi jednego, kiedy miałem siedem lat... wypalił mi dziurę w języku... na wylot. Ale był numer! Mama sprała go swoją miotłą. — Zajrzał do pudła z kwachami. — Myślisz, że Fred weźmie grudkę tych karaluchów w syropie, jak mu powiem, że to kawałek bloku orzechowego?

W końcu Ron i Hermiona zapłacili za wybrane przez siebie słodycze i wyszli z Miodowego Królestwa na zaśnieżoną ulicę.

Hogsmeade wyglądało jak bożonarodzeniowa kartka: domki pod strzechami i sklepiki pokrywała gruba warstwa śniegowego puchu, na drzwiach wisiały wieńce z ostrokrzewu, a na drzewach łańcuchy zaczarowanych świeczek.

Harry wstrząsnął się z zimna: w przeciwieństwie do innych, nie miał na sobie płaszcza. Ruszyli ulicą, pochylając głowy przed wiatrem. Ron i Hermiona wykrzykiwali przez szaliki:

— To poczta...

— A tu jest Zonko...

— Możemy iść tam, na wzgórze, do Wrzeszczącej Chaty...

— Wiecie co — powiedział Ron, szczękając zębami — a może byśmy tak poszli pod Trzy Miotły i strzelili sobie po kuflu kremowego piwka?

Harry zgodził się z ochotą, bo wiatr ostro zacinał i przemarzły mu już ręce, więc przeszli na drugą stronę ulicy i po pięciu minutach stanęli przed maleńką gospodą.

W środku było tłoczno, hałaśliwie, ciepło i mglisto. Za barem uwijała się kształtna kobieta, obsługując grupę rozochoconych magów.

— To Madame Rosmerta — powiedział Ron. — Ja zamówię drinki, dobrze? — dodał, rumieniąc się lekko.

Harry i Hermiona znaleźli wolny stolik między oknem i piękną choinką bożonarodzeniową, stojącą obok kominka. Ron przyszedł po pięciu minutach, niosąc trzy dymiące cynowe kufle grzanego kremowego piwa.

— Wesołych świąt! — zawołał uradowany, wznosząc swój kufel.

Harry wypił kilka dużych łyków. Był to najwspanialszy napój, jaki kiedykolwiek pił, a rozgrzewał tak rozkosznie, że od razu poczuł się lepiej.

Nagły powiew zmierzwił mu włosy. Drzwi gospody otworzyły się ponownie. Harry spojrzał na nie ponad brzegiem kufla i zakrztusił się.

Do gospody weszli profesor McGonagall i profesor Flitwick, otrzepując się ze śniegu, a za nimi wkroczył Hagrid, pogrążony w rozmowie z korpulentnym mężczyzną w cytrynowozielonym meloniku i pelerynie w prążki: Korneliuszem Knotem, ministrem magii we własnej osobie.

Ron i Hermiona w mgnieniu oka wepchnęli Harry'ego pod stół. Ociekając kremowym piwem i kuląc się pod stołem, Harry ściskał swój pusty kufel i z biciem serca obserwował stopy nauczycieli i ministra kierujące się do baru, potem zatrzymujące się, zawracające i idące prosto ku niemu.

Gdzieś nad nim Hermiona szepnęła:

— *Mobiliarbus!*

Choinka uniosła się o parę cali, po czym popłynęła w powietrzu i wylądowała z cichym stukiem przed ich stolikiem. Patrząc poprzez gęste gałęzie, Harry zobaczył cztery pary butów zatrzymujące się przy sąsiednim stoliku, a po chwili usłyszał westchnienia i chrząknięcia, kiedy profesorowie i minister usiedli.

Potem zobaczył jeszcze jedną parę stóp, tym razem w turkusowych bucikach na wysokich obcasach, i usłyszał kobiecy głos:

— Mała woda goździkowa...

— Dla mnie — rozległ się głos profesor McGonagall.

— Cztery kwarty grzanego miodu z korzeniami...

— Tutaj, Rosmerto — powiedział Hagrid.

— Syrop wiśniowy z wodą sodową, lodem i parasolką...

— Mniam! — odezwał się profesor Flitwick, mlaskając głośno.

— A więc dla pana ministra rum porzeczkowy...

— Dziękuję ci, moja kochana Rosmerto — rozległ się głos Knota. — Cudownie cię znowu widzieć. Może napijesz się z nami, co? Nie daj się prosić...

— Czemu nie, bardzo dziękuję, panie ministrze.

Błyszczące wysokie obcasy pomaszerowały do baru i po chwili wróciły. Harry czuł niemiłe łomotanie serca tuż pod gardłem. Dlaczego nie przyszło mu do głowy, że to ostatni weekend semestru również dla nauczycieli? Jak długo zamierzają tu siedzieć? Przecież musi mieć czas, by przemknąć się do Miodowego Królestwa, jeśli chce wrócić na noc do szkoły... Tuż obok drgnęła nerwowo noga Hermiony.

— Więc co sprowadza pana aż na sam skraj puszczy, panie ministrze? — zabrzmiał głos madame Rosmerty.

Harry zobaczył, jak dolna część grubego ciała Knota przekręca się w krześle, jakby się rozglądał, czy nikt nie podsłuchuje, a po chwili usłyszał cichy głos:

— A cóż by innego, jak nie Syriusz Black, moja kochana? Chyba już słyszałaś, co się stało w szkole w Noc Duchów?

— Słyszałam jakieś pogłoski — przyznała madame Rosmerta.

— Rozgadałeś o tym wszystkim w pubie, Hagridzie? — rozległ się pełen wyrzutu głos profesor McGonagall.

— Myśli pan, ministrze, że Black wciąż jest w okolicy? — wyszeptała madame Rosmerta.

— Jestem tego pewny — odrzekł krótko Knot.

— Wie pan, że dementorzy już dwukrotnie przeszukiwali moją gospodę? — powiedziała madame Rosmerta lekko zjadliwym tonem. — Wypłoszyli mi wszystkich gości... To wcale nie sprzyja prowadzeniu interesu, panie ministrze.

— Moja droga Rosmerto, nie lubię ich tak samo jak ty. To niezbędne środki bezpieczeństwa... niestety, trzeba się z tym pogodzić... Niedawno rozmawiałem z paroma. Są wściekli na Dumbledore'a, bo nie pozwala im wchodzić na teren szkoły.

— Całkowicie się z nim zgadzam — odezwała się profesor McGonagall ostrym tonem. — Jak mielibyśmy prowadzić lekcje, gdyby te potwory latały wokół zamku?

— Święta racja! — pisnął profesor Flitwick, którego stopy dyndały w powietrzu.

— Nie zapominajmy jednak — powiedział Knot — że są tutaj, aby nas wszystkich chronić przed czymś o wiele gorszym... Dobrze wiemy, na co stać tego Blacka...

— Ja tam wciąż nie mogę w to uwierzyć — powiedziała madame Rosmerta. — Syriusz Black to chyba ostatnia z osób, które bym posądziła o przejście na stronę Ciemności... Przecież pamiętam go, jak był chłopcem, uczył się tu, w Hogwarcie. Gdyby mi wtedy ktoś powiedział, co z niego wyrośnie, uznałabym, że wypił za dużo miodu.

— Nie znasz nawet połowy prawdy, Rosmerto — burknął Knot. — Mało kto wie o najgorszym.

— O najgorszym? — zapytała madame Rosmerta głosem ożywionym ciekawością. — O czymś gorszym od zamordowania tych wszystkich biedaków?

— Z całą pewnością.

— Nie mogę w to uwierzyć. Co jeszcze może być gorszego?

— Mówisz, że pamiętasz go z Hogwartu, Rosmerto — mruknęła profesor McGonagall. — A pamiętasz, kto był jego najlepszym przyjacielem?

— Oczywiście. — Madame Rosmerta zachichotała. — Zawsze wszędzie chodzili razem, prawda? Ile razy tutaj zachodzili... Ooch, ale mnie rozśmieszali! Nierozłączna para, Syriusz Black i James Potter!

Harry wypuścił z rąk kufel, który upadł na podłogę z głośnym brzękiem. Ron dał mu kopniaka.

— No właśnie — powiedziała profesor McGonagall. — Black i Potter. Przywódcy tej małej bandy. Obaj bardzo bystrzy, oczywiście... wyjątkowo bystrzy... ale chyba nigdy nie mieliśmy takiej pary nicponiów...

— No nie wiem — zachichotał Hagrid. — Fred i George Weasleyowie chyba popędziliby im kota...

— Można było pomyśleć, że Black i Potter to bracia! — odezwał się profesor Flitwick. — Nierozłączni!

— Tak w istocie było, i trudno się dziwić — rzekł

Knot. — Potter ufał Blackowi jak nikomu. I ufał mu nadal po ukończeniu szkoły. Black był wciąż jego najlepszym przyjacielem, kiedy James ożenił się z Lily. Był ojcem chrzestnym Harry'ego. Oczywiście Harry nie ma o tym pojęcia. Łatwo sobie wyobrazić, jak by się poczuł, gdyby się dowiedział.

— Bo Black w końcu przyłączył się do Sami-Wiecie-Kogo? — szepnęła madame Rosmerta.

— Gorzej, moja kochana... — Knot przyciszył głos.

— Mało kto wie, iż Potterowie zdawali sobie sprawę z tego, że Sami-Wiecie-Kto na nich dybie. Dumbledore, który niestrudzenie działał przeciw Sami-Wiecie-Komu, miał wielu użytecznych szpiegów. Jeden z nich ostrzegł w porę Jamesa i Lily. Doradzał im, żeby się gdzieś ukryli. No ale wiadomo, że przed Sami-Wiecie-Kim niełatwo się ukryć. Dumbledore powiedział im, że największą szansą obrony będzie dla nich Zaklęcie Fideliusa.

— Jak ono działa? — zapytała madame Rosmerta, ledwo łapiąc oddech z ciekawości.

Profesor Flitwick odchrząknął.

— To niesłychanie złożone zaklęcie — powiedział piskliwym głosem — przy którym dochodzi w sposób magiczny do zdeponowania tajemnicy w duszy żywego człowieka. Informacja zostaje ukryta w wybranej osobie, nazywanej Strażnikiem Tajemnicy, więc nie można jej odnaleźć... chyba że sam Strażnik Tajemnicy zechce ją wyjawić. Jak długo Strażnik Tajemnicy odmawiał jej ujawnienia, Sami-Wiecie-Kto mógł całymi latami przeszukiwać wioskę, w której mieszkali Lily i James, a i tak by ich nie znalazł, nawet gdyby przykleił nos do szyby ich salonu!

— Więc Black był Strażnikiem Tajemnicy Potterów? — wyszeptała z przejęciem madame Rosmerta.

— Oczywiście — powiedziała profesor McGonagall.

— James Potter powiedział Dumbledore'owi, że Black prędzej umrze, niż powie, gdzie oni są, i że Black zamierza sam gdzieś się ukryć... A jednak Dumbledore wciąż był niespokojny. Pamiętam, jak zaproponował Potterom, że sam zostanie ich Strażnikiem Tajemnicy.

— Podejrzewał Blacka? — wysapała madame Rosmerta.

— Był pewny, że ktoś z bliskiego otoczenia Potterów donosi Sami-Wiecie-Komu o ich krokach — powiedziała ponuro profesor McGonagall. — Przez jakiś czas podejrzewał nawet, że zdrajcą jest ktoś z nas.

— A James Potter uparł się, żeby jego Strażnikiem Tajemnicy był Black?

— Niestety — westchnął ciężko Knot. — A potem, w zaledwie tydzień po rzuceniu Zaklęcia Fideliusa...

— Black ich zdradził? — wydyszała madame Rosmerta.

— Tak, zrobił to. Black zmęczył się swoją rolą podwójnego agenta i gotów już był przyznać się otwarcie do tego, że popiera Sami-Wiecie-Kogo. I wygląda na to, że zamierzał to zrobić zaraz po śmierci Potterów. Ale, jak wiadomo, Sami-Wiecie-Kto napotkał nieprzewidzianą przeszkodę w postaci małego Harry'ego. Nieprzewidzianą i dla niego samego fatalną. Pozbawiony mocy, straszliwie osłabiony, uciekł, a to postawiło Blacka w bardzo nieprzyjemnym położeniu. Jego pan i mistrz doznał porażki w tym samym momencie, w którym on, Syriusz Black, pokazał wszystkim, kim naprawdę jest, a więc podłym zdrajcą. Nie miał wyboru, musiał też uciekać...

— Plugawy, śmierdzący sprzedawczyk! — powiedział Hagrid tak głośno, że pół pubu umilkło.

— Sza! — uciszyła go profesor McGonagall.

— Spotkałem tego śmierdziela! — warknął Hagrid.

— Chyba byłem ostatnim, co go widział, zanim rozwalił tych biedaków! To ja zabrałem Harry'ego z domu Lily i Jamesa po ich śmierci! Wyniosłem go z ruin... bidactwo, na czole miało tę ranę, a jego rodzice leżeli tam ukatrupieni... No i zjawia się ten Black na swoim latającym motorze. Cholibka, nie miałem zielonego pojęcia, co on tam naprawdę robi! Nie wiedziałem, że był Strażnikiem Tajemnicy Lily i Jamesa. Pomyślałem, że gdzieś się dowiedział o napaści Sami-Wiecie-Kogo i przyleciał, żeby zobaczyć, jak może pomóc. A blady był jak upiór i cały się trząsł. I wiecie, co ja zrobiłem? POCIESZYŁEM TEGO PARSZYWEGO ZDRAJCĘ! SŁUGUSA MORDERCY! — ryknął na całą gospodę.

— Hagridzie, błagam! — powiedziała profesor McGonagall. — Przecież nie musisz tak wrzeszczeć!

— A niby skąd miałem wiedzieć, że kicha na śmierć Lily i Jamesa! Że martwi go tylko parszywy los Sami-Wiecie-Kogo? Jeszcze do mnie zagaja: „Daj mi Harry'ego, jestem jego ojcem chrzestnym, zajmę się nim"... Trele-morele! No, ale ja dostałem rozkazy od Dumbledore'a i mówię Blackowi: „Nie, Dumbledore powiedział, że Harry ma być u ciotki i wuja". Black trochę podskakiwał, ale nie dałem mu się przekabacić. W końcu mi mówi: „Bierz mój motor, nie będzie mi już potrzebny". Tak powiedział. A ja, cholibka, jeszcze się nie skapowałem, że coś tu nie gra. To jego ukochany motor, dlaczego mi go daje? Dlaczego nie będzie mu już potrzebny? No tak, bo zbyt łatwo byłoby go wyśledzić. Dumbledore wiedział, że on jest Strażnikiem Tajemnicy Potterów. Black wiedział, że musi dać dyla jeszcze tej nocy, wiedział, że ministerstwo zaraz będzie go szukać. A co by zrobił, gdybym mu dał Harry'ego? Założę się, że zrzucił go z motora do morza. Syna swojego najlepszego kumpla! No tak, ale kiedy czarodziej przechodzi na stronę Ciemności, wtedy już nic i nikt się dla niego nie liczy...

Po opowieści Hagrida zapadło długie milczenie. Przerwała je madame Rosmerta, która powiedziała z mściwą satysfakcją:

— Ale nie udało mu się zniknąć, prawda? Ministerstwo Magii złapało go następnego dnia!

— Niestety, to nie my — westchnął Knot. — To ten mały Peter Pettigrew, jeden z przyjaciół Pottera. Oszalały z żalu, wiedząc, że Black był Strażnikiem Tajemnicy Potterów, sam puścił się za nim w pogoń.

— Pettigrew... Czy to ten gruby mały chłopak, który zawsze włóczył się za nimi po Hogwarcie? — zapytała madame Rosmerta.

— Black i Potter byli jego idolami — powiedziała profesor McGonagall. — Nie dorównywał im talentem, zawsze grał w drugiej lidze. Często bywałam dla niego trochę za ostra. Możecie sobie wyobrazić, jak... jak tego teraz żałuję... — Głos jej nabrzmiał, jakby nagle dostała kataru.

— Uspokój się, Minerwo — próbował dodać jej otuchy Knot. — Pettigrew umarł śmiercią bohatera. Naoczni świadkowie... mugole, rzecz jasna, później wymazaliśmy im to z pamięci... opowiedzieli nam, jak Pettigrew osaczył Blacka. Mówili, że się rozpłakał. „Lily i James... Syriuszu! Jak mogłeś!", tak mu powiedział i sięgnął po różdżkę. No i Black był szybszy. Rozwalił tego Pettigrew na kawałeczki...

Profesor McGonagall wydmuchała hałaśliwie nos i powiedziała:

— Głupi chłopak... och, jaki głupi... zawsze był beznadziejny w pojedynkach... powinien zostawić to ministerstwu...

— Mówię wam, jakbym przed nim dorwał tego Blacka, nie bawiłbym się różdżkami... tylko bym go rozerwał na strzępy... kawałek... po kawałku.. — warknął Hagrid.

— Nie wiesz, o czym mówisz, Hagridzie — powiedział ostro Knot. — Nikt poza dobrze wyszkolonymi czarodziejami z brygady uderzeniowej naszego ministerstwa nie miałby najmniejszej szansy w starciu z Blackiem. Byłem wówczas zastępcą szefa Wydziału Magicznych Katastrof i jako jeden z pierwszych pojawiłem się na scenie po tym, jak Black zamordował tych wszystkich ludzi. Ja... ja nigdy tego nie zapomnę. Śni mi się to do tej pory. Lej pośrodku ulicy, tak głęboki, że pękła rura kanalizacyjna. Wszędzie trupy. Mugole wrzeszczą. A Black stoi sobie i zanosi się śmiechem! Możecie sobie wyobrazić? Stoi przed tym, co pozostało z Petera... kupka pokrwawionych szat i trochę... trochę strzępów...

Głos mu się nagle załamał. Dał się słyszeć odgłos wydmuchiwania pięciu nosów.

— No więc tak to było, Rosmerto — powiedział Knot ochrypłym głosem. — Blacka obezwładnił dwudziestoosobowy patrol brygady uderzeniowej, a Pettigrew dostał pośmiertnie Order Merlina pierwszej klasy, co może jakoś pocieszyło jego biedną matkę. A Blacka uwięziono w Azkabanie.

Madame Rosmerta westchnęła głośno.

— Czy to prawda, że to szaleniec, panie ministrze?

— Chciałbym, żeby tak było — odpowiedział powoli Knot. — Jestem pewny, że klęska jego pana i mistrza wytrąciła go na jakiś czas z równowagi. Zamordowanie

Petera Pettigrew i tych wszystkich mugoli było desperackim czynem osaczonego i gotowego na wszystko człowieka... To było okrutne i... bezsensowne. Ale podczas mojej ostatniej inspekcji w Azkabanie widziałem Blacka. Większość więźniów siedzi tam w ciemnych celach i mruczy coś do siebie... niewiele w nich rozumu... A ten Black... Byłem wstrząśnięty jego *normalnością*. Rozmawiał ze mną całkiem sensownie. To było bardzo deprymujące. Można było pomyśleć, że jest tylko znudzony... Zapytał, czy już przeczytałem gazetę, może bym mu ją zostawił, to sobie rozwiąże krzyżówkę... Tak, byłem naprawdę zdumiony, widząc, że dementorzy nie zdołali z niego nic wyssać... a był jednym z najbardziej strzeżonych więźniów. Dementorzy stali przy jego drzwiach dzień i noc.

— Ale... jak pan myśli, po co on stamtąd uciekł? — zapytała madame Rosmerta. — Na miłość boską, panie ministrze, on chyba nie próbuje połączyć się z Sami-Wiecie-Kim?

— Powiedziałbym, że taki może być jego... ee... ewentualny plan — odpowiedział wymijająco Knot. — Mamy jednak nadzieję, że go szybko złapiemy. Tak, Sami-Wiecie-Kto samotny i pozbawiony poplecznikó to zupełnie co innego... ale wystarczy, że będzie miał znowu przy boku swojego najwierniejszego sługę, a obawiam się, że może szybko odzyskać moc...

Rozległo się ciche stuknięcie. Ktoś odstawił szklankę na stolik.

— No, Korneliuszu, jeśli masz dzisiaj zjeść kolację z dyrektorem, to musimy już wracać do zamku — powiedziała profesor McGonagall.

Pary stóp przed Harrym po kolei przejęły pełny ciężar swoich właścicieli, mignęły mu przed oczami rąbki pelerynn, połyskujące obcasy madame Rosmerty zniknęły za barem. Drzwi znowu się otworzyły, do środka wpadł tuman śniegu i nauczyciele zniknęli.

— Harry?

Pod stołem pojawiły się twarze Rona i Hermiony. Oboje wpatrywali się w niego milcząc, jakby zabrakło im słów.

ROZDZIAŁ JEDENASTY

Błyskawica

Harry nie bardzo wiedział, jak mu się udało dotrzeć do piwnicy Miodowego Królestwa i jak przewędrował przez mroczny korytarz. Wydawało mu się, że natychmiast znalazł się z powrotem w zamku, nie bardzo zdając sobie sprawę z tego, co robi, bo w głowie mu huczało od słów, które dopiero co usłyszał.

Dlaczego nikt mu o tym nie powiedział? Dumbledore, Hagrid, pan Weasley, Korneliusz Knot... dlaczego nikt nigdy nie wspomniał o tym, że rodzice Harry'ego zginęli, bo zdradził ich najlepszy przyjaciel?

Ron i Hermiona obserwowali go z niepokojem podczas kolacji, powstrzymując się od komentowania tego, co wszyscy troje podsłuchali, bo Percy siedział w pobliżu. Kiedy weszli do zatłoczonego pokoju wspólnego Gryfonów, okazało się, że Fred i George odpalili już pół tuzina łajnobomb, świętując koniec semestru. Harry, który nie chciał wdawać się z nimi w rozmowę na temat wypadu do Hogsmeade, wymknął się po cichu do sypialni i od razu podszedł do swojego sekretarzyka przy łóżku. Odsunął książki i szybko znalazł to, czego szukał — oprawiony w skórę album ze zdjęciami, który Hagrid podarował mu dwa lata temu, pełen czarodziejskich zdjęć jego rodziców. Usiadł na łóżku, zasunął kotary i zaczął przewracać strony, aż w końcu...

Zobaczył ich ślubną fotografię. Ojciec machał do niego ręką, uradowany, a niesforne czarne włosy, które Harry po nim odziedziczył, sterczały mu we wszystkie strony. Tuż obok niego stała matka, promieniejąca szczęściem. A tu... tak, to musiał być on... ich najlepszy przyjaciel... Do tej pory Harry w ogóle nie zwracał na niego uwagi.

Gdyby nie wiedział, że to właśnie Black, nigdy by go nie rozpoznał na tej starej fotografii. Nie miał zapadniętej, woskowatej twarzy, przeciwnie, był przystojny, uśmiechnięty, szczęśliwy. Czy już wtedy pracował dla Voldemorta? Czy już planował śmierć tych dwojga, którzy stali obok niego? Czy zdawał sobie sprawę, że czeka go dwanaście lat życia w Azkabanie, dwanaście lat, po których nikt go nie pozna?

Ale na niego dementorzy tak nie działają, pomyślał Harry, wpatrując się w roześmianą twarz. Nie musi wysłuchiwać krzyków mojej mamy, kiedy podejdą bliżej...

Zatrzasnął album, schował go w szufladzie, zdjął szaty i okulary, położył się i upewnił, że kotary wokół łóżka są szczelnie zasunięte.

Ktoś otworzył drzwi dormitorium.

— Harry? — usłyszał niepewny głos Rona.

Leżał cicho, udając, że już śpi. Ron wyszedł, zamykając za sobą drzwi, a Harry przetoczył się na plecy; oczy miał szeroko otwarte.

Nienawiść burzyła się w nim jak trucizna, nienawiść, jakiej dotąd nie znał. Widział twarz Blacka śmiejącego się do niego poprzez ciemność, jakby ktoś przesuwał mu przed

oczami fotografię z albumu, widział Syriusza Blacka roz-
trzaskującego Petera Pettigrew (przypominającego Neville'a Longbottoma) na tysiąc kawałków. Słyszał (choć nie
miał pojęcia, jak może brzmieć jego głos) podniecony szept
Blacka: „To już się stało, panie mój i mistrzu... Potterowie
uczynili mnie swoim Strażnikiem Tajemnicy..." A potem
usłyszał inny głos, inny przeraźliwy śmiech, ten sam, który
rozbrzmiewał w jego głowie zawsze, gdy w pobliżu znaleźli
się dementorzy...

— Harry... wyglądasz okropnie.

Harry zasnął dopiero o świcie. Obudził się w opustoszałym już dormitorium, ubrał się i zszedł spiralnymi schodami
do wspólnego pokoju, w którym też nie było nikogo prócz
Rona, który jadł miętową ropuchę, masując sobie żołądek,
i Hermiony, która rozłożyła swoje książki i pergaminy na
trzech stołach.

— Gdzie są wszyscy? — zapytał Harry.

— Wyjechali! Dziś jest pierwszy dzień ferii, zapomniałeś? — powiedział Ron, przyglądając mu się uważnie.
— Zaraz będzie drugie śniadanie, właśnie miałem cię
obudzić.

Harry opadł na fotel przy kominku. Za oknami wciąż
padał śnieg. Krzywołap rozciągnął się przed kominkiem jak
duży dywanik w imbirowym kolorze.

— Naprawdę nie najlepiej wyglądasz, Harry — powiedziała Hermiona, zaglądając mu z niepokojem w twarz.

— Nic mi nie jest.

— Posłuchaj, Harry — Hermiona wymieniła spojrzenia z Ronem — ja wiem, że to, co wczoraj usłyszeliśmy,

musiało cię bardzo poruszyć. Ale chodzi o to, że nie wolno ci popełnić żadnego głupstwa.

— Na przykład? — zapytał Harry.

— Na przykład szukać tego Blacka — powiedział ostro Ron.

Harry był pewien, że rozmawiali już o tym, kiedy spał. Milczał.

— Nie zrobisz tego, Harry, prawda? — zapytała Hermiona.

— Przecież nie warto umierać za takiego drania — dodał Ron.

Harry spojrzał na nich. W ogóle nic nie rozumieli.

— Czy wiecie, co widzę i słyszę za każdym razem, gdy dementor znajdzie się blisko mnie? — Ron i Hermiona potrząsnęli przecząco głowami, a miny mieli wystraszone. — Słyszę krzyk mojej mamy, która błaga Voldemorta o litość nade mną. A gdybyście słyszeli krzyk swojej mamy, wiedząc, że za chwilę umrze, trudno by wam było o tym zapomnieć. I gdybyście się dowiedzieli, że ktoś, kogo uważała za swojego najlepszego przyjaciela, zdradził i nasłał na nią Voldemorta...

— Sam nic nie możesz zrobić! — krzyknęła Hermiona. — Dementorzy złapią Blacka i wsadzą z powrotem do Azkabanu i... i zabiorą się za niego!

— Słyszałaś, co mówił Knot. Azkaban nie działa na Blacka tak, jak na normalnych ludzi. Dla niego to nie jest kara taka jak dla innych.

— Więc co zrobisz? — zapytał Ron. — Chcesz... chcesz zabić Blacka, czy co?

— Nie bądź głupi — powiedziała Hermiona przerażonym głosem. — Harry nikogo nie chce zabić, prawda, Harry?

Harry milczał. Nie wiedział, co chce zrobić. Wiedział tylko, że nie może siedzieć bezczynnie, póki Black jest na wolności. Tego by chyba nie zniósł.

— Malfoy wie — powiedział nagle. — Pamiętacie, co mi powiedział na eliksirach? „Gdyby to o mnie chodziło... to... to sam bym go wytropił. Chciałbym się zemścić".

— Więc wolisz słuchać rad Malfoya niż naszych? — rozzłościł się Ron. — A wiesz, co dostała matka tego Petera Pettigrew, kiedy Black z nim skończył? Tata mi powiedział... Order Merlina pierwszej klasy i palec swojego syna w szkatułce... To był największy fragment ciała, jaki im się udało znaleźć. Black to szaleniec, Harry, i jest bardzo niebezpieczny...

— Malfoyowi musiał o tym powiedzieć ojciec — ciągnął Harry, nie zwracając uwagi na słowa Rona. — On też należał do najściślejszego grona zwolenników Voldemorta...

— Może byś używał formy „Sami-Wiecie-Kogo", dobrze? — przerwał mu ze złością Ron.

— ...więc to chyba oczywiste, że Malfoyowie wiedzieli o wszystkim, o tym, że Black pracował dla Voldemorta...

— ...a Malfoy z rozkoszą zobaczyłby cię rozwalonego na milion kawałeczków, jak tego Petera Pettigrew! Weź się w garść, Harry. Malfoy po prostu ma nadzieję, że sam dasz się zabić, zanim będzie musiał grać przeciw tobie w meczu quidditcha.

— Harry, błagam — odezwała się Hermiona, a jej oczy napełniły się łzami — błagam, bądź rozsądny. Black zrobił coś strasznego, coś okropnego, ale... n-nie wystawiaj się na niebezpieczeństwo... tego właśnie Black chce... Och, Harry, wpadniesz prosto w jego łapy, jeśli zaczniesz go szukać. Twoi rodzice nie chcieliby, żeby stała ci się krzywda, prawda? Na pewno by nie chcieli, żebyś szukał Blacka!

— Nigdy się nie dowiem, czego by chcieli, bo dzięki Blackowi nigdy nie miałem i nie będę miał okazji z nimi porozmawiać — odpowiedział krótko Harry.

Zaległa cisza. Przez chwilę nic się nie działo, tylko Krzywołap przeciągnął się z rozkoszą, wysuwając pazury. W wewnętrznej kieszeni Rona coś zadygotało.

— Słuchajcie, są ferie! — rzekł Ron, najwidoczniej pragnąc zmienić temat. — Zbliża się Boże Narodzenie! Chodźmy... chodźmy odwiedzić Hagrida. Nie byliśmy u niego od wieków!

— Nie! — powiedziała szybko Hermiona. — Harry'emu nie wolno opuszczać zamku...

— Tak, idziemy — odezwał się Harry, wstając. — Zapytam go, dlaczego nawet nie wspomniał o Blacku, kiedy mi opowiadał o moich rodzicach!

Nie taki obrót rozmowy miał Ron na myśli, próbując zmienić temat.

— A może lepiej... zagrajmy w szachy — wypalił — albo w gargulki. Percy zostawił komplet...

— Nie, idziemy odwiedzić Hagrida — powiedział stanowczo Harry.

Udali się więc do swoich sypialni po peleryny, przeleźli przez dziurę za portretem ("Stawajcie i walczcie, żółtobrzuche kundle!"), a potem powędrowali przez opustoszały zamek i wyszli przez dębowe drzwi na zaśnieżone błonia.

Szli wolno, zostawiając za sobą w sypkim śniegu płytką ścieżkę, a skarpetki i brzegi peleryn szybko im się przemoczyły. Zakazany Las wyglądał jak zaczarowany; wszystkie drzewa powleczone były srebrem, a chatka Hagrida przypominała lodowy tort.

Ron zapukał, ale nie usłyszeli żadnej odpowiedzi.

— Czyżby wyszedł? — zapytała Hermiona, trzęsąc się pod swoją peleryną.

Ron przyłożył ucho do drzwi.

— Jakiś dziwny odgłos... Posłuchajcie... czy to Kieł?

Harry i Hermiona też przyłożyli uszy do drzwi. Z wewnątrz dochodziły ciche jęki i skomlenia.

— Może lepiej pójdźmy po kogoś — powiedział Ron, rozglądając się nerwowo.

— Hagridzie! — krzyknął Harry, waląc pięścią w drzwi.

— Hagridzie, jesteś tam?

Usłyszeli ciężkie kroki i po chwili drzwi otworzyły się z hukiem. Hagrid stał na progu; oczy miał czerwone i zapuchnięte, a na skórzaną kamizelę kapały obficie łzy.

— Słyszeliście?! — ryknął i objął Harry'ego za kark, wieszając się na nim całym ciężarem.

Hagrid był wzrostu przynajmniej dwóch normalnych ludzi, więc Harry jęknął, zachwiał się i byłby upadł, gdyby Ron i Hermiona nie złapali Hagrida pod łokcie i zaciągnęli, z pomocą Harry'ego, z powrotem do chaty. Dowlekli go do najbliższego krzesła, na które się osunął, oparłszy łokcie na stole. Przez cały czas trząsł się i szlochał, a policzki lśniły mu od łez, które nikły w jego rozwichrzonej brodzie.

— Hagridzie, o co chodzi? — zapytała przerażona Hermiona.

Harry dostrzegł jakiś urzędowy list leżący na stole.

— Co to jest, Hagridzie?

Hagrid załkał jeszcze gwałtowniej, ale podsunął list Harry'emu, który wziął go i przeczytał na głos:

Szanowny Panie Hagridzie!
W toku naszego dochodzenia w sprawie ataku hipogryfa na ucznia podczas prowadzonej przez Pana lekcji przyjęli-

śmy zapewnienie profesora Dumbledore'a, że nie ponosi Pan odpowiedzialności za ten żałosny incydent.

— No to wszystko jest okej! — ucieszył się Ron, klepiąc Hagrida po ramieniu.

Hagrid nie przestawał jednak szlochać i machnął jedną ze swoich olbrzymich rąk, zachęcając Harry'ego, by czytał dalej.

Musimy jednak stwierdzić, że rzeczony hipogryf wzbudził nasz niepokój. Postanowiliśmy więc rozpatrzyć oficjalną skargę, złożoną przez pana Lucjusza Malfoya, powierzając dalsze dochodzenie Komisji Likwidacji Niebezpiecznych Stworzeń. Przesłuchanie odbędzie się 20 kwietnia i prosimy, aby stawił się Pan w tym dniu, razem z rzeczonym hipogryfem, w biurze komisji w Londynie. Do tego czasu hipogryf powinien zostać spętany i odizolowany.

Łączymy wyrazy szacunku...

Pod spodem widniała lista nazwisk członków rady nadzorczej Hogwartu.

— Ojej — jęknął Ron. — Ale przecież sam mówiłeś, że Hardodziob nie jest złym hipogryfem. Założę się, że jak go zobaczą...

— Nie znacie tych gargulców z komisji! — wykrztusił Hagrid, ocierając oczy rękawem. — Oni nienawidzą niezwykłych stworzeń!

Nagle z kąta chaty dobiegł ich dziwny odgłos. Odwrócili się szybko i zobaczyli w kącie hipogryfa, który rozszarpywał coś dziobem. Podłoga obryzgana była świeżą krwią.

— Nie mogłem go zostawić spętanego na tym śniegu! — ryknął Hagrid. — Samiuteńkiego! W Boże Narodzenie!

Harry, Ron i Hermiona spojrzeli po sobie. Wiedzieli już, czym dla Hagrida są „niezwykłe stworzenia"; inni nazywali je po prostu „przerażającymi potworami". Z drugiej strony Hardodziob wyglądał całkiem niewinnie, w każdym razie w porównaniu ze smokami i olbrzymimi trójgłowymi psami. Biorąc pod uwagę zwykłe upodobania Hagrida, można go było nawet uznać za milutkie stworzenie.

— Będziesz musiał przygotować sobie obronę, Hagridzie — powiedziała Hermiona, siadając i kładąc dłoń na potężnym przedramieniu olbrzyma. — Na pewno zdołasz im udowodnić, że Hardodziob nie zrobi nikomu krzywdy.

— Guzik ich to obchodzi! — załkał Hagrid. — Ta piekielna komisja siedzi w kieszeni Lucjusza Malfoya! Mają przed nim pietra! A jak przegram, to Hardodzioba...

Przejechał palcem po szyi, a potem jęknął okropnie i ukrył twarz w dłoniach.

— A Dumbledore? — zapytał Harry.

— Już i tak dużo dla mnie zrobił. Ma na łbie dość własnych kłopotów, z tymi dementorami i Syriuszem Blackiem czającym się w pobliżu...

Ron i Hermiona spojrzeli szybko na Harry'ego, jakby się bali, że za chwilę zacznie robić Hagridowi wyrzuty z powodu przemilczenia przez niego prawdy o Blacku. Ale Harry nie mógł się na to zdobyć — teraz, kiedy Hagrid był w tak żałosnym stanie.

— Posłuchaj, Hagridzie — powiedział. — Nie możesz się poddawać. Hermiona ma rację, musisz się dobrze przygotować. Możesz nas wezwać na świadków...

— Na pewno czytałeś o przypadku pogryzienia przez hipogryfa — wtrąciła Hermiona — kiedy go uwolniono od zarzutów. Znajdę ci to, Hagridzie, i sprawdzę, o co tam dokładnie chodziło.

Hagrid szlochał coraz głośniej. Harry i Hermiona spojrzeli znacząco na Rona.

— Ee... może zaparzę herbaty? — zapytał Ron.

Harry zrobił wielkie oczy.

— Moja mama zawsze parzy herbatę, gdy ktoś jest zdenerwowany — mruknął Ron, wzruszając ramionami.

W końcu, po wielu zapewnieniach o chęci pomocy, przed parującym dzbanem herbaty stojącym na stole, Hagrid wydmuchał nos w chustkę wielkości obrusa i powiedział:

— Macie rację. Nie mogę się rozklejać. Muszę się wziąć w garść...

Spod stołu wylazł Kieł i położył mu łeb na kolanie.

— Ostatnio nie byłem sobą — rzekł Hagrid, głaszcząc Kła jedną ręką, a drugą ocierając sobie twarz. — Martwiłem się Hardodziobem... i że nikt nie lubi moich lekcji...

— My je lubimy! — skłamała natychmiast Hermiona.

— Tak, są fantastyczne! — dodał Ron, krzyżując palce pod stołem. — Ee... jak się mają gumochłony?

— Pozdychały — odpowiedział ponuro Hagrid. — Za dużo sałaty.

— Och, nie! — zawołał Ron, a wargi mu zadrgały.

— A jak przechodzę obok tych dementorów, to mnie aż trzęsie — dodał Hagrid i wzdrygnął się. — A muszę przechodzić za każdym razem, kiedy idę wypić coś w Trzech Miotłach. Cholibka, jakbym znowu był w Azkabanie...

Zamilkł i zaczął siorbać herbatę. Harry, Ron i Hermiona wpatrywali się w niego z napięciem. Po raz pierwszy wspomniał o swoim krótkim pobycie w Azkabanie. Po chwili milczenia Hermiona zagadnęła:

— To okropne miejsce, prawda?

— Nie macie pojęcia — odpowiedział cicho Hagrid. — Nigdy przedtem nie byłem w czymś takim. Myślałem, że już mi odbija. Wciąż mi to wszystko we łbie łomotało... dzień, kiedy mnie wylali z Hogwartu... dzień, w którym umarł mój tata... dzień, w którym musiałem oddać Norberta...

Oczy napełniły mu się łzami. Norbert był smoczątkiem, które Hagrid kiedyś wygrał w karty.

— Po jakimś czasie zapomina się, kim się jest. Po prostu chce się zdechnąć. Myślałem tylko o jednym, żeby umrzeć we śnie... Jak mnie wypuścili, to jakbym się na nowo narodził, wszystko wróciło, mówię wam, to było najwspanialsze uczucie na świecie! A dementorzy wcale nie byli z tego zadowoleni, że wychodzę.

— Przecież okazało się, że jesteś niewinny! — zawołała Hermiona.

Hagrid prychnął.

— Myślisz, że to ich obchodzi? Mają to gdzieś. Im zależy tylko na tym, żeby mieć pod ręką parę setek ludzi, żeby wysysać z nich szczęście, ot co. W nosie mają, czy jesteś winny, czy niewinny.

Zamilkł na chwilę, wpatrując się w swoją herbatę. A potem powiedział cicho:

— Tak se myślałem... żeby puścić Hardodzioba... żeby gdzieś odleciał... ale jak wytłumaczyć hipogryfowi, żeby gdzieś się ukrył? No i... tego... boję się złamać prawo... — Spojrzał po nich i łzy znowu potoczyły mu się po policzkach.

— Nie chcę wrócić do Azkabanu. Nigdy.

Odwiedziny u Hagrida nie dostarczyły im rozrywki, wywarły jednak na Harrym skutek, o który Ronowi i Hermionie tak chodziło. Choć nie zapomniał o Blacku, nie mógł wciąż myśleć wyłącznie o zemście, jeśli chciał pomóc Hagridowi w jego konflikcie z Komisją Likwidacji Niebezpiecznych Stworzeń. Następnego dnia poszli we trójkę do biblioteki i wrócili do pustego pokoju wspólnego obładowani książkami, które miały im pomóc w przygotowaniu obrony Hardodzioba. Usiedli przed huczącym kominkiem i powoli przewracali stronice zakurzonych tomów, poszukując słynnych przypadków dotyczących groźnych zwierząt, od czasu do czasu odzywając się do siebie, gdy któreś natrafiło na coś ważnego.

— Tu jest coś... przypadek z 1722 roku... ale hipogryf został skazany... Ojej, zobaczcie, co mu zrobili, to odrażające...

— To może pomóc, zobaczcie... mantykora zaatakowała kogoś w 1296 roku i nic jej nie zrobili... Och... nie... tylko dlatego, że wszyscy tak się bali, że nikt nie chciał do niej podejść...

Tymczasem w całym zamku pojawiły się już, jak zwykle, wspaniałe dekoracje bożonarodzeniowe, choć prawie nikt nie pozostał, aby je podziwiać. Grube girlandy z ostrokrzewu i jemioły wisiały wzdłuż korytarzy, tajemnicze światełka płonęły wewnątrz każdej zbroi, a w Wielkiej Sali stanęło jak zwykle dwanaście choinek połyskujących złotymi gwiazdkami. Rozkoszna woń świątecznych potraw rozchodziła się po korytarzach, a w Wigilię pachniało już tak mocno, że nawet Parszywek wychylił nos z kieszeni Rona.

W poranek bożonarodzeniowy Harry'ego obudził Ron, ciskając w niego poduszką.

— Hej! Prezenty!

Harry sięgnął po okulary, nałożył je i spojrzał w nogi swojego łóżka, gdzie pojawił się mały stosik paczek. Ron już rozrywał opakowania swoich prezentów.

— Jeszcze jeden sweter od mamy... znowu kolor kaszta-
nowy... zobacz, czy też dostałeś.

Harry też dostał. Pani Weasley przysłała mu szkarłatny
sweter z lwem Gryffindoru na piersiach, a także tuzin domowych babeczek z budyniem, placek świąteczny i pudełko
bloku orzechowego. Kiedy odłożył to wszystko na bok,
zobaczył pod spodem długą, wąską paczkę.

— Co to? — zapytał Ron, trzymając świeżo rozpako-
waną parę skarpetek koloru kasztanowego w ręku.

— A bo ja wiem...

Harry rozerwał papier i aż go zatkało na widok wspaniałej, błyszczącej miotły, która wytoczyła się na pościel. Ron
rzucił skarpetki i zeskoczył ze swojego łóżka, żeby lepiej się
przyjrzeć.

— Nie wierzę własnym oczom — powiedział ochrypłym głosem.

Była to Błyskawica, wymarzona miotła, taka sama, jak
ta, którą Harry chodził oglądać na ulicy Pokątnej. Chwycił
ją, a rączka błysnęła w półmroku. Poczuł znajome wibracje
i puścił ją, a miotła zawisła w powietrzu we właściwej
pozycji, gotowa, by jej dosiąść. Zachwycony, przebiegał
oczami od złotego numeru rejestracyjnego na końcu rączki
po idealnie gładkie brzozowe witki.

— Kto ci to przysłał? — zapytał Ron prawie szeptem.

— Poszukaj, może tu gdzieś jest kartka — odpowiedział Harry.

Ron zaczął gorączkowo przeszukiwać opakowanie Błyskawicy.

— Nie ma nic! Harry, kto wydał na ciebie taką kupę
forsy?

— No cóż — odrzekł Harry, wciąż oszołomiony —
założę się, że nie Dursleyowie.

— A ja idę o zakład, że to Dumbledore — powiedział Ron, krążąc wokół Błyskawicy i chłonąc oczami każdy jej cal. — Już raz przysłał ci anonimowo pelerynę-niewidkę...

— No, ale w końcu należała do mojego taty. Dumbledore tylko mi ją przekazał. Nie wydałby na prezent dla mnie setek galeonów. Przecież nie może dawać uczniom takich drogich prezentów...

— I właśnie dlatego nie dołączył żadnej kartki! — upierał się Ron. — Żeby jakiś parszywiec w rodzaju Malfoya nie powiedział, że to faworyzowanie ulubieńców. Hej, Harry... — Ron ryknął śmiechem. — Malfoy! Wyobrażasz sobie jego minę? Chyba się pochoruje z zazdrości! Słuchaj, przecież to jest Błyskawica, miotła o standardzie *międzynarodowym*!

— Nie mogę w to uwierzyć — mruknął Harry, gładząc rączkę Błyskawicy, podczas gdy Ron padł na jego łóżko i tarzał się ze śmiechu na myśl o Malfoyu. — Kto...

— Wiem — powiedział Ron, opanowując się nagle. — Wiem, kto to może być... Lupin!

— Co? — Teraz Harry zaczął się śmiać. — Lupin? Wiesz co? Gdyby miał tyle złota, kupiłby sobie nowe ciuchy.

— Tak, ale on ciebie lubi — rzekł Ron. — I nie było go tutaj, kiedy twój Nimbus się roztrzaskał, mógł o tym usłyszeć i postanowił odwiedzić Pokątną, żeby ci to kupić...

— O czym ty mówisz, Ron? Że go tutaj nie było? — zdziwił się Harry. — Przecież był wtedy chory.

— No, ale w szpitalnym skrzydle go nie widziałem. A byłem tam, bo czyściłem nocniki... Pamiętasz, ten szlaban od Snape'a.

Harry zmarszczył czoło.

— Nie sądzę, żeby Lupina było stać na coś takiego.

— Z czego się tak śmialiście?

Właśnie weszła Hermiona. Miała na sobie szlafrok, a w ramionach trzymała Krzywołapa, który był wyraźnie naburmuszony. Na szyi miał sznurek błyszczących paciorków.

— Nie przynoś go tutaj! — krzyknął Ron i rzucił się, by wygrzebać Parszywka z pościeli, po czym wepchnął go do kieszeni swojej piżamy. Ale Hermiona go nie słuchała. Upuściła Krzywołapa na puste łóżko Seamusa i gapiła się z otwartymi ustami na Błyskawicę.

— Och, Harry! Od kogo to dostałeś?

— Nie mam pojęcia — odpowiedział Harry. — Nie było żadnej kartki, nic.

Ku jego zdumieniu Hermiona wcale nie sprawiała wrażenia podnieconej czy zaintrygowanej tą wiadomością. Przeciwnie, zasępiła się i przygryzła wargi.

— Co ci jest? — zapytał Ron.

— No, nie wiem... — odpowiedziała powoli Hermiona — ale to chyba trochę dziwne, prawda? To znaczy... to chyba jest dobra miotła, co?

Ron westchnął głośno, wyraźnie poirytowany.

— Hermiono, to jest najlepsza miotła, jaką dotąd wyprodukowano.

— Więc musiała być bardzo droga...

— Założę się, że kosztowała więcej niż wszystkie miotły Ślizgonów razem — powiedział uradowany Ron.

— No to... kto mógł przysłać Harry'emu taki drogi prezent bez żadnej kartki?

— A czy to ważne? — żachnął się Ron. — Harry, słuchaj, mógłbym się na niej przelecieć, co?

— Uważam, że na razie nikt nie powinien jej dosiadać! — oświadczyła Hermiona ostrym tonem.

Harry i Ron wytrzeszczyli na nią oczy.

— A co według ciebie Harry ma z nią zrobić? Zamieść podłogę? — zapytał Ron.

Ale zanim Hermiona zdążyła odpowiedzieć, Krzywołap skoczył z łóżka Seamusa prosto na pierś Rona.

— ZABIERAJ... GO... STĄD! — wrzasnął Ron, kiedy Krzywołap zanurzył pazury w jego piżamie, a Parszywek zdecydował się na dziką ucieczkę, skacząc mu przez ramię.

Ron złapał Parszywka za ogon i wymierzył kopniaka Krzywołapowi, ale trafił nie w niego, tylko w kufer stojący w nogach łóżka Harry'ego. Kufer się przewrócił, a Ron zaczął podskakiwać w miejscu, wyjąc z bólu.

Nagle Krzywołap wypreżył grzbiet i zjeżył sierść: coś zagwizdało przenikliwie. Ze starej skarpetki wuja Vernona wypadł fałszoskop i wirował po podłodze, błyskając złowrogo.

— Zapomniałem o nim! — powiedział Harry, schylając się i podnosząc fałszoskop. — Nigdy nie noszę tych skarpetek, chyba że już muszę...

Fałszoskop wirował mu teraz na dłoni i wciąż gwizdał przeraźliwie. Krzywołap prychał i syczał.

— Hermiono, może wreszcie zabierzesz stąd tego kota, dobrze? — powiedział Ron, który siedział na łóżku Harry'ego i trzymał się za duży palec u nogi. — Możesz coś z tym zrobić? — zwrócił się do Harry'ego, kiedy Hermiona wyszła z pokoju śmiertelnie obrażona, wynosząc Krzywołapa, który utkwił w Ronie swoje żółte ślepia.

Harry zawinął fałszoskop w jedną skarpetkę, włożył ją do drugiej, po czym wrzucił zawiniątko do kufra. Teraz w sypialni słychać było tylko jęki bólu i wściekłości Rona. Parszywek skulił się w jego dłoniach. Harry już dawno nie widział szczurka, zwykle śpiącego w kieszeni Rona albo w jego łóżku, więc był niemile zaskoczony, widząc, że zwierzątko, niegdyś dość tłuste, jest teraz okropnie wychudzone, a futerko ma wyleniałe.

— Nie wygląda najlepiej.

— To przez ten ustawiczny stres! — powiedział Ron. — Czułby się znakomicie, gdyby ten głupi futrzak zostawił go w spokoju!

Harry, pamiętając o tym, jak sprzedawczyni w Magicznej Menażerii mówiła o szczurach, że żyją tylko do trzech lat, czuł jednak, że jeśli Parszywek nie ma w sobie czarodziejskich mocy — a jak dotąd nigdy ich nie przejawił — to pozostało mu już niewiele życia. I mimo częstych utyskiwań Rona, że Parszywek jest nudny i bezużyteczny, był pewny, że Ronowi bardzo będzie go brakować.

Tego ranka w pokoju wspólnym nie odczuwało się nastroju Bożego Narodzenia. Hermiona zamknęła Krzywołapa w swoim dormitorium, ale była wściekła na Rona za to, że próbował go kopnąć, a Ron wściekał się na Hermionę, bo Krzywołap zachowywał się tak, jakby miał ochotę zjeść Parszywka. Harry zrezygnował z namawiania ich do zgody i pochłonięty był bliższymi oględzinami Błyskawicy, którą przyniósł z sypialni. Z jakiegoś powodu Hermionie to też się nie podobało; nic nie powiedziała, ale co jakiś czas łypała ponuro na miotłę, jakby i ona krytykowała jej kota.

W porze drugiego śniadania zeszli do Wielkiej Sali, gdzie zobaczyli, że stoły poszczególnych domów przywarły do ścian, a pośrodku sali ustawiono jeden stół nakryty dla dwunastu osób. Siedzieli już przy nim profesorowie Dumbledore, McGonagall, Snape, Sprout i Flitwick, a także woźny Filch, który rozstał się ze swoim nieśmiertelnym brązowym fartuchem i miał na sobie bardzo stary wypłowiały frak. Prócz nich było tylko troje uczniów: dwójka najwyraźniej przerażonych pierwszoroczniaków i Ślizgon z piątej klasy o dość posępnym wyrazie twarzy.

— Wesołych świąt! — zawołał Dumbledore, gdy Harry, Ron i Hermiona podeszli do stołu. — Jest nas tak mało, że byłoby głupio siedzieć przy osobnych stołach... Siadajcie, siadajcie!

Harry, Ron i Hermiona usiedli przy końcu stołu.

— Niespodzianki! — zachęcił wszystkich Dumbledore, podsuwając koniec wielkiego srebrnego cukierka Snape'owi, który chwycił go niechętnie i pociągnął. Cukierek wystrzelił i rozpadł się, ukazując duży, spiczasty kapelusz czarownicy z wypchanym sępem na czubku.

Harry przypomniał sobie bogina, zerknął na Rona i obaj zdusili w sobie śmiech; Snape zacisnął wargi i popchnął kapelusz ku Dumbledore'owi, który natychmiast włożył go sobie na głowę.

— No to wsuwamy! — zawołał dziarsko, uśmiechając się do wszystkich.

Harry nakładał sobie właśnie pieczone ziemniaki, kiedy drzwi Wielkiej Sali otworzyły się ponownie i ukazała się w nich profesor Trelawney, sunąc ku nim jak na wrotkach. Miała na sobie długą zieloną suknię z cekinami, co jeszcze bardziej upodabniało ją do błyszczącej, wyrośniętej ważki.

— Sybillo, cóż za miła niespodzianka! — powitał ją Dumbledore, powstając.

— Patrzyłam sobie w kryształową kulę, panie dyrektorze — powiedziała profesor Trelawney najbardziej mglistym i odległym głosem, na jaki ją było stać — i ku mojemu zdumieniu ujrzałam siebie rezygnującą z samotnego posiłku i schodzącą tutaj, aby się do was przyłączyć. Jakże bym mogła walczyć z nieubłaganym losem? Natychmiast opuściłam moją wieżę... Proszę mi tylko wybaczyć spóźnienie...

— Ależ oczywiście, oczywiście — powiedział Dumbledore, mrugając oczami. — Zaraz wyczaruję ci krzesło, Sybillo.

I rzeczywiście wyczarował krzesło jednym machnięciem różdżki: pojawiło się w powietrzu, przez chwilę obracało się szybko, po czym runęło z hukiem między Snape'a i McGonagall. Profesor Trelawney jednak nie usiadła; jej olbrzymie oczy błądziły wokół stołu, aż nagle wydała z siebie coś w rodzaju łagodnego krzyku.

— Nie ośmielę się, dyrektorze! Jeśli usiądę przy tym stole, będzie nas trzynaścioro! Nieszczęście murowane! Proszę nigdy nie zapominać, że kiedy trzynaście osób zasiada do stołu, pierwsza, która wstanie, będzie pierwszą, która umrze!

— Zaryzykujemy, Sybillo — powiedziała profesor McGonagall zniecierpliwionym tonem. — Usiądź wreszcie, indyk wyziębnie na kamień.

Profesor Trelawney zawahała się, a potem osunęła się ostrożnie na puste krzesło, z zamkniętymi oczami i zaciśniętymi wargami, jakby się spodziewała, że za chwilę piorun trzaśnie w stół. Profesor McGonagall zanurzyła wielką łyżkę w najbliżej stojącej wazie.

— Trochę flaczków, Sybillo?

Profesor Trelawney zignorowała ją. Otworzyła oczy, spojrzała ponownie po wszystkich i zapytała:

— A gdzie jest nasz drogi profesor Lupin?

— Biedak, niestety znowu źle się poczuł — odrzekł Dumbledore, gestem zapraszając wszystkich, aby się sami obsługiwali. — Prawdziwe nieszczęście, że musiało go to dopaść w Boże Narodzenie.

— Ale Sybilla na pewno już o tym wie, prawda? — odezwała się profesor McGonagall, unosząc brwi.

Profesor Trelawney obdarzyła ją bardzo chłodnym spojrzeniem.

— Oczywiście, Minerwo — powiedziała spokojnie. — Nie wypada jednak okazywać na każdym kroku, że się o wszystkim wie. Bardzo często zachowuję się tak, jakbym nie miała wewnętrznego oka, aby nie peszyć innych.

— To by wiele wyjaśniało — zauważyła cierpko profesor McGonagall.

Głos profesor Trelawney stał się nagle o wiele mniej tajemniczy.

— Jeśli chcesz wiedzieć, Minerwo, profesora Lupina już niedługo wśród nas zabraknie. On sam jest chyba świadom, że jego czas się zbliża. Żachnął się i uciekł, kiedy mu zaproponowałam wróżenie z kryształowej kuli...

— Trudno się dziwić — mruknęła profesor McGonagall.

— A ja wątpię — odezwał się Dumbledore beztrosko, nieco jednak podnosząc głos, co zakończyło konwersację między profesor McGonagall i profesor Trelawney — by profesorowi Lupinowi coś bezpośrednio zagrażało. Severusie, przyrządziłeś mu ponownie eliksir?

— Tak, panie dyrektorze — odpowiedział Snape.

— To dobrze. A więc wkrótce powinien poczuć się lepiej... Derek, próbowałeś już tych kiełbasek? Są wyśmienite.

Chłopiec z pierwszej klasy zaczerwienił się gwałtownie, słysząc swoje imię z ust samego dyrektora, i trzęsącymi rękami wziął półmisek z kiełbaskami.

Profesor Trelawney zachowywała się prawie normalnie aż do samego końca świątecznego obiadu, dwie godziny później. Opchani do granic możliwości, wciąż w kapeluszach z cukierków-niespodzianek, Harry i Ron pierwsi wstali od stołu, a wówczas usłyszeli przeraźliwy pisk profesor Trelawney.

— Ach, moi kochani! Kto z was pierwszy podniósł się z krzesła? Kto?

— Nie wiem — wybąkał Ron, patrząc ze strachem na Harry'ego.

— Nie sądzę, by to miało jakieś znaczenie — oświadczyła chłodno profesor McGonagall — chyba że za drzwiami czeka jakiś szaleniec z siekierą, żeby zamordować pierwszą osobę, która wyjdzie z Wielkiej Sali.

Nawet Ron się roześmiał. Profesor Trelawney zrobiła taką minę, jakby ją znieważono.

— Idziesz? — zapytał Harry Hermionę.

— Nie — mruknęła Hermiona. — Chcę zamienić słówko z profesor McGonagall.

— Pewnie chce wybadać, czy mogłaby zapisać się na kolejny przedmiot — powiedział Ron, ziewając, kiedy weszli do sali wejściowej, w której nie było ani jednego szaleńca z siekierą.

Kiedy dotarli do dziury pod obrazem, Sir Cadogan siedział przy uczcie bożonarodzeniowej z paroma mnichami, kilkoma poprzednimi dyrektorami Hogwartu i swoim tłustym konikiem. Na ich widok odsłonił przyłbicę i uniósł pękaty dzban miodu.

— Wesołych... — czknął — świąt! Hasło!

— Nędzny kundel — rzekł Ron.

— Jako i ty, szlachetny panie! — ryknął Sir Cadogan, kiedy obraz odchylił się, aby ich przepuścić.

Harry wspiął się do dormitorium, wziął Błyskawicę i podręczny zestaw miotlarski, który dostał od Hermiony na urodziny, zniósł to wszystko do pokoju wspólnego i próbował wymyślić coś, co można by zrobić z Błyskawicą. Nie miała jednak pogiętych witek, żeby je prostować spinaczami, a rączka lśniła tak, że nie było sensu jej polerować. Siedzieli więc razem z Ronem i podziwiali ją w milczeniu, gdy nagle dziura pod portretem otworzyła się i weszła Hermiona w towarzystwie profesor McGonagall.

Profesor McGonagall była opiekunką Gryffindoru, ale do tej pory Harry widział ją w pokoju wspólnym tylko raz, a przyszła wówczas, by wydać niezwykle ponuro brzmiące zarządzenie. Obaj z Ronem wlepili w nią oczy, nadal trzymając Błyskawicę. Hermiona obeszła ich z daleka, usiadła, wzięła pierwszą z brzegu książkę i schowała się za nią.

— A więc tak wygląda — powiedziała profesor McGonagall, podchodząc do kominka i wpatrując się w Błyskawicę. — Panna Granger poinformowała mnie właśnie, że przysłano ci miotłę, Potter.

Harry i Ron spojrzeli na Hermionę. Zobaczyli tylko jej czoło koloru wiśni ponad krawędzią książki, którą trzymała do góry nogami.

— Mogę? — zapytała profesor McGonagall, ale nie czekała na odpowiedź, tylko wyjęła im miotłę z rąk. Przyjrzała się jej dokładnie od rączki do ogona z brzozowych witek. — Hm. I nie było żadnego liściku, Potter? Żadnej kartki? Nic?

— Nic.

— Ach, tak... — powiedziała profesor McGonagall. — No cóż, obawiam się, że muszę ją zabrać.

— C-co? — wyjąkał Harry, wstając. — Dlaczego?

— Trzeba dokładnie sprawdzić, czy ktoś nie rzucił na nią uroku. Ja sama nie jestem ekspertem, ale pani Hooch i profesor Flitwick rozbiorą ją na części i...

— Rozbiorą ją na części? — powtórzył Ron takim tonem, jakby profesor McGonagall nagle zwariowała.

— Zajmie to kilka tygodni — oznajmiła spokojnie profesor McGonagall. — Dostaniesz ją z powrotem, Potter, jeśli się upewnimy, że nikt jej nie nafaszerował zgubnymi w skutkach zaklęciami.

— Przecież to nowa miotła, wszystko z nią w porządku! — powiedział Harry lekko roztrzęsiony. — Naprawdę, pani profesor...

— A niby skąd możesz o tym wiedzieć, Potter? — zapytała profesor McGonagall dość łagodnym tonem. — Jeszcze na niej nie latałeś, a obawiam się, że to nie wchodzi w rachubę, dopóki nie będziemy pewni, że nikt przy niej nie majstrował. Powiadomię cię, jak czegoś się dowiemy.

Odwróciła się na pięcie i wyniosła Błyskawicę przez dziurę pod portretem, która zamknęła się za nią. Harry stał i gapił się w ścianę, wciąż ściskając w ręku puszkę pasty do polerowania rączki. Natomiast Ron wpatrywał się groźnie w Hermionę.

— Możesz nam powiedzieć, po co do niej polazłaś?

Hermiona odłożyła książkę. Nadal była różowa na twarzy, ale wstała i spojrzała na Rona wyzywająco.

— Bo pomyślałam... a profesor McGonagall zgodziła się ze mną... że tę miotłę mógł Harry'emu przysłać Syriusz Black!

ROZDZIAŁ DWUNASTY

Patronus

Harry wiedział, że Hermiona miała najlepsze intencje, ale mimo to był na nią zły. Zaledwie przez kilka godzin miał najlepszą miotłę na świecie, a teraz, i to właśnie przez nią, zabrano mu ją i nie wiadomo, czy kiedykolwiek znowu ją zobaczy. Był pewien, że z Błyskawicą wszystko było w porządku, kiedy ją dostał, ale w jakim stanie mu ją zwrócą po tych wszystkich antyczarnomagicznych testach?

Ron też był wściekły na Hermionę. Uważał, że rozebranie nowiutkiej Błyskawicy na kawałeczki to po prostu zbrodnia, której skutkiem będzie nieodwracalne zniszczenie miotły. Hermiona, nadal święcie przekonana, że zrobiła najlepszą rzecz pod słońcem, zaczęła unikać pokoju wspólnego. Harry i Ron przypuszczali, że szukała schronienia w bibliotece, ale nie próbowali jej stamtąd wyciągać. Biorąc to wszystko pod uwagę, trudno się dziwić, że ucieszyli się, kiedy tuż po Nowym Roku wróciła reszta uczniów, a w wieży Gryffindoru znowu zrobiło się tłoczno i hałaśliwie.

W przeddzień nowego semestru odwiedził Harry'ego Wood.

— Jak tam święta? — zapytał, i nie czekając na odpowiedź, usiadł i zaczął mówić przyciszonym głosem: — Słuchaj, Harry, przez ferie wszystko sobie przemyślałem. No wiesz, po tym ostatnim meczu. Jeśli dementorzy pojawią się na następnym... to znaczy... no... nie możemy pozwolić, żebyś... no wiesz...

I urwał z zakłopotaną miną.

— Pracuję nad tym — rzekł szybko Harry. — Profesor Lupin powiedział, że nauczy mnie, jak obronić się przed dementorami. Powinniśmy zacząć w tym tygodniu, mówił, że po Bożym Narodzeniu znajdzie na to czas.

— Ach... — Nastrój Wooda wyraźnie się poprawił. — No, jeśli tak... wiesz, Harry, że naprawdę nie chciałbym zmieniać szukającego. A zamówiłeś już sobie nową miotłę?

— Nie — odrzekł Harry.

— Co?! No to lepiej się pospiesz... przecież nie możesz latać na tym Meteorze w meczu przeciw Krukonom!

— On dostał na Gwiazdkę Błyskawicę — powiedział Ron.

— *Błyskawicę?* Nie! Naprawdę? Prawdziwą *Błyskawicę*?

— Nie podniecaj się — mruknął ponuro Harry. — Już jej nie mam. Została skonfiskowana.

I opowiedział mu wszystko.

— Ktoś miałby ją zaczarować? W jaki sposób?

— Syriusz Black — odpowiedział krótko Harry. — Uważają, że chce mnie dopaść. McGonagall podejrzewa, że to on przysłał mi Błyskawicę.

Wood jakoś nie przejął się wiadomością, że słynny morderca pragnie dopaść jego szukającego.

— Ale przecież Black nie mógł kupić Błyskawicy! Jest zbiegiem! Wszyscy go szukają! I co, wszedł sobie do sklepu z markowym sprzętem do quidditcha i poprosił o miotłę?

— Wiem — powiedział Harry — ale profesor McGonagall chce ją rozebrać na części...

Wood pobladł.

— Pójdę z nią porozmawiać, Harry — obiecał. — Przekonam ją... Błyskawica... prawdziwa Błyskawica w naszej drużynie... Przecież jej tak samo zależy na naszym zwycięstwie jak nam... Przekonam ją... żeby pomyślała rozsądnie... Błyskawica...

Następnego dnia rozpoczęły się lekcje. Na samą myśl o spędzeniu na błoniach dwóch godzin w mroźny styczniowy poranek wszyscy dostawali dreszczy, ale Hagrid rozpalił im ognisko pełne salamander i urządził wspaniałą lekcję, polegającą głównie na zbieraniu suchych gałęzi i liści, podczas gdy żarolubne jaszczurki pełzały zwinnie po trzaskających, białych od żaru bierwionach. Pierwsza w semestrze lekcja wróżbiarstwa była o wiele mniej zabawna: profesor Trelawney zaczęła ich nauczać wróżenia z rąk i na samym wstępie nie omieszkała poinformować Harry'ego, że ma najkrótszą linię życia, jaką kiedykolwiek widziała.

Harry z utęsknieniem wyczekiwał obrony przed czarną magią, bo po rozmowie z Woodem chciał jak najszybciej poznać sztukę uodporniania się na zgubne działanie dementorów.

— Ach, tak — powiedział Lupin, kiedy po lekcji Harry przypomniał mu o tej obietnicy. — Zaraz, niech pomyślę... Może w czwartek, o ósmej wieczorem? Myślę, że klasa historii magii jest dostatecznie duża... Będę się musiał dobrze zastanowić, jak to zrobimy... przecież nie możemy sprowadzić do zamku prawdziwego dementora, żeby na nim ćwiczyć...

— Nadal marnie wygląda, co? — zagadnął Harry'ego Ron, kiedy szli na obiad. — Jak myślisz, co mu jest?

Za ich plecami rozległo się pogardliwe prychnięcie. Okazało się, że to Hermiona, która siedziała u stóp jakiejś zbroi i przepakowywała swoją torbę, tak pełną książek, że nie mogła jej zapiąć.

— No i co tak na nas prychasz? — zapytał ze złością Ron.

— Chyba ci się przyśniło — odpowiedziała wyniośle Hermiona, zarzucając ciężką torbę na ramię.

— Tak, prychnęłaś. Powiedziałem, że zastanawiam się, co jest Lupinowi, a ty...

— No bo czy to nie jest *oczywiste*? — powiedziała Hermiona z taką miną, jakby miała przed sobą wyjątkowych tępaków.

— Jak nie chcesz nam powiedzieć, to nie mów — warknął Ron.

— Świetnie — prychnęła Hermiona i odeszła.

— Nic nie wie — burknął Ron, patrząc z żalem na jej plecy. — Po prostu próbuje nas nakłonić do tego, żebyśmy znowu zaczęli z nią rozmawiać.

O ósmej wieczorem w czwartek Harry opuścił wieżę Gryffindoru i powędrował do klasy historii magii. W klasie było ciemno, ale pozapalał różdżką lampy i czekał zaledwie pięć minut, po czym pojawił się profesor Lupin z wielką skrzynką, którą postawił na biurku profesora Binnsa.

— Co to jest? — zapytał Harry.

— Bogin — odpowiedział Lupin, zdejmując pelerynę.

— Przeczesywałem zamek od wtorku i udało mi się znaleźć

go w kartotece pana Filcha. Zupełnie nieźle zastąpi nam prawdziwego dementora. Zamieni się w niego, kiedy ciebie zobaczy, więc będziemy mogli na nim ćwiczyć. W przerwach między ćwiczeniami mogę go przechowywać w swoim gabinecie; pod biurkiem mam dużą szafkę, która na pewno będzie mu odpowiadać.

— Okej — powiedział Harry, starając się, by jego głos zabrzmiał tak, jakby nie tylko się nie bał, ale wręcz cieszył z tego, że Lupin znalazł tak dobry odpowiednik prawdziwego dementora.

— No więc... — Profesor Lupin wyjął różdżkę i zachęcił Harry'ego gestem, by zrobił to samo. — Zaklęcie, którego zamierzam cię nauczyć, Harry, należy do bardzo zaawansowanych czarów... znacznie wykracza poza przeciętny zakres wiedzy czarodziejskiej. Nazywa się Zaklęciem Patronusa.

— Jak ono działa? — zapytał niespokojnie Harry.

— Kiedy działa poprawnie, wyczarowuje patronusa, czyli coś w rodzaju antydementora, strażnika, który będzie tarczą między tobą a dementorem.

Harry'ego nawiedziła nagle wizja samego siebie kulącego się za postacią wielkości Hagrida, trzymającą olbrzymią maczugę.

— Patronus to rodzaj pozytywnej siły — ciągnął profesor Lupin. — Jest projekcją tego, czym dementor się żywi... nadziei, szczęścia, woli przeżycia... ale nie może odczuwać rozpaczy jak prawdziwy człowiek, więc dementor nic mu nie może zrobić. Muszę cię jednak ostrzec, Harry, że to zaklęcie może się okazać dla ciebie zbyt skomplikowane. Wielu wykwalifikowanych czarodziejów ma z nim trudności.

— A jak taki patronus wygląda?

— Każdy jest inny, to zależy od czarodzieja, który go wyczarowuje.

— A jak się go wyczarowuje?

— Specjalnym zaklęciem, które działa tylko wtedy, jeśli czarodziej skupi się całą siłą woli na jednym, bardzo szczęśliwym wspomnieniu.

Harry zaczął szukać w pamięci jakiegoś szczęśliwego wspomnienia. Wiedział jedno: pobyt w domu Dursleyów trzeba odrzucić. W końcu skupił się na chwili, w której po raz pierwszy dosiadł miotły.

— Gotów — powiedział, starając się przywołać to cudowne uczucie w żołądku, towarzyszące wzbijaniu się w powietrze.

— A oto zaklęcie... — Lupin odchrząknął. — *Expecto patronum.*

— *Expecto patronum* — powtórzył szeptem Harry. — *Expecto patronum.*

— Koncentrujesz się na swoim szczęśliwym wspomnieniu?

— Och... tak... — odpowiedział Harry, szybko powracając myślami do pierwszego lotu na miotle. — *Expecto patrono...* nie, *patronum...* przepraszam... *expecto patronum, expecto patronum...*

Coś wystrzeliło z końca jego różdżki; wyglądało jak strzęp srebrzystego gazu.

— Widział pan? — zapytał podniecony Harry. — Coś się dzieje!

— Bardzo dobrze — rzekł Lupin z uśmiechem. — No to co... jesteś gotów wypróbować to na dementorze?

— Tak — powiedział Harry, ściskając mocno różdżkę i wychodząc na środek klasy. Starał się skupić na lataniu, ale coś mu w tym przeszkadzało... Za sekundę może znowu usłyszeć głos swojej matki... ale nie powinien o tym myśleć, bo naprawdę ją usłyszy, a przecież nie chce... a może chce?

Lupin uniósł wieko skrzyni.

Ze skrzyni wyłonił się powoli dementor. Zakapturzona twarz zwrócona była ku Harry'emu, błyszcząca, okryta liszajami ręka przytrzymywała pelerynę. Lampy w klasie zamrugały i pogasły. Dementor wyszedł ze skrzyni, wziął ze świstem głęboki oddech i ruszył ku Harry'emu, który poczuł falę przenikliwego zimna...

— *Expecto patronum!* — ryknął Harry. — *Expecto patronum! Expecto...*

Lecz klasa i dementor rozpływały się już w gęstej białej mgle. Harry usłyszał głos swojej matki, jeszcze wyraźniejszy niż zwykle, tłukący się echem po jego czaszce...

— *Nie Harry! Nie Harry! Błagam... zrobię wszystko...*

— *Odsuń się... odsuń się, głupia dziewczyno...*

— Harry!

Harry ocknął się. Leżał na plecach na podłodze. Lampy znowu się paliły. Nie musiał pytać, co się stało.

— Przepraszam — mruknął, siadając i czując zimny pot spływający mu za okulary.

— Nic ci nie jest? — zapytał Lupin.

— Nie... — Harry złapał się najbliższej ławki i oparł o nią plecami.

— Masz... — Lupin wręczył mu czekoladową żabę. — Zjedz to, zanim spróbujemy po raz drugi. Nie oczekiwałem, że uda ci się za pierwszym razem. Prawdę mówiąc, byłbym bardzo zdumiony, gdyby ci się udało.

— Jest coraz gorzej — mruknął Harry, odgryzając żabie głowę. — Tym razem było jeszcze głośniej... mama... i on... Voldemort...

Lupin był bledszy niż zazwyczaj.

— Harry, jeśli nie chcesz, żebyśmy kontynuowali, zrozumiem cię doskonale...

— Chcę! — krzyknął zapalczywie Harry, wpychając do ust resztę czekoladowej żaby. — Muszę! Co będzie, jak dementorzy pojawią się na naszym meczu z Krukonami? Nie mogę spaść po raz drugi. Jeśli przegramy ten mecz, możemy się pożegnać z Pucharem Quidditcha!

— No dobrze... — powiedział Lupin. — Może wybierzesz jakieś inne, bardziej szczęśliwe wspomnienie... bo tamto nie wydaje się dość silne...

Harry zamyślił się głęboko i w końcu uznał, że uczucie, jakie towarzyszyło zdobyciu przez Gryfonów pierwszego miejsca w ubiegłorocznej rywalizacji domów z całą pewnością było bardzo szczęśliwe. Uchwycił więc znowu mocno różdżkę i zajął pozycję pośrodku klasy.

— Gotów? — zapytał Lupin, łapiąc za pokrywę skrzynki.

— Gotów — odpowiedział Harry, starając się za wszelką cenę przywołać poczucie szczęścia z wygranej Gryffindoru i zapomnieć o oczekiwaniu na to, co się stanie, gdy waliza znowu zostanie otwarta.

— Śmiało! — zawołał Lupin, podnosząc wieko.

W pokoju znowu zrobiło się zimno i ciemno. Dementor wciągnął chrapliwie powietrze i poszybował ku Harry'emu, wyciągając trupią rękę...

— *Expecto patronum!* — zawył Harry. — *Expecto patronum! Expecto pat...*

Oszołomiła go biała mgła... jakieś wielkie, zamazane kształty tłoczyły się wokół niego... a potem usłyszał nowy głos, tym razem mężczyzny... jego przerażony krzyk...

— *Lily, bierz Harry'ego i uciekaj! To on! Idź! Uciekaj! Ja go zatrzymam...*

Ktoś wybiega z pokoju... drzwi otwierają się z hukiem... przeraźliwy chichot...

— Harry! Harry... obudź się...

Lupin klepał go mocno po twarzy. Tym razem dopiero po minucie Harry zrozumiał, dlaczego leży na zakurzonej podłodze w jakiejś klasie.

— Usłyszałem swojego tatę — wyjąkał. — Po raz pierwszy w życiu... Próbował ściągnąć Voldemorta na siebie, żeby moja mama mogła uciec...

Nagle zdał sobie sprawę, że z potem ściekającym mu po twarzy mieszają się łzy. Pochylił się nisko, udając, że zawiązuje sznurowadła i otarł twarz skrajem szaty, żeby Lupin ich nie zauważył.

— Słyszałeś Jamesa? — zapytał Lupin dziwnym głosem.

— Tak... — Harry wyprostował się i spojrzał na niego zaskoczony. — To... to pan znał mojego tatę?

— Znałem go — odrzekł Lupin. — Byliśmy przyjaciółmi w Hogwarcie. Słuchaj, Harry... może już dosyć na dzisiaj. To bardzo trudne zaklęcie... w ogóle nie powinienem ci proponować, żebyś przez to przechodził...

— Nie! — Harry znowu wstał. — Spróbuję jeszcze raz! Widocznie to, o czym pomyślałem, nie było dość szczęśliwe... to dlatego... Zaraz coś sobie przypomnę...

Zaczął gorączkowo myśleć. Naprawdę szczęśliwe wspomnienie... takie, które zamieni się w dobrego, silnego patronusa...

Chwila, w której po raz pierwszy dowiedział się, że jest czarodziejem i opuści dom Dursleyów, udając się do Hogwartu! Jeśli to nie jest szczęśliwe wspomnienie, to czy w ogóle ma jakieś szczęśliwe wspomnienia?... I skupiwszy się bardzo mocno na tym, jak się wówczas czuł, dźwignął się na nogi i jeszcze raz stanął przed skrzynią.

— Gotów? — zapytał Lupin, który sprawiał wraże-nie, jakby robił coś wbrew rozsądkowi. — Skupiasz się mocno? A więc... naprzód!

Po raz trzeci otworzył wieko, a ze skrzyni wynurzył się dementor; pociemniało i powiało lodowatym chłodem...

— EXPECTO PATRONUM! — ryknął Harry. — EXPECTO PATRONUM! EXPECTO PATRONUM!

W jego głowie ponownie rozległ się krzyk... ale tym razem brzmiał tak, jakby wydobywał się ze źle dostrojonego radia. Ciszej, potem nieco głośniej, i znowu ciszej... i wciąż widział dementora... zatrzymał się... Z jego różdżki wystrze-lił wielki srebrny cień i zawisł między nim a dementorem, a Harry, chociaż nogi miał jak z galarety, nadal stał... tylko nie wiedział, jak długo wytrzyma...

— *Riddikulus!* — krzyknął Lupin, wyskakując do przodu.

Rozległ się głośny trzask i mglisty patronus rozpłynął się w powietrzu razem z dementorem. Harry opadł na krzesło, czując się tak wyczerpany, jakby właśnie przebiegł milę. Nogi mu się trzęsły. Kątem oka zobaczył, jak profesor Lupin zapędza z powrotem do skrzyni bogina, który teraz zamienił się już w srebrzystą kulę.

— Wspaniale! — powiedział Lupin, podchodząc do Harry'ego. — Wspaniale, Harry! Znakomity początek!

— Może spróbujemy jeszcze raz? Tylko raz!

— Nie dzisiaj — odpowiedział stanowczo Lupin. — Przeżyłeś dość jak na jeden wieczór. Masz...

Wręczył mu dużą tabliczkę najlepszej czekolady z Mio-dowego Królestwa.

— Zjedz wszystko, bo pani Pomfrey mnie zabije. To co, może w przyszłym tygodniu?

— Dobrze — zgodził się Harry.

Ugryzł czekoladę i patrzył, jak Lupin gasi lampy, które rozjarzyły się po zniknięciu dementora. Nagle coś mu przyszło do głowy.

— Panie profesorze... Skoro znał pan mojego tatę, to musiał pan również znać Syriusza Blacka.

Lupin odwrócił się szybko.

— Skąd ci to przyszło do głowy? — zapytał ostro.

— No, nie wiem... to znaczy... ja po prostu się dowiedziałem, że oni też byli przyjaciółmi w Hogwarcie...

Lupin odetchnął z ulgą.

— Tak, znałem go — odpowiedział krótko. — A raczej myślałem, że go znam. A teraz lepiej już idź, Harry, robi się późno.

Harry opuścił klasę, powędrował pustym korytarzem, skręcił za jego róg, a potem zobaczył jakąś zbroję i przysiadł na jej cokole, żeby dokończyć czekoladę i pomyśleć. Żałował, że wspomniał o Blacku, bo Lupin najwyraźniej unikał tego tematu. A potem znowu pomyślał o swoich rodzicach...

Poczuł się okropnie zmęczony i dziwnie pusty, choć zjadł już tyle czekolady. Straszne było słyszeć w swojej głowie przedśmiertne krzyki rodziców, a jednak... Przecież ich nie znał, nie pamiętał, bo stracił ich, gdy był niemowlęciem, więc dopiero teraz, w tych strasznych momentach, po raz pierwszy usłyszał ich głosy... I natychmiast odrzucił od siebie tę myśl. Nie uda mu się wyczarować patronusa, jeśli będzie półświadomie pragnął znowu usłyszeć matkę i ojca.

— Oni nie żyją — powiedział sobie stanowczo. — Umarli i słuchanie echa ich głosów nie przywróci im życia. Lepiej weź się w garść, Harry, jeśli chcesz zdobyć puchar.

Wstał, włożył do ust ostatni kawałek czekolady i powędrował z powrotem do wieży Gryffindoru.

Krukoni zagrali ze Ślizgonami w tydzień po rozpoczęciu semestru. Ślizgoni zwyciężyli, choć nieznaczną liczbą punktów. Wood uznał to za dobrą okoliczność dla Gryfonów, bo jeśli wygrają z Krukonami, zajmą drugie miejsce w tabeli. Dlatego zwiększył liczbę treningów do pięciu na tydzień. Oznaczało to, że Harry, który prócz tego ćwiczył jeszcze z Lupinem Zaklęcie Patronusa (jedna sesja była bardziej wyczerpująca niż sześć treningów quidditcha), miał tylko jeden wieczór w tygodniu na odrabianie lekcji. Mimo to nie zamęczał się tak jak Hermiona, której napięty do granic możliwości plan zajęć zaczął wreszcie dawać się we znaki. Co wieczór widywano ją w kącie pokoju wspólnego przy kilku stolikach zawalonych książkami, kartami numerologicznymi, słownikami runów, tabelami ukazującymi zdolność mugoli do podnoszenia ciężarów i stosami notatek. Nie odzywała się do nikogo i warczała, kiedy ją ktoś zagadnął.

— Jak ona to robi? — mruknął pewnego wieczoru Ron do Harry'ego, kiedy ten męczył się nad wyjątkowo paskudnym wypracowaniem na temat niewykrywalnych trucizn.

Harry podniósł głowę i spojrzał w jej stronę. Hermionę ledwo było widać zza stosu książek.

— Co robi?

— No, zalicza te wszystkie przedmioty! Dziś rano słyszałem, jak rozmawiała z profesor Vector, tą czarownicą od numerologii. Rozmawiały o wczorajszej lekcji, a przecież Hermiony nie mogło na niej być, bo siedziała z nami na opiece nad magicznymi stworzeniami! Ernie McMillan przysięgał, że nie opuściła żadnej lekcji mugoloznawstwa, a przecież połowa tych lekcji odbywa się w tym samym czasie co wróżbiarstwo, na które zawsze z nami chodzi!

Harry nie miał czasu, żeby zastanawiać się nad tajemnicą niemożliwego do zrealizowania planu zajęć Hermiony, bo chciał wreszcie skończyć wypracowanie dla Snape'a. W chwilę później znowu mu jednak w tym przeszkodzono. Tym razem był to Wood.

— Złe wiadomości, Harry. Właśnie rozmawiałem z profesor McGonagall na temat Błyskawicy. Trochę się na mnie wściekła. Powiedziała, że mam w głowie poprzestawiane, że bardziej mi zależy na zdobyciu pucharu niż na twoim życiu. A wszystko dlatego, bo powiedziałem jej, że nie obchodzi mnie, czy spadniesz z miotły, bylebyś pierwszy złapał znicza. — Pokręcił głową z niedowierzaniem. — Mówię ci, naskoczyła na mnie, jakbym... jakbym powiedział coś okropnego. Potem ją spytałem, jak długo ma zamiar trzymać Błyskawicę... — Skrzywił się i powiedział surowym tonem profesor McGonagall: — „Tak długo, jak to będzie konieczne, Wood"... Myślę, że już czas, żebyś zamówił nową miotłę, Harry. Na ostatniej stronie tego poradnika *Jak wybrać miotłę* jest kupon... możesz zamówić Nimbusa Dwa Tysiące Jeden, takiego samego, jakiego dostał Malfoy.

— Nie kupię niczego, co Malfoy uważa za dobre — odrzekł sucho Harry.

Minął styczeń, zaczął się luty, a pogoda nadal była pod psem. Termin meczu z Krukonami zbliżał się coraz bardziej, a Harry wciąż nie zamawiał nowej miotły. Teraz po każdej lekcji transmutacji pytał profesor McGonagall o Błyskawicę, podczas gdy Ron stał za nim, z nadzieją oczekując odpowiedzi, a Hermiona przechodziła obok z twarzą odwróconą do ściany.

— Nie, Potter, jeszcze nie możemy oddać ci miotły — powiedziała profesor McGonagall za dwunastym razem, zanim otworzył usta. — Sprawdziliśmy ją już pod kątem najczęściej spotykanych zaklęć, ale profesor Flitwick uważa, że może być zarażona Urokiem Narowistości. Powiadomię cię, jak zakończymy testy. I przestań mnie już męczyć.

Na domiar złego ćwiczenia obronne z profesorem Lupinem też nie przebiegały tak pomyślnie, jakby sobie tego życzył. Po kilkunastu sesjach potrafił wyczarować niewyraźny srebrny cień za każdym razem, gdy bogin zamieniał się w dementora, ale jego patronus wciąż był zbyt słaby, by dementora odpędzić. Półprzezroczysty, srebrzysty obłoczek unosił się między nim a boginem-dementorem, a Harry zużywał całą energię, by go tam utrzymać. Był na siebie zły, bo oskarżał się o skryte pragnienie usłyszenia głosu rodziców.

— Za wiele od siebie wymagasz — oświadczył surowo profesor Lupin w czwartym tygodniu ćwiczeń. — Dla trzynastoletniego czarodzieja nawet niezbyt wyraźny patronus to bardzo duże osiągnięcie. I już nie mdlejesz, prawda?

— Myślałem, że patronus przepędzi dementorów... albo coś w tym rodzaju. Sprawi, że znikną... ja wiem...

— Prawdziwy patronus rzeczywiście to sprawia — powiedział Lupin. — Pamiętaj jednak, że osiągnąłeś bardzo dużo w bardzo krótkim czasie. Jeśli dementorzy pojawią się na następnym meczu, będziesz w stanie bronić się przed ich zgubnym wpływem dostatecznie długo, by wrócić na ziemię.

— Mówił pan, że to trudniejsze, kiedy jest ich więcej.

— Wierzę w ciebie, Harry — rzekł Lupin z uśmiechem. — Masz... zasłużyłeś na coś do picia. Coś z Trzech Mioteł, jeszcze tego nie próbowałeś...

Wyciągnął z nesesera dwie butelki.

— Kremowe piwo! — zawołał Harry, nie zastanawiając się, co mówi. — O, tak, bardzo je lubię!

Lupin uniósł brwi.

— No... bo Ron i Hermiona przynieśli mi trochę z Hogsmeade — skłamał szybko Harry.

— Ach, tak — rzekł Lupin, choć nadal przyglądał mu się podejrzliwie. — No, wypijmy za wygraną Gryfonów! Oczywiście, jako nauczyciel nie kibicuję żadnej drużynie — dodał szybko.

Popijali kremowe piwo w milczeniu, aż w końcu Harry zdobył się na zapytanie o coś, nad czym zastanawiał się od dłuższego czasu.

— Co jest pod kapturem dementora?

Profesor Lupin opuścił butelkę.

— Hm... no cóż, ci, którzy znają odpowiedź na to pytanie, nie są w stanie nam tego powiedzieć. Bo, widzisz, dementor zrzuca kaptur tylko wtedy, kiedy sięga po swoją ostateczną i najgroźniejszą broń.

— Co to takiego?

— Nazywają to Pocałunkiem Dementora — powiedział Lupin, krzywiąc się lekko. — Dementorzy stosują to wobec tych, których pragną zniszczyć. Przypuszczam, że pod kapturem musi być coś w rodzaju ust, bo przywierają do warg ofiary i... wysysają z niej duszę.

Harry zakrztusił się i wypluł trochę kremowego piwa.

— Co?... Zabijają?...

— Och, nie. O wiele gorzej. Widzisz, można istnieć bez duszy, jak długo działa mózg i serce. Ale nie ma się świadomości samego siebie, żadnych wspomnień... nic. I nie ma żadnej szansy na ozdrowienie. Po prostu się... istnieje, i tyle. Jak pusta muszla. A duszy nie ma... jest stracona na zawsze.

Wypił nieco kremowego piwa i dodał:

— Taki właśnie los czeka Syriusza Blacka. Piszą o tym w dzisiejszym „Proroku Codziennym". Ministerstwo dało na to dementorom pozwolenie, jeśli go dopadną.

Harry milczał, oszołomiony tym, co usłyszał. Dusza wysysana przez usta... A potem pomyślał o Blacku.

— Zasługuje na to — powiedział nagle.

— Tak myślisz? — zapytał Lupin. — Naprawdę myślisz, że ktokolwiek na to zasługuje?

— Tak — odrzekł Harry buntowniczym tonem. — Za... za pewne rzeczy...

Miał wielką ochotę opowiedzieć Lupinowi o rozmowie podsłuchanej w Trzech Miotłach, ale wówczas wydałoby się, że odwiedził Hogsmeade bez pozwolenia, a wiedział, że Lupin nie byłby tym zachwycony. Wypił więc do końca kremowe piwo, podziękował Lupinowi i opuścił klasę historii magii.

Wkrótce pożałował, że zapytał, co kryje się pod kapturem dementora, bo odpowiedź była tak przerażająca, a on sam tak pogrążony w posępnych myślach, że w połowie schodów wpadł na profesor McGonagall.

— Uważaj, jak idziesz, Potter!

— Przepraszam, pani profesor...

— Właśnie szukałam cię w Gryffindorze. Zrobiliśmy wszystko, co w naszej mocy i wygląda na to, że twoja miotła jest w porządku... Musisz mieć jakiegoś bardzo dobrego przyjaciela, Potter...

Harry nie posiadał się ze szczęścia. Profesor McGonagall

trzymała w ręku jego Błyskawicę, która wyglądała tak wspaniale jak zawsze.

— I dostanę ją z powrotem? — wyjąkał. — Poważnie?

— Poważnie — odpowiedziała profesor McGonagall i naprawdę się uśmiechnęła. — Chyba powinieneś oswoić się z nią przed sobotnim meczem, co? I... Potter, postaraj się wygrać, dobrze? Bo byłby to już ósmy rok z rzędu bez pucharu dla Gryfonów, o czym profesor Snape był łaskaw przypomnieć mi wczoraj wieczorem...

Harry, oniemiały, wziął Błyskawicę i ruszył schodami na górę. Kiedy minął załamanie korytarza, zobaczył biegnącego ku niemu Rona, roześmianego od ucha do ucha.

— Oddała ci? Wspaniale! Słuchaj, dasz mi się przelecieć? Jutro?

— Jasne... Kiedy tylko zechcesz... — odpowiedział Harry, czując w sercu lekkość, jakiej nie czuł od miesiąca.

— Wiesz co... powinniśmy się pogodzić z Hermioną. Przecież chciała dobrze...

— W porządku. Jest teraz w pokoju wspólnym... uczy się, dla odmiany...

Skręcili w korytarz do wieży Gryffindoru i zobaczyli Neville'a Longbottoma targującego się z Sir Cadoganem, który najwyraźniej nie chciał go wpuścić.

— Zapisałem je — mówił Neville przez łzy — ale musiałem gdzieś zapodziać!

— Banialuki! — ryknął Sir Cadogan i w tym momencie dostrzegł Harry'ego i Rona. — Witajcie, moi młodzi druhowie! Połechtajcie tego młokosa żelazem, próbuje bezczelnie wedrzeć się do środka!

— Och, przymknij się — rzekł Ron, kiedy stanęli obok Neville'a.

— Zgubiłem hasła! — jęknął Neville. — Namówiłem go, żeby mi powiedział, jakie hasła będą obowiązywać w tym tygodniu, bo wciąż je zmienia, a teraz nie wiem, co zrobiłem z tą listą!

— *Olabogarety* — powiedział Ron do Sir Cadogana, który zrobił bardzo zawiedzioną minę i niechętnie odsłonił dziurę, aby ich wpuścić do wspólnego pokoju. Kiedy weszli, powitał ich szmer podnieconych głosów i wszystkie głowy zwróciły się w ich stronę. Po chwili wokół Harry'ego zrobiło się tłoczno: każdy chciał z bliska obejrzeć Błyskawicę.

— Skąd ją masz, Harry?

— Dasz się przelecieć?

— Latałeś już na niej, Harry?

— Krukoni są bez szans, wszyscy mają Zmiatacze Siódemki!

— Tylko ją potrzymam, co, Harry?

Błyskawica przechodziła z rąk do rąk wśród okrzyków zachwytu, podziwiana ze wszystkich stron. Po dziesięciu minutach tłum się rozszedł, a Harry i Ron zobaczyli Hermionę — jedyną osobę, która do nich nie podbiegła — pochyloną nad książką i wyraźnie unikającą ich spojrzeń. Podeszli do jej stolika i w końcu podniosła głowę.

— Oddali mi ją — powiedział Harry z uśmiechem, unosząc Błyskawicę.

— No widzisz, Hermiono? Okazało się, że wszystko jest w porządku! — zawołał triumfalnie Ron.

— No... ale mogło nie być! — odpowiedziała Hermiona. — W każdym razie teraz już wiesz, że jest bezpieczna!

— Taak, myślę, że tak. Lepiej zaniosę ją do sypialni...

— Ja ją zaniosę! — powiedział szybko Ron. — I tak muszę dać Parszywkowi lekarstwo.

Ujął miotłę delikatnie, jakby była z kruchego szkła,

i zniknął na schodach prowadzących do dormitorium chłopców.

— Mogę usiąść? — zapytał Harry.

— No chyba — odpowiedziała Hermiona, zdejmując stos pergaminu z krzesła.

Harry spojrzał na zawalony książkami stół, na długie wypracowanie z numerologii, połyskujące świeżym atramentem, na jeszcze dłuższe wypracowanie z mugoloznawstwa („Wyjaśnij, dlaczego mugole nie mogą się obejść bez elektryczności") i na tłumaczenie runów, które Hermiona właśnie robiła.

— Jak ci się udaje to wszystko zaliczać? — zapytał.

— No, wiesz... ciężko pracuję.

Dopiero teraz Harry spostrzegł, że Hermiona wygląda na prawie tak zmęczoną jak Lupin.

— Przecież możesz po prostu zrezygnować z paru przedmiotów — powiedział Harry, obserwując, jak grzebie wśród książek, szukając słownika runów.

— No wiesz! Nigdy w życiu! — Hermiona zrobiła zgorszoną minę.

— Ta numerologia wygląda okropnie — zauważył Harry, biorąc do ręki jakąś wyjątkowo skomplikowaną tabelę z cyframi.

— Och, nie, jest super! — zawołała Hermiona. — To mój ulubiony przedmiot! Jest...

Ale Harry nigdy się nie dowiedział, dlaczego numerologia jest tak wspaniała. W tym samym momencie ze schodów wiodących do sypialni chłopców dobiegł zduszony okrzyk. We wspólnym pokoju zrobiło się cicho, wszyscy zamarli, wpatrując się w wejście na klatkę schodową. Usłyszeli pospieszne kroki, coraz głośniejsze i głośniejsze, i po chwili pojawił się Ron, wlokąc za sobą prześcieradło.

— PATRZ! — ryknął, podchodząc do stolika Hermiony. — PATRZ! — Podsunął jej prześcieradło pod nos.

— Ron, co to...?

— PARSZYWEK! PATRZ! PARSZYWEK!

Hermiona cofnęła się gwałtownie z przerażoną miną. Harry spojrzał na prześcieradło i zobaczył jakieś czerwone plamy. Straszne plamy, wyglądające jak...

— KREW! — krzyknął Ron w głuchej ciszy. — A JEGO NIE MA! I WIESZ, CO ZNALAZŁEM NA PODŁODZE?

— N-nie — wyjąkała Hermiona.

Ron rzucił coś na jej tłumaczenie runów. Hermiona i Harry pochylili się, żeby to zobaczyć. Na pergaminie, pokrytym rzędami dziwacznych, krzaczastych znaków, leżało kilka długich, brązowożółtych włosów. Nie ulegało wątpliwości, że są to włosy kota.

ROZDZIAŁ TRZYNASTY

Gryfoni przeciw Krukonom

Wyglądało na to, że przyjaźń Rona i Hermiony skończyła się bezpowrotnie. Byli na siebie tak wściekli, że Harry nie potrafił sobie wyobrazić, by mogli się kiedykolwiek pogodzić.

Ron wściekał się na Hermionę, że nigdy poważnie nie przejęła się tym, że Parszywek może zostać zjedzony przez Krzywołapa, nigdy nie zadała sobie trudu, by go dobrze pilnować, i wciąż utrzymywała, że Krzywołap jest niewinny, radząc Ronowi poszukać Parszywka pod łóżkami wszystkich chłopców. Natomiast Hermiona odwrzaskiwała, że nie ma żadnego dowodu na to, że Krzywołap zjadł Parszywka, że rude włosy mogły tam być od Bożego Narodzenia i że Ron uprzedził się do jej kota od chwili, gdy Krzywołap wylądował na jego głowie w Magicznej Menażerii.

Sam Harry nie miał wątpliwości, że Krzywołap zjadł Parszywka, ale gdy spróbował Hermionie wykazać, że wszystkie poszlaki na to wskazują, obraziła się również na niego.

— W porządku, trzymasz stronę Rona, wiedziałam, że tak będzie! — powiedziała ostro. — Najpierw Błyskawica, teraz Parszywek, wszystko moja wina, tak? Wiesz co? Po prostu daj mi święty spokój, Harry, mam mnóstwo roboty!

Ron bardzo przeżywał stratę swojego szczura.

— Nie przejmuj się tak, Ron, przecież zawsze powtarzałeś, jaki on jest nudny — próbował pocieszyć go Fred. — I już dawno posiwiał, wyłysiał i zmarniał. Może nawet lepiej, że skończył tak szybko. Założę się, że nawet nie poczuł. Kocur połknął go w całości.

— Fred! — syknęła Ginny.

— Tylko jadł i spał. Sam to mówiłeś, Ron — powiedział George.

— Raz ugryzł Goyle'a w naszej obronie! — rzekł Ron. — Pamiętasz, Harry?

— Tak, to prawda — przyznał Harry.

— To była jego wielka chwila — zgodził się Fred, walcząc z atakiem śmiechu. — A blizna na palcu Goyle'a będzie wieczystym symbolem jego bohaterstwa. Daj spokój, Ron, wypraw się do Hogsmeade i kup sobie nowego szczura. Jęczenie nic ci nie da!

W końcu Harry wpadł na pomysł, żeby Ron poszedł z nim na trening quidditcha, ostatni przed meczem z Krukonami, to da mu polatać na Błyskawicy. Ron nieco się ożywił i przynajmniej na chwilę przestał rozpaczać po Parszywku („Ekstra! Będę mógł strzelić kilka razy do bramki?"). Tak więc razem udali się na boisko.

Na pani Hooch, która nadal nadzorowała treningi Gryfonów, żeby mieć oko na Harry'ego, Błyskawica zrobiła nie mniejsze wrażenie niż na innych. Wzięła ją, obejrzała dokładnie i nie omieszkała wygłosić fachowej opinii.

— Co za idealna równowaga! Nimbusy są dobre, ale mają drobną wadę, lekki przechył w stronę części ogonowej... Po kilku latach często dochodzi do niepotrzebnej utraty szybkości. Widzę też, że udoskonalili rączkę, jest nieco cieńsza niż w Zmiataczach, przypomina mi stare Srebrne Strzały... jaka szkoda, że już ich nie produkują, uczyłam się na nich latać... Ach, to dopiero była miotła...

Jeszcze przez jakiś czas przemawiała w tym stylu, aż w końcu Wood chrząknął i powiedział:

— Pani profesor... ee... czy mogłaby pani oddać Błyskawicę Harry'emu? Bo musimy poćwiczyć...

— Och... słusznie... masz, Potter... Ja tu sobie posiedzę z Weasleyem...

Opuściła z Ronem stadion i usiadła z nim na trybunach, a drużyna Gryfonów skupiła się wokół Wooda, aby wysłuchać ostatnich instrukcji przed jutrzejszym meczem.

— Harry, właśnie się dowiedziałem, kto zagra u Krukonów na pozycji szukającego. Cho Chang. To dziewczyna z czwartej klasy i jest naprawdę dobra... Miałem nadzieję, że jej nie wystawią, bo miała jakieś kontuzje, ale niestety...

— Zrobił ponurą minę, wyrażającą, co myśli o tak szybkim powrocie Cho Chang do zdrowia. — Z drugiej strony, ona ma Kometę Dwa Sześćdziesiąt, która przy Błyskawicy będzie wyglądała dość śmiesznie. — Spojrzał ze czcią na miotłę Harry'ego i oznajmił: — Okej, startujemy!

Harry dosiadł w końcu Błyskawicy, odbił się mocno od ziemi i wzbił w powietrze.

Rzeczywistość przekroczyła najśmielsze oczekiwania. Wystarczył lekki dotyk, a Błyskawica robiła błyskawiczny zwrot, zdając się reagować bardziej na myśl niż na uchwyt miotlarza. A mknęła z taką szybkością, że stadion zamienił się w rozmazane zielone i szare pasma. Harry zrobił tak ostry zwrot, że Alicja Spinnet aż krzyknęła, a potem zanurkował ku ziemi z tak bezbłędnie kontrolowaną precyzją, że musnął podeszwami trawę, zanim wzbił się ponownie w powietrze na trzydzieści, czterdzieści, pięćdziesiąt stóp...

— Harry, wypuszczam znicza! — zawołał Wood.

Harry zawrócił, poszybował za mknącym ku bramce tłuczkiem, wyprzedził go z łatwością, zobaczył złotą piłeczkę wystrzelającą spoza Wooda i po dziesięciu sekundach trzymał ją mocno w dłoni.

Drużyna zawyła z zachwytu. Harry wypuścił znicza, odczekał minutę, po czym wykonał iście diabelski taniec w powietrzu, lawirując między resztą zawodników, aż dostrzegł złoty błysk tuż koło kolana Katie Bell; wówczas zrobił wokół niej zgrabną pętlę i ponownie złapał skrzydlatą piłeczkę.

Był to naprawdę wspaniały trening. Cała drużyna, natchniona dzięki Błyskawicy, wykonywała bezbłędnie najtrudniejsze manewry, a kiedy w końcu wszyscy wylądowali na boisku, Wood nie miał czego krytykować, co — jak zauważył George Weasley — zdarzyło mu się po raz pierwszy.

— Nie wyobrażam sobie, co mogłoby nas jutro powstrzymać — powiedział Wood. — Chyba że... Harry, masz już sposób na tych dementorów, co?

— No jasne — odpowiedział Harry, myśląc o swoim wątłym patronusie i marząc, by okazał się silniejszy.

— Dementorzy już się nie pojawią, Dumbledore by się wściekł — oświadczył stanowczo Fred.

— Miejmy nadzieję — rzekł Wood. — W każdym razie... to była dobra robota. Dziękuję wszystkim. Wracajmy do wieży, jutro trzeba wcześnie wstać...

— Ja jeszcze trochę zostanę, Ron chce polatać na Błyskawicy — powiedział Harry.

Reszta drużyny udała się do szatni, a Harry ruszył w stronę trybun. Ron przeskoczył barierkę i już biegł mu na spotkanie. Pani Hooch przysnęła na ławeczce.

— Masz — powiedział Harry, wręczając mu Błyskawicę.

Ron dosiadł miotły z taką miną, jakby pogrążał się w ekstazie, i poszybował w zapadającym zmierzchu, a Harry szedł skrajem boiska, obserwując go. Zrobiło się ciemno, zanim pani Hooch wzdrygnęła się, otworzyła oczy, zwymyślała Harry'ego i Rona za to, że jej nie obudzili i kazała im wracać do zamku.

Harry oparł miotłę o ramię i razem z Ronem opuścił ciemny już stadion. Po drodze zachwycali się Błyskawicą: jej kapitalną równowagą, fenomenalnym przyspieszeniem i zwrotnością. Byli już w połowie drogi do zamku, kiedy Harry zerknął w lewo i zobaczył coś, co spowodowało, że serce mu podskoczyło do gardła — parę świecących w ciemności oczu.

Zamarł, a serce tłukło mu się o żebra.

— Co jest? — zapytał Ron.

Harry mu pokazał. Ron wyjął różdżkę i mruknął:

— *Lumos.*

Promień światła padł na trawę, zatrzymując się na jakimś drzewie; na jednej z dolnych gałęzi czaił się wśród więdnących liści Krzywołap.

— Złaź stamtąd! — krzyknął Ron, a potem schylił się i złapał kamień leżący w trawie, ale zanim zdążył się wyprostować, Krzywołap machnął swoim długim rudym ogonem i zniknął w ciemnościach.

— Widzisz? — powiedział ze złością Ron, odrzucając kamień. — Wciąż mu pozwala łazić, gdzie mu się żywnie podoba... pewno już zgłodniał po Parszywku i poluje na ptaki...

Harry nic nie powiedział, tylko odetchnął głęboko. Poczuł wielką ulgę: przez chwilę był pewny, że to oczy ponuraka. Ruszyli do zamku. Trochę zawstydzony tą chwilą paniki, Harry milczał przez całą drogę i nie patrzył już ani na prawo, ani na lewo, zanim weszli do jasno oświetlonej sali wejściowej.

Następnego ranka w drodze na śniadanie Harry'emu towarzyszyli wszyscy chłopcy z dormitorium, którzy uznali, że Błyskawica zasługuje na coś w rodzaju gwardii honorowej. Kiedy wszedł do Wielkiej Sali, wszystkie głowy zwróciły się w jego stronę i wybuchł gwar podnieconych głosów. Harry bardzo się ucieszył na widok min Ślizgonów: wyglądali, jakby ich piorun trzasnął.

— Widziałeś jego minę? — mruknął Ron, kiedy minęli Malfoya. — Nie wierzy własnym oczom! Ale ekstra!

Wood również pławił się w glorii Błyskawicy.

— Połóż ją tutaj, Harry — powiedział, wskazując na środek stołu, a kiedy Harry to zrobił, obrócił miotłę ostrożnie, by widać było połyskujące litery na rączce.

Wkrótce stół otoczyli Krukoni i Puchoni, żeby popatrzeć na Błyskawicę. Podszedł Cedrik Diggory i pogratulował Harry'emu tak wspaniałego sprzętu, a Penelopa Clearwater z Ravenclawu, dziewczyna Percy'ego, zapytała nieśmiało, czy może potrzymać Błyskawicę.

— No, no, Penelopo, tylko bez żadnych sztuczek! — zawołał Percy, kiedy oglądała miotłę. — Penelopa i ja założyliśmy się — wyjaśnił. — Dziesięć galeonów za wynik meczu!

Penelopa odłożyła miotłę, podziękowała Harry'emu i wróciła do stołu Krukonów.

— Harry... tylko nie nawal — powiedział Percy na-
tarczywym szeptem. — *Ja nie mam dziesięciu galeonów.* Tak,
już idę, Pensiku! — I pobiegł, by zjeść z nią kawałek tostu.

— Jesteś pewien, że potrafisz kierować tą miotłą, co,
Potter? — rozległ się zimny, przeciągający sylaby głos.

Podszedł Malfoy, a tuż za nim stanęli Crabbe i Goyle.

— Tak mi się wydaje — odrzekł Harry zdawkowym
tonem.

— Ma kupę bajerów, no nie? — powiedział Malfoy,
a w jego oczach migotały złośliwe błyski. — Szkoda tylko,
że nie ma spadochronu... na wypadek, gdybyś zobaczył
dementora.

Crabbe i Goyle zachichotali.

— Szkoda, że nie możesz sobie doprawić dodatkowej
ręki, Malfoy — odparł Harry. — Żeby złapała za ciebie
znicza.

Gryfoni ryknęli śmiechem. Malfoy zmrużył blade oczy
i odszedł. Patrzyli, jak podchodzi do reszty drużyny Ślizgonów, którzy skupili się wokół niego, dopytując się z pewnością, czy miotła Harry'ego to prawdziwa Błyskawica.

Za kwadrans jedenasta drużyna Gryfonów powędrowała
do szatni. Pogoda była zupełnie inna niż w dniu meczu
z Puchonami. Był bezchmurny, zimny dzień, wiał lekki
wietrzyk — widoczność znakomita, więc Harry, choć nieco zdenerwowany, zaczął już odczuwać owo jedyne w swoim
rodzaju podniecenie, jakie daje mecz quidditcha. Z trybun
dochodził już gwar gromadzących się widzów. Harry zdjął
czarną szkolną szatę i wsadził różdżkę za koszulkę, którą
nosił zwykle pod szatą do quidditcha. Miał tylko nadzieję,
że nie będzie jej musiał użyć. Ciekawe, czy profesor Lupin
jest na trybunach, pomyślał nagle.

— Wiecie, co musimy zrobić — powiedział Wood,

kiedy byli gotowi do wyjścia. — Jeśli przegramy ten mecz, możemy się pożegnać z pucharem. Po prostu... po prostu latajcie tak, jak na wczorajszym treningu, a wszystko będzie dobrze!

Wyszli na stadion, witani gromkimi brawami i okrzykami. Drużyna Krukonów, ubrana w niebieskie stroje, stała już na środku boiska. Ich szukająca, Cho Chang, była jedyną dziewczyną w drużynie. Była niższa o głowę od Harry'ego i — jak zauważył Harry pomimo zdenerwowania — bardzo ładna. Uśmiechnęła się do niego, kiedy obie drużyny stanęły naprzeciw siebie, a on poczuł dziwną sensację w okolicach żołądka, która nie miała nic wspólnego ze stanem jego nerwów.

— Wood, Davies, podajcie sobie ręce — powiedziała dziarsko pani Hooch i Wood uścisnął dłoń kapitanowi Krukonów.

— Dosiąść mioteł... i na mój gwizdek... trzy... dwa... jeden...

Harry odepchnął się mocno stopami od ziemi i wzbił w powietrze szybciej i wyżej od innych; poszybował wokół stadionu, rozglądając się za zniczem i słuchając sprawozdawcy, którym jak zwykle był Lee Jordan, przyjaciel Freda i George'a.

— Wystartowali! Wielkie podniecenie budzi we wszystkich Błyskawica, której w tym meczu dosiada Harry Potter z Gryffindoru. Według poradnika *Jak wybrać miotłę* to właśnie Błyskawica będzie modelem, na którym wystartują drużyny narodowe w tegorocznych mistrzostwach świata...

— Jordan, czy mógłbyś zająć się tym, co dzieje się na boisku? — przerwał mu głos profesor McGonagall.

— Tak jest, pani profesor... ja tylko podaję kilka dodatkowych informacji. Nawiasem mówiąc, Błyskawica ma wbudowany samoczynny hamulec i...

— Jordan!

— Okej, okej, Gryfoni przy piłce, Katie Bell leci, by zająć pozycję do strzału...

Harry śmignął obok Katie, szybując w przeciwnym kierunku. Cho Chang trzymała się go dość blisko. Zauważył, że dziewczyna znakomicie prowadzi miotłę — raz po raz przelatywała tuż przed nim, zmuszając go do zmiany kierunku.

— Pokaż jej, co to jest przyspieszenie, Harry! — ryknął Fred, który przemknął obok niego, ścigając tłuczka zagrażającego Alicji.

Harry okrążył bramki Krukonów i przyspieszył. Cho również zrobiła wiraż, ale pozostała w tyle. Katie zdobyła pierwszego gola w tym meczu, kibice Gryfonów wrzasnęli z uciechy... i nagle zobaczył złoty błysk tuż przy ziemi, blisko jednej z barierek.

Zanurkował. Cho to dostrzegła i pomknęła za nim. Harry przyspieszył, czując radosne podniecenie: nurkowanie było jego specjalnością. Miał już z dziesięć stóp przewagi...

W tym momencie pojawił się nie wiadomo skąd tłuczek, odbity przez jednego z pałkarzy Krukonów. Harry zrobił gwałtowny unik, tłuczek minął go o cal, ale w ciągu tych kilku sekund znicz zniknął.

Z części trybun, w której siedzieli kibice Gryfonów, rozległo się donośne „ooooch!", podczas gdy kibice Krukonów nagrodzili gromkimi brawami akcję swojego pałkarza. George Weasley zareagował natychmiast, odbijając tłuczka silnym uderzeniem prosto w drugiego pałkarza Krukonów, który przetoczył się w powietrzu na plecy, żeby go uniknąć.

— Osiemdziesiąt do zera dla Gryfonów! Ach, popatrzcie na lot Błyskawicy! Teraz Potter pokazuje, co potrafi ta miotła! Jakie zwroty... Chang nie ma żadnych szans na swojej Komecie. Niesamowita równowaga Błyskawicy, ta precyzja lotu...

— JORDAN! PRODUCENT BŁYSKAWIC ZAPŁACIŁ CI ZA REKLAMĘ? KOMENTUJ MECZ!

Krukoni zaczęli odrabiać stratę. Zdobyli już trzy gole, zmniejszając przewagę Gryfonów do pięćdziesięciu punktów — jeśli Cho uda się złapać znicza przed Harrym, wygrają mecz. Harry śmignął tuż obok ścigającego Krukonów i opadł niżej, gorączkowo przeszukując wzrokiem boisko. I oto... błysk złota, trzepotanie skrzydełek... Znicz okrążał bramki Gryfonów...

Harry przyspieszył, nie spuszczając złotej plamki z oczu, ale w następnej sekundzie Cho pojawiła się przed nim jak duch, blokując mu drogę.

— HARRY, NIE JESTEŚ W SALONIE! — ryknął Wood, gdy Harry zboczył gwałtownie, by uniknąć zderzenia. — ZWAL JĄ Z MIOTŁY, JAK MUSISZ!

Harry zawrócił i spojrzał na Cho: śmiała się. Znicz znowu zniknął. Harry szarpnął za rączkę Błyskawicy i wzbił się w górę, ponad resztę zawodników. Kątem oka zobaczył, że Cho leci za nim... najwidoczniej postanowiła go pilnować, zamiast samodzielnie szukać znicza. Więc dobrze... jeśli chce siedzieć mu na ogonie, będzie musiała ponieść tego konsekwencje...

Znowu zanurkował, a Cho, sądząc, że dojrzał znicza, poszybowała za nim. Harry wyhamował ostro, podczas gdy Cho nadal pikowała, natychmiast wzbił się w górę z szybkością pocisku i zobaczył znicza po raz trzeci: tym razem złota plamka błysnęła nad boiskiem po stronie Krukonów.

Przyspieszył, i to samo, tyle że wiele stóp niżej, zrobiła Cho. Wiedział już, że wygrywa, że za chwilę poczuje trzepotanie znicza w dłoni... I wówczas...

— Och! — wrzasnęła Cho, wskazując na coś ręką.

Harry bezwiednie spojrzał w dół.

Z dołu patrzyło na niego trzech czarnych, zakapturzonych dementorów.

Nie przestał myśleć. Sięgnął za koszulkę, wyciągnął różdżkę i krzyknął:

— *Expecto patronum!*

Coś srebrnobiałego, coś wielkiego wystrzeliło z końca różdżki i pomknęło prosto ku dementorom. Harry nie zatrzymał się jednak, by na to popatrzyć, umysł miał nadal cudownie jasny, spojrzał w górę — był tuż-tuż. Wyciągnął rękę, wciąż ściskając różdżkę, i końcami palców schwytał małą, trzepoczącą się rozpaczliwie piłeczkę.

Rozległ się gwizdek. Harry zrobił zwrot i zobaczył sześć szkarłatnych plam mknących ku niemu. W następnej chwili cała drużyna rzuciła się na niego z takim entuzjazmem, że o mało nie spadł z miotły. Z dołu dochodził ryk kibiców Gryffindoru.

— To mój chłopak! — wrzeszczał Wood.

Alicja, Angelina i Katie obcałowały Harry'ego, a Fred uścisnął go tak, że Harry myślał, że urwie mu głowę. Opadli na ziemię w chaotycznym kłębowisku. Harry zsiadł z miotły i zobaczył wbiegających na boisko Gryfonów z Ronem na przedzie. Zanim się spostrzegł, otoczył go wiwatujący tłum.

— Hurra! — ryczał Ron, łapiąc go za rękę i podnosząc ją w górę. — Hurra! Hurra!

— Dobra robota, Harry! — powiedział Percy z zachwytem. — Wygrałem dziesięć galeonów! Przepraszam, muszę znaleźć Penelopę...

— Ale zagrałeś! — krzyknął Seamus Finnigan.

— Twardziel z ciebie, Harry! — zagrzmiał Hagrid ponad głowami Gryfonów.

— Niezły był ten patronus — zabrzmiał głos w uchu Harry'ego.

Odwrócił się i zobaczył profesora Lupina, który wyglądał na wstrząśniętego i uradowanego jednocześnie.

— W ogóle nie poczułem dementorów! — powiedział podekscytowany Harry. — Nic, zupełnie nic!

— Bo... widzisz... to nie byli dementorzy — rzekł profesor Lupin. — Sam zobacz...

Wyprowadził Harry'ego z tłumu, na skraj boiska.

— Napędziłeś panu Malfoyowi strachu — powiedział Lupin.

Harry wytrzeszczył oczy. Malfoy, Crabbe, Goyle i Marcus Flint, kapitan drużyny Ślizgonów — wszyscy miotali się rozpaczliwie, żeby się uwolnić z długich, czarnych szat z kapturami. Wyglądało na to, że Malfoy wlazł Goyle'owi na ramiona. A nad nimi stała profesor McGonagall; sądząc po jej twarzy, dostała ataku prawdziwej furii.

— Nędzna sztuczka! Niegodna, tchórzliwa próba wyłączenia z gry szukającego Gryfonów! Szlaban dla wszystkich, Slytherin traci pięćdziesiąt punktów! Możecie być pewni, że pomówię o tym z profesorem Dumbledore'em! O, właśnie idzie!

Jeśli cokolwiek mogło przypieczętować zwycięstwo Gryfonów, to tylko to. Ron, który przybiegł zdyszany, skręcał się ze śmiechu na widok Malfoya usiłującego rozpaczliwie wyplątać się z czarnej szaty, w której uwięzła głowa Goyle'a.

— Idziemy, Harry! — zawołał George, przepychając się przez zbiegowisko. — Balanga! W naszym pokoju wspólnym! Zaraz!

— Słusznie — rzekł Harry, czując się tak szczęśliwy, jak nie czuł się od dawna.

I cała drużyna, nie zdejmując szkarłatnych szat, opuściła stadion, kierując się ku zamkowi.

Cieszyli się tak, jakby już zdobyli Puchar Quidditcha; zabawa trwała przez cały dzień do późnej nocy. Fred i George Weasleyowie zniknęli na parę godzin i wrócili z kilkunastoma butlami kremowego piwa i dyniowego musu oraz kilkoma torbami słodyczy z Miodowego Królestwa.

— Jak to zrobiliście? — zapiszczała Angelina Johnson, kiedy George i Fred zaczęli rzucać w tłum miętowymi żabami.

— Z niewielką pomocą Lunatyka, Glizdogona, Łapy i Rogacza — szepnął Harry'emu w ucho Fred.

Tylko jedna osoba nie brała udziału w zabawie. Aż trudno w to uwierzyć, ale Hermiona siedziała w kącie, próbując czytać olbrzymią księgę pod tytułem *Życie domowe i obyczaje brytyjskich mugoli*. Harry odszedł na chwilę od stołu, przy którym Fred i George zaczęli żonglować butlami kremowego piwa, i podszedł do niej.

— Byłaś chociaż na meczu? — zapytał.

— No pewnie — odpowiedziała Hermiona dziwnie piskliwym głosem, ale nie podniosła głowy. — I bardzo się cieszę, że wygraliśmy, a ty spisałeś się naprawdę świetnie, ale muszę to przeczytać do poniedziałku.

— Daj spokój, Hermiono, chodź do nas i zjedz coś — rzekł Harry, patrząc z daleka na Rona i zastanawiając się, czy jest w dostatecznie dobrym humorze, żeby jej przebaczyć.

— Nie mogę, Harry, mam jeszcze czterysta dwadzieścia dwie strony do przeczytania! — odpowiedziała Hermiona lekko histerycznym głosem. — Zresztą... — teraz i ona zerknęła na Rona — on na pewno nie ma na to ochoty.

Nie było sensu się z nią sprzeczać, bo Ron wybrał akurat ten moment, by powiedzieć na głos:

— Gdyby Parszywek sam nie został *zjedzony*, zjadłby sobie parę tych karmelkowych muszek, bardzo je lubił...

Hermiona rozpłakała się. Zanim Harry zdążył zareagować, wsadziła olbrzymią księgę pod pachę i, wciąż łkając, pobiegła ku schodom prowadzącym do sypialni dziewcząt.

— Nie możesz dać jej spokoju? Chociaż na chwilę? — zapytał cicho Harry.

— Nie — odrzekł Ron. — Gdyby okazała, że jest jej przykro... ale ona nigdy się nie przyzna, że zrobiła coś złego. Wciąż tak się zachowuje, jakby Parszywek wyjechał na wakacje czy coś w tym rodzaju.

Balanga w wieży Gryffindoru dobiegła końca dopiero o pierwszej w nocy, kiedy pojawiła się profesor McGonagall w kraciastym szlafroku i siatce na włosach, nakazując wszystkim iść spać. Harry i Ron wspięli się po krętych schodach do dormitorium, wciąż dyskutując o meczu. W końcu Harry, kompletnie wyczerpany, położył się do łóżka, zaciągnął zasłony między czterema kolumienkami, żeby księżyc nie świecił mu w oczy, i prawie natychmiast zasnął.

Miał bardzo dziwny sen. Szedł przez las, z Błyskawicą na ramieniu, za czymś srebrnobiałym. To coś kluczyło pomiędzy drzewami, tak że widział tylko lśnienie między liśćmi. Przyspieszył, ale to samo zrobiło białe widmo. Zaczął biec, a przed sobą usłyszał tętent kopyt. W końcu stanął na skraju jakiejś polany i...

— AAAAAAAAAACH! NIEEEEEEEEEEEEEE!

Harry obudził się tak nagle, jakby ktoś go uderzył w twarz. Nic nie widząc w ciemności, zaczął się szamotać z zasłonami wokół łóżka. Usłyszał szybkie kroki, a potem głos Seamusa z drugiego końca pokoju:

— Co się dzieje?

Zdawało mu się, że trzasnęły drzwi. Znalazł w końcu skraje zasłon, rozsunął je gwałtownym ruchem i w tym samym momencie Dean Thomas zapalił lampę.

Ron siedział na swoim łóżku. Kotary były z jednej strony rozdarte, a na jego twarzy malowało się krańcowe przerażenie.

— Black! Syriusz Black! Z nożem!

— Co?

— Tutaj! Dopiero co! Rozchlastał zasłony! Obudził mnie!

— Jesteś pewny, że ci się nie przyśniło? — zapytał Dean.

— Spójrz na zasłony! Mówię wam, on tu był!

Wszyscy powyłazili z łóżek. Harry pierwszy dotarł do drzwi. Zbiegli po schodach. Za nimi otwierały się drzwi i rozlegały zaspane głosy.

— Kto tak wrzeszczał?

— Co wy robicie?

Żar z kominka oświetlał pokój wspólny, zaśmiecony pozostałościami po uczcie. Nikogo tu nie było.

— Ron, jesteś pewny, że to nie był sen?

— Mówię wam, widziałem go!

— Co to za hałasy?

— Profesor McGonagall kazała nam spać!

Pojawiło się kilka dziewcząt, nakładających szlafroki i ziewających. Schodzili się też chłopcy.

— Ekstra, bawimy się dalej? — zapytał uradowany Fred.

— Wszyscy z powrotem na górę! — krzyknął Percy, wpadając do pokoju wspólnego i przypinając sobie w biegu do piżamy odznakę prefekta naczelnego.

— Percy... To był Syriusz Black! — wydyszał Ron.

— W naszym dormitorium! Z nożem! Obudził mnie!

Zrobiło się cicho.

— Bzdury! — powiedział Percy, ale widać było, że jest przestraszony. — Musiałeś za dużo zjeść, Ron... miałeś koszmarny sen...

— Mówię ci...

— Tego już za wiele!

Wróciła profesor McGonagall. Weszła, trzasnęła portretem i potoczyła po pokoju wściekłym wzrokiem.

— Jestem zachwycona z wygranej Gryffindoru, ale to już przestaje być zabawne! Percy, tego się po tobie nie spodziewałam!

— Nie mam z tym nic wspólnego, pani profesor! — powiedział Percy, prostując się z godnością. — Właśnie im mówiłem, żeby wracali do łóżek! Mój brat Ron miał koszmarny sen i...

— TO WCALE NIE BYŁ SEN! PANI PROFESOR, OBUDZIŁEM SIĘ, A NADE MNĄ STAŁ SYRIUSZ BLACK Z NOŻEM W RĘKU!

Profesor McGonagall przyglądała mu się badawczo.

— Nie bądź śmieszny, Weasley, a niby jak mógł się przedostać przez dziurę w portrecie?

— Jego niech pani zapyta! — krzyknął Ron, wskazując drżącym palcem Sir Cadogana. — Niech go pani zapyta, czy widział...

Patrząc podejrzliwie na Rona, profesor McGonagall

pchnęła portret i wyszła przez dziurę. Wszyscy nasłuchiwali, wstrzymując oddech.

— Sir Cadoganie, czy niedawno wpuścił pan do wieży Gryffindoru jakiegoś mężczyznę?

— Tak jest, łaskawa pani! — zawołał ochoczo Sir Cadogan.

Teraz zrobiło się cicho również po tamtej stronie ściany.

— Co?... Wpuścił pan?! — rozległ się po chwili głos profesor McGonagall. — A... a hasło?

— Znał je! — odrzekł z dumą Sir Cadogan. — Miał listę z hasłami na cały tydzień, moja pani! Wszystkie mi odczytał!

Profesor McGonagall przelazła z powrotem przez dziurę i stanęła przed oniemiałym tłumem. Była biała jak kreda.

— Który z was... — zaczęła rozdygotanym głosem. — Co za bałwan zapisał sobie hasła na cały tydzień i zostawił gdzieś listę na wierzchu?

Odpowiedziało jej milczenie przerywane cichymi piskami przerażenia. A potem Neville Longbottom, dygocząc od stóp do głów, powoli podniósł rękę.

ROZDZIAŁ CZTERNASTY

Złość Snape'a

Tej nocy w wieży Gryffindoru nikt już nie zasnął. Wiedzieli, że zabrano się ponownie do przeszukania zamku i cały dom pozostał w pokoju wspólnym, czekając na wiadomość o schwytaniu Syriusza Blacka. Profesor McGonagall wróciła o świcie, aby im oznajmić, że i tym razem udało mu się uciec.

Następnego dnia na każdym kroku napotykali oznaki wzmożonych środków bezpieczeństwa. Profesor Flitwick pouczał drzwi frontowe, jak rozpoznać Syriusza Blacka, posługując się jego wielkim portretem; Filch biegał po korytarzach, sprawdzając wszystko — od szczelin w ścianach po mysie dziury. Sir Cadogan został wylany z posady. Jego portret przeniesiono z powrotem na siódme piętro, a strażniczką wejścia do wieży Gryffindoru ponownie została Gruba Dama, fachowo odnowiona, ale wciąż bardzo przerażona; zgodziła się na powrót jedynie pod warunkiem, że otrzyma dodatkową ochronę. W tym celu wynajęto grupę gburowatych trolli, które krążyły po korytarzu, porozumiewając się ze sobą chrząknięciami i porównując rozmiary swoich maczug.

Harry zauważył, że posągu jednookiej czarownicy na trzecim piętrze nadal nikt nie pilnuje, co pozwalało mu sądzić, iż Fred i George — a teraz również on, Ron i Hermiona — są jedynymi osobami, które wiedzą o tajemnym przejściu.

— Nie uważasz, że powinniśmy komuś o tym powiedzieć? — zapytał Rona.

— Wiemy, że Black nie dostaje się tu przez Miodowe Królestwo — odpowiedział Ron. — Gdyby się włamał do sklepu, już byśmy o tym usłyszeli.

Harry chętnie zgodził się z takim stanowiskiem. Gdyby przy jednookiej czarownicy też ustawiono straż, nie mógłby już nigdy odwiedzić Hogsmeade.

Ron stał się nagle bardzo znaną osobą. Po raz pierwszy w życiu cieszył się większą popularnością niż Harry i nietrudno było zauważyć, że sprawia mu to przyjemność. Choć wciąż był wstrząśnięty swoją nocną przygodą, chętnie opowiadał każdemu, kto go zapytał, co się stało, i to z wszystkimi szczegółami.

— ...spałem, nagle usłyszałem ten odgłos, jakby coś się pruło, i pomyślałem, że to w moim śnie... No i wtedy poczułem ten powiew... obudziłem się, kotara była rozdarta... przewróciłem się na bok... i wtedy go zobaczyłem... był jak kościotrup, z masą brudnych włosów... i trzymał taki długi nóż, chyba ze dwanaście cali... i spojrzał na mnie, a ja na niego, i wtedy wrzasnąłem, a on zwiał.

— Ale dlaczego? — zwrócił się Ron do Harry'ego, kiedy już rozeszła się grupa drugoklasistek, które przysłuchiwały się tej mrożącej krew w żyłach opowieści. — Dlaczego uciekł?

Harry też się nad tym zastanawiał. Dlaczego Black, stwierdziwszy, że trafił na niewłaściwe łóżko, nie uciszył

Rona i nie szukał dalej jego, Harry'ego? Dwanaście lat temu Black udowodnił, że potrafi mordować niewinnych ludzi, a tym razem miał do czynienia z pięcioma nieuzbrojonymi chłopcami, z których czterech spało.

— Pewnie zdał sobie sprawę, że trudno mu będzie wydostać się z zamku, bo narobisz rabanu i zaraz wszyscy się pobudzą — powiedział Harry. — Musiałby pozabijać wszystkich w naszym domu, żeby dostać się do dziury pod portretem, a później napotkałby nauczycieli...

Neville przeżywał ciężki okres. Profesor McGonagall była na niego tak wściekła, że pozbawiła go prawa do odwiedzania Hogsmeade, dała mu szlaban i zakazała wszystkim podawania mu hasła do wieży Gryffindoru. Biedny Neville musiał teraz co wieczór czekać przed portretem na kogoś, kto wpuściłby go do pokoju wspólnego, narażony na niezbyt przyjazne spojrzenia trolli. Żadną z tych kar nie przejął się jednak aż tak bardzo, jak tą, którą mu wymierzyła jego babcia. Dwa dni po nocnej przygodzie przysłała mu najgorszą rzecz, jaką uczeń Hogwartu mógł otrzymać przy śniadaniu — wyjca.

Szkolne sowy jak zwykle wleciały do Wielkiej Sali, roznosząc pocztę, i Neville zakrztusił się, gdy olbrzymi puchacz wylądował przed nim na stole, trzymając w dziobie szkarłatną kopertę. Harry i Ron, którzy siedzieli naprzeciwko, od razu rozpoznali wyjca — Ron w ubiegłym roku dostał już jednego od matki.

— Zwiewaj z tym — doradził Neville'owi.

Nie trzeba było mu tego powtarzać. Złapał kopertę i trzymając ją przed sobą jak bombę, wybiegł z sali, na co stół Ślizgonów ryknął gromkim śmiechem. Ale i tak usłyszeli, jak wyjec eksplodował w sali wejściowej — głos babci Neville'a, grzmiący ze sto razy mocniej niż zwykle, obwieścił wszystkim o wstydzie, jaki Neville przyniósł całej rodzinie.

Harry tak się przejął pognębieniem Neville'a, że nie od razu spostrzegł, iż on również dostał list. Hedwiga musiała dziobnąć go w rękę, żeby zwrócić na siebie uwagę.

— Auu! Och... dzięki, Hedwigo...

Rozerwał kopertę, a Hedwiga zabrała się do kukurydzianych płatków Neville'a. Liścik wewnątrz koperty brzmiał:

Kochane chłopaki, Harry i Ron,
a jakby tak wypili razem herbatkę o szóstej
wieczorem? Przyjdę i zabiorę was z zamku.
CZEKAJCIE NA MNIE W SALI
WEJŚCIOWEJ. NIE WOLNO WAM
WYCHODZIĆ BEZE MNIE.
Pozdrowienia,
Hagrid

— Pewnie chce się dowiedzieć wszystkiego o Blacku! — powiedział Ron.

Tak więc o szóstej po południu Harry i Ron opuścili wieżę Gryffindoru, szybko przeszli przez kontrolę bezpieczeństwa na korytarzu i zbiegli do sali wejściowej.

Hagrid już na nich czekał.

— No co, Hagridzie — powitał go Ron — na pewno chcesz, żebym ci opowiedział, co tu się wydarzyło w sobotnią noc?

— Już o tym słyszałem — odpowiedział Hagrid, otwierając drzwi frontowe i wyprowadzając ich na zewnątrz.

— Aha — mruknął Ron, nieco rozczarowany.

Pierwszą rzeczą, jaką zobaczyli po wejściu do chatki Hagrida, był Hardodziob, rozciągnięty wygodnie na kolorowej kołdrze. Skrzydła miał stulone tuż przy bokach, a przed nim stał wielki półmisek pełen martwych fretek. Odwróciwszy spojrzenie od tego niezbyt przyjemnego widoku, Harry ujrzał na drzwiach szafy olbrzymi, włochaty, brązowy garnitur i wyjątkowo okropny żółto-pomarańczowy krawat.

— Po co ci to, Hagridzie? — zapytał Harry, wskazując na ubranie.

— Sprawa Hardodzioba przed Komisją Likwidacji Niebezpiecznych Stworzeń — odpowiedział Hagrid. — W ten piątek. On i ja jadziemy razem do Londynu. Zamówiłem dwa łóżka w Błędnym Rycerzu...

Harry poczuł niemiłe ukłucie wyrzutu sumienia. Całkowicie zapomniał o procesie Hardodzioba, a sądząc po zakłopotanej minie Rona, on również. Zaaferowani Błyskawicą, zapomnieli też o swojej obietnicy opracowania linii obrony.

Hagrid nalał im herbaty i poczęstował słodkimi bułeczkami własnej roboty, ale woleli grzecznie odmówić, mając już bogate doświadczenie z jego domowymi wypiekami.

— Chciałbym z wami o czymś pogadać, chłopaki — rzekł Hagrid, siadając między nimi i robiąc wyjątkowo poważną minę.

— O czym? — zapytał Harry.

— O Hermionie — odrzekł Hagrid.

— A co z nią jest? — zapytał Ron.

— Nie jest dobrze, ot co. Od Bożego Narodzenia często tu przychodzi. Czuje się taka samotna. Najpierw nie rozmawialiście z nią, bo mieliście w głowach tylko Błyskawicę, potem dlatego, że jej kot...

— ...zjadł Parszywka! — wpadł mu w słowo Ron.

— ...dlatego, że jej kot zachował się tak, jak wszystkie koty — ciągnął Hagrid, nie zwracając uwagi na złośliwą uwagę Rona. — Chlipała mi tu parę razy, no wiecie. Jest w podłym nastroju. Jakby mnie kto zapytał, tobym powiedział, że chapnęła za dużo i teraz nie może przełknąć. No wiecie, nawaliła sobie za dużo roboty. A przy tym wszystkim, cholibka, znalazła czas, żeby mi pomóc z tym Hardodziobem... Wynalazła mi naprawdę mocne kawałki... teraz to chyba ma szansę...

— Hagridzie, my też powinniśmy ci pomóc... przepraszamy... — zaczął nieśmiało Harry.

— Przecież wam nie wypominam! — ryknął Hagrid.

— Wiem, co macie na głowie, chłopaki, widziałem, jak trenowaliście quidditcha... dzień i noc... o każdej porze... ale muszę wam powiedzieć... no... myślałem, że dla was dwóch przyjaźń więcej znaczy niż miotły i szczury. To wszystko.

Harry i Ron popatrzyli na siebie zmieszani.

— Naprawdę była okropnie przybita, kiedy Black o mało cię nie dziabnął, Ron. Hermiona ma serce we właściwym miejscu, a wy dwaj w ogóle się do niej nie odzywacie...

— Wystarczy, że przepędzi tego kota, a będę z nią rozmawiał! — wybuchnął Ron. — A ona tylko go broni! To wariat, a ona nie da na niego nic powiedzieć!

— Ach... no cóż, ludzie często mają kręćka na punkcie swoich ulubionych zwierzątek — powiedział Hagrid tonem znawcy.

Za jego plecami Hardodziob wypluł na poduszkę parę kostek fretki.

Przez resztę odwiedzin dyskutowali o szansach Gryfonów na Puchar Quidditcha. O dziewiątej Hagrid odprowadził ich do zamku.

Kiedy wrócili do pokoju wspólnego, zobaczyli zbiegowisko przed tablicą ogłoszeń.

— Hogsmeade, w przyszłym tygodniu! — ucieszył się Ron, wyciągając szyję ponad głowami innych, żeby odczytać ogłoszenie. — Co ty na to? — zagadnął cicho Harry'ego, kiedy odeszli, żeby usiąść w kącie.

— No, Filch jeszcze nic nie zrobił z tym przejściem do Miodowego Królestwa... — odrzekł jeszcze ciszej Harry.

— Harry! — zabrzmiał mu głos w prawym uchu.

Harry wzdrygnął się i spojrzał na Hermionę, która siedziała przy stoliku na prawo od nich i robiła wyłom w zasłaniającym ją dotąd murze książek.

— Harry, jeśli jeszcze raz spróbujesz się wybrać do Hogsmeade... powiem profesor McGonagall o tej mapie!

— Czy mi się zdawało, że ktoś coś mówił, Harry? — warknął Ron, nie patrząc w jej stronę.

— Ron, jak możesz go do tego namawiać! Po tym, jak Syriusz Black o mało cię nie zadźgał! Ja nie żartuję, powiem...

— A więc teraz chcesz, żeby Harry'ego wywalono ze szkoły, tak? — powiedział ze złością Ron. — Nie dość narozrabiałaś w tym roku?

Hermiona otworzyła usta, żeby mu odpowiedzieć, ale w tym momencie Krzywołap z cichym prychnięciem wskoczył jej na kolana. Rzuciła przerażone spojrzenie na minę Rona, chwyciła Krzywołapa i pobiegła w kierunku schodów do sypialni dziewcząt.

— No więc jak? — zapytał Ron Harry'ego, jakby nigdy nic. — Nie wygłupiaj się, poprzednim razem niczego nie widziałeś. Jeszcze nie byłeś u Zonka!

Harry upewnił się, że Hermiony naprawdę nie ma w pobliżu.

— No dobra. Ale tym razem wezmę pelerynę-niewidkę.

W sobotę rano Harry zapakował pelerynę-niewidkę do torby, wsunął Mapę Huncwotów do wewnętrznej kieszeni i poszedł z innymi na śniadanie. Hermiona wciąż rzucała na niego podejrzliwe spojrzenia, ale unikał ich jak mógł. Po śniadaniu, kiedy wszyscy zaczęli się tłoczyć przy frontowych drzwiach, dopilnował, by Hermiona zobaczyła, jak wchodzi na górę po marmurowych schodach.

— No to cześć! — zawołał do Rona. — Zobaczymy się, jak wrócisz!

Ron wyszczerzył zęby i mrugnął do niego.

Harry popędził na trzecie piętro, wyciągając w biegu mapę. Przycupnął za posągiem jednookiej czarownicy i wygładził pergamin. Maleńka kropka zmierzała w jego stronę. Przyjrzał się jej z bliska i dostrzegł maleńkie litery: „Neville Longbottom".

Harry szybko wyciągnął różdżkę, mruknął: *Dissendium!* i wrzucił torbę do otworu w posągu, ale zanim zdążył sam wepchnąć się do środka, Neville wyszedł zza rogu korytarza.

— Harry! Zapomniałem, że ty też masz szlaban na Hogsmeade!

— Cześć, Neville — powiedział Harry, odsuwając się szybko od posągu i chowając mapę do kieszeni. — Co będziesz robić?

— Nie mam pojęcia — wzruszył ramionami Neville. — Może zagramy w eksplodującego durnia?

— Ee... nie teraz... właśnie szedłem do biblioteki, muszę napisać wypracowanie o wampirach dla Lupina...

— Pójdę z tobą! — zawołał ochoczo Neville. — Ja też jeszcze tego nie napisałem!

— Ee... ach, nie... zupełnie zapomniałem, przecież wczoraj wieczorem już je skończyłem!

— Świetnie, to mi pomożesz! — ucieszył się Neville,

a jego okrągła buzia zaróżowiła się z przejęcia. — Nie rozumiem, o co chodzi z tym czosnkiem... czy to one mają go zjeść, czy...

Nagle urwał, utkwiwszy spojrzenie gdzieś ponad ramieniem Harry'ego.

To był Snape. Neville szybko cofnął się za Harry'ego.

— A co wy tu robicie? — zapytał Snape, zatrzymując się i patrząc to na jednego, to na drugiego. — Trochę dziwne miejsce jak na spotkania...

Harry oblał się zimnym potem, bo Snape przeniósł spojrzenie z nich na drzwi po jednej stronie, potem po drugiej, aż wreszcie zatrzymał je na jednookiej czarownicy.

— My się tu nie spotykamy... — wyjąkał. — Po prostu się... spotkaliśmy.

— Czyżby? Ty, Potter, masz zwyczaj pojawiania się w dziwnych miejscach, ale rzadko bez jakiegoś powodu... Proszę mi zaraz wracać do wieży Gryffindoru. Tam jest wasze miejsce.

Harry i Neville oddalili się bez słowa. Kiedy skręcali za róg korytarza, Harry spojrzał za siebie. Snape obmacywał głowę jednookiej czarownicy, przyglądając się jej uważnie.

Harry'emu udało się pozbyć Neville'a przy portrecie Grubej Damy. Podał mu hasło, a sam udał, że zostawił wypracowanie o wampirach w bibliotece i musi po nie wrócić. Kiedy już uwolnił się od podejrzliwych spojrzeń trolli, wyciągnął mapę i podsunął ją sobie pod nos.

Korytarz na trzecim piętrze wyglądał na opustoszały. Harry uważnie przejrzał mapę i ku swojej uldze dostrzegł kropkę z napisem „Severus Snape" w jego gabinecie.

Pobiegł z powrotem do jednookiej czarownicy, otworzył garb, wsunął się do środka i ześliznął na dno kamiennej rynny, gdzie znalazł swoją torbę. Szybko stuknął różdżką w mapę, szepnął zaklęcie, upewnił się, że wszystko zniknęło i puścił się biegiem podziemnym korytarzem.

Harry, ukryty pod peleryną-niewidką, wyszedł z Miodowego Królestwa na zalaną słońcem ulicę i szturchnął Rona w plecy.

— To ja — szepnął.

— Co cię zatrzymało? — syknął Ron.

— Snape wszędzie węszył...

Ruszyli główną ulicą.

— Gdzie jesteś? — pytał co chwilę Ron kątem ust.

— Jesteś tu? To bardzo głupie uczucie...

Poszli na pocztę; Ron udawał, że sprawdza cenę sowy do Egiptu, żeby Harry mógł się dobrze rozejrzeć. Sowy siedziały rzędami, pohukując do niego łagodnie, a było ich co najmniej trzysta: od wielkich sów śnieżnych po maleńkie sóweczki („Tylko przesyłki miejscowe"), które mieściły się w dłoni.

Potem odwiedzili sklep Zonka, tak zatłoczony uczniami, że Harry musiał bardzo uważać, by nie wpaść na kogoś i nie spowodować wybuchu paniki. Było tu mnóstwo akcesoriów do robienia magicznych sztuczek i płatania figli, które mogłyby zaspokoić nawet najdziksze zachcianki Freda i George'a. Harry szeptał Ronowi swoje życzenia i przekazywał mu złote monety spod peleryny. Opuścili sklep z o wiele lżejszą sakiewką, ale kieszenie mieli pełne łajnobomb, cukierków wywołujących czkawkę, mydełek z żabiego skrzeku; każdy miał też po kubku do herbaty gryzącym w nos.

Dzień był słoneczny, wiał lekki wiaterek i przyjemnie było się powłóczyć, więc minęli Trzy Miotły i wspięli się na wzgórze, by zobaczyć Wrzeszczącą Chatę, najbardziej nawiedzany przez duchy dom w Wielkiej Brytanii. Stała samotnie ponad wioską i nawet w świetle dziennym wyglądała dość posępnie, z oknami zabitymi deskami i zarośniętym ogrodem.

— Unikają jej nawet duchy z Hogwartu — powiedział Ron, kiedy oparli się o płot, żeby się lepiej przyjrzeć. — Pytałem Prawie Bezgłowego Nicka... mówi, że jej mieszkańcy to nieokrzesane typy. Nikt nie może się dostać do środka. Oczywiście Fred i George próbowali, ale wszystkie wejścia są pozamykane na cztery spusty...

Harry, rozgrzany wspinaczką, rozważał właśnie zdjęcie peleryny-niewidki na kilka minut, kiedy usłyszeli jakieś głosy w pobliżu. Ktoś zmierzał ku domowi z drugiej strony wzgórza. W chwilę później pojawił się Malfoy w towarzystwie nieodłącznych Crabbe'a i Goyle'a.

— ...spodziewam się w każdej chwili sowy od ojca — mówił Malfoy. — Musiał pójść na to przesłuchanie, żeby im opowiedzieć o mojej ręce... że miałem ją unieruchomioną przez trzy miesiące...

Crabbe i Goyle zarechotali.

— Bardzo bym chciał usłyszeć, jak ten wielki włochaty kretyn będzie się sam bronił... „On jest bardzo łagodny, niech skonam..." Dla mnie to ten hipogryf już jest martwy...

Nagle spostrzegł Rona. Na jego bladej twarzy pojawił się złośliwy grymas.

— Co tu robisz, Weasley? — zapytał i przeniósł spojrzenie z Rona na rozpadający się dom. — Pewnie byś chciał tu zamieszkać, co, Weasley? Marzysz o własnej sypialni? Słyszałem, że twoja rodzina sypia w jednym pokoju... To prawda?

Harry złapał Rona z tyłu za szatę, żeby go powstrzymać przed rzuceniem się na Malfoya.

— Zostaw go mnie — syknął mu do ucha.

Takiej okazji trudno było nie wykorzystać. Harry okrążył ostrożnie Malfoya, Crabbe'a i Goyle'a, pochylił się i zebrał garść błota ze ścieżki.

— Właśnie sobie gawędziliśmy o twoim kumplu Hagridzie — powiedział Malfoy do Rona. — Wyobrażaliśmy sobie, co powie przed Komisją Likwidacji Niebezpiecznych Stworzeń. Myślisz, że się rozpłacze, jak odetną jego hipogryfowi...

PAC!

Pecyna błota ugodziła go w potylicę; ze srebrnoblond włosów spływała brudna maź.

— Co za...

Ron musiał się złapać płotu, żeby nie upaść ze śmiechu. Malfoy, Crabbe i Goyle rozglądali się głupkowato dookoła. Malfoy otrzepywał się z błota.

— Co to było? Kto to zrobił?

— To bardzo nawiedzane przez duchy miejsce, no nie? — zakpił Ron takim tonem, jakby mówił o pogodzie.

Crabbe i Goyle wyglądali na przerażonych. Ich rozdęte muskuły były bezużyteczne w walce z duchami. Malfoy rozglądał się nieprzytomnie po opustoszałym ogrodzie.

Harry skradał się po ścieżce do wyjątkowo błotnistej kałuży, przy której brzegu zielenił się cuchnący szlam.

PAC!

Tym razem Crabbe i Goyle również oberwali. Goyle podskakiwał dziko, próbując wytrzeć błoto ze swoich małych, mętnych oczu.

— To przyleciało stamtąd! — krzyknął Malfoy, ocierając twarz i wpatrując się w miejsce odległe o jakieś sześć stóp od Harry'ego.

Crabbe rzucił się do przodu, wyciągając swoje długie łapy

jak zombie. Harry okrążył go, podniósł jakiś patyk, rzucił mu w plecy i zaczął zwijać się ze śmiechu, kiedy Crabbe zrobił piruet w powietrzu, żeby zobaczyć, kto w niego rzucił. Ponieważ mógł widzieć tylko Rona, ruszył ku niemu, rozwścieczony, ale Harry podłożył mu nogę. Crabbe zachwiał się, a jego olbrzymia, płaska stopa zawadziła o skraj peleryny-niewidki. Harry poczuł gwałtowne szarpnięcie i nagle peleryna zsunęła mu się z głowy.

Malfoy wytrzeszczył oczy.

— AAACH! — wrzasnął, wskazując na wiszącą w powietrzu głowę, po czym odwrócił się i pognał w dół zbocza jak oszalały, a za nim popędzili Crabbe i Goyle.

Harry naciągnął z powrotem pelerynę, ale co się stało, to się stało i nic nie mógł na to poradzić.

— Harry! — wydyszał Ron, robiąc chwiejnie krok do przodu i wpatrując się w miejsce, gdzie zniknęła głowa Harry'ego. — Aleś się wpakował! Jeśli Malfoy powie komuś... Lepiej wracaj do zamku, i to szybko...

— Zobaczymy się później — powiedział Harry i pobiegł ścieżką w stronę wioski.

Czy Malfoy uwierzy w to, co zobaczył? Czy ktokolwiek uwierzy jemu? Nikt nie wiedział o istnieniu peleryny-niewidki... nikt prócz Dumbledore'a. Harry poczuł niemiły skurcz w żołądku — Dumbledore na pewno się domyśli, jeśli Malfoy coś powie...

Z powrotem do Miodowego Królestwa, potem po schodach do piwnicy, po kamiennej podłodze, przez klapę... Harry ściągnął pelerynę, wetknął ją pod pachę i biegł, biegł, biegł podziemnym korytarzem... Malfoy na pewno wróci pierwszy... jak długo będzie szukał któregoś z nauczycieli? Zadyszany, czując ostry ból w boku, nie zwalniał, póki nie znalazł się w kamiennym szybie. Trzeba chyba zostawić tu pelerynę-niewidkę, pomyślał, wszystko się wyda, jeśli Malfoy poskarżył się już któremuś z nauczycieli. Ukrył ją w ciemnym kącie, a potem zaczął piąć się w górę, najszybciej jak potrafił, choć spocone ręce ślizgały mu się po kamieniach. Dotarł do wnętrza garbu jednookiej czarownicy, stuknął różdżką w ściankę, wysunął głowę i wygramolił się na zewnątrz. Garb zatrzasnął się za nim i zaledwie wyskoczył zza posągu, usłyszał zbliżające się kroki.

To był Snape. Kroczył ku Harry'emu tak szybko, że czarna szata powiewała za nim jak skrzydła.

— No, no — powiedział jadowitym tonem.

Sprawiał wrażenie, jakby go coś bardzo ucieszyło, a nie chciał tego okazać. Harry starał się zrobić niewinną minę, ale dobrze wiedział, że spocona twarz i ubłocone ręce — które teraz szybko ukrył w kieszeniach — przemawiają przeciw niemu.

— Za mną, Potter — warknął Snape.

Harry ruszył za nim schodami, starając się wytrzeć dłonie o wewnętrzną stronę szaty tak, żeby Snape tego nie zauważył. Zeszli do lochów, gdzie Snape miał swój gabinet.

Harry był tutaj tylko raz, a wówczas również znajdował się w ciężkich opałach. Od ostatniego razu przybyło kilka słojów z jakimiś obrzydliwymi, oślizgłymi świństwami — wszystkie stały na półkach za biurkiem, połyskując w blasku kominka i nasycając atmosferę pokoju grozą.

— Siadaj — powiedział Snape.

Harry usiadł. Snape nadal stał.

— Pan Malfoy opowiedział mi właśnie bardzo dziwną historię, Potter.

Harry milczał.

— Mówił, że był przy Wrzeszczącej Chacie i wpadł na Weasleya... Weasley był sam.

Harry wciąż milczał.

— Pan Malfoy twierdzi, że rozmawiał z Weasleyem, gdy go ugodziła w tył głowy wielka pecyna błota. Może wiesz, jak mogło do tego dojść?

Harry udał, że jest lekko zaskoczony.

— Nie wiem, panie profesorze.

Snape świdrował go spojrzeniem. Przypominało spojrzenie hipogryfa. Harry bardzo starał się nie mrugnąć.

— Następnie pan Malfoy zobaczył nadzwyczajne zjawisko. Może domyślasz się, Potter, co to mogło być?

— Nie — odparł Harry, teraz starając się, żeby w jego głosie zabrzmiało niewinne zaciekawienie.

— To była twoja głowa, Potter. Unosiła się w powietrzu.

Zapanowało dłuższe milczenie.

— Może powinien odwiedzić panią Pomfrey — powiedział w końcu Harry. — Jeśli widuje takie rzeczy...

— Możesz mi powiedzieć, Potter, co twoja głowa robiła w Hogsmeade? — zapytał łagodnie Snape. — Twojej głowie nie wolno przebywać w Hogsmeade. Żadna część twojego ciała nie ma pozwolenia na przebywanie w Hogsmeade.

— Wiem — odrzekł Harry, starając się, by na jego twarzy nie pojawiły się oznaki poczucia winy lub strachu. — Z tego, co pan mówi, wynika, że Malfoy ma halucynacje...

— Malfoy nie ma halucynacji — warknął Snape, po czym pochylił się i położył obie dłonie na poręczach krzesła, na którym siedział Harry, tak że ich twarze znalazły się bardzo blisko siebie. — Jeśli głowa była w Hogsmeade, to była tam i reszta ciebie.

— Byłem w wieży Gryffindoru — powiedział Harry.

— Sam pan mi kazał...

— Czy ktoś może to potwierdzić?

Harry nie odpowiedział. Usta Snape'a wykrzywiły się w złośliwym uśmiechu.

— A więc to tak — powiedział, prostując się. — Wszyscy, od Ministerstwa Magii poczynając, wyłażą ze skóry, żeby uchronić słynnego Harry'ego Pottera przed Syriuszem Blackiem. Natomiast Harry Potter ma to w nosie. Niech zwykli ludzie martwią się o jego bezpieczeństwo! Słynny Harry Potter może sobie pójść tam, gdzie mu się akurat spodoba, a konsekwencje w ogóle go nie obchodzą.

Harry milczał. Snape wyraźnie chciał go sprowokować do powiedzenia prawdy, ale Harry postanowił się nie przyznawać. Snape nie ma żadnego dowodu — przynajmniej jak dotąd.

— Jak bardzo przypominasz swojego ojca, Potter — powiedział nagle Snape, a oczy mu rozbłysły. — On też był niezwykle zarozumiały. Miał pewien talent do quidditcha, więc uważał się za lepszego od nas wszystkich. Chodził dumny jak paw, otoczony swoimi przyjaciółmi i wielbicielami... puszył się, zupełnie jak ty.

— Mój tata się nie puszył — wypalił Harry, zanim zdołał się powstrzymać. — Ja też nie.

— Twój ojciec też miał w nosie regulamin — ciągnął Snape ze złośliwym uśmiechem. — Uważał, że przepisy są dla zwykłych śmiertelników, nie dla zdobywców Pucharu Quidditcha. Woda sodowa tak mu uderzyła do głowy, że...

— ZAMKNIJ SIĘ!

Harry zerwał się na nogi. Wezbrała w nim wściekłość, jakiej nie czuł od swojego ostatniego wieczoru w domu przy Privet Drive. Nie dbał o to, że twarz Snape'a stężała, a czarne oczy ciskały groźne błyski.

— Coś ty do mnie powiedział, Potter?

— Powiedziałem, żeby pan przestał mówić o moim ojcu! — krzyknął Harry. — Znam prawdę, rozumie pan? On uratował panu życie! Dumbledore mi powiedział! Nie byłoby pana tutaj, gdyby nie mój ojciec!

Żółtawa cera Snape'a przybrała barwę zsiadłego mleka.

— A czy dyrektor powiedział ci, w jakich okolicznościach twój ojciec uratował mi życie? — wyszeptał. — A może uznał te szczegóły za zbyt niemiłe dla delikatnych uszu wielkiego Pottera?

Harry przygryzł wargi. Nie wiedział, co się właściwie wówczas stało, i nie chciał się do tego przyznać — ale Snape zdawał się domyślać prawdy.

— Bardzo bym nie chciał, żebyś stąd odszedł z fałszywym wyobrażeniem na temat swojego ojca, Potter — rzekł, a okropny grymas wykrzywił jego twarz. — Wyobrażałeś sobie jakiś akt chwalebnego bohaterstwa? A więc pozwól, że ci wyjaśnię, jak naprawdę było. Twój nieskalany ojciec i jego przyjaciele zabawili się moim kosztem tak okrutnie, że skończyłoby się to dla mnie śmiercią, gdyby twój ojciec nie zreflektował się w ostatniej chwili. Nie było żadnego bohaterskiego czynu. Ratując mi życie, ratował własną skórę. Gdyby doprowadził ten żart do końca, zostałby wyrzucony z Hogwartu.

Obnażył swoje nierówne, żółtawe zęby.

— Pokaż, co masz w kieszeniach, Potter! — warknął nagle.

Harry nie poruszył się. W uszach czuł głuche dudnienie.

— Pokaż, co masz w kieszeniach, albo od razu pójdziemy do dyrektora! Wywróć je na lewą stronę, Potter!

Harry'emu zrobiło się zimno ze strachu. Powoli wyciągnął torbę ze sprawunkami ze sklepu Zonka i Mapę Huncwotów.

Snape porwał torbę.

— Dostałem to od Rona! — powiedział Harry, modląc się w duchu, by dorwać Rona, zanim Snape go znajdzie. — On... kupił mi to w Hogsmeade... zeszłym razem...

— Czyżby? I nosisz to przy sobie od tego czasu? Jakie to wzruszające... A co to jest?

Wziął do ręki mapę. Harry starał się jak mógł zachować obojętną minę.

— A, to po prostu zapasowy kawałek pergaminu — powiedział lekceważącym tonem, wzruszając ramionami.

— Pewnie nie jest ci potrzebny taki stary kawałek pergaminu, co, Potter? A może go po prostu... wyrzucimy?

I wyciągnął rękę w stronę kominka.

— Nie! — krzyknął Harry.

— Nie? — Długie nozdrza Snape'a zadrgały. — To jeszcze jeden cenny podarunek od pana Weasleya? A może... coś zupełnie innego? Może to list napisany niewidzialnym atramentem? Albo... instrukcje, jak dostać się do Hogsmeade, omijając dementorów?

Harry zamrugał powiekami. W oczach Snape'a zapłonął triumf.

— Zaraz zobaczymy, zaraz zobaczymy... — mruknął, wyjmując różdżkę i rozkładając mapę na biurku. — Wyjaw swój sekret! — rozkazał, dotykając różdżką pergaminu.

Nic się nie wydarzyło. Harry zacisnął dłonie, żeby powstrzymać ich drżenie.

— Pokaż się! — rzekł Snape, stukając różdżką w pergamin.

Pergamin nadal był czysty. Harry oddychał głęboko, żeby się uspokoić.

— Profesor Severus Snape, nauczyciel z tej szkoły, rozkazuje ci ujawnić informacje, które ukrywasz! — zawołał Snape, uderzając różdżką w mapę.

Na pergaminie zaczęły się pojawiać słowa, jakby je pisała niewidzialna ręka.

— *Pan Lunatyk przesyła wyrazy szacunku profesorowi Snape'owi i uprasza go, by zechciał nie wtykać swojego długiego nochala w sprawy innych ludzi.*

Snape zmarszczył czoło. Harry gapił się, oniemiały, na czarne litery. Ale mapa na tym nie poprzestała. Pojawiło się nowe zdanie.

— Pan Rogacz zgadza się z panem Lunatykiem i pragnie dodać, że profesor Snape jest wrednym głupolem.

Byłoby to bardzo śmieszne, gdyby sytuacja nie była tak poważna. A tu... nowe zdanie...

— *Pan Łapa pragnie wyrazić swoje zdumienie, jak taki kretyn mógł zostać profesorem.*

Harry zamknął oczy z przerażenia. Kiedy je otworzył, mapa wypowiedziała już wszystko, co miała do powiedzenia:

— *Pan Glizdogon życzy profesorowi Snape'owi miłego dnia i radzi mu umyć włosy, bo kleją się od łoju.*

Harry czekał na uderzenie.

— A więc to tak... — powiedział cicho Snape. — No dobrze, zaraz się tym zajmiemy...

Podszedł do kominka, wziął garść połyskliwego proszku z garnka stojącego na gzymsie i wrzucił w płomienie.

— Lupin! — zawołał w stronę ognia. — Proszę cię na słówko!

Harry, zupełnie oszołomiony, wpatrywał się w kominek. Pojawiło się w nim coś wielkiego, co wirowało z dużą szybkością wokół osi. W chwilę później z kominka wyszedł profesor Lupin, otrzepując z popiołu swoją wyświechtaną szatę.

— Wzywałeś mnie, Severusie? — zapytał łagodnym tonem.

— W rzeczy samej — odrzekł Snape, wracając do biurka. Wściekłość zamieniła jego twarz w złowrogą maskę. — Właśnie poprosiłem Pottera, żeby opróżnił kieszenie. Oto, co miał przy sobie.

Wskazał na pergamin, na którym wciąż połyskiwały pozdrowienia od Lunatyka, Łapy, Glizdogona i Rogacza. Na twarzy Lupina pojawił się dziwny, nieodgadniony wyraz.

— No i co? — zapytał Snape.

Lupin wpatrywał się nadal w mapę. Harry odniósł wrażenie, że gorączkowo nad czymś rozmyślała.

— No i co? — powtórzył Snape. — Ten pergamin wyraźnie zionie czarną magią. A o ile się nie mylę, to zakres twoich kompetencji, Lupin. Jak sądzisz, skąd Potter mógł wziąć coś takiego?

Lupin podniósł głowę i zerknął przelotnie na Harry'ego, który odniósł wrażenie, że profesor ostrzega go, żeby milczał.

— Zionie czarną magią? — powtórzył łagodnym tonem. — Naprawdę tak uważasz, Severusie? Bo mnie to wygląda na kawałek pergaminu, który obraża każdego, kto go próbuje odczytać. To dziecinne... ale przecież niegroźne... Myślę, że takie rzeczy sprzedają w sklepie z żartobliwymi magicznymi zabawkami...

— Czyżby? — zapytał Snape, a szczęka mu stężała ze złości. — Myślisz, że mógł kupić coś takiego w sklepie z zabawkami? A nie sądzisz, że raczej dostał to *bezpośrednio od wytwórców*?

Harry nie miał pojęcia, co Snape ma na myśli. Lupin najwidoczniej też.

— Masz na myśli pana Glizdogona i tych pozostałych? Harry, czy znasz któregoś z nich?

— Nie — odpowiedział szybko Harry.

— No widzisz, Severusie? To mi wygląda na gadżet ze sklepu Zonka...

Nagle do gabinetu wpadł Ron. Z trudem łapał oddech i zatrzymał się dopiero przed biurkiem Snape'a. Chwycił się kurczowo za serce i próbował coś powiedzieć.

— Ja... dałem... to... Harry'emu — wybełkotał. — Kupiłem... to... u Zonka... dawno... dawno...

— No proszę! — powiedział Lupin, klaszcząc w ręce i rozglądając się z uśmiechem po gabinecie. — To by wszystko wyjaśniało! Zabiorę to ze sobą, Severusie, dobrze? — Zwinął pergamin i włożył go do wewnętrznej kieszeni. — Harry, Ron, chodźcie ze mną, muszę z wami porozmawiać na temat wypracowania o wampirach. Wybacz nam, Severusie.

Kiedy opuszczali gabinet, Harry nie śmiał spojrzeć na Snape'a. Poszli za Lupinem aż do sali wejściowej, nie odzywając się ani jednym słowem. Dopiero tam Harry zwrócił się do Lupina.

— Panie profesorze, ja...

— Nie chcę słuchać twoich wyjaśnień — przerwał mu Lupin. Rozejrzał się po pustej sali wejściowej i dodał prawie szeptem: — Tak się składa, że wiem, skąd jest ta mapa. Skonfiskował ją Filch... dawno, dawno temu. Tak, wiem, że to mapa — dodał, widząc zdumione miny Harry'ego i Rona. — I nie chcę wiedzieć, w jaki sposób trafiła w wasze ręce. Dziwię się jednak, że jej nie oddaliście. Zwłaszcza po tym, co się ostatnio wydarzyło, kiedy jeden z uczniów zgubił notatki na temat zamku. Więc, niestety, nie mogę ci jej oddać, Harry.

Harry spodziewał się tego, a tak bardzo chciał się czegoś dowiedzieć, że nie zamierzał protestować.

— Dlaczego Snape myśli, że dostałem ją od wytwórców?

— Bo... — Lupin zawahał się — bo ci, którzy tę mapę sporządzili, bardzo by chcieli wywabić cię ze szkoły. Uważaliby to za bardzo zabawne.

— Zna ich pan?

— Poznaliśmy się — odrzekł krótko Lupin, patrząc na Harry'ego z nadzwyczajną powagą. — Harry, nie oczekuj, że nadal będę cię krył. Nie mogę cię zmusić, abyś zaczął poważnie traktować Syriusza Blacka. Myślałem jednak, że to, co usłyszałeś, kiedy znalazłeś się blisko dementorów, wywrze na tobie głębszy wpływ. Twoi rodzice oddali za ciebie życie, Harry. Niezbyt to chwalebny sposób, by im to wynagrodzić... przehandlować ich ofiarę na torbę magicznych zabawek.

I odszedł, pozostawiając Harry'ego w stanie o wiele gorszym od tego, w jakim znajdował się w gabinecie Snape'a. Powoli wszedł na marmurowe schody, a Ron powlókł się za nim. Kiedy mijał posąg jednookiej czarownicy, przypomniał sobie o pelerynie-niewidce. Była tam wciąż, ale nie śmiał wejść do środka, by ją odzyskać.

— To moja wina — oświadczył nagle Ron. — Ja cię do tego namówiłem. Lupin ma rację, to było głupie, nie powinniśmy tego robić...

Urwał, bo weszli już w korytarz patrolowany przez trolle i zobaczyli idącą ku nim Hermionę. Harry'emu wystarczyło jedno spojrzenie na jej twarz, by się upewnić, że już usłyszała, co się stało. Serce mu zabiło mocno... czy już powiedziała o wszystkim profesor McGonagall?

— Przyszłaś, żeby się z nas nabijać? — warknął Ron, kiedy zatrzymała się przed nimi. — A może dopiero co na nas naskarżyłaś?

— Nie — odpowiedziała Hermiona. W ręku trzymała jakiś list, a wargi jej drżały. — Po prostu pomyślałam, że powinniście o tym wiedzieć... Hagrid przegrał. Mają uśmiercić Hardodzioba.

ROZDZIAŁ PIĘTNASTY

Finał quidditcha

Przysłał mi... to — powiedziała Hermiona, wyciągając ku nim list.

Harry wziął pergamin. Był wilgotny, a olbrzymie krople łez tak rozmazały pismo w kilku miejscach, że trudno je było odczytać.

Kochana Hermiono,

przegraliśmy. Pozwolili mi zabrać Hardodzioba z powrotem do Hogwartu. Data wykonania wyroku zostanie ustalona. Dzióbkowi podobał się Londyn. Nigdy nie zapomnę jak nam pomogłaś.

Hagrid

— Nie mogą tego zrobić — powiedział Harry. — Nie mogą. Hardodziob wcale nie jest niebezpieczny.

— To ojciec Malfoya tak nastraszył komisję — powiedziała Hermiona, ocierając sobie oczy. — Wiecie, jaki on jest. A oni to banda trzęsących się ze strachu starych głupoli. Ale będzie apelacja, zawsze tak jest. Tylko że straciłam już nadzieję... nic się nie zmieni.

— Nieprawda, zmieni się — zaperzył się Ron. — Tym razem nie będziesz odwalała wszystkiego sama, Hermiono. Pomogę ci.

— Och, Ron!

Hermiona zarzuciła mu ręce na szyję i rozkleiła się kompletnie. Ron zrobił przerażoną minę i poklepał ją nieśmiało po głowie. W końcu odsunęła się od niego.

— Ron, naprawdę, tak mi przykro z powodu Parszywka... — załkała.

— Och... no dobra... był już stary — powiedział Ron, któremu najwyraźniej ulżyło, kiedy go puściła. — I w ogóle był trochę bezużyteczny. A teraz rodzice może kupią mi sowę.

Środki bezpieczeństwa zastosowane wobec uczniów po drugim pojawieniu się Blacka w zamku uniemożliwiały Harry'emu, Ronowi i Hermionie odwiedzanie Hagrida wieczorami. Mogli z nim porozmawiać jedynie podczas lekcji opieki nad magicznymi stworzeniami.

Hagrid wciąż nie mógł się otrząsnąć z szoku po werdykcie.

— To moja wina. Język mi skołowaciał. Siedzieli tam rzędem w tych czarnych szatach, a mnie wciąż notatki wylatywały z rąk i wciąż zapominałem tych dat, które mi wyszukałaś, Hermiono. A potem wstał Lucjusz Malfoy i palnął parę słów, a komisja zrobiła to, co im powiedział...

— Ale jest jeszcze apelacja! — zawołał Ron. — Nie poddawaj się, pracujemy nad tym!

Wracali do zamku razem z resztą klasy. Z przodu szedł Malfoy z Crabbe'em i Goyle'em i wciąż zerkał na nich przez ramię, śmiejąc się ironicznie.

— To nic nie da, Ron — stwierdził ponuro Hagrid, kiedy doszli do schodów prowadzących do zamku. — Ta komisja siedzi w kieszeni Malfoya. Teraz to ja tylko chcę zapewnić Dziobkowi takie szczęście, jakiego jeszcze nie zaznał... do końca jego dni. Jestem mu to winien...

Odwrócił się na pięcie, ukrył twarz w wielkiej chustce i oddalił się szybkim krokiem, zmierzając do swojej chaty.

— Patrzcie na tego mazgaja!

Malfoy, Crabbe i Goyle stali we wrotach zamku.

— Widzieliście kiedy coś tak żałosnego? — zadrwił Malfoy. — I on ma być naszym nauczycielem!

Harry i Ron podbiegli do niego, rozwścieczeni, ale Hermiona była szybsza.

CHLAST!

Trzasnęła go w twarz z całej siły. Malfoy zachwiał się. Harry, Ron, Crabbe i Goyle stali jak sparaliżowani, a Hermiona znowu podniosła rękę.

— Jak śmiesz mówić o Hagridzie, że jest żałosny, ty głupi... podły...

— Hermiono! — zawołał Ron i spróbował chwycić jej rękę, kiedy się zamachnęła.

— Zjeżdżaj, Ron!

Hermiona wyciągnęła różdżkę. Malfoy cofnął się o krok. Crabbe i Goyle spojrzeli na niego, oczekując rozkazu, kompletnie ogłupiali.

— Idziemy — wybełkotał Malfoy i po chwili wszyscy trzej zniknęli w wejściu do lochów.

— Hermiono! — wydyszał Ron z niekłamanym podziwem.

— Harry, musisz go pobić w finale quidditcha! — powiedziała ostro Hermiona. — Musisz, bo ja bym po prostu *nie zniosła* zwycięstwa Ślizgonów!

— Chyba już się zaczęły zaklęcia — powiedział Ron, wciąż gapiąc się na Hermionę. — Lepiej się pospieszmy.

Popędzili po marmurowych schodach do klasy profesora Flitwicka.

— Spóźniliście się, chłopcy! — przywitał ich profesor Flitwick, gdy otworzyli drzwi. — Chodźcie szybko, wyciągnijcie różdżki, ćwiczymy dzisiaj zaklęcia rozweselające. Już podzieliliśmy się na pary...

Harry i Ron usiedli przy swoim stoliku z tyłu i otworzyli torby. Ron spojrzał przez ramię.

— Gdzie się podziała Hermiona?

Harry też się rozejrzał po klasie. Hermiony nigdzie nie było, a przecież na pewno stała tuż za nim, kiedy otwierał drzwi.

— To dziwne — powiedział, patrząc na Rona. — Może... może poszła do toalety czy co?

Ale Hermiona nie pojawiła się do końca lekcji.

— Powinna rzucić zaklęcie rozweselające na samą siebie — zauważył Ron, rozbawiony, kiedy szli na lunch, śmiejąc się od ucha do ucha; po tej lekcji wszyscy byli w dobrym humorze.

Hermiona nie przyszła również na drugie śniadanie. Kiedy już zjedli po kawałku jabłecznika, efekty rozweselających zaklęć osłabły i obaj zaczęli się niepokoić.

— Chyba nie myślisz, że Malfoy coś jej zrobił, co? — zapytał Ron, kiedy szli na górę do wieży Gryffindoru.

Minęli posterunki trolli, podali Grubej Damie hasło („Gaduła") i przeleźli do pokoju wspólnego przez dziurę w portrecie.

Hermiona spała przy stole, z głową opartą na podręczniku numerologii. Podeszli i usiedli przy niej. Harry obudził ją szturchnięciem.

— C-coo? — wyjąkała, podnosząc gwałtownie głowę i rozglądając się nieprzytomnie dookoła. — Już czas iść? J-jaką lekcję teraz mamy?

— Wróżbiarstwo, ale dopiero za dwadzieścia minut — odrzekł Harry. — Hermiono, dlaczego nie byłaś na zaklęciach?

— Co? Och, nie! Zapomniałam pójść na zaklęcia!

— Ale jak mogłaś zapomnieć? Przecież byłaś z nami przed drzwiami klasy?

— No nie! Nie mogę w to uwierzyć! — jęknęła Hermiona. — Flitwick się wściekał? Och, to wszystko przez Malfoya, myślałam o nim i coś mi się pomyliło!

— Wiesz co, Hermiono? — odezwał się Ron, spoglądając na olbrzymią księgę, której Hermiona użyła jako poduszki. — Ty chyba dostajesz świra. Za dużo na siebie wzięłaś.

— Nie, to nieprawda! — oburzyła się Hermiona, odgarniając włosy z oczu i rozglądając się za swoją torbą. — Po prostu mi się pomyliło, to wszystko! Zaraz pójdę do profesora Flitwicka i go przeproszę... Zobaczymy się na wróżbiarstwie!

Dwadzieścia minut później spotkała się z nimi u stóp drabiny prowadzącej do klasy profesor Trelawney. Wyglądała na bardzo znękaną.

— Nie mogę uwierzyć, że nie byłam na zaklęciach rozweselających! A założę się, że będą na egzaminach. Profesor Flitwick dał mi to do zrozumienia!

Wspięli się po drabinie do mrocznej, dusznej komnaty na szczycie wieży. Na każdym stoliku leżała kryształowa kula wypełniona perłowobiałą mgiełką. Usiedli we trójkę przy tym samym rozklekotanym stoliku.

— Myślałem, że kryształowe kule zaczniemy dopiero

w przyszłym semestrze — mruknął Ron, rozglądając się czujnie, czy profesor Trelawney nie czai się gdzieś w pobliżu.

— Nie narzekaj, to oznacza, że skończyliśmy z wróżeniem z ręki — odpowiedział cicho Harry. — Niedobrze mi się robiło, jak wzdrygała się za każdym razem, kiedy spoglądała na moją.

— Dzień dobry, moi mili! — rozległ się znajomy, tajemniczy głos i profesor Trelawney wyłoniła się, jak zwykle, z cienistego kąta. Parvati i Lavender zadrżały z podniecenia, pochylone nad swoją kulą, od której biła mleczna poświata.

— Postanowiłam wprowadzić kryształową kulę nieco wcześniej niż planowałam — powiedziała profesor Trelawney, siadając plecami do kominka i rozglądając się po klasie. — Wgląd w przyszłość pozwala mi mniemać, że będziecie mieć z nią do czynienia podczas egzaminów, więc chcę, żebyście dobrze się z nią zapoznali.

Hermiona prychnęła.

— No nie... „Wgląd w przyszłość pozwala mi mniemać"... A niby kto ustala tematy egzaminów z wróżbiarstwa? Ona sama! Cóż za zdumiewający dar przewidywania przyszłości! — powiedziała, nie dbając o to, że mówi dość głośno.

Trudno powiedzieć, czy profesor Trelawney to usłyszała, ponieważ jej twarz ukryta była w cieniu. W każdym razie ciągnęła dalej.

— Odczytywanie przyszłości z kryształowej kuli jest wyjątkowo subtelną, wyrafinowaną sztuką — oznajmiła śpiewnym, rozmarzonym głosem. — Nie oczekuję, że którekolwiek z was zobaczy coś, kiedy po raz pierwszy spojrzy w nieskończone głębie kuli. Zaczniemy od relaksacji umysłu i zewnętrznych oczu... — Ron zaczął chichotać w sposób zupełnie niekontrolowany, więc musiał wsadzić sobie pięść do ust, żeby to zagłuszyć — ...aby oczyścić wewnętrzne oko i nadświadomość. Być może, jeśli dopisze nam szczęście, niektórzy z was zobaczą coś przed końcem lekcji.

Zaczęli się więc relaksować. Harry czuł się wyjątkowo głupio, gapiąc się w kryształową kulę i próbując „oczyścić umysł", w którym nieustannie błąkała się myśl: „to czysta głupota". I wcale mu nie pomagało to, że Ron wciąż dusił się ze śmiechu, a Hermiona wyrażała minami swoją dezaprobatę.

— Widzicie już coś? — zapytał ich Harry po kwadransie wpatrywania się w kulę.

— Tak, na stole jest wypalony ślad — mruknął Ron. — Ktoś przewrócił świeczkę.

— To kompletna strata czasu — syknęła Hermiona. — Mogłabym ćwiczyć coś bardziej pożytecznego. Na przykład zaklęcia rozweselające...

Profesor Trelawney przeszła obok nich, szeleszcząc jedwabiami.

— Czy ktoś by chciał, żebym mu pomogła zinterpretować mgliste kształty wewnątrz kuli? — zapytała, podzwaniając bransoletami.

— Ja nie potrzebuję żadnej pomocy — szepnął Ron. — Przecież to jasne. Wieczorem będzie bardzo mglisto.

Harry i Hermiona wybuchnęli śmiechem.

— Cóż to znowu! — fuknęła profesor Trelawney, kiedy wszystkie głowy zwróciły się w ich stronę. — Zakłócacie wibracje!

Podeszła do ich stolika i spojrzała na kryształową kulę. Harry poczuł niemiły skurcz w żołądku. Już wiedział, co za chwilę usłyszy...

— Tutaj coś jest! — szepnęła profesor Trelawney, pochylając się i zbliżając twarz do kuli, która teraz odbijała się w obu szkłach jej wielkich okularów. — Coś się porusza... ale co to jest?

Harry był gotów założyć się o wszystko, nawet o Błyskawicę, że nie czekają go dobre wiadomości. *I miał rację...*

— Mój drogi chłopcze... — wydyszała profesor Trelawney, wpatrując się w Harry'ego. — To znowu jest tutaj, jeszcze wyraźniej niż przedtem... skrada się ku tobie, jest coraz większe... to ponu...

— Och, nie, na miłość boską! — powiedziała głośno Hermiona. — Tylko nie ten śmieszny ponurak!

Profesor Trelawney zwróciła na nią swoje olbrzymie oczy. Parvati szepnęła coś do Lavender i obie również spojrzały na Hermionę, wyraźnie oburzone. Profesor Trelawney wyprostowała się i zmierzyła ją gniewnym spojrzeniem.

— Przykro mi, ale muszę ci powiedzieć, że od momentu, w którym pojawiłaś się w mojej klasie, moja droga, stało się dla mnie oczywiste, iż nie posiadasz tego, czego wymaga szlachetna sztuka przepowiadania przyszłości. Muszę wyznać, że nie pamiętam, bym kiedykolwiek spotkała osobę o umyśle tak beznadziejnie *doczesnym*.

Zapanowało milczenie. A potem...

— Świetnie! — powiedziała nagle Hermiona, wstając i wsuwając swój egzemplarz *Demaskowania przyszłości* do torby. — Świetnie! — powtórzyła, zarzucając torbę na ramię z takim zamachem, że o mało co nie strąciła Rona z krzesła. — Mam tego dosyć! Rezygnuję!

I ku ogólnemu zdumieniu podeszła do klapy w podłodze, otworzyła ją kopniakiem i po chwili znikła, opuszczając się po drabinie.

Klasa uspokoiła się dopiero po kilku minutach. Profesor Trelawney sprawiała wrażenie, jakby w ogóle zapomniała o ponuraku. Odwróciła się gwałtownie od stolika Harry'ego i Rona, oddychając nieco szybciej i głębiej, i otuliła się szczelniej swoim muślinowym szalem.

— Ooooo! — krzyknęła nagle Lavender, tak że wszyscy wzdrygnęli się i spojrzeli na nią ze strachem. — Oooooo, pani profesor, właśnie mi się przypomniało! Przecież pani przepowiedziała, że ona odejdzie, prawda? Prawda, pani profesor? „Około Wielkanocy jedno z was opuści nas na zawsze!" Pani to powiedziała bardzo dawno, dawno temu, pani profesor!

Profesor Trelawney obdarzyła ją ponurym uśmiechem.

— Tak, moja droga, rzeczywiście wiedziałam, że panna Granger nas opuści. Zawsze jednak ma się nadzieję, że się błędnie odczytało znaki... Tak, tak, wewnętrzne oko może być nie lada ciężarem...

Lavender i Parvati wyglądały na bardzo przejęte i przesunęły się tak, żeby profesor Trelawney mogła usiąść przy ich stoliku.

— Ależ Hermiona ma dzień... — mruknął Ron do Harry'ego, a w oczach miał prawdziwą grozę.

— Taak...

Harry spojrzał w swoją kulę, ale zobaczył tylko kłębiącą się mgiełkę. Czyżby profesor Trelawney naprawdę zobaczyła ponuraka? A on, czy znowu go zobaczy? Zbliżał się finał Pucharu Quidditcha i jeszcze jeden groźny wypadek był ostatnią rzeczą, której by sobie teraz życzył.

Podczas ferii wielkanocnych raczej nie dane im było odpocząć. Jeszcze nigdy nie zadano im tyle prac domowych. Neville Longbottom bliski był załamania nerwowego — zresztą nie on jeden.

— I to mają być wakacje! — ryknął pewnego dnia Seamus Finnigan w pokoju wspólnym. — Do egzaminów jeszcze daleko, co oni sobie myślą?

Ale i tak nikt nie miał tyle pracy, co Hermiona. Nawet po zrezygnowaniu z wróżbiarstwa miała najwięcej zajęć ze wszystkich. Zwykle opuszczała pokój wspólny ostatnia, już w nocy, i pierwsza pojawiała się w bibliotece rano; oczy miała podkrążone jak Lupin i stale wyglądała tak, jakby miała się za chwilę rozpłakać.

Ron zajął się apelacją w sprawie Hardodzioba. Kiedy tylko nie odrabiał prac domowych, wertował opasłe tomy takich dzieł, jak: *Podręcznik psychologii hipogryfów* oraz *Ptak czy podlec? Z badań nad dzikością hipogryfów*. Tak był tym pochłonięty, że zapomniał o znęcaniu się nad Krzywołapem.

Natomiast Harry musiał codziennie godzić naukę z treningami, nie wspominając już o nie kończących się dyskusjach z Woodem na temat strategii i taktyki. Mecz między Gryfonami i Ślizgonami miał się odbyć w pierwszą sobotę po feriach wielkanocnych. Ślizgoni prowadzili w tabeli dwustoma punktami. Oznaczało to (jak nieustannie przypominał zespołowi Wood), że muszą z nimi wygrać wyższą liczbą punktów, jeśli chcą zdobyć puchar. Znaczyło to również, że ciężar zwycięstwa spoczywał głównie na Harrym, ponieważ schwytanie znicza dawało sto pięćdziesiąt punktów.

— Musisz go złapać, kiedy będziemy mieli ponad pięćdziesiąt punktów — powtarzał mu wciąż Wood. — Tylko wtedy, kiedy będziemy mieli pięćdziesiąt punktów, Harry, bo inaczej wygramy mecz, ale nie zdobędziemy pucharu. Jasne? Musisz złapać znicza dopiero wtedy, kiedy...

— WIEM, OLIVERZE! — ryknął Harry.

Wszyscy Gryfoni dostali prawdziwego bzika na punkcie tego meczu. Nie zdobyli pucharu od czasu, kiedy szukającym był legendarny Charlie Weasley (starszy brat Rona). Harry wątpił jednak, by ktokolwiek inny, nawet Wood, pragnął zwycięstwa tak żarliwie, jak on sam. Konflikt między nim a Malfoyem osiągnął punkt krytyczny. Malfoy wciąż zgrzytał zębami na wspomnienie incydentu pod Wrzeszczącą Chatą, a wściekał się tym bardziej, że Harry'emu jakoś udało się wymigać od kary. Harry nie mógł mu darować próby sabotażu podczas meczu z Krukonami, ale jego żądzę zemsty podsycała jeszcze bardziej sprawa Hardodzioba. To głównie z tego powodu pragnął zwyciężyć Malfoya na oczach całej szkoły.

Jeszcze nigdy, jak sięgała pamięć uczniów i profesorów, oczekiwaniu na mecz quidditcha nie towarzyszyła tak napięta atmosfera. Pod koniec ferii wielkanocnych napięcie między dwoma drużynami i ich domami sięgnęło zenitu. Na korytarzach dochodziło do bójek i przepychanek, a ich kulminacją stał się paskudny incydent, w wyniku którego pewien Gryfon z czwartej klasy i Ślizgon z szóstej znaleźli się w szkolnym szpitalu, bo z uszu powyrastały im pędy dorodnych porów.

Szczególnie przykre było to wszystko dla Harry'ego. Ślizgoni nieustannie podkładali mu nogi na korytarzach, Crabbe i Goyle włóczyli się za nim, prowokując go brutalnie i dając mu spokój tylko wtedy, gdy był otoczony Gryfonami. W końcu Wood polecił, by ktoś zawsze mu towarzyszył, na wypadek, gdyby Ślizgoni chcieli w jakiś sposób wyeliminować go z gry. Cały dom Gryffindoru przyjął to z entuzjazmem, więc odtąd Harry zaczął się wciąż spóźniać na lekcje, bo nieustannie otaczał go hałaśliwy tłum. On sam bardziej dbał o bezpieczeństwo Błyskawicy niż swoje. Kiedy jej nie używał, trzymał ją w zamkniętym kufrze i często na przerwach zaglądał do dormitorium, żeby sprawdzić, czy miotła wciąż tam jest.

W przededniu meczu w pokoju wspólnym Gryffindoru nikt nie miał głowy do nauki. Nawet Hermiona odłożyła swoje książki.

— Nie potrafię się skupić — wyznała.

Fred i George Weasleyowie byli jeszcze bardziej hałaśliwi i nieznośni niż zwykle. Oliver Wood ślęczał w kącie nad makietą boiska do quidditcha, przesuwając różdżką maleńkie figurki graczy i mrucząc coś do siebie. Angelina, Alicja i Katie zaśmiewały się z dowcipów Freda i George'a. Harry siedział z Ronem i Hermioną, starając się zapomnieć, co go czeka, bo za każdym razem, gdy pomyślał o jutrzejszym meczu, miał uczucie, jakby coś olbrzymiego próbowało wydostać się z jego żołądka na zewnątrz.

— Dasz sobie radę! — pocieszała go Hermiona, choć wyglądała na bardzo przerażoną.

— Masz Błyskawicę! — dodał Ron.

— No taak... — mruknął Harry, czując, że żołądek mu się ściska.

Poczuł ulgę, kiedy wreszcie Wood wstał i krzyknął:

— Drużyna! Do łóżek!

Harry źle spał tej nocy. Najpierw mu się przyśniło, że zaspał i obudził go wrzask Wooda: „Gdzie ty byłeś? Zamiast ciebie musieliśmy wystawić Neville'a!". Potem, że Malfoy i reszta drużyny Ślizgonów pojawili się na boisku na smokach. Szybował z zawrotną szybkością, próbując uniknąć strumieni ognia tryskających z pyska smoka Malfoya, kiedy zdał sobie sprawę, że zapomniał dosiąść Błyskawicy. Zaczął spadać jak kamień i obudził się gwałtownie.

Dopiero po kilku sekundach dotarło do niego, że mecz jeszcze się nie odbył, że leży bezpiecznie w łóżku i że Ślizgonom na pewno by nie pozwolono grać na smokach. Wyschło mu w ustach, więc ostrożnie, żeby nie zbudzić innych, wylazł z łóżka, żeby nalać sobie wody ze srebrnego dzbanka stojącego pod oknem.

Za oknem była cisza i spokój. Najlżejszy powiew wiatru nie poruszał wierzchołkami drzew w Zakazanym Lesie, gałązki wierzby bijącej zamarły w bezruchu, tak że wyglądała równie niewinnie, jak wszystkie normalne drzewa. Trudno było marzyć o lepszych warunkach do rozegrania meczu.

Harry odstawił czarkę i już miał odejść od okna, by wrócić do łóżka, gdy coś przykuło jego uwagę. Po rozsrebrzonej łące skradało się jakieś zwierzę.

Rzucił się do nocnego stolika, złapał okulary i założył je w pośpiechu, po czym wrócił do okna. To nie może być ponurak... nie, nie teraz... nie tuż przed meczem...

Wyjrzał ponownie przez okno i po minucie gorączkowego przeszukiwania wzrokiem błoni wyłowił na skraju Zakazanego Lasu ruchomy kształt. To nie żaden ponurak... to kot... Harry poczuł ulgę, gdy rozpoznał puszysty ogon przypominający szczotkę do butelek. To tylko Krzywołap...

Ale... czy *tylko* Krzywołap? Wytężył wzrok, przyciskając nos do szyby. Krzywołap zatrzymał się. Harry był pewny, że w cieniu drzew coś jeszcze się poruszało.

W następnej chwili to coś wynurzyło się z cienia: olbrzymi, kudłaty, czarny pies skradał się przez łąkę, a Krzywołap biegł wolnym truchtem przy jego boku. Harry wytrzeszczył oczy. Co to ma znaczyć? Jeśli Krzywołap również widzi tego psa, to przecież nie może to być omen śmierci!

— Ron! — syknął. — Ron! Obudź się!

— Coo...

— Chodź tu, musisz mi powiedzieć, czy coś widzisz!

— Jest ciemno, Harry — mruknął Ron zachrypniętym głosem. — O czym ty pleciesz?

— Tu, na dole...

Harry ponownie spojrzał przez okno.

Krzywołap i pies zniknęli. Harry wspiął się na parapet, żeby zajrzeć w cień zamku, ale i tam ich nie było. Gdzie się podziali?

Głośne chrapanie powiedziało mu, że Ron znowu zasnął.

Następnego ranka drużyna Gryfonów wkroczyła do Wielkiej Sali w burzy oklasków i wiwatów. Harry nie mógł się powstrzymać od szerokiego uśmiechu, kiedy zobaczył, że oklaskują ich również stoły Krukonów i Puchonów. Ślizgoni ograniczyli się do głośnych gwizdów. Harry zauważył, że Malfoy jest jeszcze bledszy niż zwykle.

Wood przez całe śniadanie zachęcał swą drużynę do jedzenia, choć sam nie tknął niczego. Potem, zanim reszta skończyła jeść, poprowadził ich szybko na boisko, żeby zapoznać się z warunkami. Kiedy opuszczali salę, znowu rozległy się wiwaty.

— Powodzenia, Harry! — zawołała Cho Chang, a Harry poczuł, że się czerwieni.

— W porządku... żadnego wiatru... słońce trochę za mocne, może czasem przeszkadzać... trzeba na to uważać... boisko twarde, świetnie, można się będzie dobrze odbić...

Wood przemierzał powoli boisko, rozglądając się uważnie, a cała drużyna kroczyła za nim. W końcu zobaczyli, jak w oddali otwierają się drzwi do zamku i reszta szkoły wysypuje się na błonie.

— Do szatni — powiedział Wood.

Nikt nic nie mówił, gdy przebierali się w szkarłatne szaty. Harry zastanawiał się, czy inni czują się tak jak on: jakby na śniadanie zjadł coś bardzo ruchliwego. Zdawało mu się, że nie minęło nawet pół minuty, gdy usłyszał głos Wooda:

— No dobra, już czas, wychodzimy...

Wyszli na boisko, witani przeraźliwym rykiem. Trzy czwarte widowni miało szkarłatne rozetki i powiewało szkarłatnymi chorągiewkami z lwem Gryffindoru albo kołysało transparentami z hasłami: GRYFFINDOR NAPRZÓD! czy PUCHAR DLA LWÓW! Za bramkami Ślizgonów zgromadziły się jednak ze dwie setki widzów ubranych na zielono; tu na chorągiewkach połyskiwał wąż Slytherinu, a w pierwszym rzędzie siedział profesor Snape, również w zielonej szacie, z bardzo posępnym uśmiechem na twarzy.

— A oto są Gryfoni! — ryknął Lee Jordan, który jak zwykle pełnił obowiązki komentatora. — Potter, Bell, Johnson, Spinnet, Weasley, Weasley i Wood. Zdaniem wielu najlepsza drużyna, jaką miał Gryffindor od dobrych kilku lat...

Koniec zdania zagłuszyły przeraźliwe gwizdy i buczenie od strony bramek Ślizgonów.

— A teraz wchodzi drużyna Ślizgonów, prowadzona przez jej kapitana, Flinta. Flint dokonał pewnych zmian...

wydaje się, że postawił raczej na rozmiary i wagę zawodników niż na ich umiejętności...

Kibice Ślizgonów ponownie go zagłuszyli. Harry pomyślał, że Lee trafił w sedno: Malfoy był najmniejszym zawodnikiem w drużynie, reszta składała się z potężnych osiłków.

— Kapitanowie, uściśnijcie sobie ręce! — powiedziała pani Hooch.

Flint i Wood zbliżyli się do siebie i uścisnęli sobie dłonie tak mocno, jakby jeden drugiemu chciał połamać palce.

— Na miotły! — zawołała pani Hooch. — Trzy... dwa... jeden...

Odgłos gwizdka utonął w potężnym ryku, gdy czternastu graczy wzbiło się w powietrze. Harry poczuł, że pęd zgarnia mu włosy z czoła, cudowny dreszcz emocji uspokaja nerwy; rozejrzał się szybko, zobaczył, że Malfoy siedzi mu na ogonie, więc przyspieszył gwałtownie, wypatrując znicza.

— Gryfoni w posiadaniu kafla, Alicja Spinnet mknie prosto ku bramkom Ślizgonów, jest już blisko... dobrze, Alicjo! Oj, nieeee... Warrington przejmuje kafla, wzbija się wysoko... ŁUUUP!... George Weasley pięknie zagrał tłuczkiem, trafił prosto w Warringtona, Warrington puszcza kafla... przejmuje go Johnson, Gryfoni znowu przy piłce, znakomicie, Angelino... wspaniały zwód, ograła Montague... nurkuj, Angelino, to tłuczek!... JEEEST! TRAFIŁA! DZIESIĘĆ DO ZERA DLA GRYFONÓW!

Angelina zatoczyła triumfalny łuk wokół bramek Ślizgonów, a morze szkarłatu na widowniach zawyło z zachwytu...

— AUU!

Angelina ledwo utrzymała się na miotle, gdy Marcus Flint uderzył w nią z rozpędu.

— Przepraszam! — zawołał Flint, gdy na dole rozległy się gwizdy. — Przepraszam, nie widziałem jej!

W następnej chwili George Weasley „zawadził" pałką o głowę Flinta. Flint rąbnął nosem w rączkę swojej miotły i zaczął krwawić.

— Dosyć tego! — wrzasnęła pani Hooch, podlatując do nich. — Rzut wolny dla Gryfonów za niesprowokowany atak na ich ścigającego! Rzut wolny dla Ślizgonów za rozmyślne kontuzjowanie ich ścigającego!

— Niech pani sobie daruje te szopki! — krzyknął Fred, ale pani Hooch już zagwizdała i podleciała Alicja, aby wykonać rzut wolny.

— Naprzód, Alicjo! — ryknął Lee w ciszy, która zaległa na trybunach. — TAAK! OGRAŁA OBROŃCĘ! DWADZIEŚCIA DO ZERA DLA GRYFONÓW!

Harry zrobił ostry zwrot, żeby popatrzeć, jak Flint, któremu wciąż z nosa ciekła krew, podlatuje, by wykonać rzut wolny dla Ślizgonów. Wood czaił się przed bramkami Gryfonów, szczęki miał zaciśnięte.

— Pamiętajmy, że Wood to wspaniały obrońca — oznajmił Lee tłumowi, gdy Flint czekał na gwizdek pani Hooch. — Super! Niezwykle trudny do pokonania... bardzo trudny... TAAK! NIE WIERZĘ WŁASNYM OCZOM! OBRONIŁ!

Harry z ulgą poszybował dalej, wypatrując znicza, ale wciąż powtarzając sobie w duchu instrukcje Wooda. Pamiętał, że musi utrzymać Malfoya z dala od znicza, póki Gryfoni nie zdobędą ponad pięćdziesiąt punktów przewagi.

— Gryfoni przy piłce, nie, Ślizgoni przy piłce... nie!... Gryfoni znowu w ataku... i kto to jest... tak, to Katie Bell, Katie Bell z Gryffindoru ma kafla, wzbija się wysoko... TO BYŁ ROZMYŚLNY FAUL!

Montague, ścigający Ślizgonów, śmignął tuż przed Katie Bell, ale zamiast odebrać jej kafla, złapał ją za głowę. Katie zrobiła młynka w powietrzu, utrzymała się na miotle, ale puściła kafla.

Znowu rozległ się ostry gwizdek pani Hooch, która podleciała do Montague i zaczęła mu wymyślać. Minutę później Katie wbiła z wolnego kolejnego gola dla Gryfonów.

— TRZYDZIEŚCI DO ZERA! MACIE ZA SWOJE, NĘDZNE, PODSTĘPNE...

— Jordan, jeżeli nie potrafisz zachować bezstronności...!

— Mówię jak jest, pani profesor!

Harry poczuł przejmujący dreszcz podniecenia. Zobaczył już znicza — połyskiwał u samego dołu jednego ze słupków Gryfonów — ale wiedział, że jeszcze nie wolno mu go złapać. A jeśli zobaczy go Malfoy...

Udając, że pilnie się w coś wpatruje, poderwał Błyskawicę i poszybował ku bramkom Ślizgonów. Podziałało. Malfoy puścił się za nim, najwyraźniej sądząc, że Harry zobaczył tam znicza...

SZSZU!

Jeden z tłuczków, odbity przez olbrzymiego pałkarza Ślizgonów, Derricka, śmignął mu tuż obok prawego ucha. A po chwili...

SZSZU!

Drugi tłuczek musnął mu łokieć.

Harry dostrzegł obu pałkarzy Ślizgonów, Bole'a i Derricka, pędzących ku niemu z dwóch stron z uniesionymi pałkami...

W ostatniej chwili szarpnął rączkę Błyskawicy i wzbił się w górę. Bole i Derrick wpadli na siebie z okropnym trzaskiem.

— Ha-haaaa! — zawył Lee Jordan, kiedy pałkarze odskoczyli od siebie, trzymając się za głowy. — Macie pecha, chłopaki! Trzeba było wcześniej pomyśleć, to przecież Błyskawica! A teraz Gryfoni znowu przy piłce, Johnson ma kafla... Flint obok niej... dziabnij go w oko, Angelino!... To był żart, pani profesor, tylko żart... och, nieee... Flint przejmuje kafla, leci w kierunku słupków Gryfonów, no, śmiało, Wood, broń...!

Ale Flint strzelił gola. Z końca trybun zajętego przez kibiców Ślizgonów wzbił się w powietrze ryk radości, a Lee zaklął tak brzydko, że profesor McGonagall spróbowała odebrać mu magiczny megafon.

— Przepraszam, pani profesor, przepraszam! To już się nie powtórzy! No więc Gryfoni prowadzą trzydzieści do dziesięciu, znowu są przy piłce...

Gra robiła się coraz bardziej zacięta i brutalna; Harry jeszcze nigdy nie uczestniczył w tak ostrym meczu. Ślizgoni, rozwścieczeni tak szybkim objęciem prowadzenia przez Gryfonów, zaczęli stosować wszystkie chwyty, byle tylko przejąć kafla. Bole uderzył Alicję pałką i zaczął się tłumaczyć, że pomylił ją z tłuczkiem, ale urwał, bo George Weasley ugodził go łokciem w twarz. Pani Hooch ukarała oba zespoły rzutami wolnymi, a Wood popisał się jeszcze jedną widowiskową obroną. Gryfoni prowadzili już czterdzieści do dziesięciu.

Znicz znowu gdzieś zniknął. Malfoy trzymał się wciąż blisko Harry'ego, który krążył nad boiskiem, wypatrując złotego błysku... Żeby tylko zdobyć pięćdziesiąt punktów przewagi...

Katie strzeliła gola. Pięćdziesiąt do dziesięciu. Fred i George zataczali wokół niej koła, wywijając pałkami, na wypadek, gdyby któryś ze Ślizgonów zechciał ją unieszkodliwić. Bole i Derrick wykorzystali nieobecność bliźniaków, by odbić oba tłuczki w kierunku Wooda. Oba trafiły go w żołądek, jeden po drugim; Wood zwinął się wpół, kurczowo trzymając się miotły i z trudem łapiąc oddech.

Pani Hooch wychodziła z siebie.

— Nie wolno atakować obrońcy, jeśli kafla nie ma w polu bramkowym! — wrzasnęła do Bole'a i Derrika.

— Rzut wolny dla Gryfonów!

I Angelina strzeliła bramkę. Sześćdziesiąt do dziesięciu.

W parę minut później Fred Weasley posłał tłuczka prosto w Warringtona, wytrącając mu z rąk kafla, którego natychmiast złapała Alicja i przerzuciła przez jedną z obręczy Ślizgonów. Było siedemdziesiąt do dziesięciu.

Tłum kibiców Gryffindoru zdzierał sobie gardła w straszliwym wrzasku — Gryfoni prowadzili już sześćdziesięcioma punktami, więc jeśli Harry teraz złapie znicza, puchar będzie ich. Harry prawie czuł setki par śledzących go oczu, kiedy krążył nad boiskiem, ponad resztą graczy, z Malfoyem siedzącym mu wciąż na ogonie.

I wtedy zobaczył znicza. Migotał ze dwadzieścia stóp ponad nim.

Harry przyspieszył gwałtownie, aż pęd powietrza zagrał mu w uszach. Wyciągnął rękę... gdy nagle Błyskawica zwolniła...

Przerażony, spojrzał przez ramię. To Malfoy rzucił się do przodu, złapał za ogon miotły i ciągnął ją do tyłu.

— Ty...

Harry'ego ogarnęła taka wściekłość, że chciał go uderzyć, ale nie mógł go dosięgnąć. Malfoy dyszał z wysiłku, ale oczy płonęły mu złośliwą uciechą. Osiągnął to, co chciał — znicz znowu zniknął.

— Rzut wolny! Rzut wolny dla Gryfonów! Czegoś takiego jeszcze nie widziałam! — wrzeszczała pani Hooch, śmigając w kierunku Malfoya, który oddalał się na swoim Nimbusie Dwa Tysiące Jeden.

— TY WREDNA SZUMOWINO! — krzyczał Lee Jordan do mikrofonu, podskakując poza zasięgiem rąk profesor McGonagall. — TY PODŁY OSZUŚCIE, TY...

Profesor McGonagall nawet go nie upomniała. Wymachiwała pięścią w kierunku Malfoya, kapelusz jej spadł i sama wrzeszczała ile sił w płucach.

Alicja wykonała rzut wolny, ale była tak wściekła, że chybiła o kilka stóp. Gryfoni tracili koncentrację, a Ślizgoni, uradowani faulem Malfoya na Harrym, zaatakowali z nową energią.

— Ślizgoni przy piłce, Montague szybuje do bramki... goool! — jęknął Lee. — Siedemdziesiąt do dwudziestu dla Gryfonów...

Harry trzymał się teraz Malfoya tak blisko, że co jakiś czas zderzali się kolanami. Nie zamierzał pozwolić, by Malfoy znalazł się sam w pobliżu znicza...

— Odwal się, Potter! — ryknął Malfoy, kiedy spróbował zrobić zwrot, a Harry go zablokował.

— Angelina Johnson przejmuje kafla... naprzód, Angelino, NAPRZÓD!

Harry rozejrzał się. Wszyscy Ślizgoni, prócz Malfoya, mknęli ku swoim bramkom, chcąc zablokować Angelinę...

Zrobił gwałtowny zwrot, pochylił się tak nisko, że leżał płasko na rączce, i wystrzelił ku Ślizgonom jak pocisk.

— AAAAAACH!

Na widok pędzącej ku nim Błyskawicy rozpierzchli się w popłochu; Angelina miała czyste pole.

— STRZELA! GOOOL! Gryfoni prowadzą osiemdziesięcioma do dwudziestu!

Harry, który mknął w kierunku trybun, zahamował ostro, zawrócił i ruszył w stronę środka boiska.

I wówczas zobaczył coś, co sprawiło, że zamarło mu serce. Malfoy nurkował z wyrazem triumfu na twarzy — a pod nim, zaledwie kilka stóp ponad trawą boiska, lśniła maleńka złota plamka.

Harry skierował Błyskawicę ostro w dół, ale Malfoy był bardzo, bardzo daleko.

— Szybciej! Szybciej! Szybciej! — przynaglał miotłę, słysząc świst powietrza i widząc, jak sylwetka Malfoya rośnie mu w oczach.

Przywarł do rączki, gdy Bole odbił ku niemu tłuczka... już był przy stopach Malfoya... już się z nim zrównał...

Rzucił się do przodu, odrywając od miotły obie dłonie. Odtrącił wyciągniętą rękę Malfoya i...

— TAAAK!

W ostatniej chwili, tuż nad ziemią, zadarł gwałtownie miotłę i wystrzelił w górę, unosząc wysoko rękę. Stadion oszalał. Harry krążył nad tłumem, czując dziwne dzwonienie w uszach. Maleńka złota piłka trzepotała się rozpaczliwie w jego dłoni.

Już szybował ku niemu Wood, ledwo widząc przez łzy. Złapał Harry'ego za szyję i rozszlochał się w jego ramię. Już Fred i George walili go po plecach, już Angelina, Alicja i Katie wyśpiewywały mu nad uchem: „Zdobyliśmy puchar! Zdobyliśmy puchar!" Splątani w wieloramiennym uścisku Gryfoni opadali razem na ziemię, wrzeszcząc ochryple.

Przez barierki przewalały się na boisko szkarłatne fale kibiców Gryffindoru. Każdy chciał ich dotknąć. Harry miał wrażenie, że tonie w morzu krzyków i uścisków. A potem tłum porwał ich, dźwignął na ramiona i poniósł w triumfalnym pochodzie. Zobaczył Hagrida, całego oblepionego szkarłatnymi rozetkami... „Zwyciężyłeś, Harry, zwyciężyłeś! Poczekaj, powiem Dziobkowi!" Percy podskakiwał jak wariat, zapominając o swojej godności. Profesor McGonagall szlochała jeszcze bardziej niż Wood, ocierając sobie oczy wielką flagą Gryffindoru, a przez tłum przedzierali się ku niemu Ron i Hermiona. Słowa ich zawiodły. Po prostu promienieli z radości, patrząc, jak tłum niesie Harry'ego ku trybunom, gdzie stał już Dumbledore z olbrzymim Pucharem Quidditcha.

Ach, gdyby tak pojawił się w pobliżu jakiś dementor... Kiedy szlochający ze szczęścia Wood uniósł wysoko puchar, a potem mu go podał, Harry poczuł, że teraz wyczarowałby najlepszego na świecie patronusa.

ROZDZIAŁ SZESNASTY

Przepowiednia profesor Trelawney

Euforia Harry'ego z powodu zdobycia Pucharu Quidditcha trwała przynajmniej tydzień. Nawet pogoda zdawała się świętować ich zwycięstwo: zbliżał się czerwiec, dni były bezchmurne i parne, wszyscy marzyli tylko o tym, aby wylec na błonia, rozłożyć się na murawie i popijać mrożony sok z dyni, grać sobie w gargulki albo po prostu gapić się na wielką kałamarnicę, sunącą leniwie poprzez jezioro.

Ale nie mogli. Zbliżały się egzaminy i zamiast leniuchować na błoniach, siedzieli w zamku, starając się zmusić swoje mózgi do koncentracji, podczas gdy fale letniego powietrza wpływały przez otwarte okna, nęcąc ich i rozpraszając. Nawet Freda i George'a widywano nad książkami: czekało ich zdobycie Standardowych Umiejętności Magicznych, nazywanych przez uczniów „sumami". Percy przygotowywał się do „owutemów" (Okropnie Wyczerpujących Testów Magicznych), ostatecznych egzaminów przed ukończeniem pełnego kursu Hogwartu, a ponieważ marzył o posadzie w Ministerstwie Magii, zależało mu na najlepszych ocenach. Zrobił się okropnie drażliwy i rozdzielał surowe kary wśród wszystkich, którzy wieczorami zakłócali spokój pokoju wspólnego. Jedyną osobą, która zdawała się denerwować bardziej od niego, była Hermiona.

Harry i Ron już dawno przestali pytać, jak jej się udaje być jednocześnie na kilku lekcjach, ale nie mogli się powstrzymać, kiedy zobaczyli jej rozkład egzaminów. Pierwsza kolumna głosiła:

PONIEDZIAŁEK
9:00 - numerologia
9:00 - transmutacja
Drugie śniadanie
13:00 - zaklęcia
13:00 - starożytne runy

— Hermiono — zagadnął ją ostrożnie Ron, bo ostatnio łatwo wybuchała, kiedy jej ktoś przeszkodził w nauce — eee... jesteś pewna, że dobrze zapisałaś te godziny?

— Co? — warknęła Hermiona, porywając swój plan egzaminów i przyglądając mu się z niepokojem. — Tak, jestem pewna.

— Czy jest sens pytać cię, w jaki sposób zamierzasz odwalić dwa egzaminy jednocześnie? — zapytał Harry.

— Nie — odpowiedziała krótko Hermiona. — Czy któryś z was widział moją *Numerologię i gramatykę*?

— Och, tak, pożyczyłem ją sobie, żeby poczytać w łóżku — odpowiedział Ron, ale bardzo cicho.

Hermiona zaczęła bez słowa przerzucać stosy pergaminów na swoim stole, szukając książki. W tej samej chwili coś zatrzepotało w oknie i wleciała Hedwiga, ściskając w dziobie liścik.

— To od Hagrida — powiedział Harry, rozrywając kopertę. — Apelacja w sprawie Hardodzioba... Termin wyznaczono na szóstego...

— To ostatni dzień egzaminów — zauważyła Hermiona, wciąż szukając podręcznika numerologii.

— A odbędzie się tutaj, w zamku — dodał Harry, nadal czytając list. — Przyjedzie ktoś z Ministerstwa Magii... i... kat.

Hermiona wzdrygnęła się i przerwała poszukiwanie.

— Co? Ściągają kata na apelację? Przecież to tak, jakby już zapadł wyrok!

— Tak to wygląda — powiedział wolno Harry.

— Nie mogą! — krzyknął Ron. — Spędziłem mnóstwo godzin na wyszukiwaniu materiałów do obrony, nie mogą tego tak po prostu zignorować!

Ale Harry czuł, że Komisja Likwidacji Niebezpiecznych Stworzeń już podjęła decyzję, zgodną z tym, czego sobie życzył pan Malfoy. Draco, który po finale quidditcha wyraźnie przycichł, ostatnio odzyskał dawną butę. Z kpiących uwag podsłuchanych przez Harry'ego wynikało, iż Malfoy jest absolutnie pewny wyroku skazującego i chełpi się, że to jego zasługa. Wiele samozaparcia kosztowało Harry'ego, by w takich momentach nie pójść w ślady Hermiony i nie trzasnąć Malfoya w pyszałkowatą twarz. A najgorsze było to, że nie mieli ani czasu, ani możliwości, by odwiedzić Hagrida, ponieważ wciąż obowiązywały ścisłe środki bezpieczeństwa, a Harry nie śmiał wydobyć peleryny-niewidki z ciemnego szybu pod posągiem jednookiej czarownicy.

W końcu rozpoczęły się egzaminy i nienaturalna cisza ogarnęła zamek. W poniedziałek trzecioklasiści wyszli z transmutacji zmordowani i z poszarzałymi twarzami, porównując między sobą wyniki i żaląc się na trudność zadań, jakie przed nimi postawiono; jednym z nich była zamiana dzbanka do herbaty w żółwia błotnego. Wszyscy zżymali się na Hermionę, która denerwowała się tym, że jej żółw bardziej przypominał żółwia morskiego niż błotnego, co dla reszty byłoby szczytem marzeń.

— Mój miał dzióbek zamiast ogona, co za koszmar...

— Myślicie, że żółwie powinny wydychać parę?

— Mój miał wciąż na skorupie niebieski chiński wzorek, myślicie, że odejmą mi za to punkty?

Po pospiesznie zjedzonym drugim śniadaniu musieli wrócić na górę na egzamin z zaklęć. Hermiona miała rację: profesor Flitwick rzeczywiście zamierzał sprawdzić ich umiejętność rzucania zaklęć rozweselających. Harry, zdenerwowany, trochę przesadził, i Ron, który był jego partnerem, dostał ataku histerycznego śmiechu, więc został wyprowadzony do pustej klasy; wrócił po godzinie, kiedy się uspokoił i dopiero wówczas sam przeszedł test. Po obiedzie wszyscy rozeszli się do pokojów wspólnych w swoich domach, ale wcale nie po to, aby wreszcie odpocząć, ale by zabrać się za powtarzanie wiadomości z opieki nad magicznymi stworzeniami, eliksirów i astronomii.

Następne przedpołudnie zaczęło się od egzaminu z opieki nad magicznymi stworzeniami. Hagrid był markotny i jakby nieobecny duchem. Przyniósł wielką kadź młodych gumochłonów, rozdzielił je między uczniów i powiedział im, że jeśli gumochłon pozostanie nadal żywy po godzinie, to egzamin będzie zdany. Ponieważ gumochłony mają się najlepiej, kiedy zostawi się je w spokoju, był to najłatwiejszy egzamin w ich szkolnej karierze. Harry, Ron i Hermiona mieli więc okazję, by trochę z Hagridem porozmawiać.

— Dziobek markotnieje — powiedział im, pochylając się nad ich stołem i udając, że sprawdza, czy gumochłon Harry'ego wciąż żyje. — Za długo siedzi zamknięty. No, ale pojutrze już wszystko będzie jasne... albo wte, albo wewte...

Po południu mieli egzamin z eliksirów, który okazał się prawdziwą katorgą, a dla Harry'ego zakończył się klęską. Choć wyłazić ze skóry, w żaden sposób nie mógł doprowadzić swojej mikstury powodującej chaos w głowie do odpowiedniej konsystencji. Snape, stojąc nad nim z miną wyrażającą mściwą satysfakcję, zapisał w swoim notesie coś, co wyglądało jak wielkie zero, i odszedł bez słowa.

O północy na najwyższej wieży odbył się egzamin z astronomii, a w środę przed południem z historii magii. Harry napisał wszystko, co mu Florian Fortescue opowiedział o średniowiecznych polowaniach na czarownice, marząc jednocześnie o jego czekoladowo-orzechowych lodach. Tego samego dnia po południu mieli egzamin z zielarstwa w rozprażonej od słońca cieplarni; potem wrócili do pokoju wspólnego ze spalonymi karkami i marzyli, żeby już było po wszystkim.

Przedostatnim egzaminem, w czwartek przed południem, była obrona przed czarną magią. Profesor Lupin wymyślił im zupełnie niezwykły sprawdzian: tor przeszkód na wolnym powietrzu. Musieli przebrnąć przez sadzawkę, w której ukrywał się druzgotek, pokonać kilka wykrotów pełnych czerwonych kapturków, przejść krętą ścieżką przez bagno, ignorując mylącego drogę zwodnika i wleźć do dziupli w starym pniu, by stoczyć walkę z nowym boginem.

— Wspaniale, Harry — mruknął Lupin, kiedy Harry wyłonił się z dziupli, uśmiechnięty od ucha do ucha. — Najwyższa ocena.

Harry zarumienił się ze szczęścia i wrócił, żeby zobaczyć, jak sobie poradzą Ron i Hermiona. Ron radził sobie nieźle, póki nie doszedł do zwodnika, któremu udało się wciągnąć go w bagno. Hermiona bez przeszkód dotarła do pnia, ale po minucie wyskoczyła z niego z wrzaskiem.

— Hermiono! — zawołał Lupin, nieco zaniepokojony. — Co się stało?

— P-p-profesor McGonagall! — wydyszała Hermiona, wskazując na pień. — P-powiedziała, że wszystko oblałam!

Trochę trwało, zanim udało się ją uspokoić. Kiedy się w końcu opanowała, wrócili razem do zamku. Ron trochę się podśmiewał z bogina Hermiony, ale zanim doszło do ostrzejszej kłótni, zobaczyli z daleka coś, co kazało im zapomnieć o egzaminach.

Na szczycie schodów stał Korneliusz Knot, pocąc się trochę w swojej pelerynie w prążki i obserwując błonia. Na widok Harry'ego drgnął.

— Witaj, Harry! Prosto z egzaminu, co? Już prawie koniec?

— Tak — powiedział Harry.

Hermiona i Ron, którzy jeszcze nigdy nie rozmawiali z samym ministrem magii, stanęli z tyłu, onieśmieleni.

— Piękny dzień — powiedział Knot, rzucając okiem na jezioro. — Szkoda... szkoda...

Westchnął głęboko i spojrzał z góry na Harry'ego.

— Jestem tutaj w niezbyt przyjemnej misji, Harry. Komisja Likwidacji Niebezpiecznych Stworzeń musi mieć swojego świadka podczas egzekucji wściekłego hipogryfa. A ponieważ i tak miałem odwiedzić Hogwart, żeby sprawdzić, jak się przedstawia sytuacja z Blackiem, powierzyli mi tę misję.

— Czy to oznacza, że apelacja już się odbyła? — zapytał Harry, postępując krok do przodu.

— Nie, nie, wyznaczono ją na dzisiejsze popołudnie — odrzekł Knot, patrząc dziwnie na Rona.

— To może pan w ogóle nie będzie musiał być świadkiem egzekucji! — powiedział Ron buntowniczym tonem.

— Przecież mogą uwolnić hipogryfa!

Zanim Knot zdołał odpowiedzieć, zza jego pleców wyłoniło się z zamku dwóch czarodziejów. Jeden był tak stary, że zdawał się więdnąć na ich oczach, drugi był wysoki i krzepki, z cienkim czarnym wąsikiem. Harry zrozumiał, że to przedstawiciele Komisji Likwidacji Niebezpiecznych Stworzeń, bo sędziwy czarodziej zerknął w stronę chatki Hagrida i wystękał słabym głosem:

— Ajajaj, robię się już na to za stary... więc o drugiej, tak, panie Knot?

Krzepki mężczyzna z wąsikiem pomacał za pasem; Harry przyjrzał się lepiej i zobaczył, że nieznajomy przesuwa grubym kciukiem po lśniącym ostrzu topora. Ron otworzył usta, jakby chciał coś powiedzieć, ale Hermiona szturchnęła go mocno w żebra i wskazała brodą na wejście do zamku.

— Dlaczego mnie powstrzymałaś? — zapytał ze złością Ron, kiedy weszli do Wielkiej Sali na drugie śniadanie.

— Widziałaś ich? Przygotowali już topór! I to ma być sprawiedliwość!

— Ron, twój tata pracuje w ministerstwie. Nie możesz obrażać jego szefa! — powiedziała Hermiona, ale ona też była bardzo przygnębiona. — Jeśli tylko Hagrid znowu nie straci głowy i przytoczy odpowiednie argumenty, nie mogą skazać Hardodzioba...

Harry czuł jednak, że Hermiona sama nie wierzy w to, co powiedziała. Wokół nich wszyscy rozmawiali z ożywieniem, ciesząc się już z bliskiego końca egzaminów, ale Harry, Ron i Hermiona, przytłoczeni troską o Hagrida i Hardodzioba, nie włączali się do tych rozmów.

Harry'ego i Rona czekał już tylko egzamin z wróżbiarstwa, a Hermiona miała zdawać mugoloznawstwo. Weszli razem po marmurowych schodach. Hermiona rozstała się z nimi na pierwszym piętrze, a oni wspięli się wyżej, aż na siódme piętro, gdzie większość trzeciej klasy siedziała już na spiralnych schodkach wiodących do klasy pani Trelawney, próbując powtórzyć materiał w ostatniej chwili.

— Wzywa każdego osobno — poinformował ich Neville, kiedy usiedli obok niego. Na kolanach trzymał swój egzemplarz *Demaskowania przyszłości*, otwarty na stronach poświęconych kryształowym kulom. — Słuchajcie, czy ktoś z was kiedykolwiek zobaczył coś w tej kuli? — zapytał strapiony.

— Nie — odrzekł prosto z mostu Ron, który wciąż zerkał na zegarek; Harry wiedział, że Ron odlicza czas do początku rozprawy apelacyjnej.

Kolejka na schodach zmniejszała się bardzo powoli. Kiedy ktoś złaził po srebrnej drabinie, wszyscy pytali podnieconym szeptem:

— O co pytała? Jak było? Udało ci się?

Ale nikt nie chciał odpowiadać na te pytania.

— Powiedziała, że zobaczyła w kryształowej kuli, że jeśli wam powiem, o co pytała i jak mi poszło, będę miał straszliwy wypadek! — pisnął Neville, kiedy zszedł z drabiny i podszedł do Harry'ego i Rona, którzy byli już na klatce schodowej.

— Bardzo wygodne — prychnął Ron. — Wiesz co, zaczynam uważać, że Hermiona miała rację co do tej... — Wskazał kciukiem klapę w suficie. — To po prostu stara oszustka.

— Taak — powiedział Harry, patrząc na zegarek. Było już pół do drugiej. — Tylko żeby się trochę pospieszyła...

Parvati wróciła, pusząc się jak paw.

— Powiedziała, że mam wszystkie znamiona prawdziwego jasnowidza — poinformowała Harry'ego i Rona.

— Zobaczyłam mnóstwo rzeczy... No to powodzenia!

I zbiegła spiralnymi schodami, żeby się pochwalić Lavender.

— Ronald Weasley — rozległ się znajomy, mglisty głos nad ich głowami.

Ron wykrzywił się do Harry'ego, wspiął się po srebrnej drabinie i zniknął. Harry był ostatni w kolejności. Usiadł na posadzce z plecami opartymi o ścianę, wsłuchując się w nerwowe bzykanie muchy obijającej się o szybę, a myślami łącząc się z Hagridem w chatce na skraju lasu.

W końcu, po blisko dwudziestu minutach, na drabinie pojawiła się wielka stopa Rona.

— Jak ci poszło? — zapytał Harry, podnosząc się z podłogi.

— Daj spokój, to wszystko bzdury — odpowiedział Ron. — Nic kompletnie nie widziałem, więc wstawiłem jakiś kit. Tylko nie jestem pewien, czy się nie kapnęła...

— Spotkamy się w pokoju wspólnym — mruknął Harry, kiedy profesor Trelawney zawołała:

— Harry Potter!

W pokoju na szczycie wieży było jeszcze cieplej niż zwykle; kotary w oknach były zasunięte, na kominku płonął ogień, a odurzające wonności były tak intensywne, że Harry zaczął kaszleć, kiedy prawie po omacku przedzierał się przez gąszcz krzeseł i stolików do miejsca, w którym siedziała pani Trelawney przed wielką kryształową kulą.

— Dzień dobry, mój drogi chłopcze — powitała go łagodnie. — Bądź tak łaskaw i spojrzyj w kulę... poczekaj trochę... i powiedz mi, co w niej widzisz...

Harry pochylił się nad kryształową kulą i wbił w nią wzrok. Gapił się w nią i gapił, aż oczy zaszły mu łzami, ale widział tylko kłębiącą się białą mgiełkę.

— No i co? — pobudziła go delikatnie pani Trelawney. — Co widzisz?

Było nieznośnie gorąco, a w nosie czuł przykre pieczenie od wdychania wonnego dymu unoszącego się z kominka. Postanowił wziąć przykład z Rona i udawać, że coś widzi.

— Ee... jakiś ciemny kształt...

— Co ci to przypomina? — wyszeptała profesor Trelawney. — Pomyśl...

Harry pozwolił myślom pobłądzić, aż natknęły się na Hardodzioba.

— Hipogryfa — oznajmił stanowczo.

— Hipogryfa! — szepnęła pani Trelawney, zapisując coś na pergaminie, który trzymała na kolanach. — Mój chłopcze, może uda ci się zobaczyć wynik tej przykrej rozprawy, którą biednemu Hagridowi wytoczyło Ministerstwo Magii! Przyjrzyj się uważniej... czy ten hipogryf ma... głowę?

— Tak — odpowiedział Harry.

— Jesteś pewny? Nie masz najmniejszych wątpliwości? A nie widzisz przypadkiem, że wije się na ziemi, a jakaś ciemna postać unosi nad nim topór?

— Nie! — zaprzeczył Harry, czując, że zbiera mu się na wymioty.

— Nie ma krwi? Nie ma szlochającego Hagrida?

— Nie! — powtórzył Harry, pragnąc natychmiast opuścić ten pokój i odetchnąć chłodniejszym powietrzem. — Jest cały i zdrów... odlatuje...

Profesor Trelawney westchnęła.

— No cóż, drogi chłopcze, myślę, że na tym poprzestaniemy... choć odczuwam pewien zawód... ale jestem pewna, że bardzo się starałeś.

Harry poczuł ulgę, wyprostował się, porwał swoją torbę i odwrócił się, by odejść, gdy nagle za plecami usłyszał przenikliwy, chrapliwy głos:

— *To SIĘ STANIE DZISIAJ.*

Odwrócił się gwałtownie. Profesor Trelawney siedziała sztywno w fotelu, oczy miała nieprzytomne, a z ust ciekła jej ślina.

— S-słucham? — wyjąkał Harry.

Ale profesor Trelawney zdawała się go nie słyszeć. Oczy jej stanęły w słup. Wyglądała, jakby dostała jakiegoś ataku. Harry'ego ogarnęła panika. Zawahał się, myśląc gorączkowo, czy nie pobiec do skrzydła szpitalnego... a wówczas pani Trelawney przemówiła ponownie tym samym chrapliwym głosem, zupełnie nie swoim:

— *CZARNY PAN SPOCZYWA SAMOTNY, BEZ PRZYJACIÓŁ, PORZUCONY PRZEZ SWOICH WYZNAWCÓW. JEGO SŁUGA BYŁ UWIĘZIONY PRZEZ DWANAŚCIE LAT. DZISIAJ, PRZED PÓŁNOCĄ, SŁUGA ROZERWIE ŁAŃCUCHY I WYRUSZY W DROGĘ, BY POŁĄCZYĆ SIĘ ZE SWOIM PANEM. CZARNY PAN POWSTANIE Z JEGO POMOCĄ, JESZCZE BARDZIEJ POTĘŻNY I STRASZNY NIŻ PRZEDTEM. DZIŚ... PRZED PÓŁNOCĄ... SŁUGA... WYRUSZY... BY POŁĄCZYĆ SIĘ... ZE SWOIM... PANEM...*

Głowa opadła jej na pierś. Chrząknęła głośno i nagle poderwała ją.

— Przepraszam cię, mój kochany — powiedziała sennym głosem. — Mamy taki upalny dzień... zdrzemnęłam się na chwilkę...

Harry stał nadal, wlepiając w nią oczy.

— Czy coś cię gnębi, drogi chłopcze?

— Pani... pani właśnie mi powiedziała, że... Czarny Pan ma znowu odzyskać moc... że wraca jego sługa...

Profesor Trelawney spojrzała na niego z niekłamanym zdumieniem.

— Czarny Pan? Ten, Którego Imienia Nie Wolno Wymawiać? Mój drogi chłopcze, to nie jest coś, z czego można stroić sobie żarty... Odzyskać moc, też mi znowu...

— Ale pani to dopiero co powiedziała! Mówiła pani, że Czarny Pan...

— Podejrzewam, że ty też się zdrzemnąłeś, mój kochany! Nie sądzę, bym mogła przepowiedzieć coś tak niedorzecznego!

Harry zszedł po srebrnej drabinie, a potem po spiralnych schodach, zastanawiając się przez cały czas nad tym, co usłyszał. Czyżby to była prawdziwa przepowiednia? A może pani Trelawney chciała po prostu w tak wymyślny sposób zakończyć egzamin?

Kiedy pięć minut później mijał pospiesznie posterunki trolli w korytarzu wiodącym do wieży Gryffindoru, słowa profesor Trelawney wciąż kołatały mu w głowie. Z wieży wychodzili inni Gryfoni, śmiejąc się i żartując, aby zażyć na błoniach tak długo oczekiwanej wolności. Kiedy dotarł do dziury pod portretem i wszedł do pokoju wspólnego, nie było tam już prawie nikogo. W kącie siedzieli jednak Ron i Hermiona.

— Profesor Trelawney — wydyszał Harry — właśnie mi powiedziała...

I nagle urwał na widok ich twarzy.

— Już po Hardodziobie — mruknął Ron. — Hagrid nam to przysłał.

List od Hagrida był tym razem suchy, ale ręka, która go pisała, musiała się tak trząść, że trudno było odczytać słowa.

Przegrałem apelację. Egzekucja ma się odbyć o zachodzie słońca. Nic nie możecie poradzić. Nie przychodźcie. Nie chcę, żebyście na to patrzyli.
Hagrid

— Musimy iść — powiedział natychmiast Harry. — Nie może tam sam siedzieć i czekać na kata!

— Ale to ma być o zachodzie słońca — zauważył Ron, który patrzył przez okno dziwnie szklistym wzrokiem. — Przecież nam nie pozwolą... a zwłaszcza tobie, Harry...

Harry ukrył głowę w dłoniach, myśląc gorączkowo.

— Gdybyśmy mieli pelerynę-niewidkę...

— A gdzie ona jest? — zapytała Hermiona.

Harry opowiedział, jak był zmuszony zostawić pelerynę pod posągiem jednookiej czarownicy.

— ...jeśli Snape znowu mnie gdzieś w pobliżu zobaczy, będę miał poważne kłopoty... — zakończył.

— To prawda — powiedziała Hermiona, wstając. — Jeśli zobaczy *ciebie*... Jak się otwiera ten garb?

— Trzeba... stuknąć różdżką i powiedzieć: *dissendium*. Ale...

Hermiona nie czekała na resztę zdania, tylko szybko przeszła przez pokój, pchnęła portret Grubej Damy i znikła im z oczu.

— Ale chyba nie poszła po nią? — powiedział Ron, gapiąc się na portret.

Poszła. Wróciła po kwadransie nieco grubsza, bo pod szatą miała ukrytą srebrną pelerynę.

— Hermiono, naprawdę nie wiem, co w ciebie ostatnio wstąpiło! — zawołał Ron, szczerze zdumiony. — Najpierw trzasnęłaś Malfoya, potem wyszłaś z lekcji profesor Trelawney, teraz...

Hermiona zrobiła taką minę, jakby usłyszała komplement.

Zeszli na kolację ze wszystkimi, ale nie wrócili do wieży Gryffindoru. Harry schował pelerynę-niewidkę pod szatą, tak że musiał wciąż trzymać ręce założone na piersi, żeby ukryć wybrzuszenie. Zaszyli się w jakiejś pustej komnacie obok sali wejściowej, odczekali, aż zrobi się zupełnie cicho, a wtedy Hermiona uchyliła drzwi, wytknęła głowę i szepnęła:

— W porządku... nikogo nie ma... pod pelerynę...

Trzymając się blisko siebie, żeby nikt ich nie zobaczył, przeszli na palcach przez salę, otworzyli dębowe drzwi i po kamiennych schodach zeszli na błonia. Słońce już zachodziło za Zakazanym Lasem, złocąc szczyty drzew.

Doszli do chatki Hagrida i zapukali. Nie od razu otworzył, a kiedy to zrobił, stanął w drzwiach, rozglądając się nieprzytomnie, blady i drżący.

— To my — syknął Harry. — Mamy na sobie pelerynę-niewidkę. Wpuść nas, to ją zdejmiemy.

— Nie powinniście tu przychodzić! — wyszeptał Hagrid, ale cofnął się, a oni weszli do środka. Zamknął szybko drzwi, a Harry ściągnął pelerynę.

Hagrid nie płakał i nie rzucił im się na szyje. Wyglądał jak człowiek, który nie bardzo wie, gdzie jest i co ma zrobić. Ta beznadziejna rozpacz była gorsza od łez.

— Chcecie herbatki? — zapytał. Ręce mu się trzęsły, gdy sięgał po czajnik.

— Gdzie jest Hardodziob, Hagridzie? — zapytała nieśmiało Hermiona.

— Wy... wypuściłem go trochę — odrzekł Hagrid, rozlewając mleko na stół. — Przywiązałem koło mojej grządki dyniowej. Pomyślałem, że powinien sobie popatrzyć na drzewa... i nawdychać się świeżego powietrza... zanim...

Ręka tak mu się zatrzęsła, że wypuścił dzban z mlekiem, który rozbił się na drobne kawałki.

— Ja to zrobię, Hagridzie — powiedziała szybko Hermiona, chwytając za jakąś ścierkę i zabierając się do sprzątania.

— W kredensie jest drugi — mruknął Hagrid, siadając i ocierając czoło rękawem.

Harry zerknął na Rona, a ten spojrzał na niego, nie wiedząc, co powiedzieć.

— Czy nic nie da się zrobić, Hagridzie? — zapytał Harry, siadając obok niego. — Dumbledore...

— Próbował — odrzekł Hagrid ponuro. — Nie ma nad nimi władzy. Powiedział im, że Hardodziob jest w porządku, ale oni trzęśli portkami... wiecie, jaki jest ten Lucjusz Malfoy... pewno ich zastraszył... a ten kat, Macnair, to stary kumpel Malfoya... ale wszystko ma się odbyć szybko i sprawnie... a ja będę przy nim...

Przełknął łzy i rozejrzał się rozpaczliwie po izbie, jakby szukał jakiegoś strzępu nadziei lub pociechy.

— Dumbledore ma tu przyjść... Napisał mi dziś rano, że chce... chce być ze mną. Równy z niego gość...

Hermiona, która grzebała w kredensie, szukając drugiego dzbanka, załkała krótko, a potem odwróciła się do nich, z trudem powstrzymując łzy.

— Zostaniemy z tobą, Hagridzie... — zaczęła, ale on pokręcił swoją kudłatą głową.

— Musicie wracać do zamku, już wam mówiłem, nie chcę, żebyście na to patrzyli. Zresztą i tak nie wolno wam tu być... Jak Knot albo Dumbledore przyłapią cię tutaj, Harry, będziesz miał poważne kłopoty...

Po twarzy Hermiony płynęły łzy, ale ukryła je przed Hagridem, krzątając się koło kredensu. Znalazła butlę z mlekiem i już miała nalać go do dzbanka, gdy nagle wrzasnęła przeraźliwie.

— Ron! Nie... to niemożliwe... ale... to przecież jest Parszywek!

Ron wytrzeszczył na nią oczy.

— Co? Coś ty powiedziała?

Hermiona przyniosła do stołu dzbanek i odwróciła go dnem do góry. Rozległ się rozpaczliwy pisk i skrobanie pazurków po fajansie i po chwili na stole wylądował szczur Parszywek.

— Parszywku! — wydyszał Ron. — Parszywku, co ty tutaj robisz?

Chwycił wyrywającego mu się szczura i zbliżył do światła. Parszywek wyglądał okropnie. Był jeszcze bardziej chudy i wyleniały, a wił się i miotał w dłoni Rona, jakby za wszelką cenę chciał się uwolnić.

— Spokojnie, Parszywku! — uspokajał go Ron. — Nie ma żadnych kotów! Nikt cię tutaj nie skrzywdzi!

Nagle Hagrid wstał, z oczami utkwionymi w oknie. Jego zwykle rumiana twarz miała teraz kolor pergaminu.

— Idą...

Harry, Ron i Hermiona rzucili się do okna. Po stopniach wiodących do zamku schodziła grupa ludzi. Na przedzie kroczył Albus Dumbledore, ze srebrną brodą jaśniejącą w ukośnych promieniach zachodzącego słońca. Za nim posuwał się truchtem Korneliusz Knot, potem wlókł się zgarbiony staruszek z komisji, a na końcu szedł kat Macnair.

— Musicie wiać — powiedział Hagrid, dygocząc na całym ciele. — Nie mogą was tutaj zastać... idźcie już, prędzej...

Ron wepchnął Parszywka do kieszeni, a Hermiona porwała pelerynę-niewidkę.

— Wyprowadzę was tylnym wyjściem — mruknął Hagrid.

Wyszli za nim do ogródka. Harry czuł się dziwnie nierealnie, a wrażenie to wzmogło się, kiedy zobaczył Hardodzioba przywiązanego do drzewa za grządką z dyniami. Hipogryf zdawał się wiedzieć, co go czeka. Kręcił niespokojnie głową i deptał nerwowo ziemię.

— Spokojnie, Dziobku — powiedział łagodnie Hagrid. — Spokojnie... — Odwrócił się do Harry'ego, Rona i Hermiony. — Wiejcie. I to migiem.

Ale oni nie ruszali się z miejsca.

— Hagridzie, nie możemy...

— Powiemy im, co naprawdę się stało...

— Nie mogą go zabić...

— Zjeżdżajcie mi stąd! — prawie krzyknął Hagrid. — Jeszcze tylko tego brakuje, żebyście wpakowali się w tarapaty!

Nie mieli wyboru. Kiedy Hermiona zarzuciła na nich pelerynę, usłyszeli głosy dochodzące już sprzed chatki. Hagrid spojrzał na miejsce, w którym przed chwilą zniknęli, i powiedział ochrypłym głosem:

— Wiejcie szybko... Nie słuchajcie...

Wrócił do środka w tym samym momencie, gdy ktoś zapukał do drzwi.

Powoli, oniemiali z rozpaczy, Harry, Ron i Hermiona powlekli się wokół chaty. Kiedy wyszli zza węgła, drzwi frontowe zatrzasnęły się z hukiem.

— Pospieszmy się — szepnęła Hermiona. — Ja tego nie zniosę. Nie wytrzymam...

Ruszyli w górę łagodnego zbocza do zamku. Słońce prawie już zaszło, niebo zasnuło się jasną szarością podszytą purpurą, ale na zachodzie płonęła rubinowa poświata.

Ron zatrzymał się jak wryty.

— Och, błagam... — jęknęła Hermiona.

— To Parszywek... wyrywa mi się...

Ron pochylił się, chcąc za wszelką cenę utrzymać Parszywka w kieszeni, ale szczur zupełnie oszalał, piszczał dziko, miotał się, wił i próbował ugryźć Rona w rękę.

— Parszywku, to ja, kretynie... to ja, Ron — syknął Ron.

Usłyszeli odgłos otwieranych drzwi i męskie głosy.

— Och, Ron, chodźmy już, zaraz to zrobią! — wydyszała Hermiona.

— Ojej... Parszywku... siedź tam...

Ruszyli naprzód. Harry, tak samo jak Hermiona, starał się nie słyszeć głosów dochodzących zza ich pleców. Ron znowu się zatrzymał.

— Nie mogę go utrzymać... Parszywku, zamknij się, wszyscy nas usłyszą...

Szczur piszczał jak oszalały, ale nie aż tak, żeby zagłuszyć głosy dobiegające z ogrodu Hagrida. A potem nagle wszystko ucichło i w tej ciszy rozległ się najpierw świst, a potem głuche uderzenie topora.

Hermiona zachwiała się.

— Zrobili to! — szepnęła. — N-n-nie mogę w to uwierzyć... Oni to zrobili!

ROZDZIAŁ SIEDEMNASTY

Kot, szczur i pies

Harry'emu zawirowało w głowie. Wszyscy troje zamarli z przerażenia pod peleryną-niewidką. Ostatnie promienie zachodzącego słońca kładły się krwawym kobiercem wśród długich cieni. A potem usłyszeli za sobą dziki skowyt.

— To Hagrid — mruknął Harry.

Odwrócił się bez zastanowienia, ale Ron i Hermiona złapali go za ramiona.

— Nie możemy — szepnął Ron, blady jak papier. — Jak się dowiedzą, że przyszliśmy go odwiedzić, wpadnie w jeszcze większe kłopoty...

Oddech Hermiony był płytki i nierówny.

— Jak... oni... mogli... — powiedziała, krztusząc się łzami. — Jak mogli!

— Idziemy — rzekł Ron, szczękając zębami.

Ruszyli więc w stronę zamku, wolno, by utrzymać na sobie pelerynę. Robiło się coraz ciemniej, a kiedy wyszli na otwartą przestrzeń, ciemność ogarnęła ich jak zaklęcie.

— Parszywku, siedź spokojnie — syknął Ron, przyciskając dłoń do piersi.

Szczur miotał się jak oszalały. Ron zatrzymał się nagle, próbując wcisnąć go głębiej do kieszeni.

— Co jest z tobą, ty głupi szczurze? Siedź spokojnie... AUU! Ugryzł mnie!

— Ron, cicho bądź! — szepnęła Hermiona ze strachem. — Knot za chwilę wyjdzie...

— On za nic nie chce... siedzieć... w kieszeni...

Parszywek zupełnie zwariował. Walczył wściekle, próbując się wyrwać z uścisku Rona.

— Co mu się stało?

Harry właśnie zobaczył, co tak przeraziło Parszywka... Przypłaszczony do ziemi, na ugiętych łapach, z żółtymi ślepiami płonącymi niesamowicie w ciemności, pełzł ku nim po trawie... Krzywołap. Trudno było powiedzieć, czy ich widział, czy kierował się piskami Parszywka.

— Krzywołap! — jęknęła Hermiona. — Nie! Idź sobie, uciekaj, psiiik!

Ale kot był coraz bliżej.

— Parszyyy... NIEE!

Za późno... Szczur wyślizgnął się z zaciśniętych palców Rona, spadł na ziemię i pomknął po trawie. Krzywołap natychmiast za nim pognał, a nim Harry i Hermiona zdążyli powstrzymać Rona, ten wyskoczył spod peleryny-niewidki i zniknął w ciemności.

— Ron! — jęknęła Hermiona.

Spojrzała z rozpaczą na Harry'ego, on na nią, i puścili się biegiem, ale po chwili okazało się, że we dwoje trudno im było biec szybko pod jedną peleryną, więc ściągnęli ją i pomknęli za Ronem, a srebrna peleryna powiewała za nimi jak sztandar. Przed sobą słyszeli stłumione dudnienie stóp Rona i jego krzyki:

— Zostaw go... odczep się od niego... Parszywku, chodź tutaaa...!

Rozległ się głuchy odgłos uderzenia.

— Mam cię! Uciekaj, ty śmierdzący kocurze...

Harry i Hermiona o mało co nie wpadli na Rona; zatrzymali się raptownie tuż przed nim. Leżał na ziemi, ale Parszywek już był w jego kieszeni: Ron obiema dłońmi ściskał rozdygotane wybrzuszenie na piersi.

— Ron... szybko... pod pelerynę — wydyszała Hermiona. — Dumbledore... minister... zaraz będą wracać...

Ale zanim zdążyli okryć się peleryną, zanim zdążyli nabrać tchu, usłyszeli miękki odgłos wielkich łap... Coś biegło ku nim z ciemności... olbrzymi, kruczoczarny pies o lśniących bladych ślepiach.

Harry sięgnął po różdżkę, ale było już za późno — pies skoczył i uderzył go przednimi łapami w pierś. Upadł na wznak, czując na sobie gorący oddech... zobaczył błysk długich kłów...

Siła uderzenia była jednak tak duża, że pies przetoczył się przez niego; oszołomiony i obolały, jakby mu popękały żebra, Harry starał się dźwignąć na nogi. Słyszał głuche warczenie psa, który zawracał, szykując się do kolejnego ataku.

Ron był już przy nim. Kiedy pies skoczył ponownie, Ron pchnął Harry'ego w bok, a potworne kły zacisnęły się na jego wyciągniętej ręce. Harry rzucił się na psa i chwycił go za kudłatą sierść, ale bestia wlokła już Rona jak szmacianą lalkę...

A potem nagle coś uderzyło Harry'ego w twarz z taką siłą, że znowu zwaliło go z nóg. Usłyszał, jak Hermiona również krzyczy z bólu i pada na ziemię. Po omacku wyciągnął różdżkę, mrugając powiekami, bo krew zalewała mu oczy...

— *Lumos!* — szepnął.

W świetle, które trysnęło z końca różdżki, ujrzał pień grubego drzewa. Ścigając Parszywka, dobiegli prawie do stóp wierzby bijącej i teraz jej gałęzie trzeszczały jak w porywie wichru, młócąc drapieżnie powietrze, by nie dopuścić ich bliżej. A pod gałęziami, u podstawy pnia, olbrzymi czarny pies wlókł Rona do wielkiej jamy między korzeniami — chłopiec miotał się i wił, ale jego głowa i tułów już znikały w czeluści...

— Ron! — krzyknął Harry, rzucając się ku niemu, ale gruba gałąź świsnęła przed nim złowrogo, więc szybko się cofnął.

Teraz widać było już tylko jedną nogę Rona, którą zahaczył o korzeń, broniąc się rozpaczliwie przed wciągnięciem pod ziemię. A potem rozległ się przerażający trzask łamanej nogi, a w chwilę później stopa Rona znikła między korzeniami.

— Harry... musimy biec po pomoc!... — krzyknęła Hermiona; ona też krwawiła, bo wierzba rozcięła jej ramię.

— Nie! Ten potwór może go pożreć, nie mamy czasu...

— Harry... sami nie damy rady...

Następna gałąź przecięła ze świstem powietrze, chłoszcząc ich cienkimi witkami, pozaginanymi na końcu jak knykcie.

— Jeśli ten pies zdołał się tam wcisnąć, to i my możemy — wydyszał Harry, miotając się wokół drzewa i próbując znaleźć lukę między świszczącymi gałęziami. Nie zdołał jednak przybliżyć się nawet o cal do pnia.

— Och, pomocy, pomocy... — szeptała gorączkowo Hermiona, podskakując w miejscu. — Błagam...

Z ciemności wyskoczył Krzywołap. Prześliznął się między gałęziami jak wąż i oparł się przednimi łapami o grube zawęźlenie na pniu.

Nagle drzewo znieruchomiało, jakby zamieniło się w kamień. Nie poruszała się ani jedna gałąź, nie drżał ani jeden listek.

— Krzywołap! — wyszeptała zdumiona Hermiona, ściskając ramię Harry'ego aż do bólu. — Skąd on wiedział...

— On się przyjaźni z tym psem — odpowiedział ponuro Harry. — Widziałem ich razem. Chodź... i wyjmij różdżkę...

W mgnieniu oka znaleźli się przy pniu, ale zanim zdążyli wcisnąć się do jamy między korzeniami, Krzywołap zniknął w czeluści, machnąwszy swoim puszystym ogonem. Harry wgramolił się za nim; przeczołgał się kilka stóp głową naprzód i nagle ześliznął po wilgotnej ziemi na dno bardzo niskiego tunelu. W świetle różdżki zobaczył niedaleko od siebie płonące oczy Krzywołapa. W chwilę później wylądowała obok niego Hermiona.

— Gdzie jest Ron? — zapytała przerażonym szeptem.

— Tędy — odrzekł Harry, pochylając się i ruszając za Krzywołapem.

— Dokąd ten tunel prowadzi? — wydyszała Hermiona za jego plecami.

— Nie mam pojęcia... Jest zaznaczony na Mapie Huncwotów, ale Fred i George mówili, że nikt nigdy do niego nie trafił. Biegnie aż do skraju mapy... Chyba kończy się w Hogsmeade, nie wiem...

Zgięci prawie wpół, posuwali się tak szybko, jak zdołali; przed nimi ogon Krzywołapa to pojawiał się, to ginął w mroku. Tunel był długi — chyba tak długi, jak ten, który prowadził do lochów Miodowego Królestwa. Harry myślał tylko o Ronie i o tym, co mógł z nim zrobić ten potworny pies... Chwytał rozpaczliwie powietrze i biegł, biegł, zgięty wpół, czując ból w krzyżu i w płucach.

W końcu tunel zaczął się podnosić, a w chwilę później zakręcił i Krzywołap zniknął. Zobaczyli plamę światła padającego z małego otworu.

Zatrzymali się, żeby złapać oddech, a potem wyciągnęli przed siebie różdżki i ostrożnie wyjrzeli przez dziurę.

Zobaczyli zaśmiecony, zakurzony i opustoszały pokój. Ze ścian odpadły tapety, podłoga była zaplamiona, meble połamane, jakby je ktoś roztrzaskał. Okna były zabite deskami.

Harry spojrzał na Hermionę. Minę miała przerażoną, ale kiwnęła głową.

Przelazł przez dziurę i rozejrzał się po pokoju. Drzwi na prawo były otwarte; wiodły do mrocznego korytarza. Hermiona nagle chwyciła go za ramię. Jej szeroko otwarte oczy błądziły po zabitych deskami oknach.

— Harry — szepnęła — chyba jesteśmy we Wrzeszczącej Chacie...

Harry rozejrzał się. Jego spojrzenie padło na stojące blisko nich drewniane krzesło. Wyglądało, jakby ktoś tłukł nim o ścianę; jedna noga była wyłamana.

— Duchy tego nie zrobiły — powiedział powoli.

W tym momencie coś zatrzeszczało nad ich głowami. Ktoś tam był. Wlepili oczy w sufit. Hermiona ściskała ramię Harry'ego tak mocno, że stracił czucie w palcach. Spojrzał na nią i uniósł brwi, a ona znowu kiwnęła głową i puściła go.

Po cichu, na palcach, wyszli na korytarz, a potem wspięli się po rozpadających się schodach. Wszędzie leżała gruba warstwa kurzu, tylko na podłodze widniała szeroka, połyskująca smuga, jakby ktoś wlókł coś na górne piętro.

Doszli do mrocznego podestu.

— *Nox* — szepnęli równocześnie i światło wydobywające się z końców ich różdżek zgasło. Tylko jedne drzwi były otwarte. Kiedy podkradli się pod nie, usłyszeli jakiś ruch, cichy jęk, a później głośne mruczenie. Znowu wymienili spojrzenia i kiwnęli głowami.

Harry wyciągnął przed siebie różdżkę i jednym kopnięciem otworzył drzwi.

Na wspaniałym łożu z czterema kolumienkami spoczywał Krzywołap, mrucząc głośno i mrużąc oczy na ich widok. Obok łóżka leżał na podłodze Ron, trzymając się za nogę, która sterczała pod dziwnym kątem.

Harry i Hermiona rzucili się ku niemu.

— Ron... nic ci nie jest?

— Gdzie jest ten pies?

— To nie pies — jęknął Ron, zaciskając zęby z bólu.

— Harry, to pułapka...

— Co...

— To nie jest pies... To animag...

Ron otworzył szeroko oczy, wpatrzony w coś ponad ramieniem Harry'ego. Harry odwrócił się gwałtownie. Zobaczył ciemną postać, która zatrzasnęła z hukiem drzwi.

Był to mężczyzna z długimi, splątanymi, sięgającymi prawie do pasa włosami. Gdyby nie przenikliwe oczy płonące w głębokich, ciemnych oczodołach można by go uznać za trupa. Woskowa skóra tak ciasno opinała się na jego twarzy, że głowa przypominała nagą czaszkę. Żółte zęby obnażone były w uśmiechu.

Przed nimi stał Syriusz Black.

— *Expelliarmus!* — zawołał ochrypłym głosem, wskazując na nich różdżką Rona.

Różdżki wyrwały im się z rąk i wystrzeliły w powietrze.

Black złapał je zręcznie, po czym zrobił krok w ich stronę. Oczy miał utkwione w Harrym.

— Byłem pewny, że przyjdziesz, żeby ratować swego przyjaciela. — Jego głos brzmiał tak, jakby go dawno nie używał. — Twój ojciec zrobiłby to samo dla mnie. Jesteś dzielny, nie pobiegłeś po nauczyciela. A ja jestem ci za to wdzięczny... bo to wszystko bardzo ułatwi...

Uwaga na temat ojca zadźwięczała w uszach Harry'ego tak, jakby Black ją wykrzyczał. Poczuł w piersiach falę gorącej nienawiści, która wyparła strach. Po raz pierwszy w życiu zapragnął mieć znowu różdżkę w ręku nie po to, by się bronić, ale po to, żeby zaatakować... żeby zabić. Bez zastanowienia zrobił krok do przodu, ale Ron i Hermiona natychmiast złapali go za ręce i zatrzymali.

— Nie, Harry, nie! — wydyszała Hermiona.

Ron stał, chwiejąc się lekko, a blady był jak kreda.

— Jeśli chcesz zabić Harry'ego — krzyknął zapalczywie — będziesz musiał zabić i nas!

Coś zamigotało w ocienionych oczach Blacka.

— Połóż się — powiedział cicho. — Połóż się, bo jeszcze bardziej uszkodzisz sobie nogę.

— Słyszałeś? — wyrzucił z siebie Ron, trzymając się kurczowo Harry'ego, żeby nie upaść. — Będziesz musiał zabić nas troje!

— Tej nocy dojdzie tylko do jednego morderstwa — rzekł Black, szczerząc zęby.

— Tylko jednego? — prychnął Harry, próbując się wyswobodzić z uścisku Rona i Hermiony. — Co się stało? Ostatnim razem nie byłeś taki łagodny, prawda? Nie zawahałeś się przed zabiciem tych wszystkich mugoli, chociaż zależało ci tylko na śmierci tego małego Pettigrew... Co się stało, czyżbyś zmiękł w Azkabanie?

— Harry! — jęknęła Hermiona. — Uspokój się!

— ON ZABIŁ MOICH RODZICÓW! — ryknął Harry.

Szarpnął się z całej siły, wyrwał z ich uścisków i rzucił się do przodu...

Zapomniał o czarach... zapomniał, że jest mały, chudy i ma trzynaście lat, a Black jest wysokim, dorosłym mężczyzną. Wiedział tylko jedno: musi dorwać tego drania i uderzyć go, powalić, zranić, udusić, choćby miało go to kosztować życie...

Być może Black nie przewidział, że Harry może zrobić coś tak głupiego, w każdym razie nie zdążył podnieść różdżki. Ręka Harry'ego zacisnęła się wokół jego przegubu, pięść drugiej trafiła go w skroń i obaj wpadli na ścianę...

Hermiona wrzeszczała, Ron wył jak opętany, z końców różdżek w dłoni Blacka wystrzeliło oślepiające światło, a za nim strumienie iskier, które minęły twarz Harry'ego o cal. Harry czuł, jak żylasta ręka pod jego palcami skręca się i szarpie, ale trzymał ją mocno, a drugą dłonią tłukł Blacka na oślep.

Lecz druga ręka Blacka odnalazła w końcu jego gardło...

— Nie — syknął. — Za długo na to czekałem...

Długie palce zacisnęły się mocniej na gardle Harry'ego, który zaczął się krztusić.

Przez przekrzywione okulary zobaczył nagle wynurzającą się skądś stopę Hermiony. Black stęknął z bólu i puścił go. Ron rzucił się na rękę Blacka, wciąż trzymającą różdżki. Rozległ się cichy trzask...

Uwolnił się z kłębowiska ciał i dostrzegł własną różdżkę, toczącą się po podłodze, rzucił się ku niej, lecz...

— Aaach!

To Krzywołap włączył się do walki, wbijając mu w ramię

pazury. Harry strząsnął go z siebie, ale kot skoczył ku jego różdżce...

— NIE! NIE WOLNO! — wrzasnął Harry i kopnął Krzywołapa, który odskoczył, prychając gniewnie. Harry porwał swoją różdżkę, odwrócił się...

— Odsuńcie się! — krzyknął do Rona i Hermiony.

Nie trzeba im było tego powtarzać. Hermiona, z trudem łapiąc powietrze i z krwawiącą wargą, rzuciła się w bok, chwytając różdżkę swoją i Rona. Ron doczołgał się do łóżka i padł na nie bez tchu, trzymając się za złamaną nogę; twarz mu pozieleniała.

Black leżał pod samą ścianą. Jego wychudła pierś unosiła się i opadała szybko, kiedy obserwował, jak Harry podchodzi wolno, z różdżką wycelowaną prosto w jego serce.

— Chcesz mnie zabić, Harry? — wyszeptał.

Harry zatrzymał się tuż nad nim, wciąż celując różdżką w jego pierś. Wokół lewego oka Blacka pojawił się nabrzmiewający szybko siniak, a z nosa sączyła się krew.

— Zabiłeś moich rodziców — powiedział Harry lekko roztrzęsionym głosem, ale ręka z różdżką nawet nie drgnęła.

Black wpatrywał się w niego swoimi głęboko zapadniętymi oczami.

— Nie przeczę... — odrzekł cicho. — Ale gdybyś wiedział wszystko...

— Wszystko? — powtórzył Harry, czując łomotanie w uszach. — Sprzedałeś ich Voldemortowi, to mi wystarczy!

— Musisz mnie wysłuchać — powiedział Black natarczywie. — Będziesz żałował, jak mnie nie wysłuchasz... Nie rozumiesz...

— Rozumiem o wiele więcej, niż ci się wydaje — przerwał mu Harry, ale głos mu drżał jeszcze bardziej. —

Nigdy jej nie słyszałeś, co? Mojej mamy... próbującej powstrzymać Voldemorta przed zabiciem mnie... i to ty do tego doprowadziłeś... ty ich zdradziłeś...

Zanim którykolwiek z nich zdążył wypowiedzieć słowo, coś rudego śmignęło koło Harry'ego. Krzywołap wylądował na piersi Blacka i ułożył się na niej, zasłaniając serce. Black zamrugał i spojrzał na kota.

— Uciekaj — mruknął, próbując go z siebie strącić. Ale Krzywołap wbił pazury w jego szatę i nie chciał puścić. Zwrócił swój brzydki, płaski pysk w stronę Harry'ego i patrzył na niego wielkimi żółtymi oczami. Gdzieś na prawo załkała głośno Hermiona.

Harry wpatrywał się w Blacka i Krzywołapa, ściskając mocno różdżkę. Co z tego, że będzie musiał zabić również i tego kota? To sprzymierzeniec Blacka... jeśli gotów jest umrzeć w jego obronie, to już jego sprawa... Jeśli Black chce go uratować, świadczyłoby to tylko o tym, że więcej dla niego znaczy kot niż rodzice Harry'ego...

Podniósł różdżkę. Nadeszła chwila, aby to uczynić. Nadeszła chwila zemsty za matkę i ojca. Tak, zabije Blacka. Musi go zabić. To jego chwila.

Sekundy wlokły się powoli, a Harry wciąż stał jak wryty z wyciągniętą różdżką, Black wpatrywał się w niego, Krzywołap przywarł do piersi Blacka, z łóżka dochodził chrapliwy oddech Rona. Hermiony nie słyszał.

I wówczas rozległ się jakiś dźwięk...

Odgłos przytłumionych kroków... ktoś schodził po schodach.

— TU JESTEŚMY! — wrzasnęła Hermiona. — NA GÓRZE... SYRIUSZ BLACK... SZYBKO!

Black drgnął tak gwałtownie, że Krzywołap z trudem utrzymał się na jego piersi. Harry zacisnął kurczowo palce na różdżce. *Zrób to teraz!* — zabrzmiał mu w głowie głos. Lecz kroki zadudniły ponownie, tym razem po schodach — a Harry wciąż nie mógł się na to zdobyć.

Drzwi otworzyły się z trzaskiem, buchnęły czerwone iskry, a Harry odwrócił się i ujrzał, jak do pokoju wpada profesor Lupin. Był blady, w ręku trzymał różdżkę. Rzucił okiem na Rona leżącego na podłodze, na Hermionę kulącą się obok drzwi, na Harry'ego stojącego nad Blackiem z wyciągniętą różdżką, a potem na samego Blacka, okrwawionego i leżącego u stóp Harry'ego.

— *Expelliarmus!* — krzyknął Lupin.

Różdżka Harry'ego ponownie wyrwała mu się z ręki i to samo stało się z różdżkami trzymanymi przez Hermionę. Lupin złapał je zręcznie w powietrzu, a potem przeszedł na środek pokoju, wpatrując się w Blacka, na którego piersi wciąż leżał Krzywołap.

Harry stał nieruchomo, czując w sobie straszliwą pustkę. Nie zrobił tego. Nerwy go zawiodły. Black zostanie wydany w ręce dementorów.

I wtedy Lupin przemówił, a głos miał bardzo dziwny, bo drżący od z trudem powstrzymywanych emocji.

— Gdzie on jest, Syriuszu?

Harry spojrzał szybko na Lupina. O co tu chodzi? O kim Lupin mówi? Znowu popatrzył na Blacka.

Twarz Blacka nie wyrażała niczego. Przez kilka sekund nawet się nie poruszył. A potem bardzo powoli podniósł rękę i wskazał na Rona. Harry spojrzał na Rona, którego twarz zastygła w wyrazie osłupienia.

— Ale... — mruknął Lupin, wpatrując się w Blacka tak uporczywie, jakby chciał poznać jego myśli — ...dlaczego dotąd się nie ujawnił? Chyba że... — oczy mu się nagle rozszerzyły, jakby zobaczył coś poza Blackiem, coś, czego żadne z nich nie było w stanie dostrzec — ...chyba że to on był tym... chyba że zamieniliście się... nic mi nie mówiąc...

Black powoli kiwnął głową, nie spuszczając wzroku z Lupina.

— Panie profesorze — powiedział głośno Harry — co tu się...

Ale nie skończył zdania, bo to, co zobaczył, sprawiło, że głos uwiązł mu w gardle. Lupin opuścił różdżkę. Podszedł do Blacka, chwycił go za rękę, pociągnął, pomagając mu wstać i... i uściskał go jak brata. Krzywołap spadł na podłogę.

Harry poczuł się tak, jakby jechał bardzo szybką windą.

— TO NIEMOŻLIWE! — krzyknęła piskliwie Hermiona.

Lupin puścił Blacka i odwrócił się do niej. Podniosła się z podłogi i wyciągnęła rękę w kierunku Lupina, wytrzeszczając na niego oczy.

— Ty... ty...

— Hermiono...

— ...ty i on!

— Hermiono, uspokój się...

— Nie powiedziałam nikomu! Ukrywałam to ze względu na ciebie...

— Hermiono, wysłuchaj mnie, proszę! — krzyknął Lupin. — Zaraz ci wyjaśnię!

Harry dygotał, nie ze strachu, ale z wściekłości.

— Zaufałem ci — krzyknął do Lupina — a ty przez cały czas byłeś jego przyjacielem!

— Mylisz się — rzekł Lupin. — Nie byłem przyjacielem Blacka przez dwanaście lat, ale teraz jestem... Pozwól mi wyjaśnić...

— NIE! — krzyknęła Hermiona. — Harry, nie ufaj mu, to on pomógł Blackowi dostać się do zamku, on też pragnie twojej śmierci... to WILKOŁAK!

Zaległa głucha cisza. Wszystkie oczy utkwione były teraz w Lupinie, który nadal był spokojny, choć zbladł.

— Wstydź się, Hermiono, to grubo poniżej twoich zwykłych możliwości — stwierdził sucho. — Z tych trzech zdań tylko jedno jest prawdziwe. Nie pomagałem Syriuszowi w przedostaniu się do zamku i na pewno nie pragnę śmierci Harry'ego... — Dziwny skurcz przebiegł przez jego twarz. — Ale nie przeczę, że jestem wilkołakiem...

Ron spróbował wstać, ale upadł z powrotem, jęcząc z bólu. Lupin ruszył ku niemu z zatroskaną miną, ale Ron wydyszał:

— Nie dotykaj mnie, wilkołaku!

Lupin zatrzymał się, a potem, z pewnym oporem, odwrócił się do Hermiony i zapytał:

— Od kiedy o tym wiesz?

— Od dawna — szepnęła Hermiona. — Od czasu, gdy pisałam wypracowanie dla profesora Snape'a...

— Byłby zachwycony — rzekł chłodno Lupin. — Zadał wam ten temat, mając nadzieję, że ktoś zda sobie sprawę, o czym świadczą objawy mojej choroby. Sprawdzałaś tabele księżycowe? Zrozumiałaś, że zawsze jestem chory podczas pełni? A może zwróciło twoją uwagę to, że bogin zamienił się w księżyc, kiedy mnie zobaczył?

— I to, i to — odpowiedziała cicho Hermiona.

Lupin zaśmiał się sztucznie.

— Jesteś najmądrzejszą trzynastoletnią czarownicą, jaką kiedykolwiek spotkałem, Hermiono.

— Nie — wyszeptała Hermiona. — Gdybym była

choć trochę mądrzejsza, powiedziałabym wszystkim, kim naprawdę jesteś!

— Przecież wiedzą — powiedział Lupin. — W każdym razie nauczyciele.

— Dumbledore zatrudnił cię, wiedząc, że jesteś wilkołakiem? — zdumiał się Ron. — Czy on zwariował?

— Niektórzy nauczyciele tak myśleli — powiedział Lupin. — Dużo wysiłku włożył w to, żeby ich przekonać, że zasługuję na zaufanie...

— I MYLIŁ SIĘ! — ryknął Harry. — POMAGAŁEŚ MU PRZEZ CAŁY CZAS! — Wskazał na Blacka, który podszedł chwiejnie do łóżka z czterema kolumienkami i opadł na nie, zakrywając twarz drżącą dłonią. Krzywołap wskoczył mu na kolana, mrucząc głośno. Ron odsunął się od nich, wlokąc za sobą złamaną nogę.

— Nie pomagałem Syriuszowi — powiedział Lupin. — Jeśli dacie mi szansę, wszystko wyjaśnię. Zobaczcie...

Rozdzielił trzymane w ręku różdżki i po kolei rzucił je ich właścicielom. Harry, oszołomiony, złapał w powietrzu swoją.

— Proszę — powiedział Lupin, wtykając swoją różdżkę za pas. — Jesteście uzbrojeni, my nie. Teraz mnie wysłuchacie?

Harry nie wiedział, co o tym myśleć. Czy to jakaś nowa sztuczka?

— Jeśli mu nie pomagałeś — powiedział, rzucając wściekłe spojrzenie na Blacka — to skąd wiedziałeś, że jest tutaj?

— Mapa — odrzekł Lupin. — Mapa Huncwotów. Przyjrzałem się jej w moim gabinecie i...

— Wiesz, jak ona działa? — zapytał podejrzliwie Harry.

— Oczywiście — odpowiedział Lupin, machając niecierpliwie ręką. — Pomagałem ją narysować. To ja jestem Lunatyk... tak mnie w szkole nazywali moi przyjaciele.

— Ty ją narysowałeś?!

— Najważniejsze jest to, że dziś wieczorem obejrzałem ją sobie dokładnie, ponieważ domyślałem się, że ty, Ron i Hermiona możecie wymknąć się z zamku, żeby odwiedzić Hagrida przed egzekucją Hardodzioba. I miałem rację, prawda?

Zaczął się przechadzać tam i z powrotem, patrząc na nich. Spod jego stóp wzbijały się małe obłoczki kurzu.

— Mogłeś mieć na sobie starą pelerynę swojego ojca, Harry...

— Skąd wiesz o pelerynie?

— Tyle razy widziałem, jak James pod nią znikał... — odrzekł Lupin, znowu machając niecierpliwie ręką. — Rzecz w tym, Harry, że nawet kiedy ją mieliście na sobie, widać was było na Mapie Huncwotów. Obserwowałem, jak idziecie przez błonie i wchodzicie do chaty Hagrida. Dwadzieścia minut później wyszliście stamtąd i skierowaliście się w stronę zamku. Ale wówczas ktoś już wam towarzyszył.

— Co? — zapytał Harry ze zdumieniem. — Nie, to nieprawda!

— Ja też nie mogłem uwierzyć własnym oczom — rzekł Lupin, wciąż krążąc po pokoju. — Myślałem, że z tą mapą coś jest nie w porządku. Bo niby skąd on tam się wziął?

— Nikogo z nami nie było!

— A wtedy zobaczyłem jeszcze jedną plamkę, poruszającą się szybko w waszym kierunku, a przy plamce było imię i nazwisko... Syriusz Black... Zobaczyłem, jak wpada na was, jak wciąga was dwóch pod wierzbę bijącą...

— Jednego z nas! — zawołał ze złością Ron.

— Nie, Ron — powiedział Lupin. — Dwóch...

Zatrzymał się i zmierzył Rona chłodnym spojrzeniem.

— Mógłbym rzucić okiem na twojego szczura?

— Co? A co ma z tym wspólnego mój szczur?

— Wszystko — odparł Lupin. — Mogę go zobaczyć?

Ron zawahał się, a potem wsunął rękę za pazuchę i wyciągnął wyrywającego się rozpaczliwie Parszywka. Musiał go złapać za ogon, by zapobiec ucieczce. Leżący na kolanach Blacka Krzywołap podniósł się i cicho zasyczał.

Lupin podszedł do Rona. Wydawało się, że wstrzymał oddech, wpatrując się bacznie w Parszywka.

— No i co? — zapytał przestraszony Ron, podsuwając mu Parszywka pod nos. — Co mój szczur ma z tym wszystkim wspólnego?

— To nie jest szczur — zachrypiał nagle Black.

— Co? Przecież każdy widzi, że to szczur...

— Mylisz się — powiedział szybko Lupin. — To czarodziej.

— Animag — dodał Black. — Nazywa się Peter Pettigrew.

ROZDZIAŁ OSIEMNASTY

Lunatyk, Glizdogon, Łapa i Rogacz

Dopiero po kilku sekundach dotarła do nich absurdalność tego stwierdzenia. A potem Ron wypowiedział to, co pomyślał Harry.

— Obaj jesteście pomyleni.

— Śmieszne! — powiedziała słabym głosem Hermiona.

— Peter Pettigrew nie żyje! — zawołał Harry. — On go zabił dwanaście lat temu!

Wskazał na Blacka, któremu twarz zadrgała konwulsyjnie.

— Chciałem to zrobić — warknął, obnażając żółte zęby — ale mały Peter wzbudził moją litość... wtedy... bo tym razem będzie inaczej!

Krzywołap spadł na podłogę, gdy Black rzucił się na Parszywka. Ron zawył z bólu, bo Black całym ciężarem runął na jego złamaną nogę.

— Syriuszu, NIE! — krzyknął Lupin, podbiegając i odciągając go od Rona. — POCZEKAJ! Nie możesz tego zrobić tak po prostu... oni muszą zrozumieć... musimy im wyjaśnić...

— Możemy im wyjaśnić później! — prychnął Black, próbując uwolnić się od Lupina i jedną ręką nadal sięgając w kierunku Parszywka, który kwiczał jak prosię i rozdrapywał Ronowi twarz i szyję w rozpaczliwej próbie ucieczki.

— Oni... mają... prawo... wiedzieć... o wszystkim! — wydyszał Lupin, wciąż go powstrzymując. — To było ulubione zwierzątko Rona! Niektórych rzeczy nawet ja nie rozumiem! No i Harry... Jesteś mu winien prawdę, Syriuszu!

Black przestał się szarpać, choć jego głęboko zapadnięte oczy nadal były utkwione w Parszywku, który miotał się w mocnym uścisku podrapanych, pogryzionych i krwawiących rąk Rona.

— No więc dobrze — warknął Black, nie spuszczając oczu ze szczura. — Powiedz im, co chcesz. Tylko zrób to szybko, Remusie. Chcę dokonać mordu, za który zostałem uwięziony.

— Obaj jesteście czubkami — powiedział Ron roztrzęsionym głosem, szukając wzrokiem poparcia u Harry'ego i Hermiony. — Mam tego dosyć. Spadam.

Spróbował podźwignąć się na zdrowej nodze, ale Lupin podniósł różdżkę, celując nią w Parszywka.

— Wysłuchasz mnie, Ron — powiedział spokojnie. — Tylko trzymaj Petera mocno i słuchaj.

— TO NIE JEST ŻADEN PETER, TO JEST PARSZYWEK! — ryknął Ron, próbując wepchnąć do kieszeni szczura, który walczył tak zażarcie, że Ron zachwiał się i stracił równowagę. Harry złapał go w ostatniej chwili i pchnął z powrotem na łóżko, a potem, nie zwracając uwagi na Blacka, zwrócił się do Lupina.

— Byli świadkowie, którzy widzieli, jak Pettigrew umarł. Cała ulica...

— Nic nie widzieli, tak im się tylko wydawało! — wykrzyknął dziko Black, wpatrując się nadal w Parszywka.

— Wszyscy myśleli, że Syriusz zabił Petera — rzekł Lupin, kiwając głową. — Sam w to wierzyłem... dopóki dziś wieczorem nie spojrzałem na tę mapę. Bo Mapa Huncwotów nigdy nie kłamie... Peter żyje. Ron trzyma go w rękach, Harry.

Harry spojrzał na Rona, a kiedy ich oczy się spotkały, obaj zgodzili się w milczeniu: Black i Lupin postradali rozum. Ich opowieść była zupełnie pozbawiona sensu. Bo niby jak Parszywek mógł być Peterem Pettigrew? Azkaban musiał zrobić swoje i Black jest szaleńcem — ale dlaczego Lupin mu wtóruje?

Wówczas odezwała się Hermiona, rozdygotana, ale udając spokój, jakby próbowała nakłonić Lupina, żeby zaczął myśleć rozsądnie.

— Ale... panie profesorze... przecież Parszywek nie może być Peterem Pettigrew... to po prostu niemożliwe i pan o tym dobrze wie...

— A niby dlaczego to jest niemożliwe? — zapytał spokojnie Lupin, jakby omawiali jakiś problem przy eksperymencie z druzgotkami.

— Bo... bo ludzie by wiedzieli, że Peter Pettigrew został animagiem. Przerabialiśmy animagów na zajęciach z profesor McGonagall, a ja czytałam o nich sporo w bibliotece... Ministerstwo prowadzi rejestr czarownic i czarodziejów, którzy mogą zamieniać się w zwierzęta, zapisuje się tam, w jakie zwierzęta się zmienili... ich znaki szczególne, opis... i ja poszłam, żeby zobaczyć, czy profesor McGonagall nie ma na tej liście, i w tym stuleciu było tylko siedmiu animagów, a nie ma wśród nich nazwiska Petera Pettigrew...

Harry nie zdążył zdumieć się w duchu nad wysiłkiem, jaki Hermiona wkłada w odrabianie prac domowych, bo Lupin wybuchnął głośnym śmiechem.

— Hermiono, znowu masz rację! Tyle że ministerstwo nigdy się nie dowiedziało, że po Hogwarcie buszowało sobie trzech niezarejestrowanych animagów!

— Jeśli masz zamiar opowiadać im wszystko po kolei, to się pospiesz, Remusie — warknął Black. — Czekałem dwanaście lat i nie zamierzam czekać dłużej.

— Dobrze, dobrze... ale będziesz musiał mi pomóc, Syriuszu — rzekł Lupin. — Ja wiem tylko, jak to się zaczęło...

Lupin urwał. Za nimi coś głośno skrzypnęło. Drzwi otworzyły się same. Wszyscy pięcioro spojrzeli w tamtą stronę. Lupin podszedł do drzwi i wyjrzał na korytarz.

— Nikogo nie ma...

— Tutaj straszy! — powiedział Ron.

— Nie, nic tu nie straszy — rzekł Lupin, wciąż wpatrując się w otwarte drzwi i marszcząc czoło. — Wrzeszczącej Chaty nigdy nie nawiedzały duchy... Te wrzaski i jęki, które słyszeli mieszkańcy wioski, to moja robota.

Odgarnął siwiejące włosy z czoła, pomyślał przez chwilę, po czym powiedział:

— Wszystko zaczęło się od tego... od tego, że stałem się wilkołakiem. Nie wydarzyłoby się to wszystko, gdybym nie został pogryziony... i gdybym nie był tak uparty...

Sprawiał teraz wrażenie człowieka rozżalonego i zmęczonego. Harry chciał mu przerwać, ale Hermiona przyłożyła palec do ust. Wpatrywała się w Lupina z napięciem.

— Byłem bardzo małym chłopcem, kiedy zostałem

ugryziony. Moi rodzice próbowali wszystkiego, ale w tamtych czasach nie było na to lekarstwa. Eliksir, który przyrządza mi profesor Snape, to bardzo świeży wynalazek. Dzięki niemu jestem niegroźny. Zażywając go w ciągu tygodnia poprzedzającego pełnię księżyca, zachowuję pełną świadomość, kiedy podlegam przemianie... Mogę ukryć się w swoim gabinecie... zwinąć się w kłębek jak nieszkodliwy wilk i czekać, aż księżyca znowu zacznie ubywać. Ale kiedyś, zanim wynaleziono wywar tojadowy, raz na miesiąc stawałem się groźnym potworem. Wydawało się niemożliwe, żebym mógł uczyć się w Hogwarcie. Inni rodzice z pewnością nie zgodziliby się na to, aby ich dzieci narażone były na moje towarzystwo. Ale dyrektorem szkoły został Dumbledore. Chciał mi pomóc. Powiedział, że jeśli zachowamy właściwe środki bezpieczeństwa, nie ma powodu, by wzbraniać mi pobytu w Hogwarcie...

Westchnął i spojrzał na Harry'ego.

— Powiedziałem ci parę miesięcy temu, że wierzba bijąca została zasadzona w tym roku, w którym pojawiłem się w szkole. Ale nie powiedziałem ci wszystkiego. Właśnie dlatego została zasadzona... Ten dom... — rozejrzał się ponuro po pokoju — ...tunel, który do niego prowadzi... to wszystko zostało zbudowane dla mnie. Raz w miesiącu przenoszono mnie tutaj, żebym w spokoju przeszedł transformację. A to drzewo posadzono przy wejściu do tunelu, żeby nikt nie dostał się do miejsca, w którym na parę dni stawałem się groźnym wilkołakiem.

Harry nie miał pojęcia, do czego zmierza cała ta historia, ale słuchał jej pilnie. Poza głosem Lupina w pokoju słychać było tylko przerażone piski Parszywka.

— Moje transformacje w tamtych czasach były... były straszne. Przemiana w wilkołaka jest bardzo bolesna. Oddzielano mnie od ludzi, więc kąsałem samego siebie. Mieszkańcy wioski słyszeli te wycia i hałasy i myśleli, że to jakieś wyjątkowo hałaśliwe duchy. Dumbledore podtrzymywał te pogłoski... Nawet teraz, kiedy w tym domu od lat panuje cisza, mieszkańcy boją się do niego zbliżać... Pomijając te straszne chwile, byłem jednak tak szczęśliwy, jak nigdy przedtem. Po raz pierwszy w życiu miałem przyjaciół, trzech wspaniałych przyjaciół: Syriusza Blacka... Petera Pettigrew... no i twojego ojca, Harry... Jamesa Pottera. Rzecz jasna, moi trzej przyjaciele nie mogli nie zauważyć, że znikam gdzieś raz w miesiącu. Wymyślałem różne historie. Mówiłem im, że moja matka jest chora i że muszę jechać do domu, żeby się z nią zobaczyć... Bałem się panicznie, że odwrócą się ode mnie, kiedy się dowiedzą, kim... a raczej czym jestem. Ale oni, rzecz jasna, sami odkryli prawdę... tak jak ty, Hermiono... I wcale mnie nie porzucili. Zrobili coś, co sprawiło, że moje przemiany nie tylko przestały być straszliwą męką, ale zaczęły być najwspanialszymi okresami w moim życiu... Stali się animagami.

— Mój tata też? — zapytał zdumiony Harry.

— Tak, twój tata też — rzekł Lupin. — Opanowanie tej sztuki zajęło im prawie trzy lata. Twój ojciec i Syriusz byli najzdolniejszymi uczniami w szkole, no i mieli trochę szczęścia, bo przemiana w animaga jest bardzo ryzykowna... to jedna z przyczyn, dla których ministerstwo bacznie obserwuje tych, którzy próbują tego dokonać. Peter korzystał z pomocy Jamesa i Syriusza. I w końcu, a było to już w piątej klasie, udało im się opanować tę sztukę. Każdy z nich mógł zamieniać się w inne zwierzę, kiedy tylko chciał.

— Ale jak to mogło pomóc tobie? — zapytała Hermiona.

— Nie mogli dotrzymywać mi towarzystwa jako ludzie,

więc byli ze mną jako zwierzęta. Wilkołak jest groźny tylko dla ludzi. Wymykali się co miesiąc z zamku, ukryci pod peleryną-niewidką. Przemieniali się... Peter, jako najmniejszy, prześlizgiwał się między gałęziami wierzby bijącej i dotykał sęka, który ją paraliżował. Potem włazili do tunelu i docierali aż tutaj... do mnie. Pod ich wpływem stałem się mniej groźny. Nadal miałem ciało wilka, ale w ich towarzystwie świadomość miałem trochę mniej wilczą.

— Pospiesz się, Remusie — warknął Black, który wciąż wpatrywał się w Parszywka wygłodniałym spojrzeniem.

— Robię, co w mojej mocy, Syriuszu... Zmierzam do końca... No więc w ten sposób otworzyły się przed nami niesamowite możliwości. Wkrótce zaczęliśmy opuszczać Wrzeszczącą Chatę i nocami włóczyć się po wiosce i po szkolnych błoniach. Syriusz i James przemieniali się w wielkie zwierzęta, więc mogli panować nad wilkołakiem. Wątpię, czy kiedykolwiek jakiś uczeń Hogwartu tak dobrze poznał tereny szkoły i Hogsmeade jak my... Pozwoliło to nam opracować Mapę Huncwotów i opatrzyć ją naszymi przydomkami. Syriusz to Łapa. Peter to Glizdogon. James był Rogaczem.

— A jakim zwierzęciem... — zaczął Harry, ale Hermiona mu przerwała.

— Ale to nadal było niebezpieczne! Włóczyć się po nocy z wilkołakiem! A gdybyś wymknął się im spod kontroli i kogoś ugryzł?

— Ta myśl nawiedza mnie do dziś — odrzekł ponuro Lupin. — Bywały groźne chwile, wiele takich chwil. Później się z tego śmialiśmy. Byliśmy młodzi, lekkomyślni... uważaliśmy się za wielkich spryciarzy. Czasami czułem wyrzuty sumienia wobec Dumbledore'a, bo zawiodłem jego zaufanie... w końcu przyjął mnie do Hogwartu, a żaden poprzedni dyrektor nie chciał tego zrobić. Nie miał pojęcia, że wciąż łamię przepisy, które ustanowił dla mojego własnego bezpieczeństwa. Nigdy się nie dowiedział, że przeze mnie jego trzej uczniowie stali się nielegalnie animagami. Ale zawsze jakoś zapominałem o wyrzutach sumienia, kiedy tylko zabieraliśmy się do zaplanowania kolejnej włóczęgi. Tak było co miesiąc. I wcale się nie zmieniłem...

Twarz mu stężała, a w jego głosie zadźwięczała wyraźna nuta wstrętu do samego siebie.

— Przez cały ten rok walczyłem ze sobą, zastanawiając się, czy powiedzieć Dumbledore'owi, że Syriusz jest animagiem. Ale nie zrobiłem tego. Dlaczego? Bo byłem za wielkim tchórzem. Musiałbym się przyznać, że kiedy byłem uczniem, zawiodłem jego zaufanie, że pociągnąłem za sobą innych... a zaufanie Dumbledore'a naprawdę wiele dla mnie znaczyło. Przyjął mnie do Hogwartu, kiedy byłem chłopcem, dał mi w końcu posadę, gdy ja stroniłem od ludzi i nie mogłem sobie znaleźć płatnej pracy. Wmawiałem więc sobie, że Syriusz przeniknął do zamku dzięki znajomości czarnej magii, której się nauczył od Voldemorta, a to, że jest animagiem, nie ma z tym nic wspólnego... Można więc powiedzieć, że Snape nie mylił się co do mnie.

— Snape? — zachrypiał Black, po raz pierwszy odwracając wzrok od Parszywka i patrząc na Lupina. — A co Snape ma z tym wspólnego?

— On jest tutaj, Syriuszu — rzekł ponuro Lupin. — On też tutaj naucza.

Spojrzał na Harry'ego, Rona i Hermionę.

— Profesor Snape był z nami w szkole. Bardzo się sprzeciwiał mianowaniu mnie nauczycielem obrony przed czarną magią. Wciąż powtarzał Dumbledore'owi, że nie zasługuję na zaufanie. Miał swoje powody... bo, widzicie, Syriusz zażartował sobie z niego okrutnie... mało brakowało, a ten głupi dowcip zakończyłby się dla Snape'a tragicznie... głupi dowcip, w którym ja brałem udział...

Black prychnął pogardliwie.

— Zasłużył sobie na to — warknął. — Węszył, podsłuchiwał, żeby tylko się dowiedzieć, dokąd się wymykamy... bo miał nadzieję, że nas wyleją...

— Severusa bardzo interesowało, gdzie znikam co miesiąc — mówił dalej Lupin do Harry'ego, Rona i Hermiony. — Byliśmy w tej samej klasie i... ee... nie bardzo się lubiliśmy. On zwłaszcza nie znosił Jamesa. Chyba był zazdrosny o jego wyczyny na boisku quidditcha... W każdym razie pewnego wieczoru Snape zobaczył, jak idę przez błonie z panią Pomfrey, która jak co miesiąc prowadziła mnie do wierzby bijącej. Bardzo go to zaintrygowało. Syriusz wpadł na pomysł... uznał, że to będzie bardzo... ee... zabawne... żeby powiedzieć Snape'owi, że musi tylko szturchnąć długim kijem narośl na pniu, a będzie mógł mnie śledzić. No i, rzecz jasna, Snape to zrobił... Pomyślcie sami: gdyby dostał się aż tu, do tego domu, napotkałby wilkołaka... Ale twój ojciec, Harry, kiedy się dowiedział, co Syriusz zrobił, poleciał za Snape'em i wyciągnął go stamtąd, narażając własne życie... Niestety, Snape zdążył mnie zobaczyć na końcu tunelu. Dumbledore zakazał mu komukolwiek o tym mówić, ale odtąd Snape wiedział już, kim jestem...

— Więc to dlatego Snape tak cię nie lubi — powiedział powoli Harry. — Dlatego, że brałeś w tym udział?

— Tak, dlatego — rozległ się drwiący głos gdzieś zza pleców Lupina.

Severus Snape ściągał z siebie pelerynę-niewidkę. W ręku trzymał różdżkę wycelowaną w Lupina.

ROZDZIAŁ DZIEWIĘTNASTY

Sługa Lorda Voldemorta

Hermiona krzyknęła. Black zerwał się na równe nogi. Harry podskoczył, jakby go poraził silny prąd.

— Znalazłem to pod wierzbą bijącą — powiedział Snape, odrzucając pelerynę, ale wciąż celując różdżką w pierś Lupina. — Bardzo przydatne, Potter, dzięki...

Snape był nieco zadyszany, ale nie mógł ukryć wyrazu triumfu na twarzy. — Pewnie się zastanawiacie, skąd wiedziałem, że was tutaj znajdę? Właśnie odwiedziłem twój gabinet, Lupin. Zapomniałeś o swojej porcji eliksiru, więc chciałem ci przynieść. I dobrze, że to zrobiłem... przynajmniej dla mnie. Na twoim biurku leżała mapa. Wystarczyło rzucić na nią okiem, by dowiedzieć się wszystkiego, co chciałem. Zobaczyłem, jak biegniesz tym przejściem i giniesz za krawędzią mapy.

— Severusie... — zaczął Lupin, ale Snape nie dał mu dokończyć.

— Tyle razy powtarzałem dyrektorowi, że to ty pomagasz swojemu staremu druhowi Blackowi przedostawać się do zamku, a oto mamy tego niezbity dowód. Do głowy mi nie przyszło, że będziesz miał czelność wykorzystać to stare miejsce na kryjówkę...

— Severusie, popełniasz błąd — powiedział Lupin żarliwym tonem. — Nie wiesz wszystkiego... mogę to wyjaśnić... Syriusz wcale nie zamierza zabić Harry'ego...

— W Azkabanie przybędzie dziś dwóch nowych więźniów — rzekł Snape, a oczy zapłonęły mu gorączkowo. — Bardzo jestem ciekaw, jak to przyjmie Dumbledore... Tak był przekonany o twojej nieszkodliwości... No wiesz, Lupin... *oswojony* wilkołak...

— Ty głupcze — przerwał mu cicho Lupin. — Uważasz, że za chłopięcy wybryk można wsadzać niewinnego człowieka do Azkabanu?

TRZASK! Cienkie, podobne do węży sznurki wystrzeliły z końca różdżki Snape'a i owinęły się wokół ust, nadgarstków i kostek nóg Lupina, który stracił równowagę i upadł na podłogę, nie mogąc się ruszyć. Black ryknął z wściekłości i ruszył na Snape'a, ale ten wycelował różdżkę prosto między jego oczy.

— Daj mi tylko powód — wyszeptał. — Daj mi powód, a zrobię to, przysięgam.

Black zamarł. Trudno było powiedzieć, która twarz wyrażała większą nienawiść.

Harry stał jak sparaliżowany, nie wiedząc, co zrobić ani komu wierzyć. Zerknął na Rona i Hermionę. Ron wyglądał na tak samo oszołomionego jak on i wciąż walczył z wyrywającym mu się Parszywkiem. Natomiast Hermiona zrobiła niepewny krok w stronę Snape'a i powiedziała, z trudem łapiąc oddech:

— Panie profesorze Snape... przecież nie zaszkodziłoby posłuchać, co oni mają do powiedzenia, prawda?

— Granger, grozi wam zawieszenie w prawach ucznia

— warknął Snape. — Ty, Potter i Weasley jesteście poza terenem szkoły, w towarzystwie zbiegłego z więzienia mordercy i wilkołaka. Więc choć raz w życiu trzymaj język za zębami, dobrze?

— Ale jeśli... jeśli pan się myli...

— MILCZ, GŁUPIA DZIEWCZYNO! — krzyknął Snape. Wyglądał, jakby nagle dostał ataku szału. — NIE ZABIERAJ GŁOSU NA TEMAT, O KTÓRYM NIE MASZ ZIELONEGO POJĘCIA!

Z końca jego różdżki, nadal wycelowanej w Blacka, wystrzeliło kilka iskier. Hermiona zamilkła.

— Zemsta to bardzo słodka rzecz — szepnął Snape do Blacka. — Och, jak ja marzyłem, żeby być tym, który cię schwyta...

— Znowu padłeś ofiarą dowcipu, Severusie — warknął Black. — Jeśli ten chłopiec — zwrócił głowę w stronę Rona — zaniesie swojego szczura do zamku, pójdę spokojnie...

— Do zamku? — przerwał mu Snape. — Nie sądzę, żebyśmy musieli aż tak się trudzić. Wystarczy, że wezwę dementorów, kiedy wydostaniemy się spod wierzby. Bardzo się ucieszą, jak cię zobaczą, Black... Tak się ucieszą, że cię ucałują...

Z twarzy Blacka zniknął ostatni ślad koloru.

— Musisz... musisz mnie wysłuchać — powiedział ochrypłym głosem. — Ten szczur... spójrz na tego szczura...

Lecz w oczach Snape'a płonęło szaleństwo, jakiego Harry nigdy jeszcze nie widział.

— Dość tego. Idziemy. Wszyscy. — Pstryknął palcami i końce sznurów oplatających Lupina podleciały do jego rąk. — Wilkołaka zaciągnę na sznurze. Może dementorzy jego też zechcą pocałować...

Harry, nie zastanawiając się, co robi, przeszedł trzy kroki i stanął w drzwiach.

— Zejdź mi z drogi, Potter, masz już chyba dość kłopotów — warknął Snape. — Gdybym nie zjawił się tutaj, żeby uratować ci skórę...

— Profesor Lupin mógł mnie zabić ze sto razy w tym roku — powiedział Harry. — Wiele razy byłem z nim sam na sam, bo udzielał mi lekcji obrony przed dementorami. Jeśli pomagał Blackowi, to dlaczego wówczas mnie nie wykończył?

— A niby skąd mam wiedzieć, co się dzieje w głowie wilkołaka? — syknął Snape. — Zejdź mi z drogi, Potter.

— JEST PAN ŻAŁOSNY! — krzyknął Harry. — NIE CHCE PAN NAWET ICH WYSŁUCHAĆ, BO ZROBILI Z PANA BALONA W SZKOLE!

— MILCZ! JAK ŚMIESZ MÓWIĆ DO MNIE W TEN SPOSÓB! — wrzasnął Snape, sprawiając wrażenie, jakby zupełnie stracił rozum. — Jaki ojciec, taki syn! Właśnie uratowałem ci życie, powinieneś dziękować mi na kolanach! Miałbyś za swoje, gdyby ten łotr cię zabił! Umarłbyś jak twój ojciec, tak jak on zbyt pewny siebie i zarozumiały, żeby uwierzyć, że możesz się mylić co do Blacka... A teraz zejdź mi z drogi, albo sam cię usunę. ZEJDŹ MI Z DROGI, POTTER!

Harry podjął decyzję w ułamku sekundy. Zanim Snape zdołał zrobić choć jeden krok w jego stronę, podniósł swoją różdżkę.

— *Expelliarmus!* — krzyknął.

Nie był jedyną osobą, która to zrobiła. Trzasnęło tak, że drzwi zadygotały, Snape uniósł się w powietrze i całym ciałem rąbnął w ścianę, a po chwili osunął się na podłogę. Strumyk krwi spływał mu po czole. Stracił przytomność.

Harry rozejrzał się szybko. Zarówno Ron, jak i Hermiona zdecydowali się na rozbrojenie Snape'a dokładnie w tym samym momencie. Różdżka Snape'a zatoczyła wysoki łuk i wylądowała na łóżku koło Krzywołapa.

— Nie powinieneś tego robić — rzekł Black, patrząc na Harry'ego. — Trzeba było zostawić go mnie...

Harry uniknął jego spojrzenia. Nie był wcale pewny, nawet teraz, czy postąpił słusznie.

— Zaatakowaliśmy nauczyciela... zaatakowaliśmy nauczyciela... — powtarzała Hermiona, patrząc przerażonym wzrokiem na nieruchomego Snape'a. — Och, ale się wpakowaliśmy w kłopoty...

Lupin wił się i szarpał w swoich więzach. Black pochylił się szybko i rozwiązał go. Lupin wyprostował się i zaczął rozcierać sobie ręce w miejscach, gdzie sznury werżnęły się w ciało.

— Dziękuję ci, Harry — powiedział.

— Ale to nie oznacza, że już panu uwierzyłem.

— Więc nadszedł czas, żeby przedstawić ci dowód — odezwał się Black. — Chłopcze, daj mi Petera. No już.

Ron ściskał Parszywka przy piersi.

— Odwal się — mruknął. — Chcesz mi powiedzieć, że uciekłeś z Azkabanu tylko po to, żeby dorwać Parszywka? To znaczy... — Spojrzał na Harry'ego i Hermionę, szukając u nich poparcia. — No dobra, załóżmy, że ten Pettigrew mógł się zamienić w szczura... Są miliony szczurów... skąd on wiedział, którego szukać, jeśli tak długo siedział zamknięty w Azkabanie?

— Wiesz co, Syriuszu? To całkiem rozsądne pytanie — powiedział Lupin, odwracając się do Blacka i lekko marszcząc czoło. — Jak się dowiedziałeś, gdzie on jest?

Black wsunął wychudłą, szponiastą dłoń za pazuchę

i wyjął kawałek wygniecionego papieru. Rozprostował go, wygładził i wyciągnął rękę, pokazując go pozostałym.

Była to fotografia Rona i jego rodziny, która ukazała się w „Proroku Codziennym" zeszłego lata. Na ramieniu Rona siedział Parszywek.

— Skąd to masz? — zapytał zdumiony Lupin.

— Od Knota. Kiedy w ubiegłym roku przyjechał do Azkabanu na inspekcję, dał mi swoją gazetę. A tam, na pierwszej stronie... na ramieniu tego chłopca... był Peter... poznałem go od razu... Tyle razy widziałem, jak się przemieniał! A pod spodem był podpis... że ten chłopiec idzie do Hogwartu... tam, gdzie Harry...

— Mój Boże — westchnął Lupin, patrząc to na Parszywka, to na fotografię. — Przednia łapa...

— Co z nią? — zapytał Ron wojowniczym tonem.

— Brakuje jednego pazura — rzekł Black.

— Oczywiście — wydyszał Lupin. — To takie proste... takie pomysłowe... Sam sobie odciął?

— Zanim się przemienił — powiedział Black. — Kiedy go osaczyłem, ryknął na całą ulicę, że zdradziłem Lily i Jamesa. A potem, zanim zdążyłem rzucić zaklęcie, wypalił z różdżki, którą trzymał za plecami. Pozabijał wszystkich w promieniu dwudziestu stóp... i umknął do ścieku razem z innymi szczurami...

— Słyszałeś o tym, Ron? — zapytał Lupin. — Słyszałeś, że z całego Petera znaleziono tylko jeden palec?

— To niemożliwe... Parszywek pewnie walczył z jakimś szczurem... przecież jest w mojej rodzinie od dawna, od...

— Od dwunastu lat, tak? — wpadł mu w słowo Lupin. — I nigdy się nie zastanawiałeś, dlaczego żyje tak długo?

— Bo... bo bardzo o niego dbaliśmy!

— Ale teraz za dobrze nie wygląda, co? Domyślam się, że zaczął tracić wagę, odkąd usłyszał, że Syriusz jest na wolności...

— On się boi tego wariata! — zawołał Ron, wskazując podbródkiem Krzywołapa, który nadal leżał na łóżku i mruczał.

To nieprawda, pomyślał nagle Harry... Parszywek wyglądał źle, zanim spotkał Krzywołapa... odkąd Ron wrócił z Egiptu... od ucieczki Blacka...

— Ten kot nie jest wariatem — powiedział ochryple Black. Wyciągnął kościstą rękę i pogłaskał Krzywołapa po puszystej głowie. — To najinteligentniejszy przedstawiciel swojego gatunku, jakiego kiedykolwiek spotkałem. Od razu rozpoznał Petera. A kiedy zobaczył mnie, poznał, że nie jestem psem, choć nie od razu mi zaufał. W końcu udało mi się z nim porozumieć, wytłumaczyć, na kogo poluję, i odtąd mi pomaga...

— Co to znaczy? — zapytała Hermiona.

— Próbował przynieść mi Petera, ale mu się nie udało... więc ukradł dla mnie hasła do wieży Gryffindoru... O ile go dobrze zrozumiałem, zabrał je z szafki nocnej w sypialni chłopców...

Harry miał wrażenie, że mózg odkształca mu się pod ciężarem tego, co usłyszał. To było absurdalne... a jednak...

— Ale Peter wyczuł, co się dzieje i uciekł... Ten kot... Krzywołap, tak go nazywacie?... powiedział mi, że Peter pozostawił krwawe ślady na pościeli... chyba sam się ugryzł... no cóż, udawanie własnej śmierci już raz podziałało...

Te słowa zapiekły Harry'ego do żywego.

— A dlaczego udał własną śmierć? — zapytał ze złością. — Bo wiedział, że chcesz go zabić, tak jak zabiłeś moich rodziców!

— Nie — powiedział Lupin. — Harry...

— A teraz chcesz go wykończyć!

— Tak, chcę — powiedział Black, patrząc złowrogo na Parszywka.

— Więc powinienem pozwolić Snape'owi pojmać cię i oddać dementorom! — krzyknął Harry.

— Harry — wtrącił szybko Lupin — czy ty nie rozumiesz? Przez cały czas myśleliśmy, że to Syriusz zdradził twoich rodziców, a Peter go wytropił... a tymczasem było zupełnie inaczej, nie rozumiesz? To *Peter* zdradził twojego ojca i twoją matkę... a Syriusz wytropił Petera...

— TO NIEPRAWDA! — krzyknął Harry. — ON BYŁ ICH STRAŻNIKIEM TAJEMNICY! POWIEDZIAŁ TO, ZANIM PAN SIĘ POJAWIŁ, POWIEDZIAŁ, ŻE ICH ZABIŁ!

Wskazywał na Blacka, który kręcił powoli głową, a w oczach lśniły mu łzy.

— Tak, Harry... jakbym ich zabił — wychrypiał. — Namówiłem Lily i Jamesa, żeby swoim Strażnikiem Tajemnicy uczynili Petera zamiast mnie... Tak, to moja wina, wiem o tym... Tej nocy, kiedy zginęli, chciałem sprawdzić Petera, upewnić się, że jest bezpieczny, ale kiedy przyszedłem do jego kryjówki, już go tam nie było. Ani śladu walki. Coś mnie tknęło. Od razu wyruszyłem do domu twoich rodziców. A kiedy zobaczyłem ich dom... rozwalony... i ich ciała... zrozumiałem, co się stało... co zrobił Peter. Co ja zrobiłem.

Głos mu się załamał. Odwrócił się.

— Dość tego — rzekł Lupin, a w jego głosie zabrzmiała twarda nuta, jakiej Harry nigdy jeszcze nie słyszał. — Jest jeden sposób, żeby udowodnić, co naprawdę się wydarzyło. Ron, daj mi tego szczura.

— A co zamierza pan z nim zrobić, jak go panu dam? — zapytał Ron.

— Zmuszę go do ujawnienia, kim jest. Jeśli jest naprawdę szczurem, nic mu się nie stanie.

Ron zawahał się, a potem wyciągnął rękę z Parszywkiem w stronę Lupina. Lupin wziął go, a Parszywek zaczął rozpaczliwie piszczeć, wić się, wyrywać i wytrzeszczać maleńkie czarne oczka.

— Gotów jesteś, Syriuszu? — zapytał Lupin.

Black już wziął z łóżka różdżkę Snape'a. Zbliżył się do Lupina, a jego wilgotne oczy zapłonęły blaskiem.

— Razem? — powiedział cicho.

— Razem — rzekł Lupin, trzymając mocno w jednej ręce Parszywka, a w drugiej różdżkę. — Policzę do trzech. Raz... dwa... TRZY!

Z obu różdżek trysnęło niebieskobiałe światło. Przez chwilę Parszywek zawisł w powietrzu, miotając się dziko... Ron wrzasnął przeraźliwie... szczur upadł na podłogę. Jeszcze raz rozbłysło oślepiające światło, a potem...

Przypominało to film ukazujący w wielkim przyspieszeniu rośnięcie drzewa. Tuż nad podłogą wystrzeliła głowa, członki wyrosły jak pędy i po chwili tam, gdzie był Parszywek, stał już mężczyzna, kuląc się ze strachu i nerwowo zaciskając ręce. Krzywołap zaczął prychać i syczeć, zjeżony jak szczotka.

Był to bardzo niski mężczyzna, niewiele wyższy od Harry'ego czy Hermiony. Miał rzadkie, bezbarwne, potargane włosy, a na czubku głowy łysinę. Był jakby zapadnięty w sobie, sflaczały, jakby schudł znacznie w krótkim czasie. Skórę miał szarą, brudnawą jak futerko Parszywka i coś ze szczura czaiło się w jego długim nosie i bardzo małych, wodnistych oczach. Rozejrzał się po wszystkich, oddech miał przyspieszony i płytki. Harry zauważył, że rzucił szybkie spojrzenie na drzwi.

— Cześć, Peter — powiedział Lupin beztroskim tonem, jakby często widywał szczury zamieniające się w dawnych szkolnych przyjaciół. — Kupa lat.

— S-syriusz... R-remus... — Nawet głos miał piskliwy. Znowu spojrzał szybko na drzwi. — Moi przyjaciele... moi starzy przyjaciele...

Black uniósł różdżkę, ale Lupin złapał go za przegub i spojrzał na niego ostrzegawczo, a potem zwrócił się do Petera Pettigrew.

— Ucięliśmy sobie małą pogawędkę, Peter — powiedział beztroskim tonem — na temat tego, co się stało w tę noc, kiedy zginęli Lily i James. Mogłeś nie usłyszeć najlepszych momentów, kiedy miotałeś się po łóżku, piszcząc przeraźliwie...

— Remusie — wyszeptał Pettigrew, a Harry dostrzegł krople potu spływające po jego ziemistej twarzy — chyba mu nie wierzysz, co?... Próbował mnie zabić...

— Tak mówiono — rzekł Lupin, tym razem nieco chłodniejszym tonem. — Chciałbym z tobą wyjaśnić parę drobnych spraw, Peter...

— Chce mnie zabić... po raz drugi! — krzyknął nagle Pettigrew, wskazując na Blacka, a Harry spostrzegł, że zrobił to środkowym palcem, bo wskazującego mu brakowało. — Zabił Lily i Jamesa, a teraz chce zabić mnie... musisz mi pomóc, Remusie...

Black wpatrywał się w niego swoimi przepastnymi oczami; teraz jego twarz do złudzenia przypominała trupią czaszkę.

— Nikt cię nie zabije, dopóki nie ustalimy kilku faktów — powiedział Lupin.

— Co tu jest do ustalenia? — zapiszczał Pettigrew, rozglądając się gorączkowo po pokoju i zatrzymując dłużej wzrok na drzwiach i zabitych oknach. — Wiedziałem, że ucieknie, żeby mnie zabić! Wiedziałem o tym od dawna! Spodziewałem się tego od dwunastu lat!

— Wiedziałeś, że Syriusz ucieknie z Azkabanu? — zdziwił się Lupin, marszcząc brwi. — Choć nikt tego wcześniej nie dokonał?

— Posiadł moce, o jakich reszta nas może tylko marzyć! Nie wierzysz? A jak zdołałby stamtąd uciec, gdyby się nie sprzymierzył z siłami Ciemności? Myślę, że to Ten, Którego Imienia Nie Wolno Wymawiać nauczył go paru sztuczek!

Black zaczął się śmiać. Straszny, mrożący krew w żyłach śmiech wypełnił cały pokój.

— Voldemort nauczył mnie sztuczek? — zapytał w końcu.

Pettigrew wzdrygnął się, jakby Black chlasnął go w twarz.

— Co, boisz się samego imienia swojego dawnego pana? Nie dziwię się, Peter. Jego banda nie pała do ciebie miłością, co?

— Nie wiem... o co ci chodzi, Syriuszu... — mruknął Pettigrew, oddychając jeszcze szybciej. Twarz lśniła mu od potu.

— Nie przede mną ukrywałeś się przez dwanaście lat. Ukrywałeś się przed starymi poplecznikami Voldemorta. Dowiedziałem się różnych rzeczy w Azkabanie, Peter... Oni wszyscy myślą, że umarłeś, bo inaczej musiałbyś przed nimi odpowiedzieć... Różne rzeczy wykrzykiwali przez sen. Wynikałoby z tego, że sprytny oszust ich przechytrzył. Voldemort dotarł do Potterów dzięki twojej informacji... i Voldemorta spotkała tam klęska. I nie wszyscy jego zwolennicy skończyli w Azkabanie, prawda? Nadal są wśród nas, chcą zyskać na czasie, udają, że zrozumieli swoje błędy... Jeśli się dowiedzą, że ty wciąż żyjesz, Peter...

— Nie wiem... o czym mówisz... — powtórzył Pettigrew, jeszcze bardziej piskliwym głosem. Otarł twarz rękawem i spojrzał na Lupina. — Chyba w to nie wierzysz... to czyste szaleństwo...

— Muszę dodać, Peter, że trudno mi pojąć, dlaczego niewinny człowiek godzi się na to, by przez dwanaście lat być szczurem — powiedział spokojnie Lupin.

— Niewinny, ale przerażony! — zapiszczał Pettigrew.

— Jeśli zwolennicy Voldemorta przysięgli mi zemstę, to dlatego, że dzięki mnie jeden z ich najlepszych ludzi trafił do Azkabanu... jego szpieg, Syriusz Black!

Na twarzy Blacka pojawił się grymas wściekłości.

— Jak śmiesz! — warknął, a jego głos przypomniał nagle Harry'emu warczenie czarnego psa, w którego zmieniał się Black. — Ja szpiegiem Voldemorta? A niby kiedy miałbym szpiegować ludzi o wiele ode mnie potężniejszych? Ale ty, Peter... Nigdy nie zrozumiem, dlaczego nie przejrzałem cię od samego początku. To ty byłeś szpiegiem. Zawsze lubiłeś przebywać w towarzystwie silniejszych od siebie, zawsze szukałeś w nich oparcia... Kiedyś byliśmy nimi my trzej... ja, Remus... i James...

Pettigrew ponownie otarł sobie pot z twarzy; teraz z trudem łapał oddech.

— Ja szpiegiem?... Chyba oszalałeś... Ja nigdy... Jak możesz coś takiego mówić...

— Lily i James uczynili cię swoim Strażnikiem Tajemnicy tylko dlatego, że ja ich do tego namówiłem — syknął Black tak jadowicie, że Pettigrew cofnął się o krok. — Myślałem, że to doskonały plan... że Voldemort mnie będzie szukał, a nie ciebie, bo nigdy mu nie przyjdzie do głowy, że mogliby wybrać na swojego tajnego powiernika takiego słabeusza... takie beztalencie jak ty... To musiała być najwspanialsza chwila w twoim żałosnym życiu, kiedy powiedziałeś Voldemortowi, że możesz mu wydać Potterów.

Pettigrew mruczał coś pod nosem niezbyt przytomnie. Harry dosłyszał słowa: „naciągane" i „wariactwo", ale jego uwagę bardziej przykuwała szara twarz Petera i jego ukradkowe spojrzenia, rzucane w stronę okien i drzwi.

— Panie profesorze... — odezwała się nieśmiało Hermiona. — Czy... czy mogę coś powiedzieć?

— Oczywiście, Hermiono — odpowiedział uprzejmie Lupin.

— No bo... Parszywek... to znaczy... ten... ten człowiek... przez trzy lata spał w dormitorium Harry'ego. Gdyby pracował dla Sami-Wiecie-Kogo, to dlaczego nigdy nie próbował zrobić Harry'emu krzywdy?

— Właśnie! — ucieszył się Pettigrew, wskazując na Hermionę swoją okaleczoną ręką. — Dziękuję ci! Widzisz, Remusie? Przy mnie Harry'emu włos nie spadł z głowy! Bo niby dlaczego miałbym zrobić mu krzywdę?

— Powiem ci dlaczego — rzekł Black. — Dlatego, że nigdy nie zrobiłeś dla nikogo niczego, jeśli nie widziałeś w tym swojej korzyści. Voldemort ukrywa się od dwunastu lat, mówią, że jest półżywy. Nie chciałeś dokonać mordu pod nosem Albusa Dumbledore'a dla jakiegoś wraka czarodzieja, który utracił swą moc, prawda? Chciałeś mieć pewność, że nadal jest najsilniejszym graczem na boisku, zanim byś do niego wrócił, prawda? Bo niby dlaczego znalazłeś sobie rodzinę czarodziejów, żeby cię przyjęła pod swój dach? Chciałeś wiedzieć, co w trawie piszczy, tak, Peter? Mieć wgląd we wszystko, co się dzieje, czy nie tak? Na wypadek, gdyby twój dawny protektor odzyskał moc, bo wtedy chętnie byś się do niego przyłączył...

Pettigrew kilka razy otwierał usta i ponownie je zamykał. Sprawiał wrażenie, jakby stracił mowę.

— Ee... panie Black... Syriuszu... — odezwała się nieśmiało Hermiona.

Black aż podskoczył, słysząc te słowa, i spojrzał na Hermionę tak, jakby już dawno zapomniał, że można się do niego zwracać w tak uprzejmy sposób.

— Proszę mi wybaczyć... ale jak... jak ci się udało uciec z Azkabanu, skoro twierdzisz, że nie korzystałeś z czarnej magii?

— Dziękuję ci! — wydyszał Pettigrew, kiwając gorliwie głową. — Właśnie! Dokładnie to, co chciałem...

Ale Lupin uciszył go jednym spojrzeniem. Black zmarszczył lekko czoło i spojrzał ponuro na Hermionę, jakby rozważał jej pytanie.

— Nie wiem, jak tego dokonałem — powiedział powoli. — Myślę, że jedynym powodem, dla którego nie oszalałem, była moja niewinność. Wiedziałem, że jestem niewinny. To nie była szczęśliwa myśl, więc dementorzy nie mogli mnie jej pozbawić... nie mogli jej wyssać... utrzymywała mnie przy zdrowych zmysłach. Dzięki temu nie zapomniałem, kim jestem. Więc kiedy to wszystko stało się... nie do zniesienia... zdołałem się w celi przemienić... w psa. Dementorzy nie widzą... — Przełknął ślinę. — Wyczuwają ludzi po ich emocjach, którymi się żywią... Wyczuwali, że moje uczucia stały się mniej... mniej ludzkie, mniej złożone, kiedy stałem się psem... ale na pewno pomyśleli, że tracę rozum jak wszyscy, którzy tam się znaleźli, więc nie zwracali na to uwagi. Byłem jednak słaby, bardzo słaby i nie miałem nadziei na wyrwanie się stamtąd bez różdżki...

I wtedy zobaczyłem Petera na tej fotografii... i zrozumiałem, że on przez cały czas jest w Hogwarcie z Harrym... i ma idealne warunki do działania, jeśli tylko usłyszy, że siły Ciemności odzyskują swą moc...

Pettigrew potrząsał głową, otwierając i zamykając usta, ale wciąż, jak zahipnotyzowany, wpatrywał się w Blacka.

— ...gotów uderzyć, gdy tylko się upewni, że ma sprzymierzeńców... żeby przynieść im w darze ostatniego Pottera. Bo gdy to zrobi, kto ośmieli się powiedzieć, że zdradził Lorda Voldemorta? Powitają go ze wszystkimi honorami... Więc sami widzicie, że musiałem coś zrobić. Tylko ja wiedziałem, że Peter wciąż żyje...

Harry przypomniał sobie, co pan Weasley powiedział swojej żonie. „Strażnicy mówią, że bredzi przez sen... zawsze te same słowa... *On jest w Hogwarcie...*"

— Czułem się, jakby ktoś zapalił ogień w mojej głowie, a dementorzy nie mogli go ugasić... To nie było miłe uczucie... to była obsesja... ale dawała mi siłę, rozjaśniała umysł. Tak więc pewnego wieczoru, gdy otworzyli drzwi celi, żeby mi dać jedzenie, wyślizgnąłem się jako pies... Było im o wiele trudniej wyczuć zwierzęce emocje. Byłem chudy, chudziutki, zdołałem się przecisnąć przez kraty... przepłynąłem na ląd... powędrowałem na północ i wśliznąłem się na błonia Hogwartu jako pies... Od tego czasu żyłem w Zakazanym Lesie... wymykałem się tylko, żeby popatrzeć na quidditcha... Latasz na miotle tak dobrze, jak twój ojciec, Harry...

Spojrzał na Harry'ego, który tym razem nie odwrócił wzroku.

— Uwierzcie mi — wychrypiał Black. — Uwierzcie. Nigdy nie zdradziłem Jamesa i Lily. Wolałbym umrzeć, niż ich zdradzić.

I w końcu Harry mu uwierzył. Gardło miał tak ściśnięte, że tylko skinął głową.

— Nie!

Pettigrew padł na kolana, jakby kiwnięcie głową Harry'ego było dla niego wyrokiem śmierci. Powlókł się na kolanach do Blacka, ze złożonymi rękami, jakby się modlił.

— Syriuszu... to ja... Peter... twój przyjaciel... przecież nie możesz....

Black odtrącił go nogą.

— I tak szatę mam już dość brudną, nie musisz mnie dotykać — powiedział.

— Remusie! — jęknął Pettigrew, odwracając się do Lupina i wijąc się przed nim błagalnie. — Chyba w to nie wierzysz... Czy Syriusz nie powiedziałby ci, że zmienili plan?

— Nie, gdyby myślał, że to ja jestem szpiegiem, Peterze — odrzekł Lupin. — Dlatego mi nie powiedzieliście, prawda, Syriuszu?

— Przebacz mi, Remusie — powiedział Black.

— Ależ przebaczam ci, Łapo, stary druhu — rzekł Lupin, podwijając rękawy. — A ty przebaczysz mi w zamian, iż uwierzyłem, że to ty jesteś szpiegiem?

— Oczywiście — powiedział Black, a na jego wychudłej twarzy pojawił się cień uśmiechu. On też zaczął podwijać rękawy. — Zabijemy go razem?

— Tak — zgodził się ponuro Lupin.

— Nie zrobicie tego... nie zrobicie... — wydyszał Pettigrew i podczołgał się do Rona.

— Ron... czy nie byłem twoim przyjacielem... twoim ulubionym zwierzątkiem? Nie pozwolisz, żeby mnie zabili, prawda? Jesteś po mojej stronie, tak?

Ale Ron wpatrywał się w niego z głębokim obrzydzeniem.

— A ja ci pozwoliłem spać w moim łóżku!

— Dobry chłopiec... dobry pan... — popiskiwał Pettigrew — nie pozwolisz im... byłem twoim szczurkiem... twoim zwierzątkiem...

— Jeśli byłeś lepszym szczurem niż człowiekiem, to nie masz się czym chwalić, Peter — powiedział Black ochrypłym głosem.

Ron, coraz bledszy z bólu, odsunął złamaną nogę z zasięgu rąk Pettigrew, który obrócił się na kolanach, powlókł do Hermiony i chwycił brzeg jej szaty.

— Dobra dziewczynko... mądra dziewczynko... nie pozwól im... pomóż mi...

Hermiona wyrwała szatę z jego ręki i cofnęła się aż pod ścianę z przerażoną miną. Pettigrew, wciąż na kolanach, dygotał na całym ciele. Teraz zwrócił się do Harry'ego.

— Harry... Harry... taki jesteś podobny do swojego ojca... taki podobny...

— JAK ŚMIESZ ODZYWAĆ SIĘ DO HARRY'EGO? — ryknął Black. — JAK ŚMIESZ SPOJRZEĆ MU W OCZY? JAK ŚMIESZ WSPOMINAĆ PRZY NIM JAMESA?

— Harry... — wyszeptał Pettigrew, idąc ku niemu z wyciągniętymi rękami. — Harry, James nie pragnąłby mojej śmierci... James by zrozumiał... ulitowałby się nade mną...

Black i Lupin podeszli do niego szybko, schwycili za ramiona i cisnęli z powrotem na podłogę. Siedział tam, drżąc ze strachu i wpatrując się w nich szeroko otwartymi oczami.

— Sprzedałeś Lily i Jamesa Voldemortowi — rzekł Black, który również cały się trząsł. — Zaprzeczysz temu?

Pettigrew zalał się łzami. Trudno było na to patrzeć: wyglądał jak wyrośnięte, łysiejące niemowlę, czołgające się po podłodze.

— Syriuszu, Syriuszu, co mogłem na to poradzić? Czarny Pan... ty nie masz pojęcia... miał broń, której nie potrafisz sobie nawet wyobrazić... Bałem się, Syriuszu, nigdy nie byłem tak odważny jak ty, Remus czy James. Nie chciałem tego... Ten, Którego Imienia Nie Wolno Wymawiać, zmusił mnie...

— NIE KŁAM! — krzyknął Black. — PRZEKAZYWAŁEŚ MU INFORMACJE PRZEZ CAŁY ROK, ZANIM LILY I JAMES ZGINĘLI! BYŁEŚ JEGO SZPIEGIEM!

— On... on wszędzie zwyciężał... wszyscy mu ulegali! Co by to dało, gdybym ja mu odmówił?

— A co miało dać zwycięstwo nad najpodlejszym czarnoksiężnikiem świata? — zapytał Black, kipiąc z wściekłości. — Miało ocalić życie niewinnych ludzi, Peter!

— Nic nie rozumiesz! — zaskomlał Pettigrew. — Przecież on by mnie zabił!

— WIĘC POWINIENEŚ UMRZEĆ! LEPIEJ UMRZEĆ, NIŻ ZDRADZIĆ SWOICH PRZYJACIÓŁ! MY BYŚMY TO SAMO ZROBILI DLA CIEBIE!

Black i Lupin stali ramię w ramię z podniesionymi różdżkami.

— Trzeba było wcześniej o tym pomyśleć — powiedział cicho Lupin. — Trzeba było pomyśleć, że jeśli nie zabije cię Voldemort, to zginiesz z naszych rąk. Żegnaj, Peter.

Hermiona zakryła twarz dłońmi i odwróciła się do ściany.

— NIE! — krzyknął Harry. Podbiegł do Petera Pettigrew i zasłonił go własnym ciałem. — Nie możecie go zabić. Nie możecie.

Black i Lupin wytrzeszczyli na niego oczy.

— Harry, ten nędzny robak spowodował, że nie masz rodziców — warknął Black. — Ta kupa łajna patrzyłaby na twoją śmierć bez zmrużenia oka. Słyszałeś go. Jego własna śmierdząca skóra droższa mu była od całej twojej rodziny.

— Wiem — wydyszał Harry. — Zaprowadzimy go do zamku. Oddamy go w ręce dementorów. Niech go wsadzą do Azkabanu... tylko go nie zabijajcie.

— Harry! — wyszeptał Pettigrew, obejmując jego kolana. — Ty... dziękuję ci... nie zasłużyłem na to... dzięki...

— Odejdź — warknął Harry, odtrącając go ze wstrętem. — Nie robię tego dla ciebie. Robię to, bo uważam, że mój tata nie chciałby, aby jego najlepsi przyjaciele zostali mordercami... przez ciebie.

Wszyscy zamarli, tylko Pettigrew złapał się za pierś, z trudem łapiąc powietrze. Black i Lupin patrzyli na siebie. A potem jednocześnie opuścili różdżki.

— Jesteś jedyną osobą, która ma prawo o tym decydować — powiedział Black. — Ale zastanów się... pomyśl, co on zrobił.

— Mogą go zamknąć w Azkabanie — powtórzył Harry. — Jeśli ktokolwiek zasłużył na to, by tam się znaleźć, to właśnie on...

Pettigrew dyszał głośno za jego plecami.

— A więc dobrze — rzekł Lupin. — Odsuń się, Harry.

Harry zawahał się.

— Chcę go związać — wyjaśnił Lupin. — To wszystko, przysięgam.

Harry odszedł na bok. Tym razem z różdżki Lupina wystrzeliły cienkie sznurki i w następnej chwili Pettigrew wił się na podłodze, związany i zakneblowany.

— Jeśli się przemienisz, Peter — ostrzegł go Black, celując w niego swoją różdżką — zabijemy cię. Zgadzasz się, Harry?

Harry spojrzał na żałosną postać na podłodze i kiwnął głową, tak, żeby Pettigrew to widział.

— No dobrze — powiedział Lupin rzeczowym tonem. — Ron, nie potrafię nastawiać kości tak jak pani Pomfrey, więc myślę, że najlepiej będzie, jak unieruchomię ci nogę, zanim dotrzesz do skrzydła szpitalnego.

Podszedł do Rona, pochylił się, stuknął różdżką w jego nogę i mruknął:

— *Ferula*.

Natychmiast bandaże oplotły nogę, mocując ją ciasno do deseczki. Lupin pomógł mu wstać; Ron oparł się na złamanej nodze i nawet się nie skrzywił.

— O, teraz jest o wiele lepiej — powiedział. — Dzięki.

— A co z profesorem Snape'em? — zapytała cicho Hermiona, patrząc na rozciągniętą na podłodze postać profesora.

— To nic poważnego — odrzekł Lupin, pochylając się nad nim i badając mu puls. — Daliście się po prostu trochę ponieść emocjom... Ale nadal nie odzyskał przytomności. Ee... może będzie najlepiej nie cucić go, zanim nie wrócimy bezpiecznie do zamku. Możemy go tam zabrać w inny sposób... *Mobilicorpus* — mruknął.

Snape znalazł się nagle w pozycji stojącej, jakby jakieś niewidzialne sznurki pociągnęły go za przeguby, szyję i kolana. Głowa nadal zwieszała mu się bezwładnie, jak groteskowej szmacianej lalce. Zawisł kilka cali nad podłogą. Lupin chwycił pelerynę-niewidkę, złożył ją i wsunął do kieszeni.

— Trzeba go przykuć do dwóch z nas — powiedział Black, trącając Pettigrew stopą. — Dla pewności.

— Do mnie — rzekł Lupin.

— I do mnie — powiedział Ron mściwym tonem.

Black wyczarował dwie pary ciężkich kajdanek. Postawiono Pettigrew na nogach, przykuwając mu lewą rękę do prawej ręki Lupina, a prawą do lewej ręki Rona. Ron miał zawziętą minę. Wyglądało na to, że kiedy się dowiedział, kim jest naprawdę Parszywek, poczuł się osobiście obrażony. Krzywołap zeskoczył lekko z łóżka i pierwszy wybiegł z pokoju, z beztrosko sterczącym ogonem przypominającym szczotkę do butelek.

ROZDZIAŁ DWUDZIESTY

Pocałunek dementora

Harry jeszcze nigdy nie uczestniczył w tak dziwnym pochodzie. Na przodzie kroczył dumnie Krzywołap, za nim Lupin, Pettigrew i Ron, wyglądający jak zawodnicy ścigający się po trzech w jednym worku. Za nimi szybował profesor Snape, trącając czubkami butów stopnie schodów, utrzymywany w pozycji pionowej za pomocą własnej różdżki, którą niósł Syriusz. Harry i Hermiona zamykali ten dziwaczny pochód.

Wejście do tunelu nie było łatwe, zwłaszcza dla Lupina, Pettigrew i Rona, którzy musieli wcisnąć się razem; Lupin przez cały czas celował różdżką w Petera. Harry widział, jak posuwają się niezdarnie mrocznym tunelem, skuci ze sobą kajdankami. Krzywołap nadal prowadził. Harry szedł tuż za Syriuszem, który sterował Snape'em. Bezwładna głowa Snape'a raz po raz obijała się o niskie sklepienie. Harry miał wrażenie, że Syriusz specjalnie nic nie robi, by temu zapobiec.

— Wiesz, co to oznacza? — zapytał nagle Black Harry'ego, kiedy wlekli się ciasnym tunelem. — Zdemaskowanie Petera Pettigrew?

— Jesteś wolny — odrzekł Harry.

— Tak... Ale jestem też... nie wiem, czy ktoś ci powiedział... jestem twoim ojcem chrzestnym.

— Tak, wiem o tym.

— No więc... twoi rodzice wyznaczyli mnie twoim opiekunem — powiedział sucho Black. — Na wypadek, gdyby coś im się stało...

Harry czekał. Czy Syriusz chciał mu powiedzieć właśnie to, o czym Harry myślał?

— Oczywiście zrozumiem cię, jeśli będziesz chciał nadal zostać ze swoją ciotką i wujem. Ale... no... zastanów się. Bo kiedy zostanę oczyszczony z zarzutów... to jeśli chciałbyś mieć... inny dom...

W żołądku Harry'ego doszło do czegoś w rodzaju eksplozji.

— Co?... Zamieszkać z tobą? — zapytał, niechcący uderzając głową w wystający kawałek skały. — Wyprowadzić się od Dursleyów?

— Nie ma sprawy, przypuszczałem, że nie będziesz chciał — dodał szybko Syriusz. — Rozumiem. Ja tylko sobie pomyślałem...

— Zwariowałeś? — powiedział Harry głosem prawie tak ochrypłym, jak głos Syriusza. — No pewnie, że chcę opuścić dom Dursleyów! A masz jakiś dom? Kiedy mogę się przenieść?

Syriusz spojrzał na niego przez ramię. Głowa Snape'a szorowała po sklepieniu, ale Black zupełnie się tym nie przejmował.

— Chcesz? — zapytał. — Naprawdę?

— No pewnie!

Na wychudłej twarzy Syriusza po raz pierwszy pojawił się prawdziwy uśmiech. Przemiana była uderzająca: jakby spoza maski wynędzniałego włóczęgi wyjrzała nagle osoba o dziesięć lat młodsza. Przez chwilę można w nim było rozpoznać człowieka, który śmiał się na weselu rodziców Harry'ego.

Nie rozmawiali już aż do końca tunelu. Krzywołap wyskoczył pierwszy; musiał nacisnąć łapą narośl na pniu, bo kiedy Lupin, Pettigrew i Ron wygramolili się z jamy, nie słychać było trzasku drapieżnych gałęzi. Syriusz dopilnował, by Snape przedostał się przez dziurę, a potem cofnął się, przepuszczając Harry'ego i Hermionę. W końcu wszyscy znaleźli się na zewnątrz.

Było już ciemno, tylko w oddali jarzyły się oświetlone okna zamku. Ruszyli ku niemu bez słowa. Pettigrew wciąż dyszał chrapliwie i od czasu do czasu pojękiwał i stękał. Harry próbował uspokoić burzę myśli. Miał opuścić dom Dursleyów... Miał zamieszkać z Syriuszem Blackiem, najlepszym przyjacielem swoich rodziców... Był zupełnie oszołomiony. Co będzie, jak powie Dursleyom, że odtąd zamierza mieszkać ze skazańcem, którego widzieli w telewizji?

— Jeden fałszywy krok, Peter — rzekł Lupin ostrzegawczym tonem, celując z boku różdżką w jego pierś.

Szli w milczeniu przez błonia, światła zamku rosły im w oczach. Snape szybował dziwacznie przed Syriuszem; podbródek obijał mu się o pierś. I nagle...

Chmura minęła księżyc. Na ziemi pojawiły się długie cienie. Całą grupę skąpało blade światło.

Snape wpadł na Lupina, Petera i Rona, którzy nagle się zatrzymali. Syriusz zamarł. Wyciągnął rękę, by zatrzymać Harry'ego i Hermionę.

Harry widział sylwetkę Lupina, który na chwilę zesztywniał, a potem zaczął cały dygotać.

— Och... — jęknęła Hermiona. — Nie zażył dzisiaj swojego eliksiru! Może być groźny!

— Uciekajcie — szepnął Syriusz. — Biegiem! Szybko!

Ale Harry nie mógł uciec. Ron był skuty z Peterem i Lupinem. Rzucił się do przodu, ale Syriusz złapał go wpół i odciągnął do tyłu.

— Zostaw to mnie... UCIEKAJCIE!

Rozległo się ohydne warczenie. Głowa Lupina zaczęła się wydłużać. Ramiona zwisły. Gęste włosy wyrastały na twarzy i dłoniach, które zakrzywiły się w zakończone pazurami łapy. Kłapnęły długie szczęki wilkołaka. Krzywołap najeżył się cały i cofał powoli na ugiętych łapach...

Stojący obok Harry'ego Syriusz nagle zniknął. On też się przemienił. Olbrzymi pies skoczył do przodu. Wilkołak miotał się i skręcał, aż wyszarpnął łapę z kajdanków. Pies chwycił go za kark i odciągnął od Rona i Pettigrew. Zwarli się, pysk przy pysku, drapiąc wściekle pazurami...

Harry stał, osłupiały z przerażenia, zbyt pochłonięty tą walką, by dostrzec cokolwiek innego. Zaalarmował go dopiero krzyk Hermiony...

Pettigrew rzucił się na ziemię po różdżkę, którą upuścił Lupin. Ron stracił równowagę i upadł. Coś huknęło, rozbłysło światło — i Ron znieruchomiał na trawie. Jeszcze jeden huk — i Krzywołap wyleciał w powietrze, a potem spadł bezwładnie na ziemię.

— *Expelliarmus!* — krzyknął Harry, celując różdżką w Pettigrew. Różdżka Lupina wystrzeliła w powietrze i zniknęła z pola widzenia. — Nie ruszaj się! — krzyknął Harry, biegnąc ku niemu.

Za późno. Pettigrew zdążył się przemienić. Harry zobaczył łysy ogon szczura śmigający przez pierścień kajdanków zwisający z wyciągniętej ręki Rona i usłyszał cichy tupot łapek wśród trawy.

Wilkołak zawył przeraźliwie i rzucił się do ucieczki. Pomknął do Zakazanego Lasu...

— Syriuszu, on uciekł, Pettigrew zamienił się w szczura! — krzyknął Harry.

Black leżał w trawie, z pyska i karku ciekła mu krew. Na słowa Harry'ego poderwał się jednak i po chwili stłumiony odgłos jego łap zaniknął w ciszy, gdy pognał przez błonie.

Harry i Hermiona podbiegli do Rona.

— Co on mu zrobił? — szepnęła Hermiona.

Ron miał przymknięte powieki i otwarte usta. Żył, bo słyszeli jego oddech, ale chyba ich nie rozpoznawał.

— Nie wiem...

Harry rozejrzał się wokoło z rozpaczą. Black i Lupin zniknęli... pozostał tylko Snape, który wciąż unosił się w powietrzu, nieświadomy niczego...

— Musimy iść do zamku po pomoc — powiedział Harry, odgarniając sobie włosy z oczu i próbując zebrać myśli. — Chodź...

Lecz w tej samej chwili z ciemności dobiegł ich żałosny skowyt. Skowyt zranionego psa...

— Syriusz — mruknął Harry, wlepiając oczy w ciemność.

Przeżył chwilę rozpaczliwej rozterki, ale w końcu uznał, że i tak nie może pomóc Ronowi, a sądząc po tym skowycie, Black był w opałach.

Puścił się biegiem, a Hermiona popędziła za nim. Skomlenie dochodziło gdzieś od strony jeziora. Harry, gnając ile sił w nogach, poczuł chłód, nie zdając sobie sprawy z tego, co to oznacza...

Skowyt ucichł nagle. Dobiegli nad brzeg jeziora i zobaczyli dlaczego — Syriusz przemienił się z powrotem w człowieka. Czołgał się na kolanach, trzymając się za głowę.

— Nieee — jęczał. — Nieeee... błagam...

I wtedy Harry ich zobaczył. Co najmniej stu dementorów sunęło ku nim brzegiem jeziora. Znajome lodowate zimno przeniknęło go aż do szpiku kości, mgła zaczęła przesłaniać oczy. Coraz więcej zakapturzonych postaci wyłaniało się z ciemności ze wszystkich stron. Okrążali ich.

— Hermiono, myśl o czymś szczęśliwym! — krzyknął Harry, podnosząc różdżkę i mrugając rozpaczliwie, żeby coś zobaczyć. Potrząsał przy tym głową, by pozbyć się żałosnego jęku, który już w niej narastał...

Zamieszkam ze swoim ojcem chrzestnym. Opuszczę dom Dursleyów.

Zmuszał się do myślenia o Syriuszu i tylko o Syriuszu. Zaczął śpiewać:

— *Expecto patronum! Expecto patronum!*

Black wzdrygnął się gwałtownie, przetoczył na bok i znieruchomiał, blady jak śmierć.

Nic mu nie będzie. Zamieszkam z nim.

— *Expecto patronum!* Hermiono, pomóż mi! *Expecto patronum!*

— *Expecto...* — szepnęła Hermiona. — *Expecto... expecto...*

Ale nie była już w stanie nic zrobić. Dementorzy zbliżali się ze wszystkich stron, byli już dziesięć stóp od nich. Utworzyli zwarty mur wokół Harry'ego i Hermiony i wciąż się zbliżali...

— *EXPECTO PATRONUM!* — ryknął Harry, starając się przekrzyczeć wycie w swoich uszach. — *EXPECTO PATRONUM!*

Wątły strzęp srebrnej mgły wystrzelił z jego różdżki

i zawisł przed nim jak opar. W tej samej chwili poczuł, jak Hermiona pada na ziemię. Był teraz sam... zupełnie sam...

— Expecto... expecto patronum...

Harry osunął się na kolana w zimną trawę. Oczy zaszły mu mgłą. Z rozpaczliwym wysiłkiem wygrzebał z pamięci myśl: *Syriusz jest niewinny... niewinny... nic nam się nie stanie... będę z nim mieszkał...*

— Expecto patronum! — wydyszał.

W nikłym świetle swojego bezkształtnego patronusa zobaczył, że jakiś dementor zatrzymał się tuż przed nim. Nie mógł się przedrzeć przez obłok srebrnej mgły, którą Harry wyczarował. Trupia, oślizgła ręka wysunęła się spod płaszcza, jakby chciał nią odgarnąć patronusa na bok.

— Nie... nie... — szepnął Harry. — On jest niewinny... *expecto... expecto patronum...*

Czuł, że go obserwują, słyszał ich chrapliwe oddechy, świszczące wokół jak upiorny wiatr. Najbliżej stojący dementor chyba obrał go za cel: uniósł gnijące ręce i odrzucił kaptur.

Tam, gdzie powinny być oczy, była tylko cienka, szara, sparszywiała błona, zarastająca puste oczodoły. Były jednak usta... bezkształtna dziura wciągająca powietrze z chrapliwym świstem.

Strach sparaliżował Harry'ego tak, że nie mógł się poruszyć ani przemówić. Jego patronus zamigotał i zniknął.

Oślepiła go biała mgła. Nie może się poddać... *expecto patronum...* nic nie widać... a tam, w oddali, słychać znajomy krzyk... *expecto patronum...* Pomacał na oślep i wyczuł rękę Syriusza... Nie zabiorą go, nie pozwoli na to...

Lecz nagle wokół szyi Harry'ego zacisnęła się para silnych, wilgotnych i zimnych rąk. Ciągnęły jego głowę do góry... czuł lodowaty oddech... A więc najpierw chcą pozbyć się jego... Cuchnący oddech... jęk matki w uszach... Umrze, słysząc ten krzyk...

I wtedy wydało mu się, że poprzez mgłę, w której pogrążał się jak w lodowatych odmętach śmierci, ujrzał srebrzyste światło, rozjarzające się coraz mocniej i mocniej... i poczuł, że pada na twarz w trawę... Zbyt słaby, by się poruszyć, śmiertelnie zmęczony i rozdygotany, otworzył oczy. Trawa wokół niego tonęła w oślepiającym blasku. Jęk w uszach urwał się nagle, lodowate zimno przemijało...

Coś odciągało dementorów... Coś krążyło wokół niego, Syriusza i Hermiony... świszczące oddechy cichły. Oddalały się... Napłynęła fala ciepła...

Harry zebrał się w sobie i w rozpaczliwym wysiłku podniósł głowę o parę cali. W srebrzystym blasku jakieś zwierzę galopowało poprzez jezioro. Mrugając, by pozbyć się potu zalewającego mu oczy, Harry wytężył wzrok, chcąc zobaczyć, co to za zwierzę... Było świetliste jak jednorożec. Z najwyższym wysiłkiem skupiając swą gasnącą świadomość, patrzył, jak zwierzę zatrzymuje się na przeciwległym brzegu. Przez chwilę wydawało mu się, że widzi, jak ktoś je wita... podnosi rękę, by je pogłaskać... ktoś, kto wygląda dziwnie znajomo... ale przecież to nie może... to nie może być...

Harry przestał cokolwiek rozumieć. Przestał myśleć. Poczuł, że opuszczają go resztki sił i uderzył głową w ziemię. Stracił świadomość.

ROZDZIAŁ DWUDZIESTY PIERWSZY

Tajemnica Hermiony

To wstrząsająca sprawa... wstrząsająca... cud, że żadne z nich nie zginęło... W życiu o czymś takim nie słyszałem... niech to dunder świśnie, jakie to szczęście, że pan tam był, Snape...

— Dziękuję, panie ministrze.

— Order Merlina drugiej klasy! Może nawet pierwszej, jak mi się uda...

— Bardzo dziękuję, panie ministrze.

— Ma pan paskudne rozcięcie... To robota Blacka, co?

— Prawdę mówiąc, to robota Pottera, Weasleya i Granger, panie ministrze...

— Nie!

— Black ich omamił, od razu to spostrzegłem. Zaklęcie Confundus, sądząc po ich zachowaniu. Chyba myśleli, że jest niewinny. Nie można ich za to obarczać odpowiedzialnością. Z drugiej strony, ich wmieszanie się w całą sprawę mogło pomóc Blackowi w ucieczce. Najwidoczniej od samego początku uważali, że sami go złapią. Do tej pory wiele im się udawało i obawiam się, że mieli o sobie zbyt wysokie mniemanie... No i, oczywiście, dyrektor zbyt często pozwalał na wszystko temu Potterowi...

— Ach, Snape... No cóż, to przecież Harry Potter, sam pan rozumie... wszyscy przymykamy oko na jego wybryki...

— A jednak... czy to dobre dla niego, żeby go traktować w wyjątkowy sposób? Ja osobiście traktuję go tak samo jak innych uczniów. A każdy uczeń zostałby zawieszony... przynajmniej zawieszony... gdyby wciągnął swoich kolegów w tak groźną sytuację. Niech pan się zastanowi, panie ministrze: wbrew wszystkim szkolnym przepisom... po tych wszystkich środkach ostrożności zastosowanych przecież dla jego bezpieczeństwa... wymknąć się w nocy, zadawać się z wilkołakiem i mordercą... a mam powody, by sądzić, że odwiedzał też nielegalnie Hogsmeade...

— No, no... Snape... zobaczymy, zobaczymy... niewątpliwie chłopiec popełnił wiele głupstw...

Harry leżał, słuchając tego i zaciskając powieki. Czuł się bardzo słaby i oszołomiony. Słowa zdawały się wędrować bardzo powoli z uszu do mózgu, tak że trudno je było zrozumieć. Członki miał jak z ołowiu, powieki zbyt ciężkie, by je unieść... chciał tylko leżeć, leżeć na tym wygodnym łóżku, leżeć już tak zawsze...

— Najbardziej zdumiewa mnie zachowanie dementorów... Naprawdę pan nie wie, Snape, co spowodowało ich ucieczkę?

— Nie, panie ministrze. Kiedy przyszedłem do siebie, wracali już na swoje posterunki przy bramach...

— Niezwykłe. A jednak Black, Harry... i ta dziewczyna...

— Wszyscy byli nieprzytomni. Oczywiście związałem i zakneblowałem Blacka, wyczarowałem nosze i ściągnąłem ich prosto do zamku.

Zapadła cisza. Mózg Harry'ego pracował teraz nieco szybciej, a wówczas coś zaczęło go nękać w żołądku.

Otworzył oczy.

Wszystko było lekko zamazane. Ktoś musiał mu zdjąć okulary. Leżał w ciemnym skrzydle szpitalnym. Na końcu sali zobaczył odwróconą do niego plecami panią Pomfrey, pochyloną nad łóżkiem. Wytężył wzrok i wydało mu się, że pod jej ramieniem dostrzegł rude włosy Rona.

Przekręcił głowę na poduszce. Na prawo od niego leżała Hermiona. Światło księżyca padało na jej łóżko. Oczy miała otwarte. Wyglądała jak spetryfikowana, ale kiedy zobaczyła, że Harry się przebudził, przyłożyła palec do ust i wskazała na drzwi. Były otwarte, a głosy Korneliusza Knota i Severusa Snape'a dobiegały z korytarza.

Pani Pomfrey podeszła żwawym krokiem do łóżka Harry'ego. Odwrócił się, żeby na nią spojrzeć. Niosła największy blok czekolady, jaki widział w życiu. Wyglądał jak mała cegła.

— Ach, obudziłeś się! — powiedziała raźnym głosem. Położyła czekoladę na stoliku obok łóżka i zaczęła rozbijać blok małym młoteczkiem.

— Co z Ronem? — zapytali jednocześnie Harry i Hermiona.

— Przeżyje — odpowiedziała ponuro pani Pomfrey.

— A wy... wy zostaniecie tu, póki nie będę zadowolona z waszego stanu... Potter, co ty wyprawiasz?

Harry usiadł, założył okulary i wziął do ręki różdżkę.

— Muszę się zobaczyć z dyrektorem — oświadczył.

— Potter — powiedziała pani Pomfery łagodnym tonem — już wszystko w porządku. Złapali Blacka. Zamknęli go na górze. Lada chwila dementorzy złożą swój pocałunek...

— CO?!

Harry wyskoczył z łóżka, Hermiona zrobiła to samo. Jego okrzyk usłyszano jednak na korytarzu i w następnej sekundzie Knot i Snape wpadli na salę.

— Harry, Harry, co to znaczy?! — zawołał Knot, wyraźnie poruszony. — Powinieneś być w łóżku... Dostał czekolady? — zapytał z lękiem panią Pomfrey.

— Panie ministrze, proszę mnie wysłuchać! — powiedział Harry. — Syriusz Black jest niewinny! Peter Pettigrew udał własną śmierć! Widzieliśmy go! Nie może pan pozwolić dementorom, żeby zrobili to Syriuszowi, on jest...

Ale Knot kręcił głową i uśmiechał się wyrozumiale.

— Harry, Harry, wszystko ci się pomieszało, przeszedłeś ciężkie chwile, połóż się z powrotem, proszę, nie martw się niczym, panujemy nad wszystkim...

— NIEPRAWDA! — ryknął Harry. — ZŁAPALIŚCIE NIEWŁAŚCIWĄ OSOBĘ!

— Panie ministrze, niech pan posłucha — odezwała się Hermiona, która stanęła obok Harry'ego i wpatrywała się żarliwie w twarz Knota. — Ja też go widziałam. To był szczur Rona, on jest animagiem, to znaczy... chodzi mi o Petera Pettigrew, i...

— Sam pan widzi, panie ministrze — powiedział Snape. — Black obojgu pomieszał w głowach... Wiedział, co robi...

— NIKT NAM NIE POMIESZAŁ W GŁOWACH! — wrzasnął Harry.

— Panie ministrze! Panie profesorze! — fuknęła pani Pomfrey ze złością. — Nalegam, żeby panowie natychmiast stąd wyszli. Potter jest moim pacjentem i nie pozwolę go denerwować!

— Nie jestem zdenerwowany, ja tylko próbuję im

uzmysłowić, co się naprawdę wydarzyło! — powiedział ze złością Harry. — Gdyby mnie tylko wysłuchali...

Ale pani Pomfrey nagle wepchnęła mu do ust wielki kawał czekolady. Zakrztusił się, a ona skorzystała ze sposobności i wsadziła go z powrotem do łóżka.

— A teraz, bardzo proszę, panie ministrze... Te dzieci wymagają opieki medycznej. Proszę opuścić szpital.

Drzwi ponownie się otworzyły i stanął w nich Dumbledore. Harry z trudem przełknął bryłę czekolady i znowu się podniósł.

— Panie profesorze, Syriusz Black...

— Na miłość boską! — krzyknęła pani Pomfrey histerycznym głosem. — Czy to jest szpital, czy może mi się tylko tak wydaje? Panie dyrektorze, muszę stanowczo...

— Wybacz mi, Poppy, ale muszę zamienić słówko z panem Potterem i panną Granger — oświadczył spokojnie Dumbledore. — Właśnie rozmawiałem z Syriuszem Blackiem...

— Założę się, że opowiedział panu tę samą bajeczkę, którą zagnieździł w mózgu Pottera — prychnął Snape. — Coś o szczurze... i o zmartwychwstaniu Petera Pettigrew...

— Zgadza się, mówił mi o tym — rzekł Dumbledore, przyglądając się bacznie Snape'owi znad swoich okularów--połówek.

— A więc moje słowo już nic nie jest warte? — warknął Snape. — Petera Pettigrew nie było we Wrzeszczącej Chacie i nie widziałem go na błoniach.

— Bo był pan nieprzytomny, panie profesorze! — wtrąciła Hermiona. — Przybył pan za późno, żeby usłyszeć...

— Panno Granger, PROSZĘ LICZYĆ SIĘ ZE SŁOWAMI!

— Spokojnie, Snape — powiedział Knot, wyraźnie przerażony rozwojem wypadków — ta młoda dama wiele przeżyła, musimy brać pod uwagę stan, w jakim się znajduje...

— Chciałbym porozmawiać z Harrym i Hermioną na osobności — oświadczył nagle Dumbledore. — Korneliuszu, Severusie, Poppy... proszę nas zostawić.

— Dyrektorze! — wybełkotała pani Pomfrey. — Oni wymagają opieki medycznej, potrzebują odpoczynku...

— To nie może czekać — przerwał jej Dumbledore. — Jestem zmuszony nalegać.

Pani Pomfrey ściągnęła wargi, odeszła do swojego gabinetu na końcu sali i zatrzasnęła drzwi. Knot spojrzał na wielki złoty zegarek, zwisający mu z kamizelki.

— Dementorzy pewnie już przybyli — powiedział. — Pójdę z nimi pomówić. Dumbledore, spotkamy się na górze.

Otworzył drzwi i przytrzymał je dla Snape'a, ale ten nie ruszył się z miejsca.

— Chyba pan nie wierzy w to wszystko, co opowiada Black? — szepnął, wpatrując się w twarz Dumbledore'a.

— Chcę porozmawiać z Harrym i Hermioną na osobności — powtórzył Dumbledore.

Snape zrobił krok w jego stronę.

— Syriusz Black wykazał, że jest zdolny do morderstwa, kiedy miał szesnaście lat. Zapomniał pan o tym, dyrektorze? Zapomniał pan, że kiedyś chciał zabić *mnie*?

— Mam nadal znakomitą pamięć, Severusie — odpowiedział spokojnie Dumbledore.

Snape obrócił się na pięcie i wyszedł przez drzwi, które Knot wciąż przytrzymywał. Kiedy zamknęły się za nimi, Dumbledore zwrócił się do Harry'ego i Hermiony. Oboje zaczęli mówić jednocześnie.

— Panie profesorze, Black mówi prawdę... widzieliśmy Petera Pettigrew...

— ...on uciekł, kiedy profesor Lupin zamienił się w wilkołaka...

— ...on jest szczurem...

— ...jego przednia łapa... to znaczy palec... on go sobie odciął, kiedy...

— ...to Pettigrew zaatakował Rona, nie Syriusz...

Ale Dumbledore podniósł rękę, żeby powstrzymać ten potok wyjaśnień.

— Teraz wy musicie mnie wysłuchać i proszę mi nie przerywać, bo czasu mamy niewiele. Nie ma ani cienia dowodu na to, o czym opowiada Black, poza waszym świadectwem... a słowa dwojga trzynastolatków nie przekonają nikogo. Cała ulica widziała, jak Syriusz zamordował Petera Pettigrew. Ja sam potwierdziłem w ministerstwie, że Syriusz był Strażnikiem Tajemnicy Potterów.

— Profesor Lupin może panu powiedzieć... — zaczął Harry, nie mogąc się powstrzymać.

— Profesor Lupin jest teraz w Zakazanym Lesie i nie sądzę, by był w stanie komukolwiek coś powiedzieć. Kiedy odzyska ludzką postać, będzie już za późno, Syriusza spotka coś gorszego od śmierci. Poza tym wilkołaki nie budzą zaufania w naszym społeczeństwie, więc jego świadectwo nie na wiele się zda... a fakt, że on i Syriusz byli kiedyś przyjaciółmi...

— Ale...

— Wysłuchaj mnie, Harry. Jest za późno, nie rozumiesz? Nie dotarło do ciebie, że wersja profesora Snape'a jest o wiele bardziej przekonująca od twojej?

— On nienawidzi Syriusza — powiedziała z rozpaczą Hermiona. — A wszystko przez ten głupi żart...

— Syriusz nie zachowywał się jak niewinny człowiek. Napaść na Grubą Damę... wtargnięcie do Gryffindoru z nożem... bez Pettigrew, żywego czy umarłego, nie mamy szans na podważenie wyroku.

— Ale pan nam wierzy.

— Tak, wierzę wam — odpowiedział cicho Dumbledore. — Nie potrafię jednak zmusić innych, by zrozumieli, jak było naprawdę, nie mam też władzy nad ministrem magii...

Harry wpatrywał się w tę smutną, zatroskaną twarz i czuł się tak, jakby grunt usuwał mu się spod nóg. Od lat przywykł do myśli, że Dumbledore potrafi wszystko. Był pewny, że znajdzie jakieś zdumiewające, cudowne rozwiązanie. A teraz... ich ostatnia nadzieja zawiodła.

— Potrzebujemy więcej czasu — powiedział powoli Dumbledore, a jego bladoniebieskie oczy powędrowały od Harry'ego do Hermiony.

— Ale... — zaczęła Hermiona i nagle jej oczy zrobiły się okrągłe. — OCH!

— Posłuchajcie mnie teraz uważnie — rzekł Dumbledore bardzo cicho i bardzo wyraźnie. — Syriusz Black jest zamknięty w gabinecie profesora Flitwicka na siódmym piętrze. Trzynaste okno na prawo, licząc od Wieży Zachodniej. Jeśli wszystko dobrze pójdzie, dziś w nocy będziecie mogli uratować więcej niż jedno niewinne życie. Ale zapamiętajcie: *nikt nie może was zobaczyć*. Panna Granger dobrze zna prawo... więc wie, o co toczy się gra... NIKT NIE MOŻE WAS ZOBACZYĆ.

Harry nie miał pojęcia, o co chodzi. Dumbledore odwrócił się, a kiedy doszedł do drzwi, spojrzał na nich przez ramię.

— A teraz zamknę was na klucz. Jest... — zerknął na

zegarek — za pięć dwunasta. Panno Granger, trzy obroty powinny wystarczyć. Powodzenia.

— Powodzenia? — powtórzył Harry, kiedy drzwi zamknęły się za dyrektorem. — Trzy obroty? O czym on mówił? Co mamy zrobić?

Hermiona wyciągnęła spod szaty bardzo długi, misterny złoty łańcuszek, oplatający jej szyję.

— Harry, chodź tutaj — wyszeptała. — Szybko!

Harry podszedł do niej, kompletnie ogłupiały. Wyciągnęła ku niemu łańcuszek. Zobaczył, że zwiesza się z niego maleńka, błyszcząca klepsydra.

— Poczekaj...

Zarzuciła łańcuszek również na jego szyję.

— Gotów? — zapytała, prawie bez tchu.

— Co my robimy? — zdziwił się Harry, zupełnie nie rozumiejąc, o co chodzi.

Hermiona obróciła klepsydrę trzy razy.

Ciemna sala szpitalna rozpłynęła się. Harry doznał uczucia, jakby leciał bardzo szybko do tyłu. Migały mu przed oczami jakieś zamazane kształty i barwy, w uszach mu łomotało. Próbował krzyknąć, ale nie usłyszał własnego głosu...

A potem poczuł twardy grunt pod stopami i obraz nagle się wyostrzył. Stał obok Hermiony w opustoszałej sali wejściowej Hogwartu. Na kamienną posadzkę padał z otwartych drzwi strumień złotego słonecznego światła. Spojrzał nieprzytomnie na Hermionę, a cienki łańcuszek wpił mu się w szyję.

— Hermiono, co...

— Szybko! — Hermiona złapała go za rękę i pociągnęła do drzwiczek komórki na miotły, otworzyła je, wepchnęła go między kubełki i mopy, potem sama wcisnęła się do środka i szybko zatrzasnęła za sobą drzwi.

— Co... jak... Hermiono, co się dzieje?

— Powrót do przeszłości — wyszeptała Hermiona, zdejmując mu z szyi łańcuszek. — Jest o trzy godziny wcześniej...

Harry wymacał w ciemności własną nogę i mocno się uszczypnął. Zabolało, więc uznał, że nie może to być dziwaczny sen.

— Ale...

— Ciiicho! Słuchaj! Ktoś idzie! Myślę... myślę, że to MY!

Przycisnęła ucho do drzwi.

— Kroki... tak, myślę, że to my schodzimy, żeby zobaczyć się z Hagridem!

— Chcesz mi powiedzieć — szepnął Harry — że jesteśmy tutaj, w komórce, i jednocześnie tam?

— Tak — powiedziała Hermiona, wciąż nasłuchując.

— Jestem pewna, że to my... tak, idzie troje ludzi... powoli, bo przecież chowamy się razem pod peleryną-niewidką...

Urwała, nadal nasłuchując uważnie.

— Zeszliśmy po zewnętrznych schodach...

Hermiona usiadła na odwróconym do góry dnem kubełku. Harry uznał, że powinien zażądać odpowiedzi na kilka pytań.

— Skąd wytrzasnęłaś tę klepsydrę?

— To jest zmieniacz czasu — szepnęła Hermiona — a dostałam go od profesor McGonagall w pierwszym dniu po powrocie z wakacji. Używałam go przez cały rok, no wiesz, żeby być na tych wszystkich lekcjach. Profesor McGonagall kazała mi przysiąc, że nikomu nie powiem. Musiała napisać mnóstwo listów do Ministerstwa Magii, żebym mogła to mieć. Napisała im, że jestem wzorową uczennicą i że będę tego używać wyłącznie w celach naukowych... to znaczy... żeby uczyć się tych wszystkich przedmiotów naraz... No i tak robiłam, cofałam się w czasie, żeby być na kilku lekcjach rozpoczynających się o tej samej godzinie, rozumiesz? Ale... Harry, ja nie wiem, czego od nas oczekuje Dumbledore. Dlaczego powiedział mi, żeby cofnąć się o trzy godziny? W jaki sposób to może pomóc Syriuszowi?

Harry spojrzał w jej twarz, ukrytą w cieniu.

— Musi być coś, co tu się gdzieś wydarzyło, a on chce, żebyśmy to teraz zmienili — powiedział powoli. — Ale co się wydarzyło? Trzy godziny temu szliśmy do chatki Hagrida...

— To jest teraz... I my właśnie *idziemy* do chatki Hagrida. Przecież słyszałeś, jak wychodzimy...

Harry zmarszczył czoło. Poczuł się tak, jakby mózg skręcał mu się w próbie koncentracji.

— Dumbledore powiedział... powiedział, że możemy uratować więcej niż jedno niewinne życie... Hermiono, uratujemy Hardodzioba!

— Ale... jak to może pomóc Syriuszowi?

— Dumbledore powiedział... powiedział nam, gdzie jest to okno... okno gabinetu Flitwicka! Gdzie zamknęli Syriusza! Musimy tam polecieć na Hardodziobie i uwolnić Syriusza! Syriusz ucieknie na hipogryfie... obaj uciekną!

Ledwo widział w mroku twarz Hermiony, ale dostrzegł, że jest przerażona.

— Jeśli uda nam się zrobić to tak, żeby nikt nas nie zobaczył, to będzie prawdziwy cud!

— Ale przecież musimy spróbować, prawda? — Harry wyprostował się i przycisnął ucho do drzwi.

— Nic nie słychać, chyba nie ma nikogo... Idziemy...

Pchnął drzwi. Sala wejściowa była pusta. Wymknęli się

na palcach z komórki i zbiegli po kamiennych schodach. Cienie już się wydłużały, szczyty drzew w Zakazanym Lesie zabarwiła złota poświata.

— Jak ktoś wyjrzy przez okno... — pisnęła Hermiona, oglądając się na ścianę zamku.

— Pobiegniemy — powiedział stanowczo Harry. — Prosto do Zakazanego Lasu, dobrze? Ukryjemy się za jakimś drzewem i będziemy stamtąd wypatrywać...

— Dobra, ale naokoło cieplarni! Musimy trzymać się z dala od frontowych drzwi chatki Hagrida, bo się zobaczymy! Chyba jesteśmy już blisko!

Zastanawiając się wciąż, co Hermiona miała na myśli, Harry puścił się biegiem, Hermiona za nim. Przebiegli przez ogród warzywny do cieplarni, zatrzymali się na chwilę, a potem popędzili dalej, okrążając wierzbę bijącą i kierując się do Zakazanego Lasu...

Bezpieczny w cieniu drzew, Harry odwrócił się; Hermiona przybiegła po chwili, dysząc ciężko.

— Dobra... teraz musimy podkraść się do chatki Hagrida. Tylko uważaj, żeby cię nikt nie zobaczył, Harry...

Ruszyli skrajem lasu, aż zobaczyli front chatki Hagrida. Po chwili usłyszeli pukanie do drzwi. Schowali się szybko za pniem dębu i wyjrzeli zza niego, żeby zobaczyć, co się dzieje. W otwartych drzwiach pojawił się Hagrid, blady i drżący, rozglądając się, kto pukał. I nagle Harry usłyszał własny głos.

— To my. Mamy na sobie pelerynę-niewidkę. Wpuść nas, to ją zdejmiemy.

— Nie powinniście tu przychodzić! — wyszeptał Hagrid, ale cofnął się, a oni weszli do środka. Szybko zamknął drzwi.

— To najdziwaczniejsza rzecz, jaką kiedykolwiek zrobiliśmy — powiedział Harry z przejęciem.

— Podejdźmy trochę bliżej — szepnęła Hermiona.
— Musimy się znaleźć bliżej Hardodzioba!

Zaczęli się skradać między drzewami, aż zobaczyli Hardodzioba uwiązanego do płotu wokół grządki z dyniami.

— Teraz? — szepnął Harry.

— Nie! Jak wykradniemy go teraz, ci faceci z komisji pomyślą, że to Hagrid go uwolnił! Musimy poczekać, aż go zobaczą uwiązanego do płotu!

— Będziemy na to mieli tylko sześćdziesiąt sekund — powiedział Harry. Coraz mniej wierzył w powodzenie tej akcji.

W tym momencie z chatki Hagrida dobiegł ich brzęk tłuczonej porcelany.

— To Hagrid rozbił dzbanek z mlekiem — szepnęła Hermiona. — Zaraz znajdę Parszywka...

I rzeczywiście, kilka minut później usłyszeli wrzask Hermiony.

— Hermiono — powiedział nagle Harry — a jakby tak... po prostu wpaść tam, złapać Petera Pettigrew i...

— Nie! Nie rozumiesz? Łamiemy jedno z najważniejszych praw obowiązujących w świecie czarodziejów! Nikomu nie wolno zmieniać czasu! Nikomu! Słyszałeś, co mówił Dumbledore... Jak nas zobaczą...

— Kto nas zobaczy? Tylko my sami i Hagrid!

— Harry, a co byś pomyślał, gdybyś nagle zobaczył samego siebie wpadającego do chatki Hagrida?

— Pomyślałbym, że... że zwariowałem... albo że to jakaś czarna magia...

— No właśnie! W ogóle byś nie rozumiał, co się dzieje, mógłbyś zaatakować samego siebie! Profesor McGonagall opowiadała mi o strasznych rzeczach, jakie się wydarzyły, kiedy czarodzieje eksperymentowali z czasem... Wielu pozabijało swoje przyszłe lub przeszłe ja... właśnie w taki sposób, przez omyłkę!

— W porządku! Tak sobie tylko pomyślałem, nie ma sprawy...

Hermiona szturchnęła go i wskazała w kierunku zamku. Harry wysunął głowę o parę cali, żeby lepiej widzieć frontowe drzwi. Po stopniach wiodących do zamku schodzili Dumbledore, Knot, staruszek z komisji i kat Macnair.

— Zaraz wyjdziemy z chaty! — szepnęła Hermiona.

I rzeczywiście, w chwilę później drzwi chatki się otworzyły i Harry zobaczył samego siebie, Rona i Hermionę wychodzących z Hagridem. Było to niewątpliwie najdziwniejsze uczucie w jego życiu: stał sobie za drzewem na skraju Zakazanego Lasu i patrzył na samego siebie stojącego przy grządce z dyniami w ogródku Hagrida.

— Spokojnie, Dziobku — powiedział Hagrid do hipogryfa. — Spokojnie... — Odwrócił się do Harry'ego, Rona i Hermiony. — Wiejcie. I to migiem.

— Hagridzie, nie możemy...

— Powiemy im, co naprawdę się stało...

— Nie mogą go zabić...

— Zjeżdżajcie mi stąd! — prawie krzyknął Hagrid. — Jeszcze tylko tego brakuje, żebyście wpakowali się w kłopoty!

Harry patrzył, jak Hermiona zarzuca pelerynę-niewidkę na niego i Rona.

— Wiejcie szybko... Nie słuchajcie...

Rozległo się pukanie do drzwi. Hagrid odwrócił się szybko i zniknął w swojej chatce, pozostawiając tylne drzwi otwarte. Harry widział wygniecenia pojawiające się w trawie wokół chatki i słyszał stłumiony tupot nóg. On, Ron i Hermiona uciekli... ale teraz on i Hermiona, ukryci w cieniu drzew, mogli słyszeć przez tylne drzwi, co się dzieje wewnątrz chatki.

— Gdzie jest to zwierzę? — rozległ się twardy głos Macnaira.

— Na... na zewnątrz — wychrypiał Hagrid.

Harry szybko cofnął głowę za pień, kiedy w oknie pojawiła się twarz Macnaira. Potem usłyszeli Knota.

— Musimy... ee... odczytać ci oficjalne zarządzenie o egzekucji, Hagridzie. Zrobię to szybko. A potem ty i Macnair złożycie na nim podpisy. Macnair, ty też słuchaj, taka jest procedura...

Twarz Macnaira znikła z okna.

Teraz albo nigdy.

— Poczekaj tu — szepnął Harry do Hermiony. — Ja to zrobię.

Kiedy znów rozległ się głos Knota, Harry wyskoczył zza drzewa, przesadził płot otaczający grządkę z dyniami i podbiegł do Hardodzioba.

— Decyzją Komisji Likwidacji Niebezpiecznych Stworzeń hipogryf Hardodziob, zwany dalej skazanym, zostanie uśmiercony szóstego czerwca o zachodzie słońca...

Uważając, żeby nie mrugnąć, Harry raz jeszcze spojrzał w pomarańczowe oko hipogryfa i ukłonił się. Hardodziob opadł na zrogowaciałe kolana, ale po chwili znowu się podniósł. Harry zaczął walczyć ze sznurem, którym hipogryf był przywiązany do płotu.

— ...Wyrok ma być wykonany przez ścięcie, a dokonać tego ma wyznaczony przez komisję kat, Walden Macnair...

— No chodź, Hardodziobie — mruknął Harry. — Chodź, chcemy ci pomóc. Spokojnie... spokojnie...

— ...świadkami są... Hagridzie, podpisz tutaj...

Harry z całej siły pociągnął za sznur, ale Hardodziob zaparł się przednimi nogami.

— No, skończmy już z tym — odezwał się z chatki piskliwy głos członka komisji. — Hagridzie, może będzie lepiej, jak zostaniesz tutaj...

— Nie, chcę być z nim... nie zostawię go samego...

Rozległy się kroki.

— Hardodziobie, rusz się! — syknął Harry.

Jeszcze raz pociągnął za sznur. Hipogryf ruszył za nim, trzepocząc nerwowo skrzydłami. Byli nadal z dziesięć stóp od krawędzi lasu; gdyby teraz ktoś wyjrzał przez tylne drzwi chatki, z pewnością by ich zobaczył.

— Jedną chwilkę, Macnair, pozwól tu — usłyszał głos Dumbledore'a. — Ty również musisz się podpisać.

Kroki umilkły. Harry uwiesił się na sznurze. Hardodziob kłapnął dziobem i zaczął iść nieco szybciej.

Zza drzewa wyjrzała pobladła twarz Hermiony.

— Harry, szybciej!

Harry wciąż słyszał głos Dumbledore'a dochodzący z chatki. Jeszcze raz szarpnął sznurem. Hardodziob pobiegł lekkim truchtem. Dotarli do drzew...

— Szybko! Szybko! — jęknęła Hermiona, wyskakując zza drzewa, chwytając za linę i ciągnąc ją, żeby zmusić hipogryfa do szybszego biegu. Harry spojrzał przez ramię: już nic nie było widać, nawet ogrodu Hagrida.

— Stój! — szepnął do Hermiony. — Mogą nas usłyszeć...

Drzwi otworzyły się z hukiem. Harry, Hermiona i Hardodziob stanęli bez ruchu; nawet hipogryf zdawał się nasłuchiwać uważnie.

Cisza... a potem...

— Gdzie on jest? — dobiegł ich piskliwy głos członka komisji. — Gdzie jest to zwierzę?

— Było tu przywiązane! — powiedział ze złością kat. — Sam widziałem! O, tutaj!

— To bardzo dziwne — rzekł Dumbledore, a w jego głosie pobrzmiewała nuta rozbawienia.

— Dziobku! — zawołał ochryple Hagrid.

Rozległ się świst, a potem głuche uderzenie topora. Wyglądało na to, że kat ze złości rąbnął toporem w płot. Najpierw usłyszeli wycie, a potem słowa Hagrida przerywane szlochem:

— Uciekł! Uciekł! A to mi dopiero mały Dziobek, uciekł! Musiał się zerwać! Dziobku, ty mały spryciarzu!

Hardodziob zaczął szarpać sznur, wyrywając się do Hagrida. Harry i Hermiona zaryli się stopami w ziemi, żeby go utrzymać.

— Ktoś go odwiązał! — warknął kat. — Trzeba przeszukać błonia, las...

— Macnair, czy naprawdę sądzisz, że gdyby ktoś rzeczywiście ukradł hipogryfa, to prowadziłby go po ziemi? — zapytał Dumbledore, nadal lekko rozbawionym tonem. — Przeszukaj niebo, jeśli potrafisz... Hagridzie, napiłbym się herbaty. Albo brandy.

— O... o-czywiście, panie profesorze — odrzekł Hagrid takim głosem, jakby miał za chwilę zemdleć ze szczęścia. — Proszę do środka...

Harry i Hermiona nasłuchiwali w napięciu. Usłyszeli kroki, ciche przekleństwo kata, trzaśnięcie drzwi, a potem zapadła cisza.

— Co teraz? — zapytał szeptem Harry, rozglądając się niespokojnie.

— Będziemy musieli ukryć się tutaj — powiedziała

Hermiona, która wyglądała na bardzo wstrząśniętą. — Trzeba poczekać, aż wrócą do zamku. Potem znajdziemy moment, aż będzie można bezpiecznie podlecieć na Hardodziobie pod okno Syriusza. Tylko... on tam będzie dopiero za parę godzin... och, to się robi coraz trudniejsze... Spojrzała nerwowo przez ramię w mroczną puszczę. Słońce już zachodziło.

— Trzeba iść — powiedział Harry, myśląc gorączkowo. — Musimy znaleźć takie miejsce, z którego widać wierzbę bijącą, bo inaczej nie będziemy wiedzieli, co się dzieje.

— Dobra — zgodziła się Hermiona, wzmacniając uchwyt na sznurze. — Ale pamiętaj, Harry, nikt nie może nas zobaczyć.

Ruszyli skrajem lasu. Robiło się coraz ciemniej. W końcu ukryli się w kępie drzew — w oddali majaczyła wierzba.

— Jest Ron! — szepnął nagle Harry.

Ciemna postać biegła przez błonie, a jej krzyk odbijał się echem od ściany lasu.

— Zostaw go... odczep się od niego... Parszywku, chodź tutaaa...!

I wówczas pojawiły się dwie inne postacie, które zmaterializowały się znikąd. Harry zobaczył samego siebie i Hermionę, biegnących za Ronem. Po chwili Ron rzucił się na ziemię.

— Mam cię! Uciekaj, ty śmierdzący kocurze...

— Jest Syriusz! — mruknął Harry.

Spod wierzby wyskoczył wielki czarny pies. Zobaczyli, jak przewraca Harry'ego, chwyta zębami Rona...

— Z zewnątrz to wygląda jeszcze gorzej, nie? — szepnął Harry, obserwując, jak pies wciąga Rona między korzenie. — Auuu... zobacz, ale mnie rąbnęło to drzewo... i ciebie... nie, to jest niesamowite...

Wierzba bijąca trzeszczała i chlastała dolnymi gałęziami; widzieli siebie, miotających się to tu, to tam, żeby dostać się do pnia. A potem drzewo zamarło.

— To Krzywołap nacisnął tę narośl — powiedziała Hermiona.

— A my wchodzimy... Już weszliśmy.

Gdy tylko znikli, drzewo znowu ożyło. W chwilę później gdzieś blisko usłyszeli kroki. Dumbledore, Macnair, Knot i staruszek z komisji wracali do zamku.

— Ledwo zdążyliśmy wejść do tunelu! — powiedziała Hermiona. — Och, gdyby Dumbledore z nami poszedł...

— Tak, ale wtedy poszedłby również Macnair... i Knot. Założę się, że Knot kazałby Macnairowi uśmiercić Syriusza na miejscu.

Patrzyli, jak czterej mężczyźni wspinają się po schodach wiodących do zamku i znikają. Na kilka minut scena opustoszała. A potem...

— Idzie Lupin! — powiedział Harry, kiedy zobaczyli jeszcze jedną postać zbiegającą po kamiennych stopniach i pędzącą ku wierzbie.

Spojrzał na niebo. Chmury całkowicie przysłoniły księżyc.

Lupin podniósł jakąś gałąź i szturchnął nią w pień. Drzewo znieruchomiało, a Lupin zniknął w jamie między korzeniami.

— Och, gdyby tylko Lupin znalazł pelerynę! — szepnął Harry. — Ona tam przecież leży...

Odwrócił się do Hermiony.

— Słuchaj, jakbym teraz wyskoczył i porwał ją, Snape by jej nie znalazł i...

— Harry, nikt nie może nas zobaczyć!

— Jak ty to możesz wytrzymać! Siedzieć tutaj i patrzyć, co się stanie! — Zawahał się. — Idę po pelerynę.

— Harry, NIE!

Hermiona złapała go z tyłu za szatę. W ostatniej chwili, bo nagle usłyszeli śpiew. To Hagrid szedł powoli do zamku, podśpiewując i zataczając się lekko. W ręku miał wielką butlę.

— Widzisz? — szepnęła Hermiona. — Widzisz teraz, co by się stało? Musimy się schować! Hardodziobie, nie!

Na widok Hagrida hipogryf zaczął się znowu szarpać. Harry też złapał mocno sznur, żeby go powstrzymać. Patrzyli, jak Hagrid idzie zakosami po zboczu wzgórza, a potem znika. Hardodziob przestał się wyrywać. Zwiesił smętnie głowę.

Ze dwie minuty później brama zamku znowu się otworzyła i wyszedł Snape, który również pobiegł do wierzby.

Harry zacisnął pięści, kiedy Snape zatrzymał się przy drzewie, rozglądając się dookoła. Podniósł z ziemi pelerynę.

— Nie dotykaj jej swoimi brudnymi łapami — warknął cicho Harry.

— Ciii...

Snape chwycił gałąź, której użył Lupin, szturchnął nią w narośl i nagle zniknął.

— A więc to by było na tyle — powiedziała Hermiona. — Wszyscy jesteśmy tam w środku... a teraz musimy czekać, aż znowu wyjdziemy...

Przywiązała koniec sznura do najbliższego drzewa i usiadła na suchej ziemi, oplatając ramionami kolana.

— Harry, czegoś nie rozumiem... Dlaczego dementorzy nie porwali Syriusza? Pamiętam, jak nadchodzili, a potem chyba zemdlałam... Tylu ich było...

Harry też usiadł. Opowiedział jej, co zobaczył, kiedy

najbliższy dementor pochylił się nad nim, sięgając ustami do jego ust: jakieś wielkie srebrzyste zwierzę galopujące przez jezioro. To ono zmusiło dementorów do ucieczki.

Kiedy skończył, Hermiona gapiła się w niego z buzią otwartą ze zdumienia.

— Ale co to było?

— Tylko jedno mogło powstrzymać dementorów i zmusić ich do ucieczki. Prawdziwy patronus. Potężny.

— Ale kto go wyczarował?

Harry milczał. Myślał o osobie, którą zobaczył na drugim brzegu jeziora. Pamiętał, co wtedy pomyślał... kim mogła być... ale jak... w jaki sposób...

— I nie widziałeś, kto to mógł być? Do kogo był podobny? — zapytała Hermiona. — Może to był jeden z nauczycieli?

— Nie. To nie był nauczyciel.

— Ale to musiał być naprawdę potężny czarodziej, jeśli przepędził tych wszystkich dementorów... Mówiłeś, że ten patronus świecił tak mocno... i co, nie oświetlił go? Nic nie widziałeś?

— Taak, widziałem go — odpowiedział powoli Harry. — Ale... może ja to sobie wyobraziłem... no wiesz, umysł miałem zaćmiony... zaraz potem straciłem przytomność...

— Harry, myślisz, że kto to mógł być?

— Myślę... — Harry przełknął ślinę, wiedząc, jak dziwnie zabrzmi to, co zamierzał powiedzieć. — Myślę, że to był mój tata.

Spojrzał na Hermionę i zobaczył, że teraz jej usta są szeroko otwarte. Wpatrywała się w niego z mieszaniną strachu i współczucia.

— Harry, twój tata... no wiesz... przecież on nie żyje...

— Wiem — odpowiedział szybko Harry.

— Myślisz, że zobaczyłeś ducha?

— Nie wiem... nie... nie wyglądał jak duch...

— Ale przecież...

— Może miałem majaki. Ale... to, co widziałem... wyglądało jak on... mam jego zdjęcia...

Hermiona wciąż patrzyła na niego tak, jakby bała się, że zwariował.

— Ja wiem, że to czysty obłęd — powiedział chłodno Harry.

Odwrócił się i spojrzał na hipogryfa, który grzebał dziobem w ziemi, najwyraźniej szukając robaków. Ale tak naprawdę nie patrzył na niego.

Myślał o swoim ojcu i o jego trzech przyjaciołach... Myślał o Lunatyku, Glizdogonie, Łapie i Rogaczu... Czy to możliwe, że wszyscy byli tej nocy na błoniach? Glizdogon pojawił się tego wieczoru, choć wszyscy myśleli, że dawno umarł... Czy to możliwe, by jego ojciec zrobił to samo? A może mu się wydawało? Ta postać była za daleko, żeby ją widzieć wyraźnie... ale jednak wtedy, przez tę jedną chwilę, zanim stracił świadomość, był pewny, że to on...

Liście drzew szumiały cicho. Księżyc to pojawiał się, to znikał za chmurami. Hermiona siedziała z twarzą zwróconą w stronę wierzby, czekając.

I w końcu, po godzinie...

— Zobacz, wychodzimy! — szepnęła Hermiona.

Zerwali się na nogi. Hardodziob podniósł głowę. Zobaczyli Lupina, Rona i Pettigrew wyłażących niezdarnie z dziury między korzeniami, następnie wysunął się pogrążony w letargu Snape, unoszący się dziwacznie w powietrzu. Potem Harry, Hermiona i Black. Wszyscy zaczęli iść w stronę zamku.

Harry'emu zabiło mocno serce. Spojrzał na niebo. Za chwilę ta chmura przepłynie i ukaże się księżyc...

— Harry — szepnęła Hermiona, jakby dokładnie wiedziała, o czym on teraz myśli — musimy siedzieć w ukryciu. Nikt nie może nas zobaczyć. Nic nie możemy zrobić...

— Więc mamy pozwolić, żeby Pettigrew znowu uciekł...

— A co, myślisz, że złapiesz szczura w ciemności? — prychnęła Hermiona. — Nic nie możemy zrobić! Wróciliśmy, żeby pomóc Syriuszowi! Tylko po to!

— Dobra. W porządku.

Księżyc wyjrzał zza chmury. Zobaczyli, jak maleńkie postacie, idące przez błonie, zatrzymały się. A potem jakieś zamieszanie...

— Lupin się przemienia — szepnęła Hermiona.

— Hermiono! — powiedział nagle Harry. — Musimy stąd iść!

— Nie możemy, ile razy mam ci powtarzać...

— Nie po to, żeby się wtrącić! Lupin ucieknie do lasu... wpadnie prosto na nas!

Hermiona jęknęła cicho.

— Szybko! — Rzuciła się, żeby odwiązać Hardodzioba. — Szybko! Ale dokąd? Gdzie się schowamy? W każdej chwili mogą się pojawić dementorzy...

— Do chatki Hagrida! Teraz nie ma tam nikogo! Szybko...

Pobiegli ile sił w nogach. Hardodziob galopował za nimi. Za plecami słyszeli wycie wilkołaka...

Harry pierwszy dobiegł do drzwi chatki, otworzył je, a Hermiona i Hardodziob wpadli za nim do środka. Pospiesznie zamknął i zaryglował drzwi. Kieł zaczął ujadać.

— Ciicho, Kieł, to my! — zawołała Hermiona, podbiegając do psa i drapiąc go za uszami. — Mało brakowało! — powiedziała do Harry'ego.

— Taak...

Harry patrzył przez okno. Teraz było o wiele trudniej
zobaczyć, co się dzieje. Hardodziob sprawiał wrażenie, jakby
bardzo się ucieszył z powrotu do chatki Hagrida. Położył się
przed kominkiem, zwinął schludnie skrzydła i wyglądał,
jakby się szykował do błogiej drzemki.

— Chyba lepiej będzie, jak wyjdę — powiedział powoli Harry. — Stąd zupełnie nie widać, co się dzieje... nie
będziemy wiedzieć, kiedy nadejdzie czas...

Hermiona spojrzała na niego podejrzliwie.

— Nie zamierzam się w nic wtrącać — uspokoił ją
szybko Harry. — Ale jeśli nie będziemy wiedzieć, co się
dzieje, to jak poznamy, że już czas, by uwolnić Syriusza?

— No... dobrze... poczekam tutaj z Hardodziobem...
ale Harry, bądź ostrożny... tam jest wilkołak... no i dementorzy...

Harry wyszedł i ostrożnie okrążył chatkę. Z oddali dobiegł skowyt. A więc dementorzy byli już blisko Syriusza...
on i Hermiona zaraz ku niemu pobiegną...

Spojrzał w stronę jeziora, czując, jak serce łomocze mu
w piersi. Kimkolwiek był ten, kto wyczarował patronusa,
za chwilę się pojawi.

Przez moment zawahał się. *Nikt nie może was zobaczyć.* Ale
on przecież nie chce, żeby ktoś go zobaczył. On chce sam
zobaczyć... musi wiedzieć...

Pojawili się dementorzy. Wyłaniali się z ciemności ze
wszystkich stron, sunąc skrajem jeziora... oddalając się od
miejsca, w którym Harry stał, ku przeciwległemu brzego-
wi... Nie będzie musiał zbliżać się do nich...

Harry zaczął biec. W głowie kołatała mu tylko jedna myśl: ojciec... A jeśli to jest on... jeśli to naprawdę jest on... Musi wiedzieć, musi to sprawdzić...

Jezioro było coraz bliżej, ale nikogo nie dotrzegał. Na drugim brzegu zamajaczyła jakaś srebrna mgiełka... to on sam próbuje wyczarować patronusa...

Na samym skraju jeziora rósł rozłożysty krzak. Harry schował się za nim, wypatrując przez liście. Na drugim brzegu srebrne migotanie nagle zgasło. Ogarnęła go fala straszliwego podniecenia... teraz... w każdej chwili...

— No dalej! — szepnął do siebie, rozglądając się rozpaczliwie. — Gdzie jesteś? Tato, proszę cię...

Ale nikt się nie pojawiał. Harry wystawił głowę, żeby poprzez jezioro spojrzeć na pierścień dementorów. Jeden zrzucił kaptur. Już czas, by pojawił się wybawca... Ale tym razem nie było nikogo...

I nagle zrozumiał. To nie ojca wówczas zobaczył... Zobaczył *siebie*...

Wyskoczył zza krzaka i wyciągnął różdżkę.

— *EXPECTO PATRONUM!* — ryknął.

Tym razem z końca różdżki nie wystrzelił bezkształtny obłok srebrzystej mgiełki. Tym razem wystrzeliło z niej oślepiająco srebrzyste zwierzę. Zmrużył oczy, by je zobaczyć. Przypominało konia. Pogalopowało cicho po czarnej powierzchni jeziora. Zniżyło łeb i natarło na dementorów... teraz krążyło wokół ciemnych kształtów na ziemi, a dementorzy pierzchali w popłochu, ginąc w ciemnościach...

Patronus zawrócił. Teraz mknął chyżo przez jezioro z powrotem ku Harry'emu. To nie był koń. Nie był to też jednorożec. To był jeleń. Lśnił tak jasno jak księżyc... wracał do niego...

Zatrzymał się na brzegu. Jego kopyta nie pozostawiały

żadnego śladu na miękkiej ziemi. Wpatrywał się w Harry'ego wielkimi srebrnymi oczami. Powoli zniżył rogaty łeb. A Harry zrozumiał...

— Rogacz... — szepnął.

Lecz kiedy wyciągnął drżące ręce do jelenia, ten zniknął.

Harry stał przez chwilę z wyciągniętymi rękami. A potem serce mu podskoczyło, bo usłyszał za sobą tętent kopyt... obrócił się szybko i zobaczył biegnącą ku niemu Hermionę ciągnącą za sobą Hardodzioba.

— *Coś ty zrobił?* — zapytała wzburzona. — Powiedziałeś, że wychodzisz tylko po to, żeby popatrzeć!

— Właśnie ocaliłem nam życie... — powiedział Harry. — Schowaj się tu... za ten krzak... wszystko ci wyjaśnię.

Hermiona wysłuchała jego opowieści z otwartymi ustami.

— Nikt cię nie widział?

— Widział, widział, nie słuchasz tego, co mówię! JA SAM siebie widziałem, ale myślałem, że to mój tata! Wszystko jest w porządku!

— Harry, nie mogę w to uwierzyć... to ty wyczarowałeś patronusa, który przepędził tych wszystkich dementorów? Naprawdę... to jest bardzo, bardzo zaawansowana magia...

— Wiedziałem, że tym razem mi się uda — powiedział Harry — ponieważ już to zrobiłem... Potrafisz to zrozumieć?

— No... nie wiem... Harry, spójrz na Snape'a!

Razem spojrzeli na drugi brzeg. Snape odzyskał przytomność. Wyczarował nosze i złożył na nich nieruchome ciała Harry'ego, Hermiony i Blacka. Czwarte nosze, na których musiał spoczywać Ron, unosiły się już w powietrzu u jego boku. Potem wyciągnął przed siebie różdżkę i ruszył w kierunku zamku, sterując szybującymi w powietrzu noszami.

— Dobra, zbliża się pora — powiedziała Hermiona,

patrząc na zegarek. — Mamy około czterdziestu pięciu minut, zanim Dumbledore zamknie drzwi skrzydła szpitalnego. Musimy uwolnić Syriusza i wrócić do łóżek na sali szpitalnej, zanim ktokolwiek zorientuje się, że zniknęliśmy.

Czekali, patrząc na odbicia chmur sunące po jeziorze. Liście krzaka szeptały coś w lekkim wietrze. Hardodziob, znudzony, zabrał się do wyszukiwania robaków.

— Myślisz, że on już tam jest? — szepnął Harry, patrząc na zegarek.

Spojrzał na zamek i zaczął liczyć okna na prawo od Wieży Zachodniej.

— Zobacz! — szepnęła Hermiona. — Kto to? Ktoś wychodzi z zamku!

Harry wbił wzrok w ciemność. Przez błonia szedł spiesznie jakiś mężczyzna. Za pasem coś mu połyskiwało.

— To Macnair! — powiedział Harry. — Kat! Idzie po dementorów! Już czas, Hermiono...

Hermiona położyła ręce na grzbiecie Hardodzioba, a Harry ją podsadził. Potem oparł jedną nogę na dolnych gałęziach krzewu i sam wspiął się na grzbiet hipogryfa, siadając przed nią. Przeciągnął sznur pod szyją Hardodzioba i przywiązał go do obroży z drugiej strony, tworząc coś w rodzaju wodzy.

— Gotowa? — szepnął do Hermiony. — Lepiej złap się mnie...

I uderzył piętami w boki hipogryfa.

Hardodziob poszybował w ciemną noc. Harry ściskał kolana, czując pod nimi podnoszenie się i opadanie potężnych skrzydeł. Hermiona obejmowała go mocno w pasie. Słyszał, jak pomrukuje:

— Och, nie... to mi się wcale nie podoba... och, nie... naprawdę... nie...

Harry przynaglił hipogryfa. Szybowali spokojnie ku górnym piętrom zamku. Pociągnął mocno za sznur z lewej strony i Hardodziob skręcił w lewo. Harry liczył okna, które migały obok nich...

— Prrr! — zawołał, z całej siły pociągając za sznur.

Hardodziob zatrzymał się, jeśli tak można powiedzieć, bo co chwila wznosił się i opadał o kilka stóp, bijąc skrzydłami powietrze.

— Jest! — krzyknął Harry zduszonym głosem, patrząc w oświetlone okno.

Przechylił się, wyciągnął rękę i kiedy skrzydła Hardodzioba opadły, zastukał mocno w szybę.

Black spojrzał w okno. Był kompletnie zaskoczony. Zerwał się z krzesła, podbiegł do okna i chciał je otworzyć, ale nie zdołał.

— Odsuń się! — zawołała Hermiona i wyciągnęła różdżkę, lewą ręką wciąż trzymając się szaty Harry'ego.

— *Alohomora!*

Okno otworzyło się z trzaskiem.

— Jak... jak... — wybełkotał Syriusz, gapiąc się na hipogryfa.

— Wyłaź... nie mamy wiele czasu... — powiedział Harry, trzymając mocno Hardodzioba za wysmukłą szyję, aby go uspokoić. — Musisz wyjść przez okno... dementorzy już idą. Macnair po nich poszedł.

Black złapał się ramy okna i wychylił przez nie głowę i barki. Mieli szczęście, że był tak chudy. Kiedy już udało mu się przerzucić jedną nogę przez grzbiet hipogryfa, wciągnął się na niego tuż za Hermioną.

— Dobra, Hardodziobie, teraz w górę! — zawołał Harry, potrząsając sznurem. — W górę, na wieżę! Wioo!

Hipogryf machnął potężnymi skrzydłami i poszybowali

w górę, ku szczytowi Wieży Zachodniej, gdzie wylądował na blankach. Harry i Hermiona natychmiast ześliznęli się z jego grzbietu.

— Syriuszu, musisz uciekać, i to szybko — wydyszał Harry. — W każdej chwili mogą wpaść do gabinetu Flitwicka. Zobaczą, że uciekłeś.

Hardodziob skrobał kopytem po kamiennym licu obmurowania, potrząsając łbem.

— Co się stało z tym drugim chłopcem, Ronem? — zapytał Syriusz z niepokojem.

— Wyjdzie z tego... wciąż jest nieprzytomny, ale pani Pomfrey mówi, że go wyleczy. Szybko... leć!

Ale Black wciąż wpatrywał się w Harry'ego.

— Jak mam ci dziękować...

— UCIEKAJ! — krzyknęli jednocześnie Harry i Hermiona.

Black zawrócił hipogryfa, patrząc w ciemne niebo.

— Jeszcze się zobaczymy — powiedział. — Jesteś... jesteś prawdziwym synem swojego ojca, Harry...

Ścisnął obcasami boki Hardodzioba. Harry i Hermiona odskoczyli do tyłu, gdy potężne skrzydła wzniosły się ponownie... Hipogryf poderwał się w powietrze... On i jego jeździec robili się coraz mniejsi i mniejsi... a potem chmura zasłoniła księżyc... i zniknęli.

ROZDZIAŁ DWUDZIESTY DRUGI

Znowu sowia poczta

Harry! — Hermiona ciągnęła go za rękaw, spoglądając na zegarek. — Mamy dokładnie dziesięć minut na powrót do skrzydła szpitalnego, tak żeby nikt nas nie zobaczył... zanim Dumbledore zamknie drzwi na klucz...

— Dobra — powiedział Harry, odrywając oczy od nieba. — Idziemy...

Prześliznęli się przez małe drzwiczki na szczycie wieży i zeszli po ciasnych, spiralnych schodkach. Kiedy już byli na dole, usłyszeli głosy. Przywarli do ściany i nasłuchiwali. To byli Knot i Snape. Szli szybko korytarzem u stóp schodów.

— ...mam nadzieję, że Dumbledore nie będzie robił żadnych trudności — mówił Snape. — Pocałunek zostanie złożony natychmiast?

— Jak tylko Macnair wróci z dementorami. Ta cała afera z Blackiem jest bardzo kłopotliwa. Chciałbym już móc poinformować „Proroka Codziennego", że w końcu złapaliśmy drania... Myślę, że będą chcieli przeprowadzić z panem wywiad, Snape... a kiedy ten młody Potter odzyska sprawność umysłu, to na pewno opowie „Prorokowi" ze szczegółami, jak mu pan ocalił życie...

Harry zacisnął zęby. Udało mu się dostrzec głupawy uśmiech na twarzy Snape'a, kiedy on i Knot przechodzili obok ich kryjówki. Wkrótce kroki ucichły w oddali. Odczekali chwilę i pobiegli w przeciwną stronę. W dół po schodach, potem znowu korytarzem i znowu w dół... i wtedy usłyszeli przed sobą chichot.

— Irytek! — mruknął Harry, łapiąc Hermionę za przegub. — Do środka!

Wpadli do jakiejś pustej klasy na lewo. Irytek harcował po korytarzu, zanosząc się śmiechem.

— Och, on jest okropny — szepnęła Hermiona z uchem przy drzwiach. — Założę się, że jest tak podniecony, bo dementorzy mają wykończyć Syriusza... — Zerknęła na zegarek. — Harry, trzy minuty!

Poczekali, aż chichoty Irytka ucichną w oddali, wymknęli się z klasy i pobiegli dalej.

— Hermiono... co się stanie... jak nie zdążymy wrócić... zanim Dumbledore zamknie drzwi? — wydyszał Harry.

— Nawet nie chcę o tym myśleć! — jęknęła Hermiona, ponownie zerkając na zegarek. — Jedna minuta!

Wbiegli na korytarz wiodący do wejścia do skrzydła szpitalnego.

— W porządku... słyszę Dumbledore'a — powiedziała z ulgą Hermiona. — Idziemy!

Zaczęli się skradać korytarzem. Nagle drzwi się otworzyły. Zobaczyli plecy Dumbledore'a.

— A teraz zamknę was na klucz. Jest... — zerknął na zegarek — za pięć dwunasta. Panno Granger, trzy obroty powinny wystarczyć. Powodzenia.

Dumbledore wycofał się na korytarz i wyjął różdżkę,

żeby zamknąć drzwi na klucz. Harry i Hermiona rzucili się ku niemu w panice. Spojrzał na nich i uśmiechnął się szeroko.

— No i jak? — zapytał cicho.

— Już po wszystkim! — wydyszał Harry. — Syriusz odleciał na Hardodziobie...

Dumbledore rozpromienił się.

— Dobra robota. Myślę... — nasłuchiwał przez chwilę przy drzwiach — tak, myślę, że wy też już odeszliście... No to do środka... zaraz was zamknę...

Harry i Hermiona wśliznęli się do sali szpitalnej. Nie było tam nikogo prócz Rona, który nadal leżał nieruchomo w ostatnim łóżku. Kiedy zamek kliknął za nimi, wpełzli do swoich łóżek. Hermiona schowała zmieniacz czasu pod szatę. Zaledwie to zrobiła, pojawiła się pani Pomfrey.

— Dyrektor poszedł sobie wreszcie? Mogę zająć się moimi pacjentami?

Była w bardzo złym nastroju. Uznali, że trzeba spokojnie przyjąć czekoladę. Pani Pomfrey stała nad nimi, chcąc się upewnić, że wszystko zjedzą. Harry ledwo mógł coś przełknąć. Czekali, nasłuchując w napięciu... W końcu, kiedy oboje wzięli po czwartym kawałku czekolady, usłyszeli daleki ryk wściekłości, odbijający się echem gdzieś nad ich głowami.

— Co to było? — spytała zaniepokojona pani Pomfrey.

Teraz usłyszeli podniecone głosy, które przybliżały się coraz bardziej. Pani Pomfrey spojrzała na drzwi.

— No nie... wszystkich pobudzą! Co oni sobie myślą!

Harry nastawił uszu, pragnąc za wszelką cenę usłyszeć, co mówią. Teraz głosy były już blisko.

— Musiał się deportować, Severusie, trzeba było zostawić kogoś w gabinecie, żeby go pilnował. Jak to się rozniesie...

— ON SIĘ NIE DEPORTOWAŁ! — ryknął Snape, teraz już bardzo blisko. — WEWNĄTRZ TEGO ZAMKU NIE MOŻNA SIĘ TELEPORTOWAĆ, DOBRZE O TYM WIESZ! MUSIAŁ... W TYM... MACZAĆ... PALCE... POTTER!

— Severusie... bądź rozsądny... Harry był zamknięty... ŁUUUP.

Drzwi otworzyły się z hukiem.

Knot, Snape i Dumbledore wpadli do sali. Tylko Dumbledore był spokojny. Mało tego, wyglądał, jakby coś go ucieszyło. Knot był wyraźnie zdenerwowany. Natomiast Snape całkowicie stracił panowanie nad sobą.

— GADAJ, POTTER! CO ZROBIŁEŚ?

— Panie profesorze! — krzyknęła pani Pomfrey. — Proszę się opanować!

— Snape, niech pan będzie rozsądny — powiedział Knot. — Te drzwi były zamknięte, przecież sam pan widział...

— ONI POMOGLI MU UCIEC, JESTEM TEGO PEWNY! — ryknął Snape, wskazując na Harry'ego i Hermionę. Straszny grymas zniekształcił mu twarz, na ustach miał pianę.

— Człowieku, uspokój się — warknął Knot. — Wygadujesz bzdury!

— NIE ZNA PAN POTTERA! ON TO ZROBIŁ, WIEM, ŻE TO ON...

— Dosyć, Severusie — powiedział spokojnie Dumbledore. — Radzę się zastanowić. Te drzwi były zamknięte od chwili, gdy opuściłem skrzydło szpitalne dziesięć minut temu. Pani Pomfrey, czy ci uczniowie wychodzili z łóżek?

— Ależ skąd! — żachnęła się pani Pomfrey. — Byłam przy nich od chwili, gdy pan wyszedł!

— Sam widzisz, Severusie. Nie widzę powodu, by ich dalej niepokoić, chyba że chcesz zasugerować, że byli jednocześnie w dwóch miejscach.

Snape kipiał ze złości i wpatrywał się to w Knota, który zdawał się wstrząśnięty jego zachowaniem, to w Dumbledore'a, któremu oczy błyszczały wesoło znad okularów. Odwrócił się gwałtownie, łopocząc obszerną szatą, i wybiegł z sali szpitalnej.

— Ten facet jest zupełnie niezrównoważony — rzekł Knot, patrząc na drzwi. — Na pana miejscu, Dumbledore, uważałbym na niego.

— Och, nie, on wcale nie jest niezrównoważony — powiedział spokojnie Dumbledore. — Po prostu spotkał go straszny zawód.

— Nie tylko jego! — prychnął Knot. — Ale sobie „Prorok Codzienny" na nas poużywa! Już mieliśmy Blacka, a on znowu nam się wymknął! Jeszcze tylko tego brakuje, żeby się dowiedzieli o ucieczce hipogryfa, a stanę się pośmiewiskiem wszystkich! No dobrze... chyba pójdę powiadomić ministerstwo...

— A dementorzy? — zapytał Dumbledore. — Mam nadzieję, że zostaną usunięci z terenu szkoły?

— Aa... tak, muszą odejść — rzekł Knot, drapiąc się po głowie. — I kto by pomyślał, że spróbują zaaplikować ten ich pocałunek niewinnemu chłopcu... Zupełnie wymknęli się spod kontroli... Nie, jeszcze tego wieczoru każę im wynosić się do Azkabanu. Może by warto pomyśleć o smokach przy wejściach na teren szkoły...

— Hagrid byłby zachwycony — powiedział Dumbledore, mrugając do Harry'ego i Hermiony.

Kiedy on i Knot wyszli z sali, pani Pomfrey podbiegła do drzwi i zamknęła je na klucz. Pomrukując coś gniewnie pod nosem, schroniła się w swoim gabinecie.

Z końca sali dobiegł cichy jęk. Ron się przebudził. Zobaczyli, jak siada na łóżku, rozcierając sobie głowę i rozglądając się nieprzytomnie.

— Co... co się stało? — jęknął. — Harry! Dlaczego tu jesteśmy? Gdzie jest Syriusz? Gdzie jest Lupin? Co się dzieje?

Harry i Hermiona spojrzeli na siebie.

— Ty mu powiedz — rzekł Harry, biorąc kolejny kawał czekolady.

Kiedy następnego dnia w południe Harry, Ron i Hermiona opuścili skrzydło szpitalne, zastali cały zamek prawie opustoszały. Piekielny upał i koniec egzaminów spowodowały, że wszyscy skorzystali z dobrodziejstwa kolejnej wyprawy do Hogsmeade. Ani Ron, ani Hermiona nie mieli jednak na to ochoty, więc włóczyli się z Harrym po błoniach, rozmawiając o niezwykłych wydarzeniach poprzedniej nocy i zastanawiając się, gdzie mogą być teraz Syriusz i Hardodziob. Siedząc nad jeziorem i obserwując olbrzymią kałamarnicę, poruszającą leniwie mackami, Harry stracił nagle wątek rozmowy, gdy spojrzał na przeciwległy brzeg. To stamtąd galopował ku niemu ten jeleń, a było to tak niedawno, ubiegłej nocy...

Padł na nich cień, a kiedy podnieśli głowy, zobaczyli Hagrida, ocierającego spoconą twarz chusteczką wielkości obrusa i uśmiechającego się do nich radośnie, choć oczy wciąż miał mocno zaczerwienione.

— Chyba nie powinienem tak się cieszyć po tym wszystkim, co stało się w nocy... — powiedział — ...znaczy się, Black znowu dał dyla i w ogóle... ale wiecie co?

— Co? — zapytali, udając zaciekawienie.

— Dziobek! Nawiał im! Jest wolny! Świętowałem przez całą noc!

— To cudownie! — zawołała Hermiona, patrząc na Rona z wyrzutem, bo sprawiał wrażenie, jakby zamierzał parsknąć śmiechem.

— Taaak... musiałem go źle uwiązać — powiedział Hagrid, patrząc na błonia. — Ale, wiecie, rano trochę mnie wzięło... bo wpadło mi do głowy, że może nadział się na profesora Lupina, ale Lupin mówi, że ostatniej nocy nie miał niczego w zębach...

— Co takiego? — zapytał szybko Harry.

— Cholibka, to wy nic nie wiecie? — zdziwił się Hagrid, a uśmiech spełzł mu z twarzy. Przyciszył głos, chociaż nikogo nie było w pobliżu. — Ee... Snape powiedział dziś wszystkim Ślizgonom... że profesor Lupin jest wilkołakiem, ot co. I że ostatniej nocy grasował po błoniach. Teraz się pakuje, rzecz jasna.

— Pakuje się? — zapytał Harry, zaniepokojony. — Dlaczego?

— No... wyjeżdża, nie? — powiedział Hagrid, dziwiąc się, że Harry o to pyta. — Jak rano wstał, to od razu poszedł i złożył rezygnację. Mówi, że nie może ryzykować... No wiecie, boi się, że jeszcze raz...

Harry wstał.

— Muszę się z nim zobaczyć — powiedział Ronowi i Hermionie.

— Ale jeśli złożył rezygnację...

— ...to już chyba nic nie możemy zrobić...

— Obojętnie. Chcę z nim porozmawiać. Później do was wrócę.

Drzwi do gabinetu Lupina były otwarte. Spakował już większość swoich rzeczy. Tuż obok wyświechtanej walizki stał pusty zbiornik po druzgotkach. Walizka była otwarta i prawie pełna, a Lupin pochylał się nad biurkiem. Kiedy Harry zapukał w drzwi, podniósł głowę.

— Widziałem, jak się zbliżasz — powiedział Lupin, uśmiechając się.

Wskazał na pergamin leżący na biurku. Była to Mapa Huncwotów.

— Właśnie widziałem się z Hagridem — rzekł Harry. — Powiedział, że pan złożył rezygnację. Czy to prawda?

— Obawiam się, że tak.

Lupin zaczął otwierać szuflady i wyjmować ich zawartość.

— Dlaczego? — zapytał Harry. — Przecież Ministerstwo Magii nie posądza pana o to, że pomógł pan Syriuszowi, prawda?

Lupin podszedł do drzwi i zamknął je.

— Nie. Profesorowi Dumbledore'owi udało się przekonać Knota, że próbowałem uratować wam życie. — Westchnął. — To był jeszcze jeden cios dla Snape'a. Bardzo przeżył utratę Orderu Merlina. No więc... dziś rano, przy śniadaniu, wyrwało mu się... ee... *przypadkowo*, że jestem wilkołakiem.

— Ale przecież nie wyjeżdża pan z tego powodu!

Lupin uśmiechnął się krzywo.

— Jutro o tej porze zaczną przylatywać sowy od rodziców, którzy nie zgodzą się na to, żeby ich dzieci nauczał wilkołak. A po ostatniej nocy dobrze ich rozumiem. Mogłem ugryźć każdego z was... To się nie może powtórzyć.

— Jest pan najlepszym nauczycielem obrony przed czarną magią, jakiego dotąd mieliśmy! Niech pan nie odchodzi!

Lupin pokręcił głową, ale nic nie powiedział. Nadal opróżniał szuflady. A potem, kiedy Harry zastanawiał się nad jakimś dobrym argumentem, który by go przekonał, powiedział:

— Z tego, co mówił mi dziś rano dyrektor, wynika, że ubiegłej nocy uratowałeś życie nie jednej osobie, Harry. Jeśli mogę być z czegoś dumny, to właśnie z tego, że tyle się nauczyłeś. Opowiedz mi o swoim patronusie.

— Skąd pan o tym wie? — zapytał Harry.

— A co innego mogło przepędzić dementorów?

Harry opowiedział mu, co się wydarzyło. Kiedy skończył, Lupin znowu się uśmiechnął.

— Tak, twój ojciec zawsze przemieniał się w jelenia. Bystry z ciebie chłopak. Właśnie dlatego nazwaliśmy go Rogaczem.

Wrzucił do walizki jeszcze kilka książek, po czym powsuwał szuflady i odwrócił się do Harry'ego.

— Przyniosłem to zeszłej nocy z Wrzeszczącej Chaty — powiedział, wyciągając w jego stronę pelerynę-niewidkę. — I... — zawahał się, a potem podał mu również Mapę Huncwotów. — Już nie jestem twoim nauczycielem, więc oddaję ci to bez wyrzutów sumienia. Mnie już się nie przyda, a myślę, że ty, Ron i Hermiona możecie jeszcze zrobić z niej użytek.

Harry wziął mapę i uśmiechnął się.

— Powiedział mi pan, że Lunatyk, Glizdogon, Łapa i Rogacz chcieli mnie wywabić ze szkoły... że uważali to za bardzo zabawne.

— No i udało się! — powiedział Lupin, schylając się, by zamknąć walizkę. — Nie waham się twierdzić, że James byłby bardzo rozczarowany, gdyby jego syn nie odnalazł żadnego z tajnych wyjść z zamku.

Rozległo się pukanie do drzwi. Harry szybko wepchnął mapę i pelerynę-niewidkę za pazuchę.

Wszedł profesor Dumbledore. Nie okazał zaskoczenia na widok Harry'ego.

— Twój powóz czeka przed bramą, Remusie.

— Dziękuję, dyrektorze.

Lupin wziął swoją starą walizkę i pusty zbiornik na druzgotki.

— No to... do widzenia, Harry — powiedział z uśmiechem. — To wielka przyjemność uczyć kogoś takiego jak ty. Czuję, że jeszcze się kiedyś spotkamy. Dyrektorze, nie musi mnie pan odprowadzać do bramy. Dam sobie radę...

Harry odniósł wrażenie, że Lupin pragnie odejść stąd jak najszybciej.

— A więc do widzenia, Remusie — powiedział spokojnie Dumbledore.

Lupin uniósł nieco zbiornik na druzgotki, żeby móc uścisnąć dłoń Dumbledore'owi. A potem kiwnął głową Harry'emu i szybko opuścił gabinet.

Harry usiadł w jego fotelu, patrząc smętnie w podłogę. Usłyszał trzaśnięcie drzwi i podniósł głowę. Dumbledore wciąż był w gabinecie.

— Skąd taka ponura mina, Harry? — zapytał cicho.

— Po tym, co zrobiłeś ostatniej nocy, powinieneś być z siebie dumny.

— To wszystko nie ma znaczenia — powiedział z goryczą Harry. — Pettigrew uciekł.

— To nie ma znaczenia? To ma wielkie znaczenie, Harry. Przyczyniłeś się do ujawnienia prawdy. Uratowałeś życie niewinnemu człowiekowi. Uchroniłeś go przed strasznym losem.

Strasznym losem. Coś drgnęło mu w pamięci. *Jeszcze bardziej potężny i straszny niż przedtem...* Przepowiednia profesor Trelawney!

— Panie profesorze... wczoraj, podczas egzaminu z wróżbiarstwa profesor Trelawney zrobiła się taka... bardzo... bardzo dziwna...

— Taaak? Ee... dziwniejsza niż zwykle, to chciałeś powiedzieć?

— Tak... głos jej zgrubiał, oczy stanęły w słup... i powiedziała... powiedziała, że sługa Voldemorta wyruszy do niego przed północą... i że ten sługa pomoże mu odzyskać dawną moc. — Spojrzał na Dumbledore'a. — A potem zrobiła się z powrotem normalna i niczego nie pamiętała. Czy to była... prawdziwa przepowiednia?

Na profesorze Dumbledorze nie zrobiło to zbyt wielkiego wrażenia.

— Wiesz co, Harry? Myślę, że mogło tak być — powiedział z namysłem. — Kto by pomyślał? To by była jej druga prawdziwa przepowiednia. Chyba powinienem podnieść jej pensję...

— Ale... — Harry wpatrywał się w niego, zaskoczony. Jak Dumbledore mógł przyjąć to z takim spokojem? — Ale... to przecież ja powstrzymałem Syriusza i profesora Lupina od zabicia Petera Pettigrew! Z tego by wynikało, że jeśli Voldemort wróci, to przeze mnie!

— Mylisz się — powiedział spokojnie Dumbledore.

— Czy doświadczenie z cofaniem czasu niczego cię nie nauczyło? Konsekwencje naszych działań są zawsze tak złożone, tak różnorodne, czasem wręcz sprzeczne, że przewidywanie przyszłości jest naprawdę bardzo trudnym zajęciem... Profesor Trelawney jest tego żywym dowodem. A ty, ratując Peterowi życie, dokonałeś bardzo szlachetnego czynu.

— Ale jeśli on pomoże Voldemortowi odzyskać moc...

— Pettigrew zawdzięcza ci życie. Posłałeś Voldemortowi kogoś, kto ma wobec ciebie wielki dług. Kiedy jeden czarodziej ratuje życie drugiemu czarodziejowi, tworzy się między nimi pewna więź... Bardzo bym się omylił, gdyby Voldemort zechciał, żeby jego sługa miał dług wobec Harry'ego Pottera.

— Nie chcę żadnej więzi z Peterem Pettigrew! On zdradził moich rodziców!

— To jest magia w swoim najgłębszym, najbardziej nieprzeniknionym aspekcie, Harry. Ale wierz mi... może nadejść czas, kiedy będziesz bardzo rad, że uratowałeś mu życie.

Harry nie potrafił sobie tego wyobrazić. Dumbledore sprawiał wrażenie, jakby wiedział, o czym Harry myśli.

— Znałem dobrze twojego ojca, Harry, tu, w Hogwarcie, i później — powiedział łagodnie. — On by też ocalił Petera Pettigrew. Jestem tego pewny.

Harry spojrzał na niego. Dumbledore nie będzie się śmiał, pomyślał. Może mu to powiedzieć...

— Zeszłej nocy... myślałem, że to mój tata wyczarował mojego patronusa. To znaczy... kiedy zobaczyłem samego siebie za jeziorem... pomyślałem, że to on.

— Nietrudno było się pomylić. Pewnie dość już się tego nasłuchałeś, ale ty naprawdę jesteś niezwykle podobny do Jamesa. Z wyjątkiem oczu... te masz po matce.

Harry pokręcił głową.

— Byłem głupi, myśląc, że to on — mruknął. — Przecież wiedziałem, że nie żyje.

— Myślisz, że umarli, których kochaliśmy, naprawdę nas opuszczają? Myślisz, że nie przypominamy sobie ich najdokładniej w momentach wielkiego zagrożenia? Twój ojciec żyje w tobie, Harry, i ujawnia się najwyraźniej, kiedy go potrzebujesz. Bo jak inaczej mógłbyś wyczarować *tego właśnie* patronusa? To był przecież Rogacz.

Do Harry'ego dopiero po chwili dotarło, co Dumbledore powiedział.

— Zeszłej nocy Syriusz opowiedział mi o tym, jak stali się animagami — powiedział Dumbledore, uśmiechając się lekko. — Niezwykły wyczyn... tym bardziej, że zdołali to utrzymać w tajemnicy przede mną. A potem sobie przypomniałem, jak niezwykłą formę przybrał twój patronus, kiedy natarł na pana Malfoya podczas waszego meczu z Krukonami. Tak, Harry, naprawdę zobaczyłeś swojego ojca... odnalazłeś go w sobie.

Po tych słowach Dumbledore opuścił gabinet, pozostawiając Harry'ego z mętlikiem w głowie.

Prócz Harry'ego, Rona, Hermiony i profesora Dumbledore'a nikt w Hogwarcie nie wiedział, co się naprawdę wydarzyło tej nocy, kiedy zniknęli Syriusz, Hardodziob i Pettigrew. Kiedy nadszedł koniec semestru, Harry usłyszał wiele różnych hipotez na ten temat, ale żadna nie była bliska prawdy.

Malfoy wściekał się z powodu Hardodzioba. Był przekonany, że Hagrid znalazł sposób, żeby zapewnić mu wolność, a to oznaczało, że on i jego ojciec zostali wystrychnięci na dudka przez jakiegoś gajowego. Natomiast Percy Weasley miał wiele do powiedzenia na temat ucieczki Syriusza Blacka.

— Jeśli uda mi się dostać do ministerstwa, mam w zanadrzu mnóstwo propozycji ulepszenia przepisów dotyczących egzekwowania prawa! — oświadczył jedynej osobie, która chciała go słuchać, swojej dziewczynie, Penelopie.

Choć pogoda była wspaniała, a atmosfera radosna, choć Harry wiedział, że udało mu się dokonać rzeczy prawie niemożliwej, jeszcze nigdy nie przeżywał końca roku szkolnego w tak podłym nastroju.

Nie był jedyną osobą, która odczuwała głęboki żal z powodu odejścia profesora Lupina. Cała klasa, która w tym roku brała udział w lekcjach obrony przed czarną magią, rozpaczała z powodu jego rezygnacji.

— Ciekaw jestem, kogo nam dadzą w przyszłym roku — powiedział ponuro Seamus Finnigan.

— Może wampira — podsunął Dean Thomas z nadzieją w głosie.

Ale Harry'emu ciążyło na sercu nie tylko odejście profesora Lupina. Wciąż rozmyślał nad przepowiednią profesor Trelawney. Zastanawiał się, gdzie teraz może być Pettigrew, czy już znalazł schronienie przy boku Voldemorta. Jednak najbardziej przygnębiała go coraz bliższa perspektywa powrotu do Dursleyów. Przez blisko pół godziny — cudowne pół godziny — wierzył, że odtąd zamieszka z Syriuszem, najlepszym przyjacielem jego ojca... Cieszył się z tego prawie tak, jakby znowu miał mieć ojca. I choć brak wiadomości o Syriuszu był niewątpliwie dobrą wiadomością, bo oznaczał, że udało mu się znaleźć gdzieś kryjówkę, Harry nie mógł się pozbyć dojmującego żalu, kiedy pomyślał, jak wspaniały dom mógłby mieć.

Wyniki egzaminów ogłoszono w ostatni dzień roku szkolnego. Harry, Ron i Hermiona zdali z wszystkich przedmiotów. Harry dziwił się, że jednak udało mu się jakoś zaliczyć eliksiry. Podejrzewał, że to Dumbledore powstrzymał Snape'a od postawienia mu pały. W ciągu ostatniego tygodnia stosunek Snape'a do Harry'ego był naprawdę karygodny. Do tej pory wydawało mu się niemożliwe, by niechęć Snape'a do niego mogła się jeszcze pogłębić, ale teraz okazało się, że jest to jednak możliwe. Na jego widok kącik warg drgał Snape'owi nieprzyjemnie, a długie palce zginały się i prostowały drapieżnie, jakby marzył o zaciśnięciu ich wokół jego szyi.

Percy zdobył najwyższe oceny z owutemów, a Fred i George zgarnęli po kilka sumów. Gryffindor, głównie dzięki spektakularnemu zdobyciu Pucharu Quidditcha, znowu zajął pierwsze miejsce w klasyfikacji domów Hogwartu. Tak więc uczta kończąca rok szkolny odbyła się w dekoracjach szkarłatno-złotych, a stół Gryffindoru był stołem najbardziej hałaśliwym, bo wszyscy Gryfoni świętowali podwójne zwycięstwo. Nawet Harry'emu udało się zapomnieć o czekającej go następnego dnia podróży do domu Dursleyów, kiedy jadł, pił, rozmawiał i śmiał się z resztą koleżanek i kolegów.

Kiedy następnego ranka ekspres Hogwart-Londyn opuścił stację w Hogsmeade, Hermiona przekazała Harry'emu i Ronowi zaskakującą nowinę.

— Byłam dziś rano u profesor McGonagall. Postanowiłam zrezygnować z mugoloznawstwa.

— Ale przecież zdałaś egzamin na trzysta dwadzieścia procent! — zdziwił się Ron.

— Wiem — westchnęła Hermiona — ale nie wytrzymałabym jeszcze jednego roku takiej harówki. Od tego zmieniacza czasu dostawałam już świra. Oddałam go. Bez mugoloznawstwa i wróżbiarstwa będę znowu miała normalny rozkład zajęć.

— Nadal trudno mi uwierzyć, że nam o tym nie powiedziałaś — oznajmił Ron z wyrzutem. — A myślałem, że jesteśmy przyjaciółmi.

— Obiecałam, że nie powiem nikomu.

Hermiona spojrzała na Harry'ego, który patrzył na znikający za wysoką górą Hogwart. Upłyną całe dwa miesiące, zanim go znowu zobaczy...

— Och, Harry, głowa do góry! — zawołała niezbyt radosnym tonem.

— Nic mi nie jest — odrzekł szybko Harry. — Po prostu myślę o wakacjach.

— Taak, ja też o tym myślę — powiedział Ron. — Harry, musisz przyjechać do nas. Załatwię to z rodzicami i dam ci znać. Już wiem, jak posługiwać się feletonem...

— *Telefonem* — wtrąciła Hermiona. — Wiesz co, w przyszłym roku powinieneś zapisać się na mugoloznawstwo.

Ron zignorował ją.

— Tego lata są mistrzostwa świata w quidditchu! Co ty na to, Harry? Przyjedź do nas, będziemy razem kibicować! Tata zawsze dostaje bilety z ministerstwa.

Ta propozycja bardzo poprawiła Harry'emu nastrój.

— Taak... Założę się, że Dursleyowie chętnie się mnie pozbędą... zwłaszcza po tym, co zrobiłem ciotce Marge...

Czując się o wiele lepiej, Harry zagrał z nimi kilka partii eksplodującego durnia, a kiedy pojawiła się czarownica z bufetem na kółkach, kupił sobie obfite drugie śniadanie, choć tym razem nie było w nim nic czekoladowego.

Ale dopiero po południu stało się coś, co spowodowało, że naprawdę poczuł się szczęśliwy...

— Harry — powiedziała nagle Hermiona, zerkając przez ramię — co to jest... tam, za oknem?

Harry odwrócił się, by spojrzeć przez okno. Coś małego i szarego to pojawiało się, to znikało za szybą. Wstał, żeby lepiej się przyjrzeć i zobaczył maleńką sówkę, trzymającą w dziobie list, który był dla niej o wiele za duży. Sówka była tak mała, że trzepotała rozpaczliwie skrzydełkami, bo pęd powietrza miotał nią jak piórkiem. Harry szybko otworzył okno, wyciągnął rękę i złapał ją. W dotyku bardzo przypominała puszystego znicza. Gdy tylko znalazła się w środku, upuściła list na jego miejsce i zaczęła śmigać po przedziale, najwyraźniej zachwycona, że udało się jej wykonać zadanie. Hedwiga klapnęła parę razy dziobem z pełną godności dezaprobatą. Krzywołap usiadł i śledził sówkę szeroko otwartymi żółtymi ślepiami. Ron, widząc to, szybko ją złapał, żeby zapobiec nowemu nieszczęściu.

Harry chwycił list. Był zaadresowany do niego. Rozerwał kopertę i krzyknął:

— To od Syriusza!

— Co?! — zawołali jednocześnie Ron i Hermiona. — Przeczytaj na głos!

Kochany Harry,
mam nadzieję, że dostaniesz ten list, zanim znajdziesz się w domu ciotki i wuja. Nie wiem, czy są przyzwyczajeni do sowiej poczty.

Ukrywam się razem z Hardodziobem. Nie powiem ci gdzie, na wypadek gdyby ten list dostał się w niepowołane ręce. Miałem trochę wątpliwości co do tej sowy, ale lepszej nie mogłem znaleźć, a sprawiała wrażenie, że bardzo jej zależy na wykonaniu tego zadania.

Jestem pewny, że dementorzy wciąż mnie szukają, ale nie

mają żadnych szans na odnalezienie mnie tu, gdzie się
ukrywam. Zamierzam wkrótce pokazać się paru mugolom,
bardzo daleko od Hogwartu, aby w zamku znieśli te wszyst-
kie środki bezpieczeństwa.

Jest coś, o czym nie zdążyłem ci powiedzieć podczas
naszego krótkiego spotkania. To ja przysłałem ci Błyska-
wicę...

— Ha! — zawołała triumfalnie Hermiona. — Widzisz? Mówiłam wam, że to od niego!

— Tak, ale jej nie zaczarował, prawda? — odezwał się
Ron. — Auu!

Maleńka sówka, pohukując ze szczęścia w jego dłoni,
uszczypnęła go w palec, co najwyraźniej miało być wyrazem
namiętnych uczuć.

Krzywołap zaniósł zamówienie na sowią pocztę. Użyłem
twojego nazwiska, ale powiedziałem im, żeby wzięli złoto
ze skrytki u Gringotta — skrytka numer siedemset jede-
naście, moja własna. Uznaj to za prezent od ojca chrzestnego
— za te wszystkie dotychczasowe urodziny.

Chciałbym również cię przeprosić za niespodziewane po-
jawienie się tej nocy, kiedy uciekłeś z domu wuja. Chciałem
wtedy tylko rzucić na ciebie okiem przed podróżą na północ,
ale mój widok chyba cię przestraszył.

Załączam również coś, co może ci się przydać w przy-
szłym roku w Hogwarcie.

Jeśli będziesz mnie potrzebował, przyślij słówko. Twoja
sowa mnie znajdzie.

Jeszcze do ciebie napiszę, i to niebawem.

Syriusz

Harry zajrzał niecierpliwie do koperty. Był tam jeszcze jeden kawałek pergaminu. Przeczytał go szybko i nagle poczuł się tak, jakby wypił całą butelkę grzanego piwa kremowego za jednym zamachem.

Ja, Syriusz Black, ojciec chrzestny Harry'ego Pottera, niniejszym udzielam mu pozwolenia na odwiedzanie Hogsmeade w soboty i niedziele.

— To na pewno wystarczy Dumbledore'owi! — zawołał z radością.
Spojrzał jeszcze raz na list od Syriusza.
— Słuchajcie, tu jest jeszcze postscriptum...

Pomyślałem sobie, że może twój przyjaciel Ron chciałby zatrzymać sobie tę sówkę, jako że przeze mnie nie ma już szczura.

Ron wytrzeszczył oczy. Sówka wciąż pohukiwała jak opętana.
— Zatrzymać ją? — powtórzył niepewnie.
Przyjrzał jej się uważnie, a potem, ku wielkiemu zaskoczeniu Harry'ego i Hermiony, podsunął ją Krzywołapowi pod nos do powąchania.
— Jak uważasz? — zapytał kota. — Czy to jest na pewno sowa?
Krzywołap zamruczał przyjaźnie.
— To mi wystarczy — oświadczył uradowany Ron. — Jest moja.
Przez resztę podróży Harry raz po raz odczytywał list od Syriusza. Ściskał go wciąż w dłoni, kiedy on, Ron i Hermiona przeszli przez barierkę peronu numer dziewięć i trzy

czwarte. Od razu dostrzegł wuja Vernona. Stał w odpowiedniej odległości od państwa Weasleyów, łypiąc na nich podejrzliwie, a kiedy pani Weasley uścisnęła Harry'ego na powitanie, zrobił minę, jakby potwierdziły się jego najgorsze podejrzenia.

— Zadzwonię do ciebie w sprawie finału mistrzostw! — krzyknął Ron.

Harry pożegnał się z nim i Hermioną, a potem złożył swój kufer i klatkę Hedwigi na wózku i ruszył w kierunku wuja Vernona, który powitał go w zwykły sposób.

— Co to jest? — warknął, patrząc na kopertę, którą Harry wciąż ściskał w ręku. — Jeśli to jeszcze jeden formularz do podpisania, to...

— To nie jest formularz — powiedział Harry. — To list od mojego ojca chrzestnego.

— Ojca chrzestnego? — prychnął wuj Vernon. — Ty nie masz żadnego ojca chrzestnego!

— A właśnie że mam — rzekł z satysfakcją Harry. — Był najlepszym przyjacielem mojego taty i mojej mamy. Został skazany za morderstwo, ale uciekł z więzienia dla czarodziejów i ukrywa się. Ale chce być ze mną w kontakcie... wiedzieć, co się ze mną dzieje... czy jestem szczęśliwy...

I szczerząc zęby na widok przerażenia na twarzy wuja Vernona, ruszył w kierunku wyjścia, pchając przed sobą wózek, na którym Hedwiga robiła trochę hałasu.

Wierzył, że to lato będzie o wiele lepsze od ostatniego.

KILKA SŁÓW OD TŁUMACZA, CZYLI KRÓTKI PORADNIK DLA DOCIEKLIWYCH

Książka o Harrym Potterze została przełożona z języka angielskiego, a jej akcja toczy się głównie w Anglii (albo w Szkocji). Dlatego występują w niej pewne słowa, a zwłaszcza nazwy własne, które niewiele znaczą dla tych, którzy nie przykładają się do języka angielskiego. Dla nich, a także dla wszystkich dociekliwych, zamieszczam poniżej krótki słowniczek nazw i terminów, które po angielsku coś znaczą, które nie wiadomo co znaczą i skąd się wzięły, albo które z takiego czy innego powodu zostały przetłumaczone tak a nie inaczej. Tym razem nie zamieszczam tu jednak wyjaśnień, które podałem w tomie pierwszym (*Harry Potter i Kamień Filozoficzny*) i drugim (*Harry Potter i Komnata Tajemnic*). Po pierwsze dlatego, że słownik bardzo by się rozrósł, a po drugie dlatego, że trudno sobie wyobrazić, by ktoś mógł przeczytać tom trzeci i nie sięgnąć po dwa poprzednie.

ALBINEK — imię ulubionego króliczka Lavender Brown, w oryginale *Binky*.

ANIMAG — ang. *animagus*, czarodziej, który posiadł sztukę przemieniania się w jakieś zwierzę (od łac. *animal* — „zwierzę" i *magus* — „mag").

BLACK SYRIUSZ — nazwisko tytułowego zbiega z Azkabanu. Dla kompletnych ciemniaków językowych podaję, że *black* to po angielsku „czarny"; tak go zresztą nazwał Hagrid w pierwszym tomie. Warto jednak wiedzieć, że Syriusz to inaczej Psia Gwiazda, podwójna, składająca się z białego i czarnego karła.

BŁĘDNY RYCERZ — nazwa magicznego autobusu spieszącego z pomocą czarodziejom, którzy gdzieś zabłądzili; określenie angielskie — *The Knight Bus* — kryje w sobie niestety nieprzetłumaczalną grę słów: *knight* to „rycerz", a *night* to „noc", a wymawia się tak samo: *najt*. Uznałem, że charakter tego magicznego pojazdu, który zjawia się, gdy go wezwiemy, bardziej uzasadnia polską nazwę „Błędny Rycerz" niż np. „Nocny Rycerz" albo jeszcze dziwaczniejszy „Rycerski Autobus".

BŁYSKAWICA — najnowszy model latającej miotły wyścigowej, po angielsku *Firebolt*, czytaj: *fajerbolt*, czyli ściślej „piorun" albo „pocisk ognisty".

BOGIN — ang. *boggart*, upiór zamieszkujący ciemne miejsca, który na nasz widok przyjmuje postać tego, czego się najbardziej boimy. Są tacy, którzy twierdzą, że nazwa pochodzi od słowiańskiego *bog*, czyli duch; inni wywodzą ją od angielskiego *bog*, czyli bagna. Zachowałem więc to *bog* i całej nazwie nadałem słowiańskie brzmienie (por. *boginka, boginiak*).

CAL — angielska miara długości (*inch*) — 2,54 cm. Zob. STOPA.

DEMENTORZY — ang. *Dementors*. Jest to słowo wymyślone przez autorkę. Po polsku może kojarzyć się z „demencją", potocznie zwaną „uwiądem starczym", albo z „dementowaniem" jakiejś wiadomości, ale byłoby to bardzo mylne skojarzenie, bo dementorzy to straszliwe istoty, wysysające z ludzi wszlakie dobre i przyjemne uczucia.

DRUZGOTEK — ang. *gryndilow*, czytaj: *gryndilou*, od ang. *grind* — „miażdżyć", „kruszyć"; jadowicie zielony demon wodny miażdżący swoje ofiary.

FAŁSZOSKOP — ang. *sneakoscope*, czytaj: *sniikoskoup*, przyrząd magiczny do wykrywania podstępów. Angielski czasownik *sneak* oznacza m.in. „donosić", „kablować", więc można by ów przyrząd nazwać „kabloskopem", ale uznałem, że byłoby to zbyt mętne.

GARGULKI — ang. *gobstones*, czytaj: *gobstouns*, czarodziejska gra przypominająca kulki, w której kamyki do gry opluwają śmierdzącym płynem gracza, gdy traci punkt. *Gob* to po angielsku „plwocina", *stones* to kamienie, kamyki, natomiast w języku polskim „gargulec" (inaczej: „rzygacz") to kamienne zakończenie rynny w postaci pyska potworka, z którego w czasie deszczu tryska woda.

GLIZDOGON — szkolny przydomek Petera Pettigrew (czytaj: *Petigriu*), ang. *Wormtail*, czytaj: *Uormteil*; warto zwrócić uwagę, że jako animag Peter zamieniał się w szczura, którego ogon przypomina cienką dżdżownicę.

GUMOCHŁONY — ang. *Flobberworms*, czytaj: *floberuorms*, magiczne stworzenia o wielkich, oślizgłych gardłach, żywiące się sałatą i uwielbiające gumę. Polską nazwę wymyśliła Joanna Lipińska z Warszawy, niestrudzona tropicielka błędów w polskim przekładzie *Harry'ego Pottera*.

HARDODZIOB — ang. *Buckbeak*, czytaj: *bakbik*, imię hipogryfa, ulubieńca Hagrida. Ang. słowo *buck* ma mnóstwo znaczeń, m.in. „pysznić się", „być buńczucznym".

HOGSMEADE — czytaj: *hogsmiid*, nazwa miasteczka niedaleko Hogwartu; *hog* to po angielsku „wieprz" lub „świnia", a *meade* pochodzi zapewne od *meadow* — „łąka", ale może też kojarzyć się ze słowem *mead* — „miód pitny", jako że tego trunku można tam było się napić, jeśli się ukończyło osiemnaście lat.

KRZYWOŁAP — ang. *Crookshanks*, czytaj: *krukszanks*; od *crook* — „haczyk" i *shanks* — „golenie", „nogi"; imię rudego kota Hermiony, sądząc po spłaszczonym pysku, zapewne mieszkańca z persem.

LUNATYK — szkolny przydomek Remusa Lupina, po angielsku *Moony*, czytaj: *muny*; słowo to znaczy „księżycowy", ale i „bujający w obłokach", „marzyciel", „lunatyk". Lunatyk to imię, które może łączyć się z wilkołactwem Lupina, objawiającym się podczas pełni księżyca, a także z włóczeniem się po nocy.

LUPIN, REMUS — profesor obrony przed czarną magią. Nabawił się wilkołactwa, a warto wiedzieć, że *lupus* to po łacinie „wilk", a Remus to jeden z wykarmionych przez wilczycę bliźniaków — założycieli Rzymu.

ŁAJNOBOMBA — ang. *dungbomb*, czytaj: *dangbom*, magiczna zabawka do robienia dość głupich dowcipów, której działania łatwo się domyślić.

ŁAPA — szkolny przydomek Syriusza Blacka, ang. *Padfoot*, czytaj: *pedfuut*. *Pad* to po angielsku „włóczyć się", a *foot* — „stopa", „noga".

MAJCHER — imię starego, ale wciąż krwiożerczego buldoga, ulubieńca ciotki Marge, po angielsku *Ripper*, czyli dosłownie „Rozpruwacz". Taki przydomek nadano słynnemu w XIX wieku mordercy kobiet w Londynie (Jack the Ripper, po polsku Kuba Rozpruwacz). Nie można jednak nazwać psa Rozpruwaczem, bo trudno by go było zawołać, więc nadałem mu imię Majcher; wymyśliła je Agnieszka Kowalska z Warszawy, a ja wybrałem je spośród blisko 300 propozycji nadesłanych na konkurs ogłoszony przeze mnie na słynnej już internetowej stronie Harry'ego Pottera (*www.harrypotter.prv.pl*) redagowanej przez Tytusa Hołdysa.

MAPA HUNCWOTÓW — ang. *Marauders Map*, czytaj: *merooders mep*; słowo *marauder* pochodzi z francuskiego i oznacza włóczęgę, który tylko patrzy, gdzie by tu co zwędzić; ponieważ po polsku „maruder" kojarzy się raczej z kimś, kto marudzi, ociąga się, użyłem słowa „huncwot", podobnie mało już w Polsce znanego, jak w Anglii *marauder*, i też pochodzącego z obcego języka (niemieckiego).

MIODOWE KRÓLESTWO — ang. *Honeydukes*, czytaj: *hanidiuks*, czyli dosłownie „książęta miodu", nazwa słynnego sklepu ze słodyczami w Hogsmeade.

MUGOLE — ang. Muggles (czytaj: *magls*), czyli zwykli, niemagiczni ludzie. Pochodzenie tego słowa nie jest jasne, jako że sam podział na mugoli i zwykłych ludzi ma bardzo prastary rodowód. Większość badaczy odrzuca związek z najbardziej popularnym znaczeniem angielskiego słowa *mug* — „kubek", „kufel"; inne, bardziej interesujące znaczenie słowa *muggles* to: „frajerzy", „naiwniacy", „tumani". Od czasu polskiego przekładu dwóch pierwszych tomów powieści o Harym Potterze termin ten stał się już tak popularny, że funkcjonuje jako nazwa pospolita, więc piszemy go z małej litery.

NUMEROLOGIA — ang. *arithmancy*, dziedzina magii polegająca na odczytywaniu ukrytych znaczeń dzięki znajomości wartości liczbowych słów i liter.

PIWO KREMOWE — ang. *Butterbeer*, czytaj: *baterbiir*, wprawiający w wesoły nastrój pienisty napój niewyskokowy, dozwolony poniżej lat osiemnastu. Z czego był wyrabiany — nie wiadomo.

PONURAK — ang. *Grim*, olbrzymi pies-widmo straszący na cmentarzach; jego ukazanie się wieszczy czyjąś śmierć.

PREFEKT NACZELNY — ang. *Head Boy*, czytaj: *hedboj*, to mianowany przez grono nauczycielskie „starosta" całej szkoły (w odróżnieniu od zwykłych prefektów, czyli „starostów" czy „gospodarzy" poszczególnych klas), zwykle z ostatniego roku. Jeśli szkoła jest koedukacyjna, mianuje się zwykle dwoje prefektów naczelnych, chłopca i dziewczynę.

ROGACZ — szkolny przydomek Jamesa Pottera, ojca Harry'ego, ang. *Prongs*, od *prong* — „widły", „widelec", „odnoga poroża jelenia". Jako animag James Potter zamieniał się w jelenia.

STOPA — angielska miara długości (*foot*) — 30,48 cm. Stopa ma 12 cali.

SZLABAN — ang. *detention*, czytaj: *detenszen*, czyli „areszt", kara polegająca na zakazie wychodzenia (z domu, ze szkoły), połączona z koniecznością wykonania jakichś nieprzyjemnych prac.

SZYSZYMORA — ang. *banshee*, czytaj: *benszii*, straszna, wyjąca rozpaczliwie zjawa zwiastująca śmierć; wykorzystałem tu nazwę podobnej upiorzycy znanej we wschodniej Słowiańszczyźnie.

TELEPORTACJA — czarodziejska sztuka znikania i pojawiania się w różnych miejscach, dobrze znana miłośnikom komputerowych gier przygodowych. Po jej opanowaniu można się *zdeportować*, czyli zniknąć, i *zaportować*, czyli pojawić się w innym miejscu. Odpowiedniki angielskie to: *apparate* i *disapparate*.

TIARA — spiczaste nakrycie głowy dorosłych czarodziejów, a także uczniów Hogwartu. W oryginale *hat*, czyli dosłownie „kapelusz", ale po polsku kapelusz to nakrycie głowy z wypukłą główką i rondem, natomiast tiara to nakrycie głowy perskich magów (według tradycji Trzej Magowie — w Polsce zwani Królami — mieli na głowach właśnie tiary, podobnie jak do dziś prawdziwy, niekomercyjny święty Mikołaj).

ZWODNIK — ang. *Hinkypunk*, czytaj: *hinkypank*, zwiewny duszek wabiący wędrowców w bagna migocączym światełkiem.

SPIS ROZDZIAŁÓW

*

Dotychczas nakładem wydawnictwa
MEDIA RODZINA ukazały się:

Specjaliści są zgodni: seria Joanne K. Rowling
to największy sukces wydawniczy w historii.
Mariusz Cieślik, „Gazeta Wyborcza"

Dzieci, dla których cykl Rowling jest przeznaczony, zwariowały na punkcie Pottera.

Marek Oramus, „Polityka"

Z ulgą donoszę, że Potter nr 4 – „Harry Potter
i Czara Ognia" – jest w każdym calu tak dobry
jak Pottery nr 1 do 3.

Stephen King, „The New York Times"

Dzisiejsze pokolenie naprawdę potrzebuje Harry'ego Pottera.

„Time"